网络文学名家名作导读丛书

蒋胜男与《芈月传》

第三辑

肖惊鸿

主编

作家出版社

网络文学名家名作导读丛书

主　　　编：肖惊鸿

第三辑编委：欧阳友权　夏　烈　陈定家　张丽军

　　　　　　张慧伦　林庭锋　侯庆辰　杨　晨

　　　　　　杨　沾　瞿笑叶

序

　　20世纪90年代以来，文学与这个伟大的时代一道，经历了巨大的发展变化，其中一个标志性的现象，就是网络文学的兴起。以通俗大众文学之魂，托互联网与媒介新革命之体，网络文学如同一个婴儿，转眼已成为青年。网络作家们朝气勃发，具有汪洋恣肆的创造力，架构了种种可能的和不可能的世界。科技与商业裹挟着巨大变革中释放的青春、激情和梦想奔腾向前。时至今日，作者是有的，作者群体大到过千万人；作品是有的，作品总量已逾两千万部；读者就更多了，读者群体数以亿计。

　　网络文学是新生事物，也是一片充满活力的文化热土，是中国特色社会主义文学生机勃勃的组成部分。习近平总书记高度重视包括网络文学在内的网络文艺的发展，勉励广大网络作家加强精品创作，以充沛的正能量满足人民群众特别是青年一代对美好精神文化生活的新期待。

　　所以，这套《网络文学名家名作导读丛书》生逢其时，它将有助于探索网络文学艺术规律，凸显网络文学的艺术价值和社会价值，推动网络文学的主流化、精品化；同时，它也是精确的导航，通过这套丛书，我们将能够比较清晰地认识网络文学的重要作家和重要作品，比较准确地把握网络文学的发展历程和发展前景。

　　这套书的入选作者是目前公认的网络文学名家，入选作品是经过一段时间检验的代表作，而导读部分由目前活跃的网络文学评论家群体担纲。预计这套丛书的体量将达到10辑至20辑、全套50册至100册。无疑，这是一项浩大的工程，但也是值得耐心地、持续地做下去的工作。网络文学必须证明自己不是即时的快消品，它需要沉淀、甄别、整理，需要积累经验，逐步形成自身的传统谱系，需要展开自身的经典化过程。这套丛书就是向着经典化做出的努力。

这套丛书的主编肖惊鸿长期从事网络文学相关的研究和组织工作，她的眼光和能力值得信赖。尽管网络文学的理论建设近年来已经取得重大进展，但是，将理论落实为面对作品的、具体的分析和判断，实际上仍然是艰巨的课题，也是网络文学理论评论工作的薄弱环节。希望肖惊鸿和其他评论家们深入学习贯彻习近平新时代中国特色社会主义思想，以习近平总书记关于文艺工作和网络文艺的重要论述为指导，自觉运用历史的、人民的、艺术的、美学的观点评判和鉴赏作品，向现在的读者，也向未来的读者交出一份令人信服的答卷。

李敬泽

2019年3月7日

于北京

目 录

导读

第一章
蒋胜男与《芈月传》的前世今生

第一节　从一粒种子到参天大树

蒋胜男

或许我更想借芈月这一生，来展示先秦那个百家争鸣的年代，来展示那些曾经在历史舞台上活跃过的，令人向往的名士风流。

中国历史背景的故事，大一统的时期好写，诸侯割据时难写，春秋战国、南北朝、五代十国，从来就是被称为历史写作者的黑洞，事件多、人物多，而且人物之间亲戚关系复杂混乱，挖一个牵出十个来，再继续挖这十个，牵出一百个来。所以去触碰的结果，就是大部分作者，被黑洞吞了。

秦宣太后这个人，很早以前就在战国策上读到过，当时也曾经跟好多朋友说，我要写这个人物。但是，当时这个人物，也跟我许多其他故事的主角一样，只是让我放进了我故事的种子库里头去。

后来，因为写历史系列的评述文章，从夏商周逐步到春秋战国的史料一点点研读，就让这颗故事的种子，在这些史料的营养土壤里开始慢慢有了发芽的迹象。可我那时候虽然有了写这个时代小说的意愿，但还真是没决定，到底以谁为主角。

也许是冥冥之中自有天意，2008年某个晚上，我写累了去倒杯水喝，经过客厅，看到妈妈在看电视纪录片，一句"于是有人大胆提出，兵马俑的主人并不是秦始皇，而可能是他的高祖母秦宣太后"（大致，具体记不得了）让我站住了脚，站在那儿看完了全集，又在网上找了上下集全视频来看。忽然间，那颗种子就这么破土而出，开始发芽生长。

然后，整个故事开始构思，开始成形。

写这个故事，首先是时代原因，先秦的人更自我，更自由，没有那么多的森严规矩，也没那么多的压抑和"不得已"，讲究的是"君行令，臣行意"，就算是君臣也一样是合则来，不合则走。他们的精神世界更张扬、更大胆、更狂放。所以芈月才能够以女儿身执政秦国四十一年，进而开疆拓土，问鼎天下，成为中国历史上第一个执政的太后。这是《诗经》和《楚辞》的时代，这是百家争鸣的时代，这是《战国策》的时代。

但从选择这个时代，到选择这个主角，固然是纪录片的触发，也是因为这个人物本身的故事足够精彩。秦宣太后虽然本身史料极少，但那个时代的史料却是很多，多到成为黑洞，如果不怕被黑洞吞没，那你就拥有了足够的构建空间。

而故事怎么开始，芈月从何时入场，却是一个值得考虑的事情。

当时有三个设想：一个是从秦武王举鼎而亡开始，季君之乱，诸公子争位，六国势力插手其中，然后是芈月带着嬴稷自燕国王者归来。这是比较热闹的写法，也是比较偏意识流的写法。好处是几十万字就能够搞定故事，坏处是很可能就这么变成一个故事，在激烈的戏剧冲突中，那种我想追求的历史感和文化感，反而会被冲淡。

另一个设想，是以芈月入秦为开始，这是大多数小说都会选择的开头，从一个女主角青春萌动开始，爱情、故事，都有了。但是，却容易一开始就会置身于我所不喜欢的宫斗，所以这个设想，亦被放弃了。

然后，就是现在呈现的这个故事，最艰难，也最能够展示我的表达愿望，写一个人从生到死的所有经过。我要让这个人物从人生的第一次呼吸，就是春秋战国时代的气息。

这个故事，是芈月这一生从出生到死亡，经历了无数波折，从稚嫩到成熟，到最后执掌秦国，追求天下一统的历程。或许我更想借芈月这一生，来展示先秦那个百家争鸣的年代，来展示那些曾经在历史舞台上活跃过的，令人向往的名士风流。

定了写谁之后，首先定位的就是，她的身份是什么？她可能是楚国公主，也有可能是楚国宗女。我觉得以芈月后期执政天下的气势来说，安排她为楚威王之女，则更有气韵的连接。她是明君之女、名君之妻，最后她成了名君之母，自己成了一代执政女主。

她应该是受宠过，所以身上会有一种"舍我其谁"的自信，这种自信让她在那个年代能够站到男人的权力场上，甚至打败他们。所以我就觉得她的小时候一定有爱和自信，如果不是在爱和自信中成长起来的人，就没有这么一个足够的内心的支撑。

但她又必须经历过很多的坎坷，在这些坎坷中，她始终会遇到一些亲人、朋友、爱人，这些人给她以信心、支持、爱，所以一直让她怀有着信心、自信的念头走到最后。

她接触过那个时代最优秀的人，不管男人，还是女人，这是个大争之世，生死常在瞬间而不能把控，这种"朝生暮死"的可能性反而让个人更彰显自我的存在感。所以这个故事里，不会有无意义的宫斗，而更多的是政治角力。

写作尤其是写历史作品，是一种与远古的能量场在对接，这种能量场越深入越庞大，最终如果你不懂得及时退出，这种能量场会把你卷入，耗尽。但你不深入，则无法找到那种与古代对接的感觉。我经常会写完一部大的作品，就会大病一场，因为柴烧过头了，透支了。但这种与历史的对话，同样是对自己的修炼和提升，你的精神能量得到庞大的支持，会让你的内心更强大，更坚韧。

写历史既痛苦又过瘾。历史小说最难写，但写过以后，就觉得写别的体裁都不如这种过瘾，都不如历史体裁能够负荷更多的知识储量，去催动自己看更多的书，查更多的资料。于是，就这么一部又一部地写下去。

这部写完以后，我并没有回头去看，而是投入了新的创作。但出版以后拿到纸质书时自己慢慢看，忽然又回想起创作中的点点滴滴来。

当初写的时候，可能处于一种"忘我"的状态中，那种情感的倾注自己并不知觉。但是现在拿着纸书看的时候，那种少年的懵懂、青春的疼痛，然后是慢慢在遇到事情的时候，一个女孩子经历过许多痛苦慢慢成长蜕变的情况，反而让我自己小时候的许多旧事慢慢浮现上来。有段时间我看那些青春伤痛的文学，觉得好不真实，感觉自己似乎没有这种经历似的。我有少年的懵懂吗？有青春的疼痛吗？没有吧。但是现在再回去看这本书的时候，我发现是有的，我慢慢回想起以前的感觉来了。

芈月刚一出场，她所有动作语言，就是一个两岁的小胖妞，有其特有的儿童行为："九公主芈月活力充沛，如同一匹小马驹似的，踩着乱鼓的节奏冲上来……小胖妞分得很清楚……母亲是负责撒娇耍赖讨要东西用的人，阿娘是会跟在她身后默默地拾玩具追着她跑的人。"

最后一章，却是"她开始变得懒散，开始变得真正像一个高龄的老人一样，所有老人应该有的但之前被她强大的意志所压制住的状态一一浮现。她开始变得耳聋、眼花，甚至开始渐渐忘记了许多人，许多事……芈月昏睡的时候越来越长了，嬴稷一步也不敢离开她"。

重翻作品，看芈月的出场，和芈月的落幕，忽然感觉，这就是一个人的一生了，从生到死。

潸然泪下。

第二节　歌怀宏阔世代的丰盈女性

——作家蒋胜男访谈录

蒋胜男　乌兰其木格

1. 蒋胜男老师好！非常高兴你能接受这次采访。首先请向广大的读者朋友们简单介绍下自己。

我只是一个单纯的写作者，对于我来说，毕生的愿望也不过就是求一张书桌，让我安安静静地写作罢了。刚开始的时候，只是一个文学爱好者，然后战战兢兢地开始试着去写作。从古诗词到散文再到小说，一点点地去触摸写作的殿堂。然后，偷偷地写，却无人共鸣。

直到有了电脑，写作开始变得更方便，然后有了网络，开始了把文章贴到网络与人共享的快乐。那个时候还是 BBS 时代，没有什么 VIP 收入，也没有什么其他的版权收益，网络很慢且不稳定，读者也很少。从清韵书院到金庸客栈、从满拢桂雨到榕树下再到文学后花园……我只能跟少数志同道合的朋友，一起写作，互相鼓励。

在我的创作还不是那么成熟的时候，这种直接的，来自读者的鼓励，是激励我继续写作的重要动力。那时候，我们所有人都只是单纯依靠着对文学、对创作的热爱，在工作之余坚持着写作。

很多年后，网络读者越来越多，一些如起点、晋江等网站开始试行VIP收费制度，许多作者可以通过网络获得收入，甚至成名成家，这时候我反而放慢了创作的速度，而在静心慢慢打磨作品，《凤霸九天》写了四年、《芈月传》前后将近十年，《历史的模样》更是一个长远的计划目标。

2. 我了解你是位多产作家，也是晋江文学网中的"元老级"驻站作家。在你的多部作品中，最希望被读者阅读的是哪一部作品？原因是什么？

如果只说一部，那只能是《历史的模样》，因为这是一部我自己最喜欢的书，也是我打算写一生的书。这个系列，是我准备和酝酿时间最长的书，从有这个想法到搜集资料到真正落笔，用了七八年的时间，而创作它，我打算用上一生的时间。

事实上我写这个系列，与其说是"创作"，更多的是"叩问"，对于我们如何在这片土地开始我们的文化，然后是如何一步步走到现在的一种疑问和追寻。或许我这一生对世事的所有疑问、彷徨和寻根，都会慢慢在这个系列中去探索，去追寻。写这个，越写越失去最初的"企图心"和"使命感"，而是惶惑和叩问，是自我迷惑和寻解。它将迫使着我去学习，也去入世；去迷惑，也去寻解。越写，越不知道这个系列最终能写到哪里，写成什么样子。或者有了感觉会很快，或越写越慢，或者会停下来，但不会一直停。或许这部书写作的过程，就是对自己人生一种修炼过程吧。

3. 从你的一系列作品中，可以发现你的阅读视阈很广博，如果为广大读者推荐一本非网络文学的作品，将是哪位作家的哪本书？推荐的理由是什么？

如果只推荐一本，那我会选择路遥的《平凡的世界》。因为感觉这才是一部真正关于中国，关于中国占最多人数的人群如何活着的作品，活着不仅仅是活着，而是有热情，有努力，有目标，有激情以至于有善意地活着，哪怕未能实现，亦不能消弭热情、乐观和善意。否则你不能想象，这块土地上的人们，是怎么从几千年以来，如此生生不息地活着。

4. 网络文学写作目前已完成了从江湖啸聚到初登庙堂的过程，现今的网络文学写作也迎来了它的"井喷期"，网络文学作品如恒河之沙般不可胜数，在众多的网络文学作品中，你最喜欢的是哪部作品？原因何在？

网络文学作品，倒一时无法说出"最喜欢"来，因为网络文学这么多年来，喜欢过许多许多的作品，每一个时间段都有好多让我喜欢的作品，所以反而无法选择出"一部最喜欢"的来。

5. 为什么选择以网络为载体发表作品？是什么原因让你如此长时间地坚持网络写作？

因为网络无门槛，可以让任何人自由自在地写自己想写的东西，只要你有读者。而写作是一件极为孤独的事情，需要读者的共鸣。网络提供了这种可能，有时候读者和作者，形成共生的关系。如果没有读者，我想任何作者都无法坚持写作下去。

6. 我们知道，许多作家比如安妮宝贝、慕容雪村、李晓敏等在网络上成名后，都纷纷转向了实体书的出版。甚至有个别作家有意"去网络化"。你认为是什么原因导致了这种现象的发生？今后你的写作有没有考虑过转到传统期刊的写作道路上来？

我想这可能是早期网络创作所带来的吧，因为我也经历过那个时间，那时候写作没有收入，还要贴上自己的时间和精力，甚至金钱。那时候出实体书，投期刊反而能够有一些收入。但是我还是喜欢网络创作，因为我更喜欢这种方式。网络只是一个载体，将来我们生活的方方面面都要进入网络，何来"去网络化"。

7. 你觉得"网络文学"与"纯文学"划分的标准是什么？网络作家和纯文学作家的异同点又在哪里？你对类型化作品持何种态度？

过去，我们把文字记录在甲骨上，记录在青铜器上，记录在竹简上，记录在纸张上，而到今天我们把文字记录在网络上。

这些文字的核心没有变，变的只是载体，而每一个载体的变化，则是人类历史上文明的大飞跃，大进步。

就其本质而言，网络文学和传统文学没有根本的区别，区别只在于载体不同。今天发表在网络上的文学可能变成出版物，而传统文学也同样会刊登在网络上。但区别在于，因为网络的出现，让更多的人有机会看到更多的书籍，而让更多有志于文学创作的人，有机会把自己的所思所想发表出来。

关于类型文学，网络文学其实是承接了宋元明清以来中国传统话本的类型，除了星际大战以外，几乎大部分的文本类型，我们都可以从明清民国小说甚至戏曲中找到，要说传统，我觉得网络的兴起，反而让我们的传统文学类型找到了新的载体而重新出现在人们的眼前。

过去一个穷乡僻壤的读者，可能终其一生，只能看到他所在的村里小学几本书，有什么看什么，他接触不到也想象不到大城市的大图书馆是什么样子，也不可能阅读到他生活范围之外的书籍，他的目光会永远被环境和时代局限住。

过去一个寂寂无名的作者，他可能写了很多作品，投了很多刊物，然后运气很好的时候，会遇到一些欣赏他的编辑，帮助他改进作品，适合于刊物发表，他才有可能让他的创作展示人前。而一篇被刊发的文章背后，可能有99篇没有发表的文章，一些可能具有潜力的作者也许在前期投稿的过程中就被湮灭了创作热情。

而今，网络削平了所有的门槛，它让每一个热爱阅读的人都能阅读到海量的文字，一个穷乡僻壤的孩子，靠着网络，靠着手机和电脑，就能完成过去只有在大城市才能完成的阅读积累。让每一个热爱写作的人都能随心所欲地发表文章，让更多的作品可以没有门槛地涌现出来。这些文章，固然泥沙俱下，但是却依然不乏精品。许多有天分的创作者，可以在读者的鼓励下，一步步继续创作，直至拨开迷雾，发出耀眼光芒。

8. 你的本职工作是一名编剧，并非职业小说作者。你是如何调配本职工作与网络写作的时间的？对你而言，戏剧编剧的工作与文学写作之间的关系是怎样的？写戏和写小说哪种更愉快？

其实对我来说，二者并没有特别的区分，因为都是创作，只是类型不同。就像苏东坡说的，文章贵在意，有了意，写什么都没关系。体裁不同，其实并没有多少区别。就如同我现在正打算把《芈月传》改成戏剧剧本一样，只是体裁不同，但讲的是同一个故事，同一种感觉。

有写戏的感觉来了，写戏；有写小说的感觉来了，写小说。有些题材适合写戏就写戏，有些题材适合写小说就写小说，二者并不冲突。

我现在是专职的戏剧编剧，之前也给本地剧团整理过一些传统老戏。这也是一个非常有意思的东西，我们传统的老戏里头，蕴含着我们现代的流行小说和流行戏剧的因素。因为中国的审美观似乎几千年没变过，好像我们最喜爱的那些，最受人欢迎的那些老戏里头情感的共鸣和我们流行小说的分类，或者是流行影视的分类其实是相似的。破案剧啦、爱情剧、家庭剧、宫廷剧等基本上都是我们现在说的类型小说、类型篇，在过去就是类型戏剧。我觉得我们有时候现代人创作，要向传统的戏剧学习很多的东西。

现在重新回头看传统老戏，或许可能以前觉得这些东西很老土很俗套，但是突然发现所有的老套其实在证明这些是我们受众最喜欢的东西，之所以认为老套，其实只是用这些梗的人，是否机械地搬入老套。我们能不能从这些老套中取得那些能够被观众千百年一直喜欢的精髓？

9. 你的作品中对史料的积累和剪裁十分得体，具有实证精神。请谈一谈在创作作品前所作的准备工作和写作习惯。

写历史小说不是以后人的眼光书写历史人物的思想轨迹，而需要借助当时特定的历史情景，去再现人物活动的轨迹和思维方式。透过一个特定的历史人物，去解读同时代发生的历史事件，以他的眼光去看历史事件和时代变迁，从而折射出那个时代的文化和风俗特点。

通常，我会先在这个时间段选定一个人物作为主角，然后将他从出生到死亡的时间点列出来，制成一个时间表，再将那个年代发生的所有事情都加入到这个谱系中，看哪些事件是他能够直接参与的，哪些事件可以作为背景，而他生前和死后的一段时间内发生的事情则可以作为远背景。我更愿意将自己代入主角，代入这些历史事件中。比如在写作《芈月传》的时候，我是用芈月的视角和思维方式重新解读历史的。芈月出生时恰好是秦王杀商鞅不废新法，楚国正在扩张和转型中的时候。而胡服骑射，燕昭王的黄金台，六国兵困函谷关，这些事情正好都是在芈月活着的时候发生。这些事件有的不是她亲眼目睹，亲身参与的，但是她可以听到这个消息，并作为同时代的人对这个事件加以分析。这可能是跟我们现代的学者解读得不一样，因为我们文学中写一段历史，不是站在后世的角度，而是历史人物在当时对这个事件的判断，必须是从他的知识体系中去判断这件事情。比如商鞅变法，跟周厉王最早变法的内容是一脉相承的关系，为什么之前失败？所以《芈月传》里的人物会说：先秦时代，我们的历史是怎么样，对历史的分析，种种。我写那个时代的人，人物不仅仅是具有他那个时代的思想，还要通晓他的时代之前的许多事情。

10. 是什么机缘让你着手创作在史书中记载并不详尽的秦宣太后的？一百八十万言的《芈月传》张扬着鲜明而颖异的女性意识。我认为，健全的、自尊独立的女性形象的塑造是这部作品最大的魅力所在。请问你是否阅读过女性主义的批评文本？在你的理念中，什么样的女性是你所欣赏和心仪的？

2008年一个偶然的机会，我看了央视《探索·发现》栏目播出的纪录片《兵马俑的神秘主人》，里面提出一个论点，说兵马俑很可能是秦宣太后的。这个论点引起了我对这个人物的兴趣，加之有了前两三年查阅大量历史资料的铺垫，那些人物风貌让我感觉仅仅写一些历史评述好像不够，而是应该以小说为载体去描绘那些意气飞扬的人物，于是我就开始构思这个故事。

其实我并没有读过多少关于女性主义的文本，或者说，我并没有特意地去阅读或者去记住所谓女性主义的批评文本。于阅读上我其实比较随性，并不系统，也并无有意识去寻找某些类别的文本。而像个杂食动物一样什么都看，也许会在某些时候，某些想法和理论因为符合我的三观，被我无意识地吸收转化了。

我欣赏自尊、自信、自立的女性，其实无所谓女权或者男权，因为不管是男性还是女性都应该具备基本的权利，具备平等的权利。但现在是属于在某一个方面不平等被默认，所以要求平权反而变成一种女权意识。其实我更希望平权，两种权利能够平等化。

就像我曾经说过的，你写一个女人，首先她得是个"人"，不能因为前面有个"女"字，就丢了后面这个"人"。

11. 在《芈月传》写作之前，你已经完成了《凤霸九天》《女人天下》《铁血胭脂》等文本的创作，而这些文本中的主人公均为历史中实有的、曾经叱咤风云的女性政治家。女性与家国政治的错综纠葛在女作家笔下并不多见，为什么会对这类题材情有独钟？在进行此类题材创作时，遇到的最大阻碍是什么？

虽然过去历史上女性想要被看到是很困难的，但是我想任何一个时代都有优秀的人才，只是我们过去描绘得很少，只是我们现在有更多的女性作者去描绘这一段历史。我觉得有更多的东西，让一个女性从宫斗，或者是从宫斗中走出来。历史上的后妃千千万万，真正能够走出来，走到大的朝堂上的女性寥寥无几。那么她身上一定有跟其他人不一样的地方，然后我去写她不一样的地方。因为在男性世界，她必须有不弱于男性的心气，必须有坚忍和顽强的意志力，然后，她有着去掌控这些事务的学习能力。

12. 《芈月传》的电视剧目前已经播放完毕，我作为一名观众认为，电视剧对原著的改编力度过大，最让人感到遗憾的是，电视剧的精神格局远没有达到小说原著的高度，没能充分展现出大历史时代中各色人物的精神面貌和个性风采。作为原著作者，请问你的观感是怎样的？作为一名职业编剧，你又如何看待影视改编与文学原创之间的关系？

我想最大的冲突，是在于原著中芈月是一个一直具有非常强的自我意识，具有独立意识的女性，一直在最恶劣的环境中凭着自己的才学智慧和意志突破重重樊篱（这种樊篱有别人的，也有她自己从小到大所受到的环境影响的），最终成为大秦太后的人生经历。她曾经陷于极险困境，但始终不灭希望，不改初心，不为爱情而放弃，不为君王的威权所屈服，也不为当时整个世界对女性的歧视而退让。

一个作品，其实自它诞生之日起，就形成了属于它自己的特定结构，如同一个房子，每一砖一瓦都有它特定的位置。而故事的主角更是主要的承梁，所有的情节设置都是为了她最后的走向而铺垫，在没能够完全理解人物和故事的前提下，没有自我的创新能力却将原有的情节粗暴切割和转换，为改而改，最终会导致逻辑的不能自洽和整个故事的崩塌。或许它还留下许多好看片段，但却无法承载观众的预期。

虽然说影视作品注定是一种遗憾的艺术，它一次成像，无法推倒重来。但是，既然采用了原著文本，我还是希望将来的影视从业者能够在尊重原著文本的基础上，让我们影视作品的遗憾少些，更少些！

13. 网络小说已然成为影视剧改编的时代宠儿。影视与网络文学的结合固然为网络作家带来了名与利等诸种好处，但不可否认的是，影视资本的强势介入也导致了产权界定的纷乱。许多网络作家在与影视公司合作时会遭遇到各种问题，诸如对原著的肆意篡改，被剥夺著作权等。作为与影视合作过的原创作者，你觉得作家在与影视资本合作时，应特别注意哪些方面？

近年来影视剧的开发之势更强，版权就像是一只会生"金蛋"的鸡，而"金蛋"自然为版权所在产业链带来一系列巨大经济利益。作者与资本之间的合作本应是各自发挥自身优势实现互利共赢，然而资本的逐利性总是试图挤压原创者的利益空间，企图分得更大的蛋糕，这点不得不令人警惕。加之资本和制片方常处于强势地位，而由双方经济实力悬殊带来的话语权失衡也需要加以防范。如果我们对于版权方面的专业知识知之甚少而又不注重自我保护的话，很容易陷入利益失衡的境地。因此，在合作中一定要请专业的律师保驾护航，提前做好预防与沟通，减少各环节中信息不对称的现象，才能避免后续工作出现问题。在此基础上，通过寻求知识产权中介服务，聘请知识产权律师、版权代理人等方式进行合作。只有这样才能有效消解影视版权纠纷的问题，使得版权价值在衍生开发利用中不断增长。

14. 有论者将《甄嬛传》与《芈月传》相比较，认为两部作品均属于"宫斗类"，因不论是甄嬛还是芈月，都没能摆脱"女人通过征服男人来驾驭世界的窠臼"，你如何看待这个观点？

这其实是一个谬论。如果说身为后宫妃嫔的女性，是通过成为帝王妻妾的身份而取得驾驭权力的途径。那么同理历代帝王呢？他们是通过成为帝王子孙的身份而取得驾驭权力的途径，而且许多还没做好他们的本职工作，甚至失去了他们通过血统而承继的权力，岂非更不堪？

在那个年代，一个女性能够从后宫走到前朝，凭的自然绝不仅仅是她的丈夫是帝王或者儿子是帝王。如果她本身不具备那种在乱世，在虎狼群中驾驭权力、处理国政和外交以及战争的能力，她最终获得的只有"尸骨无存"四个字。

就如同《芈月传》那种时代背景上，如果女人没有能力掌权，结果会如惠文后无法控制季君之乱而不得善终，甚至男性君王在不能控制局势的时候，同样下场凄惨，如楚怀王、齐泯王、燕王哙的死亡在小说中，亦有提到。

《芈月传》与"宫斗剧"是不同的，因为先秦时代女人的状态某种程度上就很接近当下的时代，每个人都有机会去争取自己的人生，而不是去依附于男人。整部《芈月传》的核心就是《逍遥游》的内容。芈月在人生的各个阶段都会想到《逍遥游》的核心——鲲鹏之心、鲲鹏之志。这也是芈月自我意识最初的觉醒。举个例子，芈月小的时候，楚威王想让芈月拜屈原为师，可是屈原当时拒绝了她，屈原的理由是"如果大王真心喜欢公主，还是不要让她懂得太多，学得太多。智者忧而能者劳"。屈原认为男人和女人要承担不同的东西，如果女人有了男人的学识和智慧，又要承担起男性的责任和义务，这对一个女孩来说太过不易。所以后来贯穿芈月一生的疑问就是："为什么我不可以？"

其实我一直想在这个女孩的内心种下一粒种子，赋予她跟别的女孩子不一样的生命力和成长力。楚王死了之后，屈原因她失去庇护和温巢而收她为弟子。局势变了，她只能靠自己的能力单飞，这个时候学识和智慧恰恰是立足的根本。常言，心有多大，天空就有多大。你的心跟眼睛如果只在屋檐下，那么你只能做燕雀。而这正是芈月与芈姝最大的区别，芈姝只是想做一个好妻子，一个好母亲，但是芈月从来都不是。芈月就是她自己，因为她不管在哪个位置上，她都能够保持自我，与环境做顽强的抗争。芈月身上具有那种不弱于男性的心气和"舍我其谁"的自信。芈月时时、处处都在挑战"女性不能做"的秩序与成见，这些都是她超越一般女人的魅力所在。

我写芈月的时候经常会想到 21 世纪的女性，希望芈月对抗命运的意识能激励读者。这个社会也许存在男女的不平等，但很多时候是女性自己建构了这种不平等。如果女人没有从内心打破这种限制和禁锢，就永远没有办法获得自身的解放。这个时代赋予了我们最大的可能，女性可以有更多同等的机会。因此，女人要有自我觉醒的意识，要有勇气和信心去掌握自己的命运。我创作的初衷、作品中推崇的东西也正是自我的坚持与奋斗，是平等、独立人格的呈现。

15. 在与多位网络作家的交流接触中，我感到他们在现今的写作中或多或少地存在内心焦虑。导致焦虑的原因便是自由创作与迎合粉丝的矛盾所致。毋庸置疑，网络文学从发展之初写手们的自由爱好到现如今的商业资本的规模运作，确实令许多网络作家更多地关注作品的点击率与金钱实利的获得，从而无法潜心静气地进行创作与修改。那么，你对商业性和文学性复杂的关联持何种观点？在你的创作中，又将怎样规避过度的商业化对文学性的戕害？

听到这样的问题，其实，我想我应该是警惕了，这是一个有陷阱的提问。

其实商业和文学并不是敌人，并不一定要对立起来，也不见得商业化就是对文学的戕害。

让作家"为理想为信念"而枵腹从公，提倡作家"贫困才是圣洁"的理念，饿死作家、饿跑作家，认为作家不应该有钱，任意侵害作家的权益、侵夺作家的收入，还认为作家不应该申诉，否则就是"有失高雅"，这种言论和行为，才是对作家、对文学最大的戕害。

为点击率和为收入写作，并不可耻，也不应该去贬低，也不见得就不能写出好作品来。大仲马和 J.K. 罗琳凭着写作成为有钱人，不见得他们的作品就不是好作品。如张恨水或者还珠楼主当年照样为了养家糊口，进行了大量的商业写作，但不见得他们就不是大家了。而许多"潜心写作、埋头修改"许多年的作品，也未必就是好作品。

写作，不管是为了打赏而写，还是为了诺贝尔而写，本质上并没有多少的不同。只要你想写，只要你想得出来，只要你还有人看，你的写作就是有价值的。

不要讲到商业写作就好像不要用心了，就不要努力了，就不要提升了……你当读者是傻子吗？如果你一直写低端写劣质，那么分分钟就有其他作者来取代你。有竞争才有努力，有努力才有进步，这个世界很公平，如果你没有进步，那就会被抛弃。

文字在某一方面来说，仍然是心的交流。创作是一件绞尽心血的事，如果读者没有看到你用心的创作，你再迎合再关注数据，最终，你什么也不是。

16.《芈月传》的红火热闹，对你的写作和生活有什么影响？你是否关注报刊评论和网上的议论？你的心态和创作理念是否因之发生了变化？

并没有什么影响。

我暂时不看评论，免得影响创作。

我依旧如往常一样地创作。

17. 知晓你新的创作计划依然是以女性为主角，通过其生命历程和精神成长来折射宋辽夏宏阔的历史和人文样貌。新作与以往作品最大的不同点在哪里？预计用多长时间完成创作？

每一部创作都是一个进步，我会努力最大限度地拉开与上一部的距离。新作预计在 2016 年下半年完成。

18. 最后，请你聊一聊你的日常生活及业余爱好。

我的日常生活是非常规律地读书和写作。业余时间喜欢种花养草、闲适地散步、爬山或者外出旅行。但目前正在紧张地创作中，实在没有时间兼顾自己的业余爱好。

附录：蒋胜男主要作品目录

1999 年，长篇小说《魔刀风云》出版。

1999 年—2000 年，于清韵书院连载《魔刀风云》及其续集《玉手乾坤》等长篇小说，发表《秦可卿之死》《东方不败回忆录》等中短篇文章。

2001年，于新浪网连载《血衣蝴蝶》等长篇小说。

2002年，于榕树下发表《妲己之死》《狐仙》等中短篇小说。于后花园文学论坛开始连载《鹰王》《紫星传奇》《凤霸九天》（原名《大宋女主刘娥》）等长篇小说。

2003年，晋江文学网成立，受邀成为驻站专栏作家，并开始渐渐将创作主力移至晋江文学网，于当年发表及连载作品有：《洛阳三姝》《紫星传奇之京城除奸》《上官婉儿》《花蕊夫人》《西施入吴》等作品。

2004年，于晋江文学网开始继续连载长篇历史小说《凤霸九天》（上中下）三卷。于晋江文学网连载《孟丽君》《紫星传奇之龙潜于渊》，长篇小说《洛阳三姝》出版。越剧小戏剧本《郑袖》发表于《温州戏剧》。

2005年，合著中篇小说集《古董杂货店》出版。玄幻小说《紫宸》于晋江文学网初发，并连载于《九州幻想》杂志。长篇小说《鹰王》出版。同年5月，戏曲剧本《妲己》获第四届中国戏剧文学奖大型剧本铜奖，部分内容发表于《中国剧本》2006年第2期。

2006年，完成首部长篇历史小说《凤霸九天》，共70多万字。并于晋江文学网开始创作历代太后系列评述文章。

2007年，长篇历史小说《凤霸九天——政治倾轧中的大宋女主》（上下两卷）出版。同年，历史评述《女人天下——中国历史上的执政太后》出版。于晋江文学城开始连载第二部长篇历史小说《铁血胭脂》（第一卷）。戏曲剧本《妲己》发表于《戏文》杂志。

2008年，长篇小说《紫宸》出版。电影《不能没有爸爸》（独立编剧）获2008年度国家广电总局电影局儿童资助奖励，中华孔子学会推荐电影。开始于晋江文学城连载长篇历史小说《铁血胭脂》（第二卷），创作《他们离帝位只差一步》（历代太子系列）完成《汉武帝与太子刘据》。创作戏歌《古今戏恋》。

2009年，于天涯论坛及新浪博客上开始连载《历史是怎么炼成的》。于晋江文学城连载现代言情小说《太太时代》。于晋江文学城连载第三部长篇历史小说《芈月传》。同年电影《一代大儒孙诒让》（署名文学策划）获 2011 年浙江省电视凤凰奖最佳故事片奖。

2010 年，长篇小说《太太时代》出版。

2011 年，历史评述《历史的模样》第一卷夏商周卷出版。同年 10 月，42 集大型史诗电视剧《辛亥革命》（署名导演助理），作为辛亥革命百年献礼片在央视一套黄金时间播出。同年 11 月，以戏剧剧本《未央长歌》入选中国剧协首届中青年剧作家高级研修班。

2012 年，开始创作由长篇小说《芈月传》改编的 53 集电视剧本（至 2014 年完稿）。

2013 年，戏剧剧本《未央长歌》，发表于《剧本》杂志第 4 期，戏曲剧本《鹤纹传奇》列入温州市艺术精品创作题材规划。

2014 年 1 月，当选为浙江省网络作家协会副主席。

2015 年，长篇历史小说《芈月传》（六卷 180 万字）出版。同年 11 月，首届华语网络文学双年奖颁奖嘉宾。同年 11 月，历史评述《权力巅峰的女人》出版。同年 11 月，电视连续剧《芈月传》于北京卫视、东方卫视、乐视网等播出。

第二章

大争之世与女性精神的彰显

第一节　芈月：成王的女人

肖惊鸿

《芈月传》在历史的戏剧化和戏剧的历史化上的处理，是非常成功的，我认为蒋胜男是个极聪明的人。她从大历史观出发，找到了一个很好的小切口。一部长篇小说主要人物的确立如果是成功的，那么这部小说怎么写都不会太差。

我一直这么想，芈月是王的女儿，王的妻子，王的母亲，所以最终也成就了王的她。陪伴她一生的除了王还是王，是王就不是凡人，是王就有戏。所以历史的戏剧化，就让她这么举重若轻地成就了，这种人物架构，加上那段跌宕起伏的历史，分分合合，想不精彩似乎都难。

历史小说从史实到想象之间，有无限大的过渡地带，而这确实是文学艺术的舞台。历史上确有其人，但所有的血和肉，所有的人物关系，所有的细节与情节，无一不是凭借了艺术想象力才树立起来的。

历史小说和历史剧的史实和虚拟的问题，在 20 世纪 50 年代，就有了第一次学术论证，到后来所形成的共识，关于历史题材艺术作品，大事不虚，小事不拘的创作原则，也是蒋胜男写《芈月传》的方法。我不知道她之前，是不是把这些都看到过了，但是我在她的小说里，眼见了这个操作，技术操作还是遵循了这样的一种既有方法。

她的语言流畅，细节的描摹说明她具备了很难得的历史小说创作的品质。固然如此，然而历史戏剧化，似乎也不是多么难的事。但是戏剧的历史化，却足以考验作者的功底。如果我不看这部书，我就不能够把脉蒋胜男把握历史的画面。

从网络小说的本质属性而言，吸引读者的首先是赏心悦目的好故事。往大处说，这是小说都应有的终极追求。然而这故事离我们太过遥远，如何写得好看，如何拉近早已走远的历史与我们这些活在当下的人的距离，如何将个人的小情景还原在历史的大背景之中，可见出蒋胜男的独特能力。至少我要说，叙事上的大情节扩张，我几乎没有发现错误，却处处可见女性作者的写作匠心。

其次，《芈月传》的成功，主要是通过主要人物芈月来实现的。我想蒋胜男应该是一心要写一个反传统的女人。我们把芈月放到她那个时代的大背景下来看，芈月不是个小女人，她也没有小女人的宫斗心机。所以她和《甄嬛传》是两种完全不同性质的作品。她是心里装着大风大浪、大江大河的女人。她在成长的过程中，与其说被环境，还不如说被男人所激励，这也是《芈月传》的独特角度。她一次次地伤心，一次次地逃离，然而却越败越勇。最终她赢了，赢了国家，也为自己赢了最大的自由，这是生命的自由和生命的奇迹。然而她却无法赢到一个陪伴左右，终其一生的男人，这又是芈月作为一个女性的悲剧，也是时代的悲剧。这个"悲"是悲壮的悲，而不是悲凄的悲。

她独立，她勇敢，她自信，她百折不挠。从这点来看，这部小说站在了历史的制高点上，具有强烈的女性觉醒意识。无可非议，芈月是个历史英雄。这个故事本身的完结，让她的英雄身份得以彰显。

再次，《芈月传》写出了基于男性和女性之上的人性。很久之前有一句形容女人的话特别流行，叫"做女人难，做名女人更难"。我要说做王的女人难上加难。

芈月这个人物的塑造是非常成功的，她的性情、思想，是随着成长变化的。比如与黄歇的关系，后者是与她青梅竹马的恋人，这是小说中一个非常重要的人物。然而在家国面前却各守一边，芈月表现出被男人的社会异化后的决绝和情大不过天。这情对照的是儿女情长，这天对照的是侠义情怀。是的，在江山社稷面前，无论男性还是女性，都褪去了性别的烙印，共同走向了人性。

所以这不是芈月的选择，不是女人的选择，而是一个大写的人的选择，一个对历史起到推动作用的英雄的选择，这是蒋胜男这部《芈月传》最宝贵的精神品质。

在电视剧《芈月传》风行一时之时，我觉得更有必要关注小说《芈月传》，因为这两种不同的文本，方向是不一致的。电视剧《芈月传》，倒是未能脱离传统历史书写的窠臼。当然蒋胜男不是历史学家，《芈月传》也不是研究历史的学术著作。它就是一部小说，一部努力追求文学性，并保持了良好艺术操守的小说。

我们的专家、学者恐怕没有几位在网上阅读过《芈月传》，都是在小说出版之后，从审读传统纯文学作品的意义上来看待这部小说的。从这个意义上说，《芈月传》又实现了网络文学与传统文学的对接。

是的，不管文学借用哪一种媒介，以哪一种媒体形式出现，它最终都要走进人的心里。传统文学是文学，网络文学也是文学。

蒋胜男的《芈月传》，作为网络文学的精品力作，从这个意义上讲，引领了网络文学，和传统文学殊途同归。总之，《芈月传》在当下的历史题材网络小说中是出类拔萃的，它的成功自然具有代表性和典型意义。

特别是作为女性作者写就的，以女性为主角的历史小说，在文学之外，不仅具有女性文化学的意义，对人类学和社会学的研究，也提供了文学视角的史学价值。

第二节　《芈月传》中的少女心结

庄　庸

《芈月传》以小儿女日常小心结，写大争之世大历史，为如何缝补这个撕裂的时代，提供了一个思想。

《芈月传》一个非常重要的创作特点就是，问题倒逼讲故事的逻辑。我把它概括成芈月三问，芈月一辈子都在问三个问题：当父权，当男人撑不起来的时候，女人怎么办？女人的道路是不是要像王一样？鲲鹏展翅到底是写个人化的逍遥游，还是鲲鹏即实力？

我们分成三个脉络去考察的话，第一个脉络是作品自身的脉络，你会看到它是打了三个小姑娘才会打的结，但是这个结有狠劲儿，支配着一个大历史的逻辑。

我把它概括成少女成长的三个心结。第一是在父权的体系内寻找身份和位置；第二是在女权的谱系里寻找位置；第三是在性别关系里寻找位置。这就构成了芈月的三个少女心结。如果我们把这三个少女心结，放在整个网络女频文学的脉络里面，就会看到三条脉络里面的起承转合。

第一条脉络是随波逐流到与男性的势均力敌。《芈月传》传承了2003年到2007年，整个网络女频文学里女性文学向大历史文学争取话语权的脉络，并且在2015年重新接续，转移落地又接续传统文脉。

第二条脉络是放到从《金枝玉孽1》到《金枝玉孽2》里面来看，这两部港剧相隔十年，并且中间以《甄嬛传》作为桥梁。《芈月传》在10年的宫斗史中，完成了从尊爱到遵从，再到争取女性自我独立和梦想的一个转折和铺叙。

第三条脉络就是从《庶女攻略》到《木兰无长兄》，《芈月传》基本上是浓缩了网络文学的性别革命、重建女性自我历史、两性关系和女性族群认同的一个历史，并推出了一个时代的考问。这个考问需要我们回到时代的脉络里，从《芈月传》到21世纪，芈月背后的当代女性生存困境和时代哲学，基本上也可以分成三个维度来解剖。

第一个维度就是芈月是一只W概念股，W概念股，就是女性概念股。21世纪以来，女性成为最重要的一个商业单元，当下的超级IP热里面，女性题材的作品，几乎占领了大半壁江山。但是这个超级IP，满足了女性的欲望导向，而没有文学精神的诉求，《芈月传》的探索，给了我们一个启示。

第二个维度就是，我认为蒋胜男是一个"历女"，"历女"是什么？就是在网络文学女性作家里头出现了一大批高知的女性群体。比如说新婚姻法出来以后，从女性拥有财产到探寻文化和历史。蒋胜男在知识考古和重建知识体系中，从"女财"变成了"女才"，这是个重要的转折。

还有，《芈月传》在整个女性的运动里面，提出了一个强烈的对时代的考问，不能低估女性自身的少女成长心结，对于缝补这个撕裂的时代的重要性。

当下一系列的凤凰男、孔雀女、社会问题的背后，都跟女性的少女成长有关。所以我认为这个少女情结小可以安家，大可以安邦。

第三节　建构女性的世界

王　干

《芈月传》虽然是用芈月这个女性的视角，但是她思考的问题，都是男人思考的问题。也就是说，蒋胜男是借一个芈月的视角，用一个男性的思维来思考国家、家庭、个人的命运和爱情。

我们文学史上很多写成长的小说，有成功也有失败，但是网络小说，一定要写成功，不能写失败，网络小说一定要传递成长，要励志。这跟网络小说的读者群有很大关系，为什么呢？我上班很辛苦，受老板的气，受周围同事的挤压，回到家想看励志的东西，结果看到最后主人公又失败了，这样根本起不了床，还能上班吗？但是昨天看了《芈月传》，我也学了几招，知道人生总会有一些磨炼的。

《芈月传》写了一个女性的成长，同时也融合了现代女性的成长，所以我觉得"小女人大历史"这句话是有道理的，蒋胜男用一个女性的视角，去构建一个女性的世界，重新在这个女性世界里面，掌握男性世界的规则。

其实所有的小说、所有的文学都是虚构的。为什么中国人特别喜欢帝王将相、才子佳人，特别喜欢历史？因为中国的历史，有很多语焉不详的地方，所以各个时代的人对这种不详充满了好奇。有时候我会看北京电视台的《解密》和《档案》，因为我们当年的历史上留下了太多不详的地方，不把这个不详的地方解释清楚好像对历史不太负责，这就给文学家留下了一个广阔的想象空间。因为历史不详，所以中国人从一开始就在演义历史，包括《三国演义》《水浒传》都是对历史的演义。

有一个评论家说《芈月传》里面有很多地方违反了历史，我开玩笑说，《三国演义》跟《三国志》也是两码事，不说历史小说，就是我们现实小说里面也有很多虚构的地方。所以我说历史也好，现实也好，其实就是真真假假，虚虚实实。

第四节　一个传奇的女人与一个时代的合奏

乌兰其木格

《芈月传》讲述了大秦宣太后在"大争之世"中波澜壮阔的传奇人生故事。在洋洋洒洒百万字的篇幅中，作者不仅娓娓叙述了主人公历经的九死一生的个体遭际，同时也在探析中国文明在源初阶段多元并存的气象与脉络。阅读《芈月传》后，可以毫不夸张地判定这是一部思力深厚，气势恢宏，语言雅洁，包蕴着大格局同时兼具史诗性艺术追求的文学著作。之所以作出如此论断，是基于以下三个维度的体认。

首先，《芈月传》思力深厚，具有宏阔的视角与探源文明的雄心魄力。这部作品潜入到历史的深处，百科全书式地呈现了列国争雄时代，不同国家、不同民族、不同地域、不同文化的纵横纠葛。其时间跨度之长，文化纵深之广，人物涉及之众，共同奠定了这部作品的艺术高度。作者在书写芈月人生故事的同时，更寄托了史家的精神气度和理想抱负。从晚清小说创作的流脉来看，"史传"对于中国小说的影响，大体表现为陈平原所总结的"补正史之阙的写作目的、实录的春秋笔法，以及纪传体的叙事技巧"这三个层面。中国现当代的小说创作，在题材、思想、审美等诸方面，大都与史传有着无法分割的血缘或亲缘关系。《芈月传》作为历史小说确实体现出以上的创作向度。作者对于人物所处的时代、文化、政治等的叙述，不是仅靠漫无边际的虚构和苍白的想象，也不是完全照搬历史书上的有限记载，而是在广博地吸纳阅读后，融会贯通在《芈月传》的文本创作中。写历史上实有人物的小说，如果不具备基本的写实精神，而一味凭借天马行空的想象和编造，就会欠缺叙事的说服力。

当然，小说不是信史，没有必要一一指实，但如果文本中所用的材料漏洞百出，就无法说服读者认同作家笔下所呈现的艺术世界，进而便会质疑作家的写作水准。《芈月传》因作者的勤勉和舍得下功夫之故，有效地规避了这一缺陷，具有一般历史小说所不及的谨严。作者将人物的运命，安置在历史的大波澜中，对事件的叙写，没有停留于浅表的观察，而是细致考证，深入思考，揭示出历史与人生的常与变，呈现出时移世易的变化法则，国运成败的内在因素，以及人性幽微的复杂变幻。在宏阔的背景中，作者发挥了出色的叙事才能，还原了中国历史上大秦帝国在一个杰出女性的运筹帷幄中艰难崛起的历史，并通过芈月人生命运的跌宕起伏，全景式地描摹了从贵族到贫民，从圣人到奸佞，从宫廷到市井，从国家政治到日常生活，从各国习俗到饮食器物的世间万象和人文境况。这些描写，为干巴巴的历史填充了丰盈的血肉。触目可及的细节叙述，可以想见作者花费的心力与思力之巨。从中我们不仅能够窥见生活之变，政权之变，更能体悟到人文之变与人性之变中所蕴含的深刻悖论与艰难弥合。

其次，《芈月传》寓寄着对理想人性的召唤，完成了对一个生机勃勃时代的致敬与怀念。在文本中，我们所看到的是一个个活力四射、激情飞扬、不甘命运摆布的人物群体和时代精神。大争之世同时也是自由之世。这是中国文明值得珍视的青春期，理想、野性、活力、血气成为那个时代的关键词。它思力壮阔，不拘一格，论人议世不为俗常的人伦道德所限。比如策士张仪为达成治世理想可以不顾信义，同时他也毫不掩饰对功名利禄的渴盼与占有。作者以史为据，但又不拘泥于史实的抄录，而是写出了"大争之世"中，每个个体的人生追求和精神气度。小说中俯拾皆是对国事的论辩和文化人生的思索，其中可见作者广博的学识和机智的语言机锋。在全景式的描绘中，作者展示了风云激荡时代中人物的风骨与精神面貌。不论男女，不分贵贱，这些人物普遍具有坚韧不拔的个性，热切的功名心，以及快意恩仇，敢于抗争的个性风采。从而谱写出中国文明在初始阶段令人向往的思想光芒，折射出自由氛围中人性可能达到的厚度与宽度。

在《芈月传》的文本中，不仅帝王权贵可以挥斥方遒、指点江山，即便处于人生低谷，沦落市井的士子女性也不失人生之理想，试图通过才智与自由的竞争将生命的价值发挥到极致。这种鲜活而张扬的生活理念和社会文化氛围，读来令人确有心潮澎湃、心向往之之感。尤其是在当下时代，当我们的精神越来越萎靡，情绪越来越焦躁，心灵越来越驯顺之时，确实需要血气和雄强精神的注入。可以毫不夸张地说，中国当代小说并不缺乏庸常与日常，但却缺乏具有深刻哲理或思辨色彩的作品，更少见到具有超越性和灵魂升华的经典之作。从这个意义上说，作者花费巨力，潜入中国文明的源流之中，书写出一个世代繁复的政道人心，这种精神的原创力和艺术上的大胆追求，在当代的小说创作中不失为一种壮举。

最后，《芈月传》彰显出鲜明的女性意识，挑战了人们对女性的传统认知。最初接触到《芈月传》的时候，笔者曾经有过隐隐的担心。担心的是作者创作出的不过是又一部好看热闹却观念老旧陈腐的关于女人掐尖斗狠的闹剧。害怕看到这些同样围绕在皇帝身边的女性全如一些后宫文中的后宫女性一样，为了自身利益的最大化，为了保卫和提升自己的地位苦苦挣扎、勾心斗角乃至自相残杀。在一些后宫文中，女性与女性之间，匮乏的是互相的体恤和同情，她们之间的聚合离散皆因利益。甚至到了每一句言语都可能暗含讥刺，每一次探视都可能包藏祸心，每一次交往都可能预示恶毒阴谋的程度。这些女性终其一生的事业便是将生命中宝贵的时间和聪明才智都耗费在邀宠献媚，不遗余力地打击对手的权谋之中。在那些后宫文中鲜见具有健全人格的人，这些女性呈现出的是人性的偏狭自私与阴险狠毒。是一批迷失自我生命价值、缺乏自主与反思的女奴群体。那些后宫文中的女性无论怎样抗争，无论做出何种努力，都一直走不出男权社会的掌控。在一个男性处于绝对主宰地位的时代，作品宣扬和强化的是以女性的绝对服从为特征的两性关系。为了个人利益的最大化，这些女性将人性恶的方面无限放大，人性恶在某些后宫文中取得了合理合法的地位，而人类最可珍重的自由、平等、尊严、亲情等全被轻易地放逐。自然，我们可以说那些后宫文是一种时代情绪的集中折射，是陷入了齐泽克所宣称的"启蒙绝境"中的现代人表现出的惶惑无力。但作为人类精神堡垒的文学创作，作为读者，我希望看到是窥破真相后的勇敢承担和积极探求。能够让人在灾难与悲哀中看到人性向阳取暖的努力，在抗争或在孤独中永葆自主自省自由的精神气象。从这一阅读期待出发，细细研读后，惊喜地发现作者在《芈月传》的创作中没有深陷于凝滞落后的理念陷阱。相反，在作品中时时可见大胆而新鲜的见解。作者也写了女性之间的争斗，但这却不是全书的重点，更不是所有女人的共同特质，作者通过芈月、庸夫人等人的言行举止驳斥了女人之间一地鸡毛式的宫斗。

《芈月传》的写作重点是通过女主人公芈月的传奇人生，呈现出女性在政治、时代、文化巨变时代中起到的至关重要的作用，彰显出大争之世时女性不让须眉的风骨气度。芈月并不是传统文化规训出来的贤妻良母，而是始终具备独立人格和自主追求的健全个体。她公然宣称"我也是自己的主人，我由我自己，来主宰命运"。她有独特的气质风姿，敢于破除从一而终的成见，与心仪的男性相恋相爱相守，而不是牺牲一切只讨君王的垂爱和痴情；她同时具备超群的学识与极高的悟性，怀抱鲲鹏之志积极脱离狭小的闺阁，与睿智杰出的群体切磋、论辩为政之道；最重要的是，她还有坚韧的品质和对女性价值的深切认同与倡扬。如她不顾群臣和儿子的阻拦，执意生下与义渠王的孩子。因为在她的认知中，上古先民因为只知有其母，不知有父，便没有手足相残之事。从而认定兄弟同胞从母是天性，从父却不过只是利益罢了，一母所生的是手足亲情，而一父所生的兄弟亲情则是靠不住的。这样的理念，颇为颖异，也极具颠覆性和挑战性。总之，《芈月传》完成了对一个气势磅礴时代的艺术还原，同时也颠覆了对女性的传统认知，召唤思想自由，人格健全的女性主体出现。

此外，还有几句多余的话要说。《芈月传》皇皇百万言，全景式的描摹，人物的众多，线索的多绪，创作时间之长等因素的共同作用，难免会在行文中留下些许细节上的瑕疵。比如在行文中还存在前后矛盾的地方。个别情节的设置还有不尽如人意的地方。最后，小说对文明的探源归纳以及牧民之道也不乏可探讨之处。好在瑕不掩瑜，《芈月传》不仅艺术地再现了诸雄争霸时代中文明的气象与脉络，同时也复活了一群生气勃勃、活力四射的人物群像。一扫时代的萎靡之态，张扬一种高迈的人生观，召唤活力与野性精神的复归。超越精神与对人伦俗见的颠覆，赋予作品强大的精神气场。根据以上几点，便可以断定这部作品在思想上是成功的。

第三章
文学文本与影视文化的扭结

第一节　网络文学的文本价值和传播价值的对称

俞　虹

对于影视来讲，文学的力量太重要了。文学的力量和价值，几乎支撑着影视的创作。2015年，也被称为是中国电视剧的洗牌年。前10的收视率都来自文学作品，而几乎70%的作品都来自网络文学。所以我觉得研究网络文学的传播价值，从审美价值到传播价值再到市场价值，都是我们应该关注的。

今天更多的人，在研究文本价值，但是当文本真正进入传播以后，我们要研究它的传播价值。怎么样让它们能够对称起来，是我们创作者很重要的一个责任。文学创作如何在对历史的题材的选择当中，完成与当下的结合？不仅有当下文化的结合，也有当下年轻人需求的结合。

网络文学特有的表现形式和我们年轻人有天然的血缘关系，因为它的创作者是年轻人，它的阅读者大部分也是年轻人。现在整个电视传播当中，非常强调抓年轻人。而天然的网络文学，进入到电视剧的题材创作当中时，它本身有一定的先天优势，这一点也是网络文学的一种生命力。

我们不能否认，网络文学从出版社的文学，到传统文学概念，再到影视作品，这样一个传播链的形成有着非常值得研究的市场意义。所以在文化产业非常发达的今天，网络文学对文化产业的贡献以及它可能产生的更深远的社会影响，是我们应该非常关注的。

《芈月传》已经发行了140万册，但这140万册的销量中，我们不能否认有从电视剧市场反馈过来的。实际上网络文学和电视剧，影视剧以及大众文化之间有着非常大的关联。

　　其实对我们学文学出身的来说，所有的文学作品，一旦变成电视剧，都是不可想象的。我有时候很难进入电影院看这些改编。很多人觉得电视剧丢失了小说原本的东西，关于这一点我们必须认识到，除了本身的艺术创作能力产生的距离以外，有一个很重要的原因是，这是两种不同的表现方式，文字可以给你非常好的想象空间，而在电视剧当中它必然会固化。

　　但是问题是，同样有非常好的文学作品，作为小说它是非常优秀的，改编成电影、电视剧，甚至是舞台剧之后，也获得了极大的成功。以《战马》为例，它的文本很精彩，改编成电影拿了奥斯卡奖，改编成戏剧成为英国的国宝。这是为什么？这除了文学最根本的一个基础之外，也考究了电视剧改编的一个功底。我想说的是，对两种完全不同样式的作品优缺点的评价，本身是一个很好的命题，只有我们把这里面的结都解开了，我们才能把它里面的并列变成一种发展。

　　英剧的迷你剧，是三到五集的电视剧，而我们现在的电视剧撑得很长，这就使得它本身是市场化的概念，不是艺术品的概念。这个市场化的概念，会造成粗糙和浅薄等问题。

　　我期望我们的文学家，能够在未来的创作当中，不用刻意去追求剧的大体量，而是在小的体量当中，也能够创作出很好的作品。

第二节　《芈月传》电视剧的很多缺点都与小说无关

白　烨

　　《芈月传》被总局列入2015年度优秀原创网络文学作品，我们评委的共同看法是，这并不是因为电视剧热播，电视剧是电视剧，我们真是就看小说，就认为小说本身真是很好。"有案可稽，有历史事实，体现了作者不俗的历史功底，这是作者表现出来的一种素养。"这是我给《芈月传》这部小说写的评语。

看了这个作品之后，有两点让我印象非常深刻。首先这个作品从一个独特的女性的角度，演绎了先秦时期的历史转折和演变，它是典型的口子开得小，却反映了一个大的历史、大的转折和大的动荡。

这篇小说里涉及的史实和史观都非常重要，作者把个人跟历史的关系处理得非常好，写出了芈月在历史关头的审时度势、顺应潮流、卧薪尝胆和把握时机；写出了个人在历史中的作用，历史跟个人间的相互作用，在一定程度上也写出了偶然性以及偶然性背后的必然性。这样的史实和史观，对一个作家的作品是否成功至关重要。

这部小说在整体构思上非常好，因为整个作品涉及的事情和人物非常多，因此构思非常有难度，但是蒋胜男把控得非常好，通过芈月这条主线，把很多事情穿起来，不仅大的历史事件都有，而且人物关系、情感纠葛、心理特点写得十分细致。所以我认为电视剧的很多优点，都跟小说有关；电视剧的很多缺点，都跟小说无关。

这部作品处处可见作者的心思，它的目录不像一般的网络作家那样随便写。目录虽然只有三个字，但都是作者高度概括以后凝练出来的，目录富有诗意性的语言，也体现了作者的文学修养。

不过这部作品的不足在于，缺少人物关系表。因为作品涉及许多人物，对一般读者而言，只看作品的话，对人物关系会比较容易模糊，如果前面有一个表，读者就可以来回对照着看。我的一点建议是，在工作深入以后，可以编入一些历史地图，因为图片能起到文字起不了的作用。

第三节　野蛮生长的"挑战者"

陈歆耕

影像与文本的互补

电视剧《芈月传》曾在 2015 年热播，现在来评说，从信息传播角度看，显然是不合时宜了。媒体总是追着热点走的，哪有时隔半年多再来炒冷饭的？因此首先要说明，我不是写该电视剧的评论，只是以此为例，来思考当下文学的一些问题。如此，本文就与信息传播赶时效撇清了关系。

电视剧确实抓人，情节跌宕、悬念迭起，人物被一次次地推入绝境而又峰回路转。如果不是自我控制，可以吸引你废寝忘食。81集，看了半个月。剧情反映的这段历史和主人翁，在我历史知识的库存里几乎处于空白区。什么"芈八子"，过去闻所未闻。看了电视剧，然后再来看小说。对小说文本，无疑要经过更为严苛的阅读检验。因为故事情节已经知晓，靠悬念已无法形成阅读驱动力。所幸的是，小说文本仍然非常耐读。这取决于它与电视剧强烈的视觉冲击力相比，有无法取代的三个关键因素：一是文字优雅，因作者长期对历史典籍的浸润，形成了散发浓郁古风的文字描述能力，耐人咀嚼；二是借助超常想象力所营造出的生活质感，让阅读者觉得情节、细节、人物形象皆血肉丰满；三是作者不仅仅停留在对历史大势的诗意描述上，而是将笔墨聚焦于人、人性上，运用现代小说的技能，对人物性格的变异、心理活动，进行了合情合理的呈现。主要人物性格的变化、情节的推进都有内在的逻辑作支撑，完全不同于当下文坛流行的某些碎片化叙事。

也许是我的阅读趣味存在偏见，凡是用碎片化方式写出的长篇小说，迄今为止，没有一部能让我读完。有很多名家将此当作"先锋"，而我认为这种写法是以"先锋"的名义，遮盖自己驾驭不了长篇小说的短板。碎片化或散文化写法，如果用之于中短篇或许可以接受，如果用此手段写大部头，一部数十万字的小说没有整体性的逻辑结构，而是用一堆"鸡毛"细节或知识卡片来堆积，产生的不是阅读快感、期待而是折磨。当下文坛，尤其是被归类为纯文学的小说家，有些并不具备写作长篇小说的能力。他们的想象力、故事情节的结构能力、融会生活经验的能力，都不适合长篇小说的写作。但不写长篇的小说家似乎很难在文坛上立足，为此浮名所累，很多人实际上是如挤牙膏般堆积长度。再加上有很多的吹鼓手，为此类失败之作进行褒奖性的文学解读，给某些作家和读者营造出虚幻的文学质地，让他们获取了与实际文本不相符的美誉度。但时光如风，它会很快地将虚幻的泡沫吹得无踪无影。蒋子龙先生多年前曾说过，当代作家已经丧失了创造故事的能力，应该指的就是这一部分作家。而在另一部分新生代作家笔下，创造故事的能力，几乎在奇迹般地复活和野蛮生长。这一部分作家，就是当下颇为读者所追捧的网络文学作家。

网络文学 2.0

从广义上说，凡在网络上发布的文学作品，皆可称之为网络文学；从狭义上说，在网络上最适合生存的具有网络特征的文体是类型小说。起点中文网最初能够成功创造阅读收费模式，依赖的就是类型小说，诸如《鬼吹灯》《盗墓笔记》等。而阅读这类小说的读者，大多是从阅读动漫、玩网络游戏的人群中延续而来。我也曾整合微型小说资源，试图走出一条同样的收费阅读的路径，实践证明是不成功的。因为大量微型小说的作者，写作手法与所谓纯文学圈子的小说写作是一个套路，只是篇幅更为短小而已。由于篇幅短小，难以展开更为丰富的想象和曲折的故事情节，对读者激发不出付费阅读的欲望。盛大网络收购起点网后成立盛大文学公司，曾大量收购纯文学名家的小说版权，试图产生数字化收费阅读的市场回报，实践证明也是不成功的。因为这是两种几乎完全不同类型的文本，以及完全不同的阅读人群，根本无法交融。

最初的网络类型小说，给我的印象是：作者的想象力极为丰富，并因这超级想象力而创造出曲折奇幻的故事情节，这样一种特质是纯文学圈子里大多作家所不具备的。他们最擅长的就是编故事。其二就是它的着力点在娱乐，而不是对人的情感抒发和对人性的探索，也无承载某种价值理念的自觉，纯粹为的就是娱乐、好玩。相比较那些苦涩无趣也无深刻内涵的纯文学的小说文本，类型小说更能吸引年轻的阅读者。他们不需要通过阅读小说来接受教化，他们需要的是轻松好玩。装神弄鬼、故弄玄虚不是问题，只要能给他们带来感官刺激、博得开心一乐就好。有评论家讥讽这类小说与民国时期的地摊小说没有太大不同，当然是有道理的。应该说，初期的类型小说，它的可读性、娱乐性，甚至超过了民国通俗小说。这一类小说，只要无害，仍然有它存在的理由，并且具有很大的市场空间。而大多数走纯文学小说路径的作家，也不把它放在眼里，总觉得它们是不入流的。

迄今为止，大量的类型小说仍然停留在上述层面——网络文学的

1.0 版。但我们同时也欣喜地看到，类似《芈月传》这样的历史小说，正在完成类型小说的转型升级，不仅具备很强的故事性，同时在对人物的刻画、人性的探索、生活的思考、驾驭语言文字的功力方面，已经显示出兼容类型小说和纯文学小说两者的特质。它超越了大多类型小说，也超越了那些纯文学小说不成功的先锋探索，具有了中国气派小说的美学特征。它们成为改变当代小说版图的强有力的"挑战者"。有些评论者简单地用"宫斗"将之归入到一种娱乐化的类型小说里去，如果不是怀有某种傲慢和偏见，也是不客观的。这一部分小说或可称之为网络文学的 2.0 版本。

其实，我是不赞同以网络文学和纯文学这样的人造概念，来对文学进行归类的。那个有点自甘"另类"的网络文学排行榜，是令人觉得可笑的。本文为方便阐述，也用了"网络文学"的概念。文学只有好、差之分，衡量它们不应有两套美学标尺和体系。它们之间并没有截然不可逾越的边界；正如布鲁姆所说，所有的经典都打通了精英与世俗的边界。谁能获得更多的读者，谁能经受住时光的阅读检验，谁才能进入经典的行列。所有的小说，都得接受同一美学标准的检测。某些概念或可方便专业研究者，但对读者毫无意义。

与读者拧胳膊的评论界

对于评论者来说，对那些 20 世纪 80 年代成名的作家的小说新作，甭管写得如何，连篇累牍地为之唱赞歌是安全的。因为他们已有的文学地位，使得人们相信评论家的眼光不会有什么问题。但如果要为一位地位尚未得到文坛确认的小说家做热情洋溢的褒扬，则往往要冒一定的风险，他的艺术感觉一旦有问题，将会贻笑大方。正是这样一种自我防护意识，使得一些评论者宁可在枯木上寻找不朽的质地，也不愿在山野林木中发现那些可以成为大树的新苗，甚至对已经葱茏葳蕤的大树视而不见。

网络文学的不少作家，正处于这样一种尴尬的境遇。他们在读者中俘获了大量的粉丝，但在那个所谓高雅的文学评论圈却很少见到有关他们作品的评介。诸如《芈月传》，在当当图书网可看到近万的读者跟帖式的评论，却很少有专业的评论家去关注。这些不知名的读者跟帖，虽然仅仅三言两语，但完全可以感受到他们的点评是发自内心和真诚的。这是一种非常奇特的现象。我们的评论界，似乎是反读者而行之的。一些论者，虽然有各种专业的头衔一大堆，但因各种因素，已经丧失了基本的艺术感受和判断能力。因此，我在买书时，往往更相信那些如伍尔夫所说的未经错误文学理念"污染"的读者的直觉，而对某些专业评论家的推荐极不信任。

蒋胜男

　　还是以蒋胜男的《芈月传》为例。我对这样的小说家是非常钦敬的。在读大学时，我也曾动过写一部关于王安石的历史小说的念头，为此在图书馆还抄录了数百张卡片。但我终于还是未能写出这部王安石的历史小说来。原因何在？姚雪垠先生在谈历史小说写作时，提到了历史小说家应该具备的几个条件："第一，他应该是一位有修养的小说艺术家，懂得长篇小说的美学；第二，他对于自己要写的小说题材是一位渊博而精深的史学家；第三，也应该是一位优秀的思想家，而不是在历史见解上人云亦云。"这三个"家"的标准很高，笔者一个也不具备，难怪写不出王安石的历史小说。如果用这三个"家"的标准来观察蒋胜南的历史小说创作，我觉得她未必都是"家"，但三个特质却是具备的。她有整体把握长篇小说艺术的能力，这个能力是靠小说家心骛八极的超级想象能力来支撑的。有了这个能力才能将近距离的生活经验融会到历史语境中去，创造出历史上可能发生的可以触摸的场景和人物来。其二，作者对所写的历史有着精深的研究和积累，这在她的文本中可以看出来，涉及特定历史生活的种种知识、常识，作者谙熟于心，并在每一章后作了部分标注。作者将《诗经》中的很多精彩段落，自然无缝地引入到文本叙事中，无任何生硬突兀之感。我还注意到，作者在写小说之外，还著有非虚构的阐述历史的散文、随笔，如《历史的模样》《权力巅峰的女人》等，从中我们可以看出作者的人文功力与积淀。作者对于所书写的历史，未必达到思想家的高度，但作者有自己独特的感悟和史识，是可以肯定的。因此，像《芈月传》

这样的优秀历史小说，出自蒋胜男的笔下，是多种特殊的才华因素化合而成的，是史学家的研究功力与小说家的想象力、文学性叙事能力高度融合的结晶。这样的小说文本，应该放到当代最优秀的小说的行列中，持续进行更深入的分析与解读。

该小说写的是战国纷争时期，秦国宣太后的人生经历，也必然涉及秦国因何在"大争之世"的崛起，联想到前一段有人在电视剧《大秦帝国》播出时，对大秦帝国崛起模式的质疑。我觉得对历史进行反思和批判，抛弃糟粕，吸收菁华，是史学家、思想家、文学家的共同责任。但如果因为文学作品一涉及那段历史，就认为是宣传暴秦、就是对秦王朝焚书坑儒持肯定态度，这就把对历史的重新认识和解读简单化了。简单套用史学的观点来衡估小说也不适当。小说写的是历史中的人性、人性中的历史，与史书上的历史是无法在一个尺度下作比照的。从《芈月传》中，我未看到任何反现代文明的价值观。因此，我们没有必要先入为主地用某种偏见来介入到根本不存在的小说文本中去。在作者的一篇谈秦宣太后的史料文章中，我看到她对宣太后执政中的问题是有清醒认识的。该文谈到今人发现的秦兵马俑，更有可能是宣太后的陪葬物，而非秦王的陪葬物："宣太后身为楚女杀楚王；身为秦惠王妾而杀尽秦惠王诸子；嫁于义渠王而灭义渠；得赵国之助而坑杀赵国数十万人，一生做出种种肆无忌惮的逆天行为，必然会为了自己死后在黄泉之下的命运而担心，而作为一个曾经统帅百万雄师的女霸主，她必然迷信武力，因此为了自己死后着想，带着一支庞大的军队下黄泉，也是非常可能的事。"但我们看到，小说中的芈月与史实中的芈月是完全不同的。小说构造有它不同于史实的、情感的、人性的、心理的内在逻辑。

类似蒋胜男等一些优秀小说家和不为某些主流评论家所接纳的作家，实际上正对当下文坛构成有力的冲击。他们的作品，不仅通过传统书籍，也通过影视、微信、网络、视频等新媒体传播，正在改变着文学的版图，创造着新的文学生态。有些自命清高的专业人士故意视而不见，有些才华已经枯竭、靠玩概念来支撑的所谓纯文学小说家，将他们打出"精英圈"，但这无碍于他们攻城略地，正在进入更多读者的视野，也必将走向中国文学的未来。

第四节　那些《芈月传》教我们的道理
李氩梅

《芈月传》热播那会，我像个愣头青打死不追风，眼看着芈月霸占了几个月热搜就是不看。每天听得路上行人欲断魂，经过的耳朵道听途说了不少花边——电视剧是《甄嬛传》原班人马拍的；孙俪的片酬一集80万；后宫戏，一群花枝招展的女人争来夺去……

直到出差时聊到《芈月传》的人物性格，听作者蒋胜男讲好几年的创作历程，我才发现电视剧和原作的区别如此之大。从拉美回来之后，蒋老师送了我一套6册签名本，而我通勤路上也有了伴，一看就是两个月。

读到最后两本的时候，我已经停不下来了，夜夜挑灯。合上书闭了眼，脑子里还是孙俪穿着太后红装的画面。有人说《芈月传》是一个后宫女子咸鱼翻身史，也有人说是一个靠男人上位的从政史，不管读者和观众对它的定位如何，无法否认的是，它讲了一个好故事。最让我兴奋的，不是她设计一百多号人物还写不串的能力，也不是她丰富的历史知识和想象力，而是隐藏在话语之间、从人物故事证明的，让人无法忘记的关于人生和生存的观点。

出身决定不了你的人生

虽然出生在王族，芈月却一直被踩在脚下。芈姝的母亲是王后，芈月的母亲是媵妾，两人虽然都是楚威王的女儿，却从小就过着相距甚远的生活。芈姝骄横任性，芈月处处忍让。因为"霸星"的预言，从楚国到秦国，芈月被无数次陷害，性命如同草芥。但芈月从不认命，她拜屈原为师，交张仪为友，广泛学习，精通兵法国政，在四方馆听辩论，跟随秦王游历四方，能屈能伸，懂得顾全大局，吃得了苦，受得了委屈，看得透人性，也豁得了性命。在深宫的女人为了子嗣和名位争得头破血流时，芈月已经能站在秦王身后为他出谋划策，和他共议国事了。

命运不以出身论英雄，即使媵妾之女也一样能坐上太后之位，号令群雄，内兴外伐，让天下归秦。

自己要有用，才能让资源为我所用

被流放到燕国为质的时候，芈月母子被芈茵陷害，变卖了所有值钱的东西，不得不住到西市鱼龙混杂之地，甚至靠默写卷书补贴生活。即使穷困潦倒，她也从未忘记自己和公子稷的血统使命。武王荡死后，燕国相郭槐看到了芈月母子的用处，为了向未来的秦王示好，亲手杀死了自己的小妾芈茵，帮扶芈月母子回秦夺回王位。芈月并未真心感谢郭槐，因为她知道自己的价值，也知道自己对于赵国、楚国、义渠，甚至齐国的价值。正因为她有用，所以诸国力量才能为她所用，公子稷才能在诸公子之乱中顺利继承遗诏登位，她才能坐到太后的位置上一笑泯恩仇，一掷决生死。

大局面前，无谓情谊

孟嬴嫁到燕国的时候，芈月是唯一一个真心为她流泪的人；孟嬴与公子职被迫分开的时候，芈月冒险向秦王请求援助；而当芈月母子被发往燕国为质，被百般刁难的时候，易后孟嬴在芈姝的要挟下，为了保全自己的儿子和政权，选择了袖手旁观。信任落空，芈月是难过的，但她又不得不理解孟嬴身为一国母后，为顾大局而辜负朋友的理由。

秦王对后宫女子亦是如此。他看透了每一个嫔妃的心思，给她们子嗣、地位和尊贵，让她们死心塌地爱着自己，只要不影响前朝政局，便纵容她们的争宠争位。义渠君和嬴稷不合，日积月累的矛盾眼看要导致国家分裂，芈月为保秦国江山统一，不得不诱杀了自己的义渠君，赚足了读者眼泪。即使是夫妻，在大局面前也一样要牺牲，君王铁血，情谊终归只是国家博弈的棋子。

有一种爱叫作离开

最让人痛心的爱情，莫过于黄歇对芈月一生的痴心不改。芈月年少，黄歇陪伴保护，芈月嫁给秦王，黄歇默默守护，芈月沦落到燕国为质，黄歇暗中相助，甚至芈月当上太后之后，黄歇仍为她出策解围。从燕雀到鲲鹏，他的翅膀早已无法完整地庇护她，虽然他甘愿当一名士子站在她身后，但伐楚却是他万万无法接受的，他忍痛离开秦国，便是两人陌路的开端。不同意你的决策，却无法停止爱，所以这一种爱叫作离开。

令人动容的离开，还有住在西郊行宫的庸夫人。当年秦王驷要娶魏女，庸夫人痛快离开，放弃王后的荣华富贵，以远观的方式爱着秦王，在西郊行宫一住就是一辈子。年轻时的爱情纯洁而真挚，也许秦王真正爱过的、信任的、珍重的，只有她一个人。

千金难买知己

芈月的一生，是"天降大任于斯人也"的写照。可最让我心疼的，不是她历经磨难九死一生，而是位高权重，却越走越孤寂。真正懂她的人并不是黄歇，不是嬴驷，不是义渠君，也不是庸芮，而是张仪。可惜张仪早死，没等到芈月一统秦国，再助她一臂之力。义渠君死了，保住秦国又如何，这世上真正能平等爱她的人都已经不在了。她召庸芮作陪，养魏丑夫作宠，还是抵不住寂寞。酒逢知己还能千杯，芈月却只能遗世独立。

总的来说，小说比电视剧情节丰富很多，人物性格也更饱满，是一篇传记，也是一部小说，在我心里，更像是鸡血输送机——既要担起大任，又要经得起磨难。且不论语言和文学上的积累，写出芈月如此的胸怀，足可见作者的志向。如果你觉得生活太苦逼，不妨读读《芈月传》，看看昭阳是怎么利用后宫之争离间秦王和张仪，看看在困苦之境还不忘鲲鹏之志是怎样的胸怀，看看朝堂之上国士的巧辩如何改变一国之命运，再回头想想眼前的小事，如何能左右你的心境？

文字是有力量的——就作为荐书语吧。元宵快乐，愿你们的生活更美好。

第四章

女性历史的衷情书写

第一节 《芈月传》的创作回到了传统文学

梁鸿鹰

我们接受的文学教育，总是沿着历史上已经定论的、很多年传下来的东西走，《芈月传》里的人物学的也是《诗经》《庄子》。但是说它是网络文学，它的传播方式、盈利方式，以及为什么可以吸引这么多的年轻人，对这个我曾很困惑。但是看了书后才发现，其实对于它的成功，我也无话可说。

《芈月传》这部作品其实还是在文学的旗帜下，我们是一个阵营的。它里面反映了对世界的看法、对历史的看法以及对人性的洞察，这些东西跟我们传统文学是心心相印的，但是它却用一种非常吸引人的方式来呈现这些。

第一点我觉得蒋胜男还原历史的能力非常强，她写的这本历史，你能看出我们国家在文明、文化、人性和风俗方面具体的变化，比如像芈月这个年龄的人，她能不能说出这样话，能不能做出这样的事，而我们传统文学有的时候可能会忽略这些非常细小的点。但是蒋胜男恰恰把我们感兴趣的婚丧嫁娶以及政治格局的关系描写了出来，不管这些是否真实，但这就是文学的成功。作为读者的我们，并不想读法庭政府一样的东西，我们要读能跟我们心意相通，能触动我们的东西，蒋胜男做到了这一点，这是她的第一个能力。

第二点我认为她的文学观很好，她借助笔下的人物传递给我们的是正能量的东西，她并没有把精力都放在摧毁、扭曲、泯灭这些方面，就像她说的"我要让一切晒在阳光之下，以自己的能力走出人生的困境"。实际上她注重的是挖掘女性身上本身蕴藏的正能量，反映的是女性在成长过程中克服困难的勇气，展现了主人公的人性光芒。因此这个作品不会让你消沉，而是让你得到一种力量，一种熏陶。恰恰在这一点上，电视剧的改编是不成功的，它所表现出来的女性的成功是建立在男性身上的。

第三点我认为这部作品高度符合网络文学的创作规律。网络文学到目前为止，还是通俗文学。它最大的目的，就是用最常用的文字，讲最平常的故事，揭示最深刻的人生道理，从这个意义上讲，《芈月传》所承担的使命也是这样的。一般在纯文学出版社，纯文学作家的书起印是一万册，但是网络文学不是这样的，从去年8月份开始算起，《芈月传》现在已经是第五次印刷了。它为什么取得这样的成功呢？因为它抓住了大部分人的一种需求，作者知道大众在想什么，他们需要什么。他们在劳碌了一天回到家里之后，不会想看多深刻的思想，而是想看一个弱女子如何成长，她的美丽如何渐渐消失，而她的安守最终延续下来的故事。所以作者不停地把自己认识的一个美好女性形象和可能发生在她身上的东西塑造给大家。

第四点是她讲故事的能力。她始终注意自己讲故事的可信性和吸引力，故事的合理性、逻辑的合理性、生活的合理性以及人物性格的合理性，始终是她心里边最惦记的东西。因为她首先想到的是读者的需求，读者对于主人公产生的信赖和好感，这也是纯文学作家立命的根本。从这个意义上讲，蒋胜男还是回到了文学本身。

第二节　女性大历史文学的写作
施战军

过去我们就喜欢看历史小说，也看了很多的历史小说，从《李自成》到《少年天子》，包括我们传统的"四大名著"，所以我们对历史小说有种亲近感，这种亲近感也导致我们当代文学的很多创作手法跟古典小说的叙述方式非常像。从这个角度来看《芈月传》这部作品，它虽然是以网络文学知名，但它表现的是中国传统的历史演义小说在今天新的进展，作品里面没有网络语言，就是一个小说，因此我们不能把它当网络小说看。

探讨女性大历史这种文学倾向是非常有必要的，首先我们应该把它定义为文学作品，它里面有现代意识，作者的语风、基本的语言方式和表述方式，确实是中国最精华小说的表现方式。比如《芈月传》中刻画芈月时常常用到了这些词，芈月皱眉道、芈月气道、芈月诧异道、芈月冷笑道等，这种没表现力的语言在所谓的纯文学里面不可能有。但是传统的古典小说要讲的故事太多，为了快速进入故事情节，经常会用到这种表述方式，因此《芈月传》在语言上就是中国传统文学的讲述方式。

那么传统小说的核心是什么呢？"四大名著"之所以能流传下来是因为它的内核是仁义礼智信，这是中国传统文化的精华，没有这些东西老百姓是不会喜欢的。那反过来说，为什么我们所谓的纯文学作品，现在丧失了很多读者，我觉得是因为它离仁义礼智信太远了，它在揭示不可信，因此它不会讲信；它在批判利，但是又看不到它的义。而传统小说一定要保留这些，所以这部小说还是传统小说君子小人的模式，阴谋与爱情、权力与仁义，这些东西是它的内核，由这些讲到男性之间的权力之争，女性之间的长袖善舞。

我觉得这部作品比《甄嬛传》高一个档次，因为它超越了长袖善舞这个层面，多了一种侠义情怀。这个侠义情怀，我们可以从芈月和芈姝的对比当中看到，芈姝从小就对芈月有居高临下的感觉，她的掌控力事实上比芈月厉害得多，而芈月恰恰是在生活当中，渐渐磨炼出了一种适应力，在适应力的基础上，她慢慢掌握了一种力量。所以这部小说，既是女性大历史小说，也是一部关于芈月的成长小说。

在这部小说里，作者还有一种知识者精神上的较真。我们看到芈月跟很多男人有关系，但是她对黄歇是自始至终的。这是一条虚线，如果没有这条虚线牵引的话，芈月可能就变成了武则天，但是她有这样一份爱在的时候，她就做不到杀人如麻。过去小说里的爱情完全是非理性的，但蒋胜男的这条爱情线，不是完全的依赖性线条，她把它作为一条虚线进行处理，这种处理就显得非常客观、非常适当。

蒋胜男具有文学家的想象力，更重要的是她有一种女侠的江湖格局，她通过权力的更迭，把这种温润的、软的格局穿起来。我觉得这就是《芈月传》的意义所在，因为我们很多所谓的纯文学，没有做到这一条，从这个角度上讲，它超越了政治层面、法度层面、性别层面以及成长的励志层面。

事实上《芈月传》不仅是芈月的传记，它对中国传统的精神、天地观、世界观以及人学观进行了非常精彩的演绎，而这种演绎是我们应该看到的。

第三节　浮出地表的女性历史书写
乌兰其木格

中国是一个尤其重视历史的国度，历代文人学者普遍具有历史情结，希望书写出具有史诗气度的传世之作。网络文学作为新生事物，虽然只有短短的十几年发展史，但网络作者对历史题材大规模的产出及读者粉丝的追捧阅读却是不容忽视的事实。其中，《芈月传》《后宫·甄嬛传》《梦回大清》等成为现象级作品。与纯文学史传传统专注于追慕男性先祖的英雄伟业不同，网络文学中的女性历史书写倾力呈现女性的生命故事和家国情怀，从而建构起独属于女性历史的精神飞地。

一、传统历史的解构

中国古典历史小说遵循"羽翼信史"的叙事准则。在对家国天下兴衰荣辱的描述中，追求气魄恢宏的史诗巨著。但从性别视角来看，女性则必须面对没有历史的尴尬。在诸如《三国演义》《水浒传》等传统历史题材作品中，女性或为被遮蔽的存在，或为水性杨花的祸源。漫长的封建时代，男权文化一直居于主导地位，彼时的女性尚未浮出历史的地表，更不可能在文学世界中得到公正客观地呈现。

直至 20 世纪初期，西方女权思想经由马君武等人的译介进入中国，一时间"男女平等"和"男女平权"的呼声响彻华夏。此时，女性的解放不再局限于思想学理范畴，而是含纳了实践的必要性和紧迫性。在政治与时代的双重召唤下，秋瑾、吕碧城等时代新女性应时迎世而出。作为女性解放运动热情的鼓吹者，她们勇敢地突破了闺阁的拘囿，走向时代的广场中心。

在身体力行的实践中，她们用大量的杂文和诗歌写作唤醒女性意识的觉醒，并将女性解放纳入到救亡图存的宏大语境中。由此可见，清末民初的女性写作竭力想要完成的是在历史的公共领域与公共空间内为女性争取到"女国民"的资格。此后，这种女性叙事路径被解放区的丁玲和"十七年"的杨沫所承继。在这些女作家建构的文学世界中，男性不再是唯一重要的中心人物，而是逐渐发出了独属于女性的心音体感。女性作为力量的一级，通过男性导师的启蒙与引领获取到进入历史的权利。此时，女性作家以乐观主义和献身精神完成了对历史极富浪漫化的想象。

但"新历史"书写蔚然成风后，女性书写者开始表现出对"女国民"形象的质疑与解构。作家们逐渐意识到 20 世纪初"男女平权"的倡扬只是启蒙运动再造国家的应急策略。真实的女性境遇，真切的女性心理及真正的女性历史依然处于喑哑的情状。因此，历史非但不能庇护遭到曲解的女性，反而与男权合谋成为巨型异己力量。无论是凌力的《北方佳人》，还是王安忆的《长恨歌》，这些作品在对女性境遇的切肤体恤中都表现出进入历史的艰难。

争权夺利而又遍布残酷的血腥历史里没有女性的生存空间，更不可能为健全女性的精神确立提供生长的环境。她们的偶尔在场，或为男性主人公的情爱陪衬，或被男权文化强势蚕食。历史本身便是女性存在的深渊镜像。此时的女作家们勘破了既往历史是男权文化掌控下对"女国民"的蛊惑和利用。面对历史，女作家们悲悼着自身力量的微渺，流露出无可奈何的悲凉之感。在大历史的坐标中，女性的边缘位置如此固定，以至于留给女作家的除了在作品中叹息感伤之外似乎别无出路。

但网络文学中的女性历史书写却可以利用解构主义叙事策略巧妙地消解传统女性作家在历史书写中的挫败感。既然文本的历史不过是一种"修辞想象",那么历史就不应该独属于男性,而是平等地赋予每个试图叙述和理解它的个体。于是,男权历史的颠覆和女性历史的建构就具有了某种不证自明的合法性。

当历史与女性心灵遇合的时候,女性根据自身的性别经验,改写了男性文学传统中被污名化的女性。譬如笔名为水性杨花的《熟女穿成潘金莲》便将钉在耻辱柱上的潘金莲解救下来。淫荡不堪的扁平化塑造被置换为独特而另类的"这一个"——潘金莲在作者笔下被描述成既有美貌才华,又具备独立自主意识的美好女性;而奕杉的《梦为蝴蝶也寻花》则让现代社会的女性带着情感的伤痛穿越附体在颇具争议性的鱼玄机身上,在封闭保守的封建社会里,依然不能掩盖鱼玄机特立独行的个性风采和坚韧不屈的抗争精神。

自由往来于时间与空间的"穿越"叙事策略,瓦解了男权历史的"正统"叙事,对传统的历史认知方式形成了有力的冲击和荒诞化的反讽。在这里,女性作者试图通过女性与男性两种叙事视角的比较,来完成对男权意识的解构——这样的解构不仅指向性别,更指向历史。基于此,在网络文学的女性历史写作中,"'穿越'显然已经不能被仅仅视为叙事手段,而更多成为一种企图打破现有时空秩序的、与现有的历史小说观念格格不入的另类历史文化;其作者、受众以及故事内核也越来越'女性化'",女性作者笔下的穿越文学试图呈现出一个被正史所剔除、被宏大叙事所屈抑的女性历史。

当然,穿越小说并非始自网络文学写作者,单从中国文学脉络探寻,最早以集群式方式出现的当推晚清文学中被王德威归纳为乌托邦幻想写作门类的小说。其中具有代表性的作家作品包括冷血的《新西游记》、陆士谔的《新三国》、吴趼人的《新石头记》、西泠冬青的《新水浒》,等等。这些小说通过对名著的寄生性仿写,内容情节"多是原著人物'穿越'到20世纪初目睹的现实,借用古代名著的躯壳,置换了时间、空间"。晚清乌托邦小说的主人公们往往是按照从古到今的时间顺序进行穿越，他们携带着旧世界的价值观念和认知系统进入陌生而新异的崭新世界，从而不可避免地闹出许多令人啼笑皆非的笑话。但作家们在传奇化的情节设置中，在戏谑化的语言背后，则致力于对现实社会种种现状的批判和对未来自由文明社会的热切召唤。贯注着作者感时忧国的历史意识，彰显出晚清文人对国家民族坚定的自信与期许。

而网络文学中的女性书写大体上遵循的是从今到古的逆时间穿越，作品中的主人公多为现代社会中平凡普通的女性，在一地鸡毛式的日常生活中陷溺沉沦。比如天下归元的《扶摇皇后》中的主人公孟扶摇出身贫寒，她的母亲患有重病，而她则必须承担起医治母亲，照顾家庭的重任。与之相似，琉璃薄苏的《大清遗梦》中的蔷薇在穿越前也是一个普通平凡的上班族，面对一成不变的生活，她虽然感到不满与疲惫，却没有改变的勇气和行动。然而，当这些普通女子穿越回古代社会后，她们却可以凭借现代知识和特立独行的人格魅力成为掌控生活的强者。由于穿越文学的女作者不愿承担民族想象代言人的重负，所以穿越后的历史不过是女主人公展演生命故事和个人风采的自由舞台。女性站在这个华丽而梦幻的舞台中央，卸去了现实生活的苍白，抖落了男权历史对女性的种种规训，在个性化体验与个性化表述中呼风唤雨，无所不能。由此可见，网络文学中的女性历史书写热衷"穿越"的叙事并不仅仅是一种逃避现实的游戏之举，而是时代女性利用幻想构建起的诗意桃花源，用以抵御现实生活中爱情的缺失和事业的挫败。

女性私人化叙事的逻辑起点决定了网络文学中的女性历史叙事多以传奇爱情故事为小说的核心内容。穿越文学中的言情小说不仅数量众多，而且具有超高人气。如被誉为"四大穿越奇书"的《末世朱颜》《木槿花西月锦绣》《迷途》《鸾，我的前半生，我的后半生》皆以男女主人公令人动容的爱情故事为主要内容。尤其值得注意的是，这些女主人公在追求美好爱情的同时，并没有放弃女性的独立自主精神。比如《木槿花西月锦绣》中的木槿不过是一个地位卑微的婢女，但她没有遵从古代男子一夫一妻多妾制的婚姻模式，而是在精神契合的基础上寻求两性平等的恋爱与婚姻。

穿越小说的作者们消解了男权历史的"庙堂政治"，以戏仿历史的方式解构了男性为主导的神圣历史，以感性的体验和个人情爱的狂欢化叙事回避了历史哲学的审美诠释。女性的抗争和觉醒仅止于在婚恋欲望层面，穿越小说的作者没有站在历史的纵深处去审视性别政治的根本缺憾，而是明白无误地告诉读者她们书写的意图不过是暂时出离生活的黄粱美梦。这样的梦，与心灵有关，与理性辨别和历史真实无关。

二、女性历史的虚构

如果说传统文学中"新历史主义"女性书写探寻的是渐进式的性别觉醒之路，那么网络文学中女性历史书写中的"女尊文"与"女强文"则表露出狂飙突进式的性别革命意图。在这类小说中，写作者将女性定位为历史的核心形象，这些女性在虚构的历史中披荆斩棘，她们不再是寻求男人保护的贤妻良母，而是冲破闺阁的狭小天地，进入社会公共空间，用优于男性的智慧和才干去开创基业或引领民众。在历史的坐标中，她们不再需要男性的启蒙和许可，而是带着强者的自信介入历史，成为至高无上的统领者。令她们沾沾自喜的也不再是获救感，而是救世感和创世感的"天赋人权"。

"女尊文"和"女强文"的新异之处是颠覆传统社会男尊女卑的性别秩序。女性作家在对旧的父权伦理和性别秩序感到幻灭之后，重新界定了性别秩序和女性的历史地位。为此，网络文学的女作者煞费苦心地虚构出女尊男卑的乌托邦王国。在这个女性当家做主的理想国度中，女性在公共空间和私人空间中来去自如。在社会公共空间里，在类似中国古代的社会背景下，有的女性是国家的最高统治者。

当然这些女性的权势地位并不是唾手可得的。天降重任的她们不仅要有出众的智谋才略，还要具备随时化解政治危机的能力（《美男十二宫》）；有的女性则如花木兰一般通过女扮男装的方式成为沙场上令敌人闻风丧胆的军中豪杰（《凤城飞帅》）；有的女性在乱世纷争中挺身而出，救民于水火，决胜于千里，最后使国家四海清平（《少男丞相世外客》）；有的女性怀抱改写国家历史的胸襟抱负，为了国家民族的未来，她们实行了一系列国富民强的变革之法，如开埠通商、兴办学堂、延揽人才等（《凤穿残汉》）；有的女性拥有卓绝的商业才能和果决的执行力，成为商业领域的时代弄潮儿（《绾青丝》）……

由此可见，女性在政治生活和社会生活中完全置换了男性，成为公共空间的核心力量。而且通过戏弄和役使男性，消解了男权历史和性别等级曾经的权威感与紧张感，并因为有效地运用了男女置换的方式，致使文本呈现出戏剧性的冲突和反差，客观上起到了对男权历史解构的作用。网络文学中的女性历史小说虚构出的女主角大多用她们的智慧、谋略以及坚韧不拔的毅力实现了治国平天下的理想。改变了男权社会女性的附属身份和卑微情状，这些描写在某种程度上表现出一定的积极意义，折射出现代女性的心理期许和成长奋斗历程。

而在私人空间里，这些权贵女性的宅院中则生活着一群面容姣好，心怀幽怨的男性伴侣。这些被幽闭在闺阁中的男性以美色和才艺示人，一旦他们找到了自己的爱恋对象，便要恪守从一而终的传统古训。否则便要面临舆论和伦理道德的挞伐。但女子却可以不受羁绊，她们可以同时拥有三夫四侍。在诸如《男人如衣服》的书名题目中，便可窥见女性在情感关系中的主导地位。

有意味的是，男性如要获得女性的情爱，容貌的优劣成为首要的考量标准。在这类颇为另类和激进的网络文学中，男女两性不论从外貌还是内在心理层面都发生了颠覆性的改变——女人置换为男人，而男人则被置换为女人；或者说是女人男性化与男人女性化。女性大都风流倜傥或强悍豪壮，她们在建功立业的过程中，不断地邂逅到令人心动的美男子，而男性则极端重视外表和德行的修为。

例如在宫藤深秀的《四时花开之还魂女儿国》中，凤栖国的瑞珠身边就生活着春航、茹叶等侍宠，这些男性的主要使命是等待瑞珠的宠爱。彼时，女性"将男性当作纯粹的审美物，或欲望化的客体。男人沦为被使用、被观赏、被看的'物'。女性作者和读者可以毫不羞怯地把他们作为美和欲望的观看对象"。瑞珠的男宠"因为被瑞珠抬着脸看得久了，那张瘦瘦的脸上就慢慢透出一层淡淡的红，在红烛掩映下倒也出了几分我见犹怜的风韵"。除此之外，在诸如《阴阳错》《君韵》《一曲醉心》《姑息养夫》等小说中，都曾出现过类似的场景与情节。男性的伟岸和阳刚之气被柔顺和俊美所取代，女性从阴柔娇美转变为阳性十足。在情爱关系模式里，网络文学中的女性历史书写也多从女性视角出发，更多地呈现出女性的身体行为与情感诉求。与之相应，男性则沦为沉默的存在，在被动中丧失了其自身的主体性。

性别秩序与男女气质的颠倒互换构成了对历史惯性认知的大胆挑战。在看似荒诞不经的情节设置中，潜隐着女性作者对现存社会性别等级秩序的不满。她们企图回到历史原点，通过虚构与现行社会制度、文化伦理和婚恋习俗全然不同的女权社会，来质疑有关"女性气质"和"女性本质"的传统论定。网络文学中的"女尊文"直截了当地呈现出所谓的"女性本质"不过是被男权文化规训出来的。这是一场停留在文字中的、激烈的性别之战，具有寓言色彩和先锋精神。

为了占据历史的核心地带，网络文学中的女性写作者需要终结男性作为统治者的"超稳定认知"；而另一方面，女性如何获得历史并成为历史主体这个原本十分复杂难解的问题得以轻松化解——女性只需和男性互换位置，或者女性以易装方式进入历史。但对所有女权写作者来说，一个不容忽视的难题是，无论女性多么的男性化，其内在身体构造和哺育后代的任务却是上帝在造人的时候便规定好的。正因如此，女性在社会公共空间的时间与机遇被大大削减，致使女性在与男性竞争时天然处于劣势。而且，女性身体的物质属性同时也决定了她们不能完全排除男性，从而增加了女性掌控历史的难度。

面对这一难题，传统文学中的女性写作者感到了无奈和无力，但网络女作家却在乌托邦的虚构中又一次巧妙地解决了女性面临的困境。大体上，她们采用两种方式：一种方式是让男性改变生理结构，他们和女性一样可以承担生子和哺育后代的任务；另一种方式则是凭借先进的科技手段繁育后代，让女性彻底地摆脱生育繁殖的任务。

当然，这种惊世骇俗的乌托邦虚构并非网络女作者的独创，早在晚清海天独啸子的《女娲石》中就有类似设定。所不同的是，《女娲石》发明了人工授精，完全彻底地排除了男性。与此同时，女性也罢黜了爱欲和性的本能，但她们的身体却依然没能从生育中解放出来。而在《女权学院》的文本设定中，人们已经发明了人工子宫来繁殖后代。女性的身体不再是生育的器物，而是获得了彻底的解放。网络文学中的女权写作尽管出格而前卫，但她们中的大多数却没有如晚清作家一样弃置身体的肉欲之乐。这一点，反映出现代女性正视本能，享受生活的时代理念。

但在"女尊文"和"女强文"的文本创作中，网络女作者对女性历史的虚构并非对现实历史的理性介入。她们明白无误地告诉读者文本中的世界不过是建立在想象之上的乌托邦，不过是对几千年男尊女卑历史的压抑性和报复性反弹。她们以游戏的心态或嘲弄男性或幻想女性掌控历史的可能。但她们所借助的语言系统和形象系统依然是男权文化的产出。女尊男卑的二元关系设定具有谵妄色彩，并落入了和男权中心主义一样的狭隘和偏激之中。健全的、合理的、和谐的两性关系及女性如何在历史中寻找到主体地位的问题依然被悬置。面对真实的历史，"女尊文"和"女强文"的写作者缺乏正面探寻的勇气。事实是，无论在写作实践中，还是在作者的创作意旨内，网络女作者都不愿去承担这个过于复杂的重任。

三、女性谱系的建构

网络文学的娱乐性、民间性和商业性的特质决定了其通俗文学的属性。为满足读者娱乐性和消遣性的阅读期待，网络文学的故事情节需要充分的戏剧化和传奇化；语言风格则要尽量做到轻松、幽默和俏皮；叙事线索则要求清晰而简洁，以此来满足读者大众碎片化和轻松化的阅读习惯。基于此，网络文学中的女性历史书写大多采用非现实主义的叙事策略，作品为幻想手法和现实生活的杂糅。

但随着"女性大历史"写作的倡扬，网络文学中的女性历史书写开始朝着现实主义题材迈进。这些作品既不同于传统文学女性历史书写的虚无溃败，也与大多数网络文学另辟乌托邦的戏说拉开了距离。"对于女性或女性写作来说，历史必须重新建构。只有在重新建构的历史结构与历史意识中，女性才有可能作为主体成为历史存在。"部分网络文学中的女性历史写作者怀抱着端正谨严的历史态度，她们的写作建立在史实的基础上，主要人物也是历史上真实存在的人物。当然，这些历史人物在史书中的记叙中要么是寥寥数笔，要么是毫无情感的盖棺论定。网络女性作者在充分尊重历史的前提下，在大历史的骨骼中填充想象的血肉，通过成熟而理性的历史叙事探寻女性的历史功勋，从而反抗正史对女性历史的过滤性简化，彰显出女性写作重新言说女性历史的努力。

代表这一写作路径的作品包括以清代孝庄为主角的《后宫》；以一代贤后阴丽华为主角的《秀丽江山》；以秦宣太后为主角的《芈月传》；以大宋太后刘娥为主角的《凤霸九天》；以西夏没藏太后为主角的《铁血胭脂》等。这些历史小说专意勘探史书中实有的杰出女性，建构起女性政治家家谱。在现实主义框架下，不乏浪漫的想象和大胆的假设。这些作品颠覆了男性形象在历史中的主体地位，同时对健全女性的塑造也不是依凭乌托邦式的荒诞想象，而是在史书中寻章觅句，在男权社会威严的现实律令之下探讨女性的雄才大略和生命情致。李歆、西岭雪、蒋胜男等网络作家本着"大事不虚，小事不拘"的创作态度，质实而灵动地建构起女性的精神飞地。

某种程度上，这些网络女作者不约而同地采用了弃父从母的选择策略。究其原因，一方面是因为她们对男性历史作家笔下的女性书写感到不满，因为："男性作家写历史，他们肯定站在男性的思维角度上，对女性主要呈现两种处理方式，'圣母化'或'妖魔化'，无限包容、牺牲或是无限自私、坏。"另一方面则是试图在正史的架构中实现女性历史的发掘和建构。网络文学中现实主义的叙事方式依然有着宏大叙事的内容与艺术追求，同时又将个人化表述作为观照与审视历史的根本基点，具有个性风格和女性视野。这样的女性历史写作，既避免了男权叙事的粗暴简单，也试图接续女性历史的混沌与断裂。

目前，在正史中书写女性历史用力最深和成果最丰的当推网络作家蒋胜男。《芈月传》、《铁血胭脂》和《凤霸九天》等作品显示了蒋胜男的写实功夫。温情缱绻的情爱生活，抵御不了十面埋伏的宿命劫难；

血脉相连的骨肉深情，惨遭世俗功利的无情蚕食；小桥流水的闲适人生，终结在云谲波诡的政治旋涡里。人生的辉煌，伴随的是肠断噬骨的难言苦痛。但令人感怀的是，这些女主人公无论经历怎样的挫折和磨难，始终没有泯灭人性的良善和对理想信念的执着坚守。

蒋胜男以女性之笔，选择和重构了诸如芈月、没藏和刘娥等女性祖先的丰功伟绩，谱写和再造了女性政治家的传奇人生与精神上的自我确立。这些女性所显现的扼住命运咽喉般的抗争精神不仅在网络文学中难得一见，即便是在传统文学脉络里亦不多见。女性不让须眉力挽狂澜的政治才能以及她们毕生争取自尊独立的人格觉醒，预示着她们不但获得了历史，更是推动历史进步，创造崭新历史的力量主体。女性在蒋胜男笔下被塑造成正史的缔造者，改写了创世者均为男性充任的性别修辞。

女性现实主义历史书写虽然与解构和虚构主义的历史观不同，但在彰显主人公的现代品格方面却十分相似。与传统的女性形象书写相较，网络文学中的女性历史书写几乎完全摆脱了传统道德观念和传统小说的善恶评价。譬如在《芈月传》中，芈月的形象塑造并不向传统文化倾心礼赞的贤妻良母方向靠拢。她勇毅地破除了女性必须保持贞洁的道德伦理，大胆地与心仪的男性相恋相伴。

在两性关系中，她拒绝顺从与依附，更不愿意将自己的命运寄望于男人的怜惜与宠爱。在母性方面，芈月也一改为了后代无条件交付自己全部人生的惯常做法。她历经万千辛苦走进政治权力的中心地带，并非完全是为了给儿子争得王位，更是为了实现自己从小便怀抱的鲲鹏之志。这样的人物设定，意味着女性不再按照男权话语规范和男性理想来定义女性自身。

此外，在《芈月传》里，蒋胜男睿智而激进地质疑了以男性血缘为正宗的传统认知。作者借芈月之口论述道："先民之初，人只知有其母，不知有父，便无手足相残之事。待知有父，便有手足相残。兄弟同胞从母是天性，从父只是因为利益罢了，所以是最靠不住的。"这样的理念，颇为颖异，也极具颠覆性和挑战性。凡此种种，均明白无误地传达出作者对女性精神自我确立的深切召唤，同时终结了男权主宰历史的中心地位。

以蒋胜男为代表的"女性大历史"写作的叙事动机是让被遮蔽的女性重新进入历史并极力宣称女性对逝去历史的合法拥有，将被放逐的沉默女性重新召唤回历史的家园。或许正是因为对男权文化铁屋现实的正视，对女性内在性匮乏的清醒体悟，才促使这些清明的女性写作者不竭地发出女性的呐喊。

综上所述，网络文学中的女性历史书写在解构男权历史，虚构女性王国和建构女性历史的众声喧哗中蹒跚前行。它所呈现的艺术世界繁复驳杂，它所秉持的价值观念自由多元，它所彰显的性别秩序颠倒错位，它所建构的女性历史亦真亦幻。在此，我们可以体察到女性写作者的彷徨与无奈，焦灼与分裂。现实不可期，未来仍可盼。或许，在未来，在远方，在荒芜悖论的大历史里，会走出一条新路。这是一种勇毅的信念，同时也是一种女性意识的拓延。

第四节　历史题材成为网络文学的热点地带

阎晶明

过去，大家认为网络文学是各行业与新时代、新生活相结合的产物，但是现在，越来越多的证据表明网络文学正在跟中国传统文化和历史发生奇妙的关系，也就是说历史正在成为网络文学，甚至是主流文学创作的重要题材。

对文学来说，每一个作家的创作都是独立的。既是在环境中创立的结果，同时也是他个人长期的积累、潜心创作得出来的成果。

近几年历史题材的网络文学作品，在文学领域和全社会引起广泛关注，也跟影视紧密地结合起来，说明了它们在艺术上的征服力。我们必须承认，不但古典的、历史的题材成为网络文学的热点地带，而且它的创作方法、处理题材的方法、构思、设计以及叙述方法，也是非常丰富的。

我觉得《芈月传》在所有这些历史题材作品中脱颖而出，是基于作者非常扎实的历史基本功。《芈月传》不同于其他网络文学作品的地方在于，它是在真实的历史和时代背景下，尊重传统文化脉络进行创作的。《芈月传》和《大秦帝国》在不同的两个领域对历史知识进行了梳理，虽然方式不同，但都可以凸显作者扎实的历史文化功底。

《芈月传》的作者蒋胜男，在假借历史人物介绍抽象人性的同时，也给我们展现了真实的历史，这一点出自一个年轻女性的笔下，我觉得非常地奇妙，非常地值得尊重。

中国的历史，特别是春秋战国时期的，已经成为学术研究、文化表达，甚至是文学、艺术创作的热点地带。以楚国为例来说，它跟北方其他国家完全不一样，它的很多东西给人感觉不是同一个国家的，但是它又是在那样一个充满冲突、交融和战争的时代。蒋胜男通过对以芈月为代表的一系列重要历史人物的刻画，把那个时代的氛围和历史完整呈现了出来，这是值得我们认真分析研究的一点。

像《芈月传》这样的作品，我们可以深究它，它不但带给人阅读的美感，而且还可以给人很多的启发，教给人文化的、历史的、政治的各种知识，因此它是一个丰富的宝库。

第五章
传统与现代的交织变奏

第一节 《芈月传》：网络文本与传统文本的同构

马 季

近十年来，古代言情小说在网络文学类型变换起伏中不仅没有衰弱，而且大放异彩，其创作手法推陈出新，表现形式不断拓展，无论是在纸质出版、影视 IP，还是在社会影响力、公众口碑诸方面，均呈现巾帼不让须眉之势，形成了女性网络文学的特殊场域。古代言情小说种类繁多，计有历史文、宫斗文、宅斗文、仙侠文、武侠文、穿越文、玄幻文、种田文等。如果以 2010 年为中轴，之前有桐华的《步步惊心》、金子的《梦回大清》、流潋紫的《后宫·甄嬛传》、随波逐流的《随波逐流之一代军师》、海晏的《琅琊榜》、寐语者的《帝王业》、犬犬的《第一皇妃》等；之后有天下归元的《扶摇皇后》、天下尘埃的《浣紫袂》、寂月皎皎的《君临天下》、唐七公子的《华胥引》、果果的《花千骨》、阿彩的《凤凰错：替嫁弃妃》等。上述作品被泛泛纳入女性历史题材范畴，但由于其历史背景的虚拟性（网络称之为架空），又与传统的历史小说存在很大差异。

这就引发了一个文学概念上的议题：网络时代，历史小说是否有重新界定的必要和可能？换句话说，包括架空、穿越等形式在内的网络历史文，能否划入历史小说范畴？这关涉研究者的方法论，及其对作品的身份认定。本文虽无意对上述问题进行专门论述，但仍然觉得有必要提出来，立此存照。

然而，特例总在某个时刻出现。曾经长期活跃于网络文学领域的女作家蒋胜男，用其新作《芈月传》（浙江文艺出版社2015年7月版）对这一难题给出了她的答案。这部小说既具有古代言情小说的重要特征，如历史脉络、后宫争斗、情感纠葛、主角登顶、后世影响等，也具备了历史小说的基本要素，如历史人物、重大事件、史料依据、合理虚构，等等。也就是说《芈月传》的出现，打通了古代言情小说和历史小说并行不悖的路径，弥合了网络与传统对历史小说认同的巨大裂痕。

当代史学研究的进程，或许可以帮助我们重构网络时代的"历史小说"概念。"二战"后形成的后现代主义史学倡导"从史料到文本的转移"，认为历史事件的意义往往并不在于所发生的事件的本身，而在于同时代人对它的感知和后来时代人的理解。那么，依据后现代主义史学理论的观点，历史研究者可以在不违反学科规范的前提下，对历史事实进行不同的联结和组合。而这些不同的联结和组合，会形成不同的人物、事件或者过程的历史面貌。因此，对历史进行描述可基于以下要素进行：

　　A．历史并不等同于事实；

　　B．可以有虚构成分；

　　C．可以有不同的版本；

　　D．其中的事实是不确定的。

将《芈月传》与其他网络小说进行比较，我们会发现，显然可将其划入古代言情小说类别，而采用后现代主义史学观对其身份定位，则基本可以认定《芈月传》属于历史小说范畴，这是它明显区别于其他网文的重要标志。

塑造和刻画人物是小说的主要功能之一，历史小说则是在尊重历史原貌的基础上塑造和刻画人物，展现作家的叙事能力和想象力。在网络文学的古代言情小说谱系里，"宫斗"是极其重要的叙事动力，它既是故事情节，也是人物活动的轨迹，既是内容，也逐渐成为独立的形式，乃至形成了专门的类型。相对于历史文的浩繁，宫斗文的形式较为单一，历史背景弱化、虚化，从属于故事发展的需要，作者的目标直奔故事而去，其方法是尽量放大小说中人物关系的复杂性，简化铺陈和枝节的描述。历史文则是依照特定历史环境讲述故事，故事从属于历史真实，尽可能实现两位一体。

从《芈月传》的叙事策略中，我们可以看见，古代后宫里的女性，虽无衣食之忧，但她们的生存空间十分有限，一旦遭遇险情，其生存境遇甚至不如寻常百姓。因此，后宫里的人情冷暖、地位之争和权力博弈，自然而然成为合理的叙事逻辑。但《芈月传》里的"宫斗"并非叙事目的，而是大历史中的"小历史"，是故事情节和人物命运的必要铺陈。

从小说层层推进的细节上看，作者对战国时期的历史背景、重要历史人物活动轨迹、各国错综复杂的渊源关系，以及当时的人文思想等，均做了认真仔细的研究和分析。文本基本达到了"历史学家可以当小说读，普通读者可以当历史读"的效果。应该说，这样的写作具有相当的难度。

《芈月传》全书共分六卷。前两卷主要是写芈月少女时代在楚国的生活状态，描述形成她独特个性的诸多因素。芈月不是嫡出的公主，她的生母是随养母嫁到楚国的妾。在后宫里芈月的身份虽然较低，但是她从小个性活泼，深受楚王喜爱，因此争取到了接受良好教育的机会。楚王去世以后，王太后开始对她养母这个分支进行打压。生存环境的恶化，练就了她独立生活的能力，坚忍不拔的意志，养成了她自尊自爱自强的个性。只要条件一旦具备，这个芈月注定能够成就一番事业。

《芈月传》的三、四两卷侧重于恶劣环境中的人格塑造，并记述她在一系列感情纠葛和后宫权力纷争中独立思想的形成。芈月和她的姐姐同父异母，两人同时嫁到秦国，她的出身决定了她只能以妾的身份作为姐姐的陪嫁。到了秦国以后，由于她独特的个性，秦王对她另眼相看，由此她和姐姐之间也产生了矛盾。在生子之后，身为人母的芈月终于认清了"王权"的面目，也看清了自己的价值，她痛恨后宫里代代相传的地位之争，决定跳出樊笼，改变自己"陪侍"的命运。芈月的大胆尝试，可以说是中国古代女性面对"自由"发出的一声振聋发聩的呐喊，尽管在外界看来她身份高贵，甚至高不可攀。

在《芈月传》五、六两卷中，我们看到的是一个完全掌握自己命运的芈月，这在古代女性中是很少见的，更重要的是，她超越了那个时代，超越了她的养母与生母在楚国后宫的处境，她也超越了自己在秦国后宫里的遭遇和经历。她不再是附属品，实现了真正意义上的人格独立。尽管她的姐姐贵为正宫王后，影响秦国历史进程的却是芈月，而不是她的姐姐。芈月身上有一种特殊的魅力，有一股神奇的力量，她大胆而执着，善良而真诚，机智而敏锐，因此注定能够改变自己的命运、改变国家的命运。这些都是《芈月传》在塑造芈月时，通过若干细节逐渐传递给读者的重要信息。

网络文学有自身的一些特点，比如说，在情节设置上要求高潮迭起，每个章节（3000字左右）都必须有抓人眼球的细节。通过故事情节吸引读者，打动读者，这一点很多作者都能做到。但是，在故事生动曲折的基础上，对作品所塑造的人物、所讲述的历史有自己独特的理解和思考，并形成个性化的叙事语境，这一点，大部分网络历史文都难以做到。由于网络文学每日更新，强调读写互动的即时性，忽略反复推敲仔细打磨的文本修订，停留在故事层面的文学书写，也就成为网络文学的一种常态。长此以往，网络作家们已经习惯了"编故事"的写法，不去深究文本的价值沉淀，这就给网络文学按照传统文学模式的经典化之路造成了难以逾越的障碍。

对于小说的真实性和历史真实之间的关系，网络文学从来就无从顾及。一般来讲，只要在读者的可接受的范围内，不被按上"狗血剧情"的帽子，真实性是不在讨论范围的。那么，作品的虚构建立在何种基础上就显得十分重要。网络文学由于重视天马行空的想象力，缺乏严肃性和实证精神，而经常遭到社会舆论的诟病，但所谓恶搞、颠覆也未免言过其实。一部小说，最重要的真实还是其内在逻辑的合理性，这其中当然包括史学的考证和美学的思辨与想象。《三国演义》的读者为什么永远会多于《三国志》的读者，这是个毋庸解释的问题。

《芈月传》的文本价值在这里获得意外的收获。它似乎是有意要打破网络文学与传统文学相隔两望这一僵局。这部作品以网络文学的基本格调进行创作，采用的是草根笔法，略写大事件大人物，详写日常生活中的小事件；在结构上，也是按照网络文学的线性结构布局，以稳健的叙事方式，层层递进，环环相扣，前后呼应。在讲述古代女性之间关系、君王与妃子之间关系的时候，充分考虑到读者的接受心理，将现代女性的观察尺度巧妙糅合其中，非常自然，没有痕迹。在锁定阅读人群方面，《芈月传》做得非常好，作品非常明确地指向了它的读者群体，而这正是传统文学最薄弱的环节。在文学作品汗牛充栋，文学阅读庞杂无序的今天，对阅读人群的关注显得格外重要。

同时，小说文风典雅、节奏均衡，人物关系处置有序，这些传统文学的基本要素《芈月传》也悉数安排得当，尤其是作者对战国时期宫廷与民间的礼仪、家居、装束、出行、生活习俗等各方面都做了很仔细的研究，落笔沉稳，娓娓道来。在文本的宏观把握与微观构造中，显示出作者在网络文学写作中超群的优势。

当然，这部小说也存在一些遗憾，其中男性人物形象比较模糊。屈原的形象几乎是一笔带过，没有给人留下印象；另一个重要人物张仪的刻画，也是概念大于形象。在处理芈月和秦王，芈姝和黄歇（芈月少女时代的情人）的关系上，有点游离，流于表象化。由于考虑到影视改编拍摄的需要，在写作过程当中，有意无意强化戏剧效果，因此文本难掩 IP 化的痕迹。

第二节　在未来的文学和文化生态结构当中，
网络文学就是枢纽

夏　烈

我对中国网络文学和浙江网络文学充满了兴奋和感情。我觉得网络文学是中国文学深层的一个枢纽，崭新的枢纽，不是说一个小的板块，一个补充性结构，它是综合了文学的、文化的、社会学的、政治的、经济的、科技的枢纽工程。我们以前的文学太多关注过去和当下，而没有未来的参照系，在未来的文学和文化生态结构当中，网络文学就是枢纽。

而《芈月传》可以反映中国网络文学尤其是女频这一块跟过去传统的融合。所以我觉得《芈月传》非常有探讨的价值。

　　为什么我认为《芈月传》文本是一个枢纽，是传统和当下的结合？首先，《芈月传》跟所有网络文学相同，面临着一个非常好的前提，回到了相对自由、直接面对市场和受众的语境。将来我们还要呼唤、还要引导这样的多样化的网络文学作品。另外，它也绕过了我们新时期文学到现在一个稍微偏狭隘的文学筛选机制，直接回升到与宏大的中国传统文学传统文化的接续之中。

　　读这个文本，让我们领略到《诗经》之美，也领略到"不知诗，无以言"的春秋战国政治生活的日常。与此相同的还包括蒋胜男对《楚辞》、诸子文本的接纳化用。有一点我非常喜欢，深深地被它打动，那就是《芈月传》对《诗经》的消化接收，并且运用得非常灵活。

　　此外，文本当中，有很多戏剧式的处理，这可能来自蒋胜男编剧的职业训练，当然还有影视元素。这种非常灵活而多元的资源调动，是我们许多作家创作的一个缺陷。所以我说这一文本具有在当下探讨的枢纽价值。

　　毫无疑问，最重要的是蒋胜男指出了这部作品所处的时代是一个"大争之世"。我认为现在也是一个竞争性非常强烈的"大争之世"。不是大一统，是大一统之前的大争，大家都要争，都有权利争。但这个争是痛苦的、丰富的、复杂的。《芈月传》书写的是现代女性意识。换言之，在这个大争之世"我"可以怎么办？虽然受具体历史局限，但是可以有超越性和可能性的，芈月在历史大格局的个性精神和丰盈的人性体验同样具有当代借鉴意义。

　　这样一个文本，在时代历史给它的机遇和自身的素养修养的储备之下，显示出了骄人的文学的力量、小说的力量，显然比完全被资本、市场化包装的影视要高出一截。所以我们开这个会是为了正本清源的，回到文学，回到小说。

第三节 《芈月传》的历史性与现代性

雷 达

说起《芈月传》，我们不得不面对这几个方面的问题，第一个就是网络文学的兴盛，它表现出来的活力和潜力，已经是完全不可忽视的。虽然我们现在已经正视它了，但是我们的正视还不够，因为它的影响力确实太大了。

第二个就是网络小说改编影视的产业链已经形成，并且取得了成功。《花千骨》《芈月传》《琅琊榜》收视率特别高，在民众中间的影响特别大，这个现象在整个中国的文学总格局中都特别重要。但是怎么去评价它？它和我们主流的文学是什么关系？这个是很大的问题。

第三个就是网络文学和纯文学的关系，这个问题依然存在。

大家都说蒋胜男的《芈月传》是一部女性大历史作品。我不太赞成形成这样的固定称谓，这样一来大家都会争相去写。其实没有必要这样，这样一部作品就是自然而然形成的，我相信蒋胜男也不是抱着这样的心态去写的。

另外我要说的一点是我觉得网络文学的评价机制亟须健全。

对于网络文学的评价，我们应该把它放到客观的位置上。缩小它，看不到它的活力，这是不对的；夸大它，也是不对的。以《甄嬛传》为例，中国人民大学的一篇文章从伦理和道德的角度评价过《甄嬛传》，说《甄嬛传》是"比坏的作品，比谁更坏"。其实他忘记了一个审美的评价。一方面，把一切藏在历史背后，称为影子似的一些女性，其实非常优秀，充满智慧，她们爆发的青春的火花、青春的美没展示出来。另一方面，这些人在封建专制的体制下，为了争宠逐渐毁灭，这种毁灭本身也是美，美的毁灭也有价值，我们不能说美的毁灭没有价值。因此，我们要从伦理和美这两个角度来评价《甄嬛传》。

我个人认为《甄嬛传》是成功的，因为它影响到了我们整个文学的评价体系，它出现了一种以前不一定有过的审美经验，满足了现在人们的需要。

传统的历史小说追求历史的真实性，作者殚精竭虑地试图探索历史的本质。这种小说一般不太好看，因为它要尊重历史，历史上没有的东西不行，有时就比较刻板。这是一种审美，我们也需要这种审美，一个国家、一个民族对历史深刻的研究是非常重要的，它应该是主流的东西。但还有另外一种东西，就是今天大家非常喜欢看的东西。《芈月传》发行了120万册，为什么那么多人喜欢这个东西？实质上它满足的还是当代青年的心理需求和生理需求。

《芈月传》小说里面的主人公既是历史的也是现代的。历史上确实有芈月这个人，但是芈月身上体现的平等意识和自由意识都是对自身的一种解放，这些品质使她战胜一个又一个敌人，从最卑贱的地位一直成长起来，而蒋胜男对芈月的塑造正好满足了现代青年追求自由和平等的心理需求。这些给人以强烈的代入感，读者看的时候，很容易代入自己的经历。我觉得这是作品的特点，第一个好看，第二个爽快，第三个有现代的浪漫抒情气息，让人觉得不可能发生的事情发生了。

我看过一篇文章说再过多少年，网络文学会代替纯文学。这个观点我不同意，因为我们民族提倡真善美的价值观，而网络文学的一大特点就是远离现实，它越远离现实就越有美感。但是我们不能提倡所有的纯文学都这样写，因此我觉得网络文学代替纯文学，是永远不可能的。

有些人认为《甄嬛传》比《芈月传》在艺术上更细腻，一方面，我有这样的感觉；另一方面，我又觉得这两部作品不一样。因为《甄嬛传》写的是封建社会的烂熟时期，明清时代的文化已经达到了烂熟的程度，所以它能带来很多的美感。但是早期的历史人物是刚健的，比如春秋战国时期，因此蒋胜男的文风和文笔干净利落，叙述节奏很简洁。虽然这六本书我没有全看，但我觉得她已经在为剧目做准备，文章里面影视镜头的感觉，形成了一种网络特有的行文方式。这部小说在对话和情节转换上也开辟了一个新天地。

第四节　创作首先要满足自己内心的东西

蒋胜男

《芈月传》能够走到今天，应该感谢互联网时代，它实现了我搜集历史资料的可能性。也是在网络时代，我这样很宅的人，才会有勇气把作品发表出来。在创作之初，我抱的只是一种纯粹的文学爱好者的心态，就是我写一个东西把它贴上去，如果有人看我就非常高兴，有人跟我交流那就更好。甚至可以为了一两个跟帖讨论而连夜再赶几千字。

其实大部分网络创作者的创作都不是冲着商业目的的，商业目的其实只是后续附带的东西。这么多年，如果只是为了商业目的肯定坚持不下去，我能够坚持创作，就是靠一种很单纯、很朴素的初心。

《芈月传》这个故事写了七八年，这中间有时候也会觉得要是一开始就去写更符合流行的小说，名气和收益可能会更好。但是我觉得创作首先要满足自己内心的东西，然后才考虑有没有人看。作为创作者，要把心态放低一点，写自己喜欢的东西，写大家爱看的东西。因为文学首先就是有人愿意看，你才能够把你心里想说的东西传给他。

我当时特别想写春秋战国百家争鸣的时代，写《诗经》和《楚辞》的时代，因为写这个时代的作品太少。诸子百家就是中国文化最初的起源，所有的祖先的思想文化的萌芽都在这个时期，那个时代的许多东西我很喜欢，就想把它传给大家。我原来想写历史的普及文，后来发觉有很多强烈的情感，必须要用小说来表现出来，所以我就写了《芈月传》这个故事。

《芈月传》在最初创作的时候，从伍子胥故事里，就分裂出了芈月和黄歇的人设，为的就是保留当时秦国扩张和屈原黄歇等人对楚国文化捍卫这一块的心态。因为秦统一是历史，但楚国以及其他被统一的国家，他们所具有文学、意识流、国家形态这些东西都是中国的、大众的，大家都是平等的交流，没有对错之分，不能以成败论英雄、论价值。

《芈月传》出版之后，很多读者告诉我说他们原来不喜欢读文言文，但是现在读《诗经》或者诗词就能理解了，就能把庄子《逍遥游》整篇背下来，而且研究战国的文章也多起来了。我感到很开心。现在在这样的平台上，大家对我的文本有更高定义，这是我过去不曾想过的，我觉得非常地荣幸。

其实就我的初心来说，就是想写一个中国故事，所以我去学习、去吸收、去薪火相传。无论外界是多么纷纷扰扰，我还是一张书桌、一台电脑，继续把我想写的故事写下来，把我想传播的文化传播出去。

选文

第一卷
少司命

秋兰兮麋芜，罗生兮堂下。绿叶兮素华，芳菲菲兮袭予。夫人自有兮美子，荪何以兮愁苦？

——屈原《九歌·少司命》

前　言

　　新华网西安 6 月 13 日电：2009 年 6 月 13 日，秦兵马俑一号坑第三次考古发掘如期进行。这是其沉寂 20 多年后迎来的第三次考古发掘。秦兵马俑一号坑是一个东西向的长方形坑，长 230 米、宽 62 米，坑东西两端有长廊，南北两侧各有一边廊，中间为九条东西向过洞，过洞之间以夯土墙间隔，估计一号坑内埋有约 6000 个真人真马大小的陶俑。

　　此前，陕西省考古研究所秦俑考古队在 1978 年到 1984 年间，对兵马俑一号坑进行了正式发掘，出土陶俑 1087 件。其后，考古队 1985 年对一号坑展开了第二次考古发掘，但是限于当时技术设备不完善等原因，发掘工作只进行了一年。

　　据资料显示，1974 年兵马俑出土不久，因其军阵庞大，考古专家推断"秦俑坑当为秦始皇陵建筑的一部分"。此后各家就以此为定论。

　　但是不久之后，学界就有人提出异议，认为这种先入为主的印象并不准确，而秦俑真正的主人，更有可能是秦始皇的高祖母，史称宣太后的芈氏，芈氏是秦惠文王的姬妾，当时封号为八子，所以又称其为芈八子。

　　后来，在出土的秦俑中发现了一个奇异的字，刚开始学界认为是个粗体的"脾"字，后来的研究证明，另外半边实为"芈"字古写，所以这个字实则为两个字，即"芈月"。据学界猜测，很可能为芈八子的名字。

第一章

霸星现

"臣夜观天象，发现有霸星初生，乃主后宫将有孕者，当生横扫六国，称霸天下之人。"

楚王商于章华台上，凝视阶下："唐昧，此言当真？"[①]

此时因征伐连年，公卿大夫皆有习星象之学，观天象之异，令此学说人才辈出。当时"鲁有梓慎，晋有卜偃，郑有裨灶，宋有子韦，齐有甘德，楚有唐昧，赵有尹皋，魏有石申夫，皆掌著天文，各论图验"。唐昧即当时楚国的星象大家。[②]他是在征齐回程的第一个晚上，站在高坡上观察星象的时候，发现这突来的变化。

肃肃宵征，夙夜在公，虽然征程辛劳，他却未曾有一日停止过对天象的观察。对于他而言，天上星河虽然无比辽阔，那繁星在别人眼中如沙粒般不可胜数，但在他的眼中却如他手掌的掌纹一样熟悉。

此时正是月缺之夜，天气晴朗无云，他站于高坡上，看天上的星辰格外清晰，这时候北辰星旁，多了一颗从未见过的星星。那星辰若隐若现，于唐昧来说，却如石破天惊，让他想起了一段星象学上的记录。

他隐隐意识到了什么，又不敢相信，从此夜夜站于高岗，看着这

---

① 楚王商，芈姓熊氏，单名商，即后世所称的"楚威王"，"威"是他的谥号，但他此时仍活着，便按当时习俗，称之为楚王商。

② 唐昧，姬姓唐氏，为唐国后裔。唐昧著有星经，与甘德石申（甘德著有《天文星占》八卷，石申著有《天文》八卷，后人将二书合为一部，称《甘石星经》）等齐名。

颗星的变化，竟至痴迷。直至征程结束回到郢都之后，更是刚过荆门，不待洗去征尘，便直奔观星台，与卜师对照星盘舆图，翻阅前人书简，方才确定此事，便直奔王宫而来。

此时楚王商正与群臣饮宴，便听得唐眜来报："臣夜观天象，见北辰星旁忽现一颗异星，近日来更是大放光明，将北辰星、勾陈星压得黯然无光，如今四辅变，六甲乱，当主天下大变。"

此时闻听唐眜之言，楚王商一惊，停下了手中的酒爵："是凶是吉？"

唐眜兴奋地道："大吉！此乃霸星，臣查书简，晋文公降世前亦有此星象，此星象当主横扫六国，称霸天下。臣观此星初生于御女星之南方，正对应我楚国，主后宫将有孕者，当生霸主。"

楚王商兴奋不已，站了起来，匆忙间更是带翻了酒爵落地，此时也顾不得了，急问："此言当真？"

唐眜道："臣依天时而测，据星象以报，不敢欺君。"

自春秋战国以来，各国国君，最大的梦想无不是称霸诸侯，号令天下。"称王则不喜，称霸则听从"，王道陨落，霸道兴盛。

此时各国之中，楚国疆域已经是最大。楚王商在位，先是打败越王无疆，尽取吴越之地，因觉得南京有"王气"，于是在长江边在石头山上埋金，建立金陵邑。又于同年征发大军伐齐，与齐将申缚战于泗水，进围徐州，大败申缚，占据大片齐地。以此连战告捷，吞国灭城之势而推之，再过十几年，楚国称霸列国，也是一个可预期的前景。

而此时此刻，唐眜这一番星象推测，霸星将出在楚国的预言更像是验证了楚国将要称霸的前景，不但楚王商听了满心大喜，连满朝文武也都拜倒在地，齐声称贺。

楚王商当即下令，遍查六宫，何人有孕。

却正在此时，后宫得宠的夫人莒姬便来告知，她的媵侍向氏有孕。楚王商大喜，立刻下旨，将向氏迁入椒室，派女医日夜跟从，以保胎息。

此言一出，后宫皆惊。

椒室是一个特殊的宫室，因其以椒和泥涂墙壁，取温暖、芳香、多子之义，故名。椒室不是普通人可以住进去的，楚王商的后宫虽然多，但是却只有王后当年怀上太子槐时，方才入驻过椒室。其他后宫妃妾，便是家世再大再得宠，也从没有人能够住进这椒室中养胎。

"难道——王想更立太子不成？"

渐台①上的楚王商的王后捏紧了绛色衣袖，问站在身前的寺人析。爵中芬芳的甜酒泛起一圈涟漪，映出了她铁青的脸容。她久居后位，这一怒威仪十足，寺人析看得低下头去，不敢答话，只鞠身唯唯而已。

侍女玑瑙知她心情不好，忙柔声劝道："小君②不必在意，不过只是个媵人罢了，想来必是那莒姬弄鬼，什么星象异兆，当是自抬身价罢了。"

她原已经打听清楚，那莒姬便是如今楚宫中最得宠的妃子，她原出自莒国，前些年楚王商灭了莒国，莒人向楚王商献公主己氏入宫，因这己氏聪明伶俐，甚得楚王商所喜，时人依俗，皆称其为莒己或莒姬。莒姬虽然得宠，但入宫四五年了，却始终不曾有孕。后宫女子没有自己的孩子，就是没有将来。莒姬心中甚为惶恐，为保有孕，连忙接二连三地把自己身边的媵从推荐去服侍楚王商，不想其中一个媵女，便凑巧于此时怀孕。

王后冷冷一笑，她执掌宫中甚久，爪牙四布，知莒姬得宠，便早于她饮食中暗自下药，教她不能得孕，至于媵人们倒不在乎。楚王商子嗣甚多，纵再生几个也无关紧要，只是不能教宠妃们有了孩子，生了妄念。

她也知道楚王商身为一国之君，或宠爱妃子，或亲近嬖人，本就是常态，她也犯不着吃这个醋。她身为嫡后，长子又早封为太子，况莒姬母国已灭，并无倚仗，国君宠爱于她，倒好过宠爱那些来自其他强势诸侯国的女人。且莒姬为人玲珑，对她颇为恭敬避让，她本也不

---

① 楚国宫殿多以"台"为名。可考证楚王主宫为章华台，其余如云梦台、豫章台、匏居台、渐台、层台等均为楚国旧宫殿之名。

② 春秋战国时期，诸侯之妻可自称"小童"，其他人称她为"小君"，如果是对国外之人提起时则称为"寡小君"。

甚在意。这些后宫妃嫔，于她看来，也不过是如蝼蚁一般，看着顺眼便容下，看不顺眼一指尖儿抹去便罢了。唯有触到她的根本利益，才会是迁怒不容。

倒是一边的太子槐忍不住开口了："母后何忧之有，儿已立为太子多年，且行过冠礼。父王出征，多交托国政与儿，一个尚未出生的婴孩，何必如临大敌？"

王后看着儿子满不在乎轻佻无比的样子，心中气恨不打一处来，指着他骂道："竖子，大王出征托政，不过为的是你如今是嫡子，可你立为太子至今，这些年来所行之事，何时称过你父王之心怀？我当年怀长子，才住过椒室。如今那向氏只是怀孕，便已入椒室，更何况有唐昧星象之说，倘若那向氏生子，挟称霸之天命，再过得十余年，稚子长成，到时候我年老失宠，安知你父王不会废长立幼？"

她母族强大，又身为王后，早生下数子皆已经成人，长子立为太子，其余诸子也皆得封地，数十年来在楚宫独尊已久。

但是此时，她看着站在眼前的儿子，心中却有着多年来未曾有过的危机和恐惧。虽然楚王商志在霸业，并不在女色上头用心，因此哪怕这些年再多宠妃，也不会影响到她的王后地位。而她的长子槐以嫡长之尊，早早就立为太子。

太子虽然是按着储君的教养成长，文武兼备，处理政事上有师保相辅，倒也四平八稳无甚大错。然而太子渐长，却越来越显示出他性格上的致命缺点来。

太子好色、好酒、好田猎，这原没有什么，这春秋战国时代对国君的要求，远不如后世这般严苛。齐桓公曾谓管仲曰："寡人有大邪三。不幸好畋，晦夜从禽不及，一。不幸好酒，日夜相继，二。寡人有污行，不幸好色，姊妹有未嫁者，三。"管仲不以为意，认为这是贵者之享受，不害称霸大业。

可太子槐身上却更有管仲所说的"害霸"之弱点，所谓"不知贤""知而不用""用而不任""任而不信""信而复使小人参之"这五条，这些年来渐渐在太子身上多少有些展示出来，他并不像楚王商那般有可以一眼看穿人的素质；师保向他推荐的贤人，他能够犹豫好久不能发落；用人有时候未必能够把贤人放到适当的位置上；更容易耳根子软，东听东是，西听西是。

因此近些年来，太子便渐渐失了楚王商的欢心。然而楚王商虽然渐有失望，然而其余诸子虽然也有才能胜过太子者，可却也不曾突出到可以让楚王商愿意付出易储的代价。

王后年纪渐长，争宠之心越发淡了，只在意一件事，那便是太子的地位务必要稳若磐石。作为床头人，她敏感地发觉了君王对太子渐渐有些不满意，但作为深宫妇人，她却不知道，君王真正不满意的是什么。唯有心中不安，加紧约束太子谨言慎行，不可以在私事上出错，被人抓住把柄。

任何影响到太子的风吹草动，她都务必要在第一时间将它拔了去，不能任其蔓延成为不可阻止之势。

然则，对于这个忽然出现的天命霸星，却令她惶恐无策。从来老人爱少子，如若此子出生，当真不凡，再过得十几年，这孩子长大成人以后，岂不势必把步入中年的太子槐给比下去。

虽然依照周礼，储位应立嫡立长，从而保持政权的稳固。照常理说，废长立幼、废嫡立庶都是祸乱的根源，一个守成的君王也不会轻易改变储位。

但是她与楚王商夫妻数年，自然对其性情十分了解。此时楚王诸子不过只有守成之才，如若当真向氏生下一个霸才，那么以楚王商的为人性情，那是哪怕引得宫廷大乱，血流成河，只要能够让楚国称霸，他自然会不惜代价，必定易储的。

太子槐本来自以为生就嫡子之命，又立为太子多年，地位稳若泰山，不曾想过还能够有此一重变故。听得母亲这番言语，犹豫道："这……不至于吧！"

王后冷笑："列国之中，君王爱幼子而废嫡子的事例还少吗？便如周幽王废太子宜臼而立幼子伯服，晋献公杀太子申生而立奚齐，难道这些事例，太傅都不曾教过你吗？便如我楚国，当年平王废太子建而立幼子壬，引得伍子胥之乱，旧都被毁，被迫迁都于此……"

太子槐怔了一怔，这才猛醒那些曾经血淋淋的夺嫡故事也同样会降临到自己身上来，吓得呆住了，忽然拔出剑来："吾当先扑杀此妇！"

王后见他这般经不得事，气得腹部隐隐作痛，她按住腹部怒道："竖子，竖子！若是此时可杀她，我还找你商议作甚？气煞小童也！"

太子槐这才慌了，转头问母亲："然如母后所言，计将安出？"

王后面沉似水："来人，召女医挚。"

宫中向来有女医，侍候后宫病疾，此次向氏有孕，楚王商便召女医保胎。此时女医挚听说王后有召，只得前来。

王后凝视着跪在下方的女医挚半日，忽然喝道："尔称女医，从何学得医术，习得何书？"

女医挚松了口气，这是她术业所长，自然对答如流："小医师从秦越人习带下医，所修之书为《内经》《医经》《五十二病方》《胎产书》等，至今已治妇人病一百三十有二，助产胎儿四十有七。"秦越人即为后世所称的扁鹊，女医挚能够师从秦越人，自然医术不浅。带下医即为妇科，史载扁鹊在赵国时专门从事"带下医"，也将此术传与了她。

王后嘴角一丝冷酷的笑意："尔既助产胎儿四十有七，可知以百人计，怀娠后滑产几人，难产几人，出生后死胎几个？"

女医挚只觉得心中寒意陡生，却又不得不答："怀娠至险，滑产者十有二三，难产者又如此数，死胎又如此数……然宫中不比民间，椒室诸事皆备，疾医侍娠……"

"够了！"王后笑得极为森然，"小童已知详尽，怀娠至险，滑产者十有二三，难产者又如此数，死胎又如此数，看来这顺产者十不足五，乃是常例。女医但放心耳，若有差池，必不罪尔！"

"这……"女医挚直觉到了危机，却惶然不敢再想下去，惊恐地抬头看着王后。

王后优雅地跪坐抚膝："滑产者十有二三，难产者又如此数，死胎又如此数，尔机会不算少，且都名正言顺……"她悠悠说到这里，便停住了，她知道跪在下面的这个女医应该能够听明白她的意思。

"小君——"女医挚自然听得明白了，也唯有听明白了，才吓得魂不附体，伏地颤声道，"小君，小医学的是救人之术，并非杀人之术，求小君莫——"

王后冷冷地截断她的话："倘若向氏平安产子，尔当合族祸临矣！"

女医挚再也撑不住跪姿，伏倒在地，浑身战栗不已，像是被人扼住了咽喉似的呼吸困难，顿时喘不过气来，只觉得眼前一片模糊，眼前高贵的美妇人，恰似化身旱魃山魈般可怕……

而此时，在诸人眼中走了好运的向氏，并不像大家想象中那样得意欢欣。

她身穿软滑精美的刺绣绸衣，容光素淡，静静地躺在椒室之中。抬眼望去，有夜明珠照明、犀角挂壁，床上有齐纨为帐、鲁缟为被、黄金为钩……一丝丝幽香从香炉中冒出盘旋而上，明亮温暖的室内泛着丝绸和黄金的幽光，恍如最华美的梦境。这本是个极其舒适的所在，可是自踏入椒室的时候，那种惶惶不安的感觉就始终笼罩于她的心中。

对于这种忽然间从天而降的好运，向氏只觉得似乎在梦中一样，完全没有半点真实的感觉。而事实上，以她的出身她的经历她的性格，她是连做梦都不曾想过自己会有这样的好运。

向氏，本是山东的一个小国向国后裔。春秋战国，征伐多战，大国并吞小国，小国并吞更小的国家。一百多年前，莒人入向，向国为莒国所灭。但是莒人还算得厚道，向国虽灭，却仍然还算善待向国的王族，向氏一族自此成为依附莒国的一支小贵族。向氏一族生得甚美且聪慧，所以男丁多为莒国王族的伴读，而女子多为莒国公主的陪嫁媵从。

世事如轮转，至如今楚国势大，曾经灭了他人之国的莒国，也同样被楚国所灭。莒国的王室举族迁入楚国的国都郢都，而向族和其他一些小族，也作为莒族的附属品一起迁入郢都。莒国公主成了楚王商的姬妾，带着数名陪嫁媵从入宫，其中就包括向氏。

莒姬数年不孕，只得想方设法，借楚王商常来临幸，趁着他兴致高时，将身边媵从间或推荐给楚王商侍寝，果然不久之后，媵从向氏就怀了孕。

可是谁也没想到，这个不起眼的媵从怀孕，却忽然变成一场惊天动地的大事情。几乎是莫名其妙接到消息的莒姬，连忙赶到椒室，去看望更加晕头转向的向氏。

与娇艳照人、明眸善睐的莒姬相比，向氏也自有一番清新婉约的美态。此时向氏心中惶恐，更显得娇怯可怜。她见莒姬进来，忙要起来行礼，眼含泪光如见亲人："莒夫人，奴惶恐……"

莒姬含笑忙快步按着她："妹妹勿动，仔细身子。你身已非一人，自当慎重。"她这边明快和悦地与向氏说话，另一边却吩咐，"女桑，向媵人从今日起身体与往日不同了，她行走坐卧，你都要寸步不离地扶着她，若有事故，我唯你是问。"她身边的侍女女桑连忙应了，上前来恭敬扶住向氏，不让她随便行动。

向氏满怀惶恐，嗫嚅道："妾身害怕，椒室岂是妾身所居之地，莒夫人，您去跟大王说，让妾身迁至别处吧！"

莒姬含笑着听，却微微收了笑容，道："休要胡言，此是大王的恩宠，岂是你我自说自话的事？"

向氏怔住了，嘴唇血色一下子褪得干干净净，好一会儿才道："可是，妾身委实害怕……"说到这里，已经是声音哽咽。

莒姬忙笑着安慰她道："妹妹休怕，这是旁人求都求不得的好运，妹妹怎么反而哭起来了。富贵逼人，一时间自然不适，待得时日久了，岂不乐在其中！倘若你十月怀胎生下一个公子来，由子荫母，以后的恩宠，只怕更在我之上呢！"

向氏低头："妾身不敢，倘若当真是生出公子，那也是由夫人抚育，妾不敢奢望！"

莒姬心中暗暗赞许，她特地前来关照，也正是为了这一番话。

春秋战国时期，诸侯之间经常互嫁公室宗室女子，当时各国文字方言习惯皆不同，因此一个女子出嫁，通常宗族内就会陪送许多同宗或者臣属之女作为陪嫁媵从。这样会让新娘不至于忽然独自置身于一个完全陌生语言不通的环境中，至少她还有同伴。

所以通常一场婚姻中，男方娶进门的可能不是一个女人，而是一群女人。而这些"妹妹"们不但是同伴，还有可能是代孕的对象——也许身份最高的那位贵女不一定就能够生出儿子来，但是只要她的媵侍中有人生下儿子，那么她这个族群在这场联姻中就有了继承人。

因此在中国古代，婚姻并不是两个人的事，而是两姓之间的结盟，所谓"合二姓之好，上以事宗庙而下以继后世"的事。往小里说是两个家族的联姻，若往大了说就是两个国家之间的姻盟。主母和媵从之间并不是女人同性之间必然存在的情敌关系，倒反而更像是同一个共荣共辱的团队关系，向来互为羽翼辅庇，主母提携和保护媵从，媵从依附和顺从主母。

向氏一向温顺听话，因此也深得莒姬欢心关照。所以莒姬乐得对向氏表示善意和关怀，她也是真心关切向氏肚子里的孩子，早就视为自己的孩子，态度更为和气："妹妹，你是此子生母，与我本是一般的。如今你也要改改称呼，只管叫我阿姊便是了。"

向氏抬头看着莒姬，嚅嚅地叫了一声："阿姊——"

莒姬笑着搂住她："好妹妹。"

自此向氏安胎，莒姬每日守候，除了待楚王商下朝之后去侍奉之外，便是长驻椒室，细心照顾，竟使得王后派来的人，一时不得下手。

辗转数月过去，向氏已经临盆。当下由女祝彻夜跳巫祭祝，女御女医着紧侍候，连楚王商都破例罢了朝而坐在椒室外庭等消息。

此时，向氏临盆时的哀叫响彻椒室上空，奚奴们进进出出，忙碌不休。女巫们唱着巫歌点燃了祭祷神灵的香料，可这芬芳的香气也不能让人平心静气一些。楚王商也焦灼不安，王后陪侍在楚王商身边，不住劝慰："既是星象所祝，必当母子平安，此乃我大楚天命所向，大王勿忧！"

此时王后心如油煎。那个该死的女医挚，竟敢违她之命，拖延到现在还没有下手。她已经派人催过数次，女医挚只推说如今向氏身边，莒姬防范甚严，且女御奚人环绕，便是食物药材，也都有专门的烹人食医掌管，实在不得下手。唯有到临盆之时，诸事混乱才好下手。

她也实在严重警告过女医挚，倘若到时候没有让她满意，那么诛族之言，绝不为虚。她这边劝着楚王商，这边已经是里头的向氏叫得越凄厉，她心头的惶恐越是剧烈，这边看似端坐如仪，却在向氏每叫一声声，如心头被针扎了一下下，只是暗暗恶毒地一次次诅咒着："她怎地还不死，她怎地还不死……"

庭院中，戴着面具的女巫转圈跳跃吟唱，向着传说中主管子嗣、驱除邪魔的女神少司命乞求保佑，让产妇顺产，让婴儿顺利出生：

"秋兰兮麋芜，罗生兮堂下。

绿叶兮素华，芳菲菲兮袭予。

夫人自有兮美子，荪何以兮愁苦？

秋兰兮青青，绿叶兮紫茎。

满堂兮美人，忽独与余兮目成。

入不言兮出不辞，乘回风兮载云旗……"

王后听着远远传来的女巫吟唱，只觉得脑袋嗡嗡作响，心中却不断诅咒："神灵有知，吾以楚后之名，祈求上天：太子已立，国本不可乱，祈求司命之神如我所愿，休让那霸星降生，休让那孽乱之人祸我家邦。"

正祈祷时，忽然内室里向氏一声极长的凄厉叫声传出。

众人皆惊，连楚王商也不禁站起，问道："向氏如何了？"

莒姬也正关切着，忙应道："妾进去看看。"说着便进了内室。

她方进去不久，里头便听得一声婴儿的啼哭声传出，楚王商跳了起来，惊喜地道："生了，真的生了！"

王后脸色顿时雪白，心头只有一个念头凄厉地盘旋："到底还是让她生出来了，到底还是让她生出来了……"

她脸色苍白，脚下也不禁一软向后倒去，却被玳瑁扶住了。

此时外头女巫的歌声正悠悠传来：

"竦长剑兮拥幼艾，荪独宜兮为民正……"

然而谁也无心再去听那些女巫们唱歌了，内室的门已经打开，女医挈手抱着襁褓，一步步走出来，她的神情很奇怪，有一种如释重负般的解脱，又有一种难以置信的恍惚。

　　而此时王后却顾不得看她的脸色，只死死地盯着她手中抱着的襁褓中那一团啼哭不止的婴儿。倘若眼睛能够喷得出火来，她此刻眼中的火足以活活将女医挚和这个婴儿烧死千回；倘若眼睛里能够射出箭来，那么她眼睛盯着的人早已经被射透千箭万箭。

　　楚王商不禁上前一步，有些激动也有些兴奋："快把孩子抱来给寡人看看——"

　　女医挚已经走到楚王商的面前跪下，将手中的婴儿高举到楚王商面前："恭喜大王，向氏为大王产下一位公主！"

　　"你说什么——"这一声并非出自楚王商之口，而是发自王后的尖叫，"到底是公子，还是公主？"

　　"是——"女医挚咬咬牙，禀道，"是一位公主，是女儿！"

　　"不可能！"楚王商的怒吼声几可惊天动地，他大手一伸亲自解开襁褓，一个粉红色的肉团哭得声嘶力竭，拎起小肉团的一条腿一看，楚王商的脸色也白了，随意将手中这一团软糯往女医挚怀中一丢，一脚踏得庑廊的木板几乎都断了，女医挚只听得他渐渐远去的怒吼："将唐昧抓起来，准备镬鼎，寡人要烹了他——"

第二章
少司命

"哈哈哈……"椒室之中一阵尖厉的大笑，王后笑得近乎疯狂，简直已经失去王后的仪态。她长长的指甲掐在女医挚的肩头，笑得眼泪都出来了："医挚，做得好，做得好——你做得比小童想象得更好，吾会重重赏你，重重赏你的！"

女医挚跪在地上，只手忙脚乱地护住怀中的小婴儿，看着王后近乎疯狂的大笑，心头的余悸仍然阵阵袭来。

这数月中，她也迫于王后的威势，找了堕胎的药草研碎磨粉，时时藏在袖中，欲找机会下在向氏的汤药之中。只是每到临动手时，内心巨大的恐惧感总是让她没能够走出最后一步。她年幼时师从扁鹊习医，古来医巫相通，医者活人，非医者之能也，乃是上天假医者之手，却使医者受荣耀。因此医者治病，除了精习药典脉案之外，更重要的是要以最大的虔诚心，才能倾听得到患者体内病恶所在，只有用最大的虔诚心，才能够在诸般药草中，找到正确的那一味来搭配救人。

医者，是天神的使者，行医是天定的使命，是上天择定救人的人，才能够有异于他人的天赋。用上天所赋予的才能行恶，用救人的药物害人，是会受天谴的。

她曾经看到过遭受天谴的人，被雷击而死，全身焦黑，更可怕的是尸体上会出现天书异纹烙在皮肤上，这种罪恶是连死都不能解脱的。

她看着向氏走路，看着向氏吃饭，看着向氏喝药，每一秒她都在祈祷，每一个孕妇会发生的意外都这么多，她不敢下手，可是她却是如此期盼着能够让自己双手干净却能够让自己合族免祸的意外发生。

直至向氏生育的那一刻，那一刻她想，如果这个孩子还能够顺利生出来，那么，她只有最后一个办法——初生的幼儿如此脆弱，只消用被子放在他的口鼻上，他就能够窒息而亡，毫无伤痕，无从怀疑。

她颤抖，她祈求，向氏在凄厉地惨呼，而她内心凄厉和痛苦并不下于向氏，最后一刻即将来临，她无论做什么样的选择都是万劫不复。

可是，到最后一刻她把婴儿拉离母体时，她忽然看到了最后的结果，那居然是一名女婴。那一刻她禁不住喜极而泣——东皇太一、云中君、大司命、少司命，天上地下的诸神灵听到了她的祈求，这孩子得救了，她也得救了。

王后眼睛一扫，看到莒姬已经走了出来，此时众目睽睽之下，她也不过是因为刚开始太过狂喜才无意中泄露了话语，此时便不好多说什么，只是拍了拍女医挚的肩头，给她一个会意的眼神，便率众转身离去了。她不明白天象所显示的霸星怎么变成了女婴，她不想了解也不需要了解，她甚至以为可能是女医挚用了什么古怪的巫术把男孩变成了女孩。总之这个结果令她非常满意。

其余的女御女医，见楚王王后败兴而去，顿时也作鸟兽散。转眼间站得满满的椒室，人散得一个不剩。

女医挚跪在地上，恭送王后离开，正欲站起。手中一轻，抬头看却见婴儿已经抱在莒姬的手中。

女医挚连忙又跪下道："莒夫人！"

此时椒室内，只剩下莒姬和她的心腹。莒姬冷冷地看着女医挚，眼神似乎要把女医挚给活活剖开了似的。

女医挚心中发寒，冷不防莒姬忽然问："医挚，你与王后立了何等功劳？"

女医挚一惊，脱口而出："不，小医什么也没有做。"

莒姬冰冷地看着她："那王后为何要对你这么说？"

女医挚满腔苦水似要淹到口边了，却苦于无法言讲，眼看莒姬的眼神越来越是不善，索性横下心来，指天誓道："夫人若不相信，小医愿对天明誓，若我做过有违医德、有违天良之事，神鬼共厌之，天地共谴之！"

此时的人对于鬼神敬畏甚深，自也不敢轻易盟誓，莒姬纵有满腹的疑窦，见女医挚如此起誓，也只得退了一步，道："你今明誓，神鬼共知，愿你当真是心口如一。"说着抱了婴儿就要转身。

女医挚忙道："夫人，向媵人榻边有一包药，原是小医备着产后止血所用，只是此刻奚奴们都……"

莒姬站住脚步，狐疑地看看女医挚，终究还是信不过她，挥挥手道："我已知，尔可以下去了。"

女医挚想要上前，却知道自己已经被莒姬所怀疑，终不敢再上前，只是磕了个头，退了出去。

那向氏独自躺在椒室之内，悠悠醒转，她苦挣了半天，在孩子出世的那一刹那，只听得一阵惊呼："生了，生了——"一口气松懈下来，便人事不知了。

也不知道过了多久，她才略回过些神志来，却听得满室寂静无人，连儿啼之声都不曾听到，心中顿时慌乱起来，叫了半天，要人没人，要水没水，连孩子去了何处也不知道，不由得心里越来越是慌乱。她虽然怯懦，但是毕竟在楚宫多年，后宫的纷争她也不是不知道，只是她从前身份低微，虽有耳闻，却不曾亲身经历过，只隐隐知道，自己怀着孩子就住进这椒室，不知道要触犯多少这宫中的得势之人。

她自怀孕以来，莒姬对她的药食都十分紧张，也摆明了有多少人想要她腹中的孩子活不了。而此时，她明明已经生下了孩子，明明在昏过去的当时，满室簇拥着女御奚奴，可是转眼之间，侍从也没有了，孩子也没有了。

她陡然间害怕起来，难道是孩子出了什么事了。她的孩子，她那活生生刚出世的孩子，到底怎么样了？

尽管全身是产后的疼痛和无力，向氏咬了咬牙，用尽力气就想挣扎起来去找孩子。怎奈她这一天一夜的生产，已经耗尽了精力，只挣了半天，才抬得起半边的身体来，便只觉得下腹一阵血涌，两眼一黑，再也撑不住，又重重地倒了下去。

她的孩子怎么样了，会不会有危险，会不会被人害了、扔了、换了……她无法不去想，越想，越是害怕。她仰天而卧，半丝力气也没有，险些而又要昏过去，可是她心里却有一个强烈的念头，就是她一定要去找回自己的孩子。这个强烈的执念，让这个弱女子竟然迸发出毕生未有的勇气和力量来。

她咬着牙，积蓄了半天的力气，一寸寸地挪到床榻边，当她的手摸到床榻边缘的时候，不是不害怕的，可是母性的力量，却盖过任何的畏惧。她咬咬牙，用力一挣，跌下了床榻。冰冷而坚硬的桐木地板，只撞得她浑身的疼痛感再一次剧烈地被唤醒。她的喉间发出破碎而嘶哑的呻吟，一动不动地伏在地面上，过了好半日，才能够勉强挣动一下。虽然时值夏末，仍有暑热，可毕竟时近深夜，她生育时本是热得汗湿重褥，此时跌到冰冷的桐木木板上，却是被这寒气一浸，顿时打了个哆嗦。她抬起头，眼前一片晕眩，不辨东西。

她定了定神，室内只有她一人，唯有榻边树形铜灯燃着一团光亮，她转过头去，见室门半开着，外头一片黑暗，更有不知何处吹来的阴风阵阵，入骨生寒。远处隐隐传来人声，却是听不清，看不见。

她本来就已经因为生产而失血过多，她生完孩子以后，侍人们一散而空，连为她清洗换装都未曾做到。她这一挣扎，身下又开始出血，此时跌在地下痛得不能起身，地面潮湿阴冷，冷气渐渐地上来，她的全身只觉得渐渐发冷，所有的气血精力都一丝丝离体而去。

但是她半点也没有意识到，也丝毫没有顾及这一点，她满脑子只有一个念头，那就是她的孩子，她要去找她的孩子。哪怕她此时半身边冷而麻木，稍一挣动，那种锥心之痛如电击般袭来，要让她用尽所有的力气去抵制。

向氏伏在地上，过得好一会儿，挣尽力气才能够往前稍稍蠕动一下，她稍用力气，只觉得身下一股热流涌出，身上更觉得寒冷一分，身下的裙子更是湿重黏结。她所没有看到的是，随着她的举动，她下身的血在不断地流出。向氏一寸寸地挪动着，她的手指已经挨近了门槛，可是她的力气却已经耗尽，再也不能前行，而她的身下，血流了一地……

也不知道过了多久，向氏于昏迷中似乎听得有人呼唤，她用尽力气睁开眼睛，她看到的并不是她的孩子，而是莒姬。

莒姬见人皆散去，想起一事，便问："向媵人处可还有人服侍？"

侍女们面面相觑，老实说众人皆是关心婴儿多过关心向氏，见原定的天命之子变成女婴，皆是大惊，都是簇拥着莒姬一起出来了。

莒姬的心腹女葵道："里头还有几个女奴保姆在，当是无事。"

莒姬连忙将那女婴包裹得严实亲手抱着，令侍女们举着灯烛，到后面来寻向氏。

莒姬一进内室，却见向氏晕倒在门槛，吓了一跳，忙让身后的侍女将向氏扶起，却见向氏下身已经完全浸在鲜血中，身后自榻到门槛，更是一片血色，而且色也开始发紫。她摸了摸向氏全身冰冷，脸色已经白里发青，吓得忙令人将向氏扶到床榻上。

莒姬见室内无人，脸色一变，厉声道："奴婢们都去何处了？"

此时威王和王后已去，椒室中只剩下些奴婢，她这一声在夜空中显得格外尖厉，几个躲在外头的女奴听得吓了一跳，只得硬着头皮进来。

莒姬劈手就重重一掌打在领头的女奴脸上："尔去何处游荡，为何向媵人竟无人服侍？"

那名女奴名唤女桑，本是莒姬随嫁之奴，因椒室中的奴婢们本有些是临时召来侍奉的，莒姬并不放心，日夜就要留一个自家奴婢在向氏身边，以防意外。

只是这女桑虽也尽心，但终究心思油滑，以为莒姬关照向氏，不过是为了她怀有天命之子而已。及至向氏生了个女婴，前头威王动怒，女医女御们闻声撤走，那些女奴们本以为侍奉了贵人可借此出头，不曾想情况急转直下，怀着心事不晓得自家如何分配，便纷纷跑到前头打探去了。那女桑见向氏昏迷不醒，自是不用她服侍，便也随众而出去看热闹了。

不曾想竟被莒姬责打，此时女桑也顾不得申辩，忙求饶道："奴该死，夫人仔细手疼，让奴自己掌嘴。"说罢连忙自己掌嘴。

莒姬听得聒噪，斥道："且先记下。还不速去服侍向媵人。"

女桑连滚带爬去服侍向氏，先是换了褥席，又打了热水为向氏擦洗更衣，幸而方才为初生婴儿准备的热水及炉子都还在，连女医原来给向氏预备的一服止血药也还未曾煎熬，便请莒姬令下。

莒姬还要再叫女医来，她心腹侍女女葵劝道："能侍奉产妇的女医们方才都在这里服侍，如今刚刚散去，只怕人都已经领了令牌出宫了，如何叫得来。既有药在此，先煎熬了让向媵人服下便是。"

莒姬对女医挚的药物终究有些疑问，女葵只得又劝道："小公主已经生出来了，她此时便是害了向媵人，又有何好处，不如试试。"

莒姬方令人去为向氏煎药，只是此时人皆已经散去，她见人手不够，便令侍女们皆去帮忙，自己只得抱了女婴哄劝。

那女婴方才出世，只初啼一声便被洗净抱出来，又被楚王商丢下，幸得女医挚接住，那女婴倒也乖巧，只在被楚王商拎起来时哭了一阵，此时被莒姬抱住哄劝，又喂了些水，竟是很快就睡着了。

侍女们手忙脚乱了好一阵子，向氏这才悠悠醒来。一看到莒姬，向氏就像溺水的人抓住了救命的浮木一样，本已经暗淡的眼神猛地亮了起来，急切地问道："我儿何在，何在？"

莒姬忙道："莫忧，孩儿在此！"这边忙让侍女将放在长几上的女婴抱过来。

向氏见了婴儿，泪水不住地流下，她用尽力气才撑得起身子，将婴儿抱住，贴着婴儿的小脸，喃喃地道："我儿……"这才想起了什么，抬头满怀希望地看着莒姬，"大王可看到孩儿了？"

莒姬犹豫了一下，才婉转道："大王已经见过小公主了！"

向氏的脸本来就已经煞白，闻此一言，更是变成灰白色了，眼神像凝固住了似的："什、什、什么，公主？我生的明明是个公子，是个儿子！"

莒姬也知道，宫中传了数月的霸星临世，此时忽然变成公主，的确是令人难以置信，若不是她亲眼看着女医挚接生，连她自己也不会相信的。此时见向氏神情激动，又知道她之前难产又无人照顾身体受损，心中怜惜，连忙柔声劝道："妹妹，你休要太过激动，身体要紧。"

而此时向氏整个人却已经陷入混乱中，她也不知道哪来的力气，粗暴地扯开那女婴的襁褓，那女婴本已经睡熟，此时被她这么一扯，身子露在风中一受冷，顿时大哭起来。

然则女婴哭得再响，却不及向氏受到的打击更大，她看到女婴粉红的身子露在外面，双腿蹬动哭得响亮，整个人却似风中的败叶一样瑟瑟发抖起来，她忽然发出一声极为凄厉的尖叫声，那尖叫声甚至连女婴的哭声也吓得止住了。

莒姬见她这种情景，哪敢还让她抱着婴儿，连忙抢过递与身边的侍女，这边已经是一巴掌下去，将向氏的尖叫打下去。

向氏被莒姬打了一掌，这才止住尖叫，整个人的脸色却仍然不对，她紧紧拉住莒姬的手，如同溺水的人拉住最后一根救命稻草般问："阿姊，我生的是个公子，是也不是？是也不是？"

莒姬心中失望沮丧不下于她，只是她心志刚强，不露于外而已，闻言也只是轻叹一声，取鲛帕为其拭泪："好妹妹，生儿生女，皆是少司命的旨意，我们原也强求不得。这孩子的确是你亲生，也的确是个女儿。"

向氏神经质地摇头："不可能，怎么会是公主，大王说过的，说是天象显示，一定是位公子的。肯定是你们骗我，是谁换走了我的儿子，这不是我的孩子，我生的是个公子——"她指着那女婴嘶声叫着，"把她抱走，她不是我儿，她不是我儿——"

向氏怀孕之时，本已经有数次事故，令得她早如惊弓之鸟。她于怀孕之初，便有心托庇莒姬，口口声声将孩子奉于莒姬，便是指望以莒姬之能，能够保住婴儿。

她虽然卑微胆怯，然而于此时也不得不多思多疑起来。宫中本就有许多阴私之事，她也早有耳闻，更知这个婴儿是王后所忌，莒姬所图。此时更因为期待已久的儿子变成了女儿，便猜想不是王后派人换了，便是莒姬派人换了。她本不甚聪明，此时身体衰弱，精神错乱，根本已无法细思，便凭本能认定了婴儿被换，更是失口说出了本时绝对不敢说出口的话来。

莒姬见她如此，便知道她精神衰弱已极，无法沟通，便安抚道："好、好，妹妹，你如今身体虚弱，好好休息，我明日再来与你说话。"

向氏却紧紧地抓住莒姬的手，含糊混乱地念着："阿姊，不、夫人——您帮帮我，帮我把孩子找回来，我给您磕头了……"这边挣扎着就要在榻上磕头。

莒姬无奈，只得接住向氏："妹妹，你不须如此，但请放心，你的孩儿难道不是我的孩儿，我难道不如你一般看待。你尽管好好歇息，不要伤了身子。"

好不容易安抚住了向氏，向氏也本已经疲累极，只是一口气提着，此时这一口气松下来，便昏睡了过去。

莒姬安抚了向氏，见椒室原来服侍之人皆已散去，一时又寻不到人，只得将自己的侍女名唤女裳的留了下来，叫原来自己派去服侍向氏的侍女女桑抱着婴儿，随自己回到所居的云梦台。

那婴儿倒是甚好养活，只啼哭了几声，被莒姬早已经备好乳母抱在怀中，吃了一顿乳汁，撒了一通屎尿，便安稳地睡了。

莒姬虽然失望，但看那婴儿甚是有灵性，也不禁生了几分喜欢，当夜索性就让那婴儿睡在自己身边，虽然一夜几番不得安枕，但看那女婴倒是越看越喜欢。

而此时章华台上，铜鼎下烈火熊熊，楚王商却是心头火起，他看着跪在阶下的唐昧："唐昧，你跟寡人说，有霸星降世应在后宫。可为什么这霸星下来竟是个女婴？"

唐昧的神情却有些异常，此前一刻，他还在观星台上细察天象，下一刻就被楚王商派兵马押到了宫中。

但此时他丝毫也没感觉到自己生命可能危在旦夕，他眼神狂热地看着楚威王："大王，请容臣再去看看天象，今日天象实在异常，臣一直在观星台看那霸星，并无差池。可却在一个时辰前，忽然月作血色，群星齐黯。等到太阴移位之时，臣发现霸星已经入天枢，并发出冲天杀气，可见就应在此刻出世的婴儿身上。"

楚王商听得他这番言语，心中诧异更甚："哼，你口口声声霸星降世，可那向氏生下来的明明是个公主，寡人亲眼所见，何曾有假？"

唐昧肃然道："霸星已经降世，臣只据星象而言，不问男女。"

楚王商哼了一声："难道你想说，霸星会是个女子？"

唐昧摇头："臣实不知道这是福是祸！"

楚王商奇道："为何说是祸？"

唐昧又掐指算了半天，才道："阴阳相淆，杀气冲天。霸星若为男子是国之幸，霸星若为女子，福祸难料啊。"

楚王商皱眉："听你之意，难道寡人要杀了此女不成？"

唐昧大惊，连忙膝前几步，阻止道："万万不可，大王，天象已显，非人力可更改，若是逆天而行，必受其祸。霸星降世乃是天命，今日落入楚国若杀之，必当转世落入他国，则岂非楚国之祸了。"

楚王商一惊，不再说话，陷入沉思。

唐昧惴惴不安地看着楚王商。

楚王商来回踱步数番，才有了决断："天与之，岂有不受。"

唐昧一凛，看向楚王商拱手道："大王英明。"

楚王商踌躇满志道："霸星降于我大楚，不管男女，都是我楚国之天命。从来祸福相依，大业都是险中求，寡人不惧祸，只惧缺少机会。若有机会，便能取之！"

唐昧心一松，又磕了一个头道："臣观天象，霸星降生后，西北星象混沌难辨，臣请镇守西北，为吾王破此劫。"

如楚王商这样自负的君王，对于星象之说只是将信将疑，若是全凭星象，那古往今来的帝王都坐等星象显灵好了。可惜这些痴迷星象的人通常不是明君英主，而是亡国昏君。

唐昧事先说霸星降生，言之凿凿，他将信将疑，但借机造势宣扬国威，亦未不可。但如今向氏却生了一个女儿，唐昧一边坚持己见，一边却要去往西北，心中便暗忖莫不是他嘴硬心虚，想是这事令他声名受损，他借去西北镇守之名，避得几年，待风头过去再回来，也好躲躲羞也是人之常情，于是点头道："如此，寡人应允了。"

唐昧闻言退后两步，整衣冠，向楚王商叩头之后，转身离去。

楚王商见唐昧走远，闭了闭眼睛："将这几日在观星台上跟随唐昧观察星象的卜师们都杀了。"唐昧终究还有大用，还不能杀，那些卜师知道得太多，便不能留了。

宦者令奉方一惊应下："是。"

这一夜，许多人都不得安枕。

王后所居的渐台，灯亮了一夜未息。

王后兴奋过后，也渐渐冷静下来，令人："去打探一下，大王如何处置唐昧？"

寺人析打探了回来，道："唐将军已经出宫，听说出镇襄城，另外，大王把这几日随唐将军观察星象的卜师们全杀了。"

王后一惊："都杀了？"

寺人析道："是。"

王后思索了片刻，还是问寺人析："你说，这霸星都变成公主了，大王这是……还没放弃吗？"

寺人析劝道："休管大王是信还是不信，她都影响不到太子的位置了，小君何必再为她而费心。"

王后点了点头，似乎认可了他这话，却又忍不住皱眉："我只厌恶那个向氏，好好地怀个孩子罢了，只有她弄出这种妖孽事端来……"

寺人析何等机警，立刻会意赔笑："那向氏既无福分，便不应该再住在椒室，明日便当迁出椒室，这椒室也要重新打扫，叫女巫作法驱邪之后才行。"

王后漫不经心地点了点头，她这一夜经的事太多倒不曾好好歇息，此时事情都已经有个了结了，不禁一阵倦意袭来，掩口打个呵欠："去吧。"

云梦台的莒姬也是一夜折腾，到天蒙蒙亮时才睡着了，睁开眼睛时已经是过了日昳时分。

莒姬在侍女服侍下梳妆，便随口问了一声侍女女葵："你去椒室那边看看向氏妹妹今日可好些了。"

女葵应声而去，过了片刻却急忙回来报说："夫人，方才寺人荆来报，说永巷令有言，椒室之中要重新打扫，问我们何时去把向媵人接回来？"

莒姬怔了怔，恼道："这等势利的阉奴，无非是看向妹妹昨日生了个女儿罢了，竟然如此无礼。"

女葵本是她的心腹，素来伶俐，见她脾气发作，忙劝道："夫人，想向媵人是咱们云梦台的人，永巷令若不是奉了命令，焉敢如此无礼。夫人休要恼怒，还是先把向媵人接回来才是，免得让她受了委屈。"

莒姬一听便明白了，若是背后无人指使，想来永巷令也不敢贸然得罪她这个宠妃，只得恨恨地掷下牙梳道："罢了，我亲自去。"

她自忖向氏昨日临盆，虽是暑天却毕竟受了寒气，妇人生育乃是生死关头，何况向氏难产，轻易不好移动。如今只能自己亲自前去，方能够不叫她受苦。

当下便唤来女桑，令她好生照顾好小公主，便带了侍女寺人们，前去椒室接了向氏。向氏此时站都站立不稳，便只得再备了一乘软轿，将她抬着到了莒姬所居的云梦台。

一行人方登上台阶，便见寺人荆急忙迎出跪下道："禀夫人，不好了，小公主不见了。"

莒姬大惊，厉声斥道："你且说说，小公主如何会不见的？"

寺人荆忙道："方才乳母去小公主房中，不想房中无人，连女桑也一并不见了。"

莒姬大惊："快快去找。"

这时候云梦台如蜂蚁乱窝一般，向氏晕晕沉沉地半闭着眼睛正由侍女扶着入内，忽然间听到有人在说："小公主不见了……"此时人声杂乱，听得似乎便如是"小公子不见了……"一般，正触动她心事，幻由心生，只觉得心头抽痛，隐约甚至还听到远处有婴儿啼哭之声。女人一旦为母，这便是母爱天性，无与伦比。她也不知道是哪里来的力气，睁开眼睛挣开侍女，跌跌撞撞地就要向外行去。

侍女女裳连忙扶住了她劝道："向媵人，你要往何处去？"

向氏眼睛直直地向着外面，眼神不知道是看向何方，似乎冥冥中有一种东西吸引了她的眼光："我去寻我儿。"

莒姬正指挥了人去找婴儿，见向氏从里头跌跌撞撞地出来，惊问："这又是如何了？"

女裳无奈地扶着向氏，答道："向媵人说，要去寻儿。"

莒姬见向氏似有些神志不清，心生怜意："向媵人这是病了，你等还不扶她进去歇息。"

不料向氏见女裳要扶着她转身，顿时发作了，甩开女裳的手："我要去寻我儿，他在哭，他在哭呢……"

莒姬皱了皱眉，正要令人扶向氏进去，她身边的女葵却是积年知事的女御，心中一动，想起一事来，忙道："夫人，或可一试。"

莒姬不解："如何试？"

女葵道："奴听闻，母子连心，或冥冥之中，向媵人当真能够感应到小公主的所在，也未可知。"

莒姬一惊，不由合十祷告道："太一保佑，司命保佑，说不得也只好试试了。"

向氏却已经深一脚浅一脚，双目茫然而神情坚定地向外走去。

莒姬一边令人去回禀楚王，一边指挥人再去寻找，自己令侍女扶着向氏，随向氏所引方向而去。

那向氏若痴若疯，也不辨道路，也不分东西，只管横冲直撞地向前走，幸得扶着她的两个侍女还算机灵，见她直往花树中、廊柱上撞，或险些绊到栏槛、台阶等，都是忙拉住她绕过险路。

向氏一口气直冲到御河边一处僻静的河岸，众人已经看到河边情景，却吸了口凉气，更有侍女止不住惊叫起来。

那御河十余里，有暗渠可通往宫外，此时正值夕阳西下，映得满池荷花、田田荷叶均是一片金光，更有幽幽莲香传来，若是于此时临河赏景，自是甚美。

但此时众人的心情，却如坠深渊。只见那御河边扔着一只原用来提膳食的提篮，此时盖子打开，提篮倾倒，露出半团婴儿的褓褓来。

女葵上前一步，将提篮拉起，一抖那褓褓，却是空的，又见一道水渍延伸到河中。那河边却是荷叶水草纠缠，缓缓向下游流去。

看着地上的水渍，显见是有人用提篮将婴儿盗走，走到这御河僻静之处，将婴儿抛下水中，随手将提篮褓褓弃于此间。

莒姬颤声道："来人，去查女桑的下落，必是此贱奴行凶。"

向氏却怔怔地站在河边，并不去看那提篮和褓褓，仿佛小动物般，左右倾听着。

莒姬见她这般痴傻的样子，心中怜悯，温言道："妹妹，天快黑了，你身子不好，随我回去吧！"她这边伸手去拉向氏，不料向氏却忽然用力甩开她的手，她不提防倒是一个跟跄，女葵连忙扶住了。

向氏却不管不顾，又将女裳扶着她的手甩开，却一脚高一脚低地向着河面奔了过去。吓得莒姬忙叫道："快拉住她，休叫她撞进河里去。"

女裳连忙跑上前欲拉住向氏，不料向氏走到河边，半只脚都要陷入河泥里了，却没有继续走向前，反而转身，沿着河岸向着下游走去。

莒姬想起女葵刚才说的"母子连心"，心中暗忖，莫不是当真母女连心，向氏这般难道竟会找着小公主不成，当下喝止了女裳拉住向氏，只道："女裳，你且由着向媵人自己走，只扶着她休叫她跌到河里去了。"

向氏一路跌跌撞撞，似茫然又似有目标地走着。莒姬带着侍女，紧紧相随。

这河岸边并不是皆有空地可行走，有水草处处，荆棘缠绕。有些地方便得跳下河去涉水而过。便是女裳再三小心挽扶，向氏在河边踩着河泥，也跌了好几次，幸得侍女们扶起，向氏却恍若未觉疼痛，跌倒了被扶起来也不曾有过半分犹豫，径直一脚水一脚泥地往前走去。莒姬跟在身后，也只得跳下水去涉水而过。

此时天色渐暗，远处灯烛次第亮起。此时尚无灯笼之物，夜间行路，只以火把取亮。这时满宫都已经惊起，连楚王商也大怒，退朝之后亲自派人去寻。御园影影幢幢，皆是举着火把寻找之人。

向氏一行人却出来得匆忙，莒姬虽然吩咐了侍女回报，却一时不得照明之物，幸而今日乃是月圆之夜，月色格外皎洁，照着河面倒是清楚可辨。

一行人走得越来越偏僻，河边泥滑，向氏又摔了一跤，她本已经体虚之至，这一跤摔倒，竟已经不能自己站起，女裳使尽了力气拉她不动，女葵连忙上前帮忙。此时莫说向氏，连莒姬也走得狼狈无比，双脚发软，只倚着侍女喘息未定，待要说："罢了……"

忽然间，向氏嘘了一声，莒姬一怔，不禁也静了下来，就在此时，蓦然地下游处隐隐传来一声婴啼。

众人顿时精神一振，倾耳细听，那声婴啼却又没有了。众人面面相觑，只疑心是自己关心过度幻听了。

莒姬颤声问："方才，是不是听到小儿啼哭之声？"

女葵连忙点头："是，奴也听到了。"

莒姬大喜，抓住向氏的手摇了一摇："妹妹，你听到了吗，孩子在哭？"

向氏颤声："是，他在哭，他在叫我，他肚子饿了在哭呢……"

莒姬："你知道她在哪儿？"

向氏迟疑地转向西边方向。

莒姬："快，快过去。"

众人皆奔了过去，却是河水到了此处便是个拐弯，两边皆是小土坡，密植荆树，遮得河道幽暗难行。

向氏更不犹豫，直跳了下去涉水而去。

莒姬犹豫了一下，就要跟上，女葵却拉了她一把，原来旁边树影稀疏处乃是可以绕行的。

莒姬只得绕行而过，拐过一个弯，却怔住了。

原来河水到了这里忽然河道开阔不少，因河道忽然变宽，便于此处河道中央，立了一座少司命的石像。

那少司命穿着荷衣，系着蕙带，赤足踩着荷叶底座，一只手持长剑，另一只手却高高托着荷叶，荷叶上面是一个穿肚兜的女婴。白石如玉，在月光下发出晶莹之光。

更为可惊的却是石像底座处，有一大团水草缠绕着无数荷叶，荷叶堆上却是躺着一个着红肚兜的女婴，在那里声嘶力竭地哭着。

女婴哭声时有时无，却见水声淙淙，向氏艰难地涉水而行，此时河水并不甚深，只到向氏双膝以上，然向氏终究力衰，走得东倒西歪。

女裳啊了一声，就要上前，女葵却挡住了她，看着不远处一行火光摇摇晃晃，忙高声呼道："小公主找到了……"

那火光顿时转向此处急行而来，莒姬看到来人时，也不禁敛袖行礼："大王。"

而此时，河中的向氏并不知道这里的变化，她已经走到石像底座，将婴儿抱了起来。

这时候，她已经明明白白看清这是一个女婴，但此刻，她的眼中心中再没有对男女的辨认，凭着本能的母性，她清楚地知道这就是自己亲生的孩子。

向氏颤抖着抱紧了女婴泣不成声："我儿，我儿……"

而匆匆赶来，站在小土坡上的楚王商，更是将这一幕看得清清楚楚。

那女婴被向氏抱起来的时候，手足俱缠着水草，想是因为这水草与荷叶及女婴相互纠缠，竟奇异地形成一大团带着浮力的荷叶堆，浮着女婴竟沿河而下，直到这少司命的石像下方被挡住。

此时此刻月光如水，水面上少司命的石像皎洁如玉，只手托着荷叶上的女婴，而石像底座，向氏一身白衣，自荷叶上抱起女婴。石像与真人交相辉映，竟有一种奇异的相似。

莒姬见此情景，她心念电转，立刻朝着神像跪下，颤声道："少司命庇佑啊！"

此时众人皆已怔住，听得莒姬这一声，似被一语点醒，顿时纷纷皆跪下来："少司命显灵了！"

幽暗中似乎有女巫歌声悠悠传来：

"竦长剑兮拥幼艾，荪独宜兮为民正……"

向氏本已经虚弱不堪，此时抱住女婴，顿时松了一口气，便摇摇欲坠，只倚着石像，竟是再无行走的力气了。

楚王商更不犹豫，跳下水面，涉水到了石像边，一把将向氏和女婴一起抱起，复涉水回岸边。

向氏虽侍奉过楚王商，但毕竟身份卑下，胆怯内向，楚王商并不感兴趣，若非她怀孕正当期时，实在是连她也想不起来了。

此时向氏寻到女儿，却正是最虚弱无助之时，却只见月光下她的君王涉水而来，将她母女抱在怀中，向氏只觉得一颗心落了下来，倚着那宽广的肩头，那一刻，是她这一生记忆最深的幸福时候。

楚王商涉水回岸时，早有回神过来的内侍也跳下水来迎接。

楚王商直走上岸，才将向氏交于侍女扶住，向氏却顾不得什么，直直地伸着手臂将婴儿托到楚王商面前，泣不成声地："大王，这是我们的孩儿，我的女儿。"

楚王商缓缓接过孩子，向着少司命石像方向举起："这是……少司命庇佑啊！"

莒姬推了推向氏，却见向氏满眼只看到了楚王商和女婴，并无半点回应，料她不懂得抓住机会，只得自己上前一步："请大王为小公主赐名。"

楚王商收回手，将婴儿抱在怀中看了看，又抬头看到一轮明月，和月光下皎洁的石像，思忖片刻道："今夕月光皎洁，便……取名为'月'吧！"

莒姬连忙接过女婴，跪下："谢大王赐名。"

第三章
垂髫年

这个被楚王商起名为"月"的公主，在楚王商的女儿中排名第九，宫中便呼为九公主。小公主刚刚出世，这一夜的历险，成了楚宫中的一桩悬案，便连原来看护她的侍女女桑，也在人间消失得无影无踪。莒姬所居的云梦台虽不算禁卫如何森严，但也不可能是一个侍女就能够把婴儿盗走的。且她身边用的宫女，包括那女桑，均是她陪嫁的心腹侍女，这种陪嫁之人，通常生死与共，纵使另投他主，别人也不会收容，这于当时便是铁律一条。国士可择主而事，但奴仆背主，只有死路一条。

更何况小公主虽然是个婴儿，却毕竟是国君之女，很难想象有什么了不得的生死利害，能令女桑自寻死路背主害主。

更有可能，是有人盗走公主，又害死女桑，嫁祸女桑。只是这女桑自此以后，消失无踪，连尸首也找不到，更勿论其他。

莒姬深惧此事，她唯一能怀疑的就是宫中的阉人内侍，这些不是她娘家陪嫁之奴，亦是有可能内外勾结的。只是一处宫闱台阁，也总要用到几十内侍，这却是无法避免的。她只得借了小公主被盗之事，将云梦台的内侍换了个干净，另求楚王商亲自分拨了一些心腹可信内侍，再向母族求助，阉了莒族原来隶下的数十名奴隶入宫，这才消停。

幸而那小公主似是有神灵庇佑一般，虽在水上漂了几个时辰，着了些风寒惊吓，但有太医用力，乳母精心，调养一段时间后，竟似完全不曾有后患，依旧活泼可爱，长势喜人。

只是向氏自那一夜以后，竟是母女连心，虽然病得欲生欲死，却时时刻刻念着小公主，一日不见，便忧心欲死。莒姬虽然知道她病重，不好让幼儿过了病气，然怜她情痴，还是让乳母每日抱着小公主，远远地让她看一回，好教她放心。

向氏本已因为难产，又逢大喜大怒大寒大暑，自此大病一场，血下不止，险险要一命呜呼。却因为牵挂着女儿，便挣命活着。太医诊过无数这类的产妇之病，这等血崩十有八九，难挨过去。不想向氏看似比谁都虚弱，然生命力却是极强，几番濒死又活过来，过得一年多，竟渐渐越来越好，也不禁令人称奇。

只是楚王商此时却无暇顾及这些后宫之事，自秦国的细作报来讯息，秦君渠梁驾崩，秦国变乱陡生。

自周平王东迁，数百年来征战不休，大国并吞小国，至此时周武王初封的三千诸侯，已经只剩下十几二十个国家了，最大的便是七个国家，史称战国七雄。

这七雄中，只有北方的燕国，仍是召公之后的姬姓之国；南方的楚国，自立国以来便不太臣服，与周天子屡有摩擦，此后更是自立为王，据大江以南，虽以周天子之威，也无可奈何；山东齐国，虽是当初的封国，但国君却已经不是初封时的姜氏，而是被其臣下田氏所取代，此之谓"田氏代齐"；而地处中央的晋国，却被三家封臣赵氏、魏氏、韩氏所瓜分，此之谓"三家分晋"；而最西边的秦国，原是商朝旧臣之后，素为周室所恶，唯秦朝先人非子为周王牧马甚为用心，因此准其立国。后来周平王东迁，旧都为犬戎所据，平王便顺水推舟将旧都封与秦人，让秦人与犬戎搏杀，使其两败俱伤。

秦人与犬戎搏杀多年，渐渐扩张，只是却一直被中原诸国视为边鄙野人，历经数代秦君试图或施恩惠或献媚周王或武力征伐，以求东进，在列国中取得话语权，却无不铩羽而归，也被中原诸国更加轻视。唯有楚国，因也有同样被列国轻视过的历史，倒与秦国数代结为姻亲，遥相呼应。

至秦君渠梁这一代，却做出了令诸侯为之震惊的事情。他起用了自魏国流亡到秦国的卫公子鞅，进行变法。

变法之事，其实并非自秦国始，这相似的内容，周厉王当年起用荣夷公变法，当年楚国也起用过吴起变法，甚至在商鞅逃离的魏国，在商鞅之前也有过李悝变法。商鞅的变法内容，亦是受吴起与李悝变法影响极深。而这些变法，无不是在王权衰弱、国库财尽的前提下产生，而最终，亦是不约而同地走向变法者身败名裂，人亡政息的结果。

如今列国关心的事便是，秦君渠梁死了，那么被封为商君的变法之臣卫鞅，会是一个什么样的结果，而秦国的新法，又会继续下去吗？

楚国君臣，自然也是极关心此事。

此时章华台中，君臣对坐，令尹昭阳先开口道："细作传讯，秦国已为其先君发丧，谥号为孝公，太子驷灵前继位。"

各国都有宰执冢相之位，为百官首，楚国此位置便称为令尹。昭阳是个年近五十的老军头，他虽是宗族，却也是积战功而至此位，在朝中威望极高，也最得楚王商倚重。

楚王商沉吟："太子驷昔日便是因为反对商君之变法，因而触怒秦公问罪，他的太傅公子虔受劓刑、公孙贾受黥刑，他自己也被放逐。如今他既已继位为君，依卿等看，秦国的变法，可能续行否？"

昭阳抚须笑道："不能。"

列国均是此例，秦国又岂能有所改变。

他说完以后，左徒屈原便道："正是，太子驷方才继位，太傅公子虔就告发商君谋反，那卫鞅就欲潜逃出秦。谁知道逃到边关，欲宿客舍，店家却因为他出示不了身份凭证而不敢收留……"

太子槐奇道："这是为何？"

屈原解释道："因为卫鞅立法，为政极苛，出行必须有凭证，若是客舍窝藏有罪之人与降敌同罪，被人揭发就要问腰斩之刑，而且有连坐之法，若一家有罪则其他九家必须揭发，揭发者有赏，若不揭发则十家连坐。因此卫鞅叹息：'吾作此法而自毙。'"

因为知道今日商议商鞅变法之事，太子槐之前便由太傅先学习了吴起在楚国的变法始终，此时听到商鞅在秦公死后的行为，不禁嗤笑出声："卫鞅虽学了吴子之法，但在生死当前，智与断实不如吴子矣！"

话未说完，便被楚王商横了一眼，吓得住口。

当年楚悼王任用吴起变法，得罪了楚国原来的世卿，待楚悼王一死，众人群起而射杀吴起，这情景与秦孝公一死秦人要杀商鞅之事也是相仿。只是吴起为人极为酷烈阴毒，他知道众人想杀他时，不但不向外逃，反而逃进楚悼王的灵堂，拿楚悼王的尸体当挡箭牌。这些楚国贵族若是心怀畏惧，他自可保全一命，若是坚持杀他，则皆要背上作践国君尸体的罪名。果然那些楚国贵族虽然杀了吴起，但那些人皆被继位的楚肃王以罪名问斩。而这一批对变法最是切齿痛恨的楚国贵族被杀，大大缓解了继续变法的压力，使得楚国变法虽然人亡政息，但却还是保留了一些变法内容延续。

只是吴起的做法太过阴损，在座的朝臣先祖们多少也因吴起变法损害过家族利益，而且他虽然得以让新君以此罪名杀了一批旧贵族，但他拿国君的尸体当成自己挡箭报仇的工具，也实在是太过无君无上。

因此虽然太子槐说得有理，但不管于君于臣，其实对吴起这个人虽然暗中佩服，面上却是谁也说不得他一句正面评价的。

楚王商不欲此话题继续下去，直接问："卫鞅下场如何？"

屈原叹道："商君鞅被秦国新君下令施以车裂之刑，并灭其族。"

楚王商默然，这也是意料中事。

昭阳叹息："从来人亡政息，秦孝公与卫鞅俱亡，想来秦国变法必不能继续下去。如废新法恢复旧法，又要多少人事变幻，百姓动荡。老子曰：'治大国若烹小鲜。'秦国地处西北，贫苦粗鄙，再加上国政这般来回折腾，必当衰弱。"

将军景缺道："臣以为可以趁此之机，在秦楚相交的巴蜀之地进行蚕吞侵蚀，扩张疆域。"

大夫靳尚连忙奉承："幸而我大楚当初没有任由那吴起变法祸乱，如今秦国生乱，正是我楚国扩张之机。"

昭氏、屈氏、景氏、靳氏等，皆为芈姓分支，楚国虽对周天子不甚臣服，然则在"分封亲戚、以藩屏周"这一点上却是学了十足，如今周天子的姬姓之国皆已零落，但楚国却仍然是由芈姓分支主政朝堂，这亦是楚国以为自豪的事。

昭阳指着地图，分析道："当今天下大势，周室衰弱，燕国在北，与我相隔甚远且国势不强，可不必考虑。齐王辟疆任用驺衍、淳于髡、田骈、孟轲等人，皆赐列第为上大夫，近年来齐稷下学宫又复兴盛，人才济济有数百千人。而韩国国政出自申不害，但申不害已老，不足为惧。魏国虽然势力最大，但自庞涓死后，已是盛极而衰。倒是赵国有转强之势。大王去年灭了越国，尽吞越国之地。如今我楚国在列国之中已经是疆域最广，国势最强。以臣之见，我等当联齐而削弱列国，联秦而牵制三晋，取巴蜀为粮仓，待到时间成熟，便可称霸于天下。"

楚王商点头叹息："令尹之言正是寡人所想，只是费时甚久，只怕寡人是看不到我大楚称霸于天下，但若寡人择后嗣得人，诸卿之中倒有可以辅佐新君威临天下——"

太子槐听到此言，正中心事，不禁脸色一变，他不敢抬头看楚王商，只暗地里斜看令尹昭阳的表情，想着他会如何表态。

昭阳也不禁看了太子槐一眼，见他神情惶恐，暗叹一声，口中却说道："大王放心，太子已经成年，必能续我楚国辉煌……"

楚王商看了太子槐一眼，叹了一声，摆了摆手。

他心中明白，如今列强争霸，国与国之间竞争激烈，不进则退。楚国虽然在他的手中实力大增，但太子槐能力远不如他，而曾经抱过期望的霸星，也不过只是一个虚话，这后继无人，便是悬在他心头的一块大石。他生性坚韧，便遇上重大挫折，也不过是一笑置之，唯此事却是耿耿于怀。唯今之计，也只有乘自己在位之时，多加扩张，便是太子槐做个守成之君罢了，待后世子孙有杰出者，再能振兴楚国。

想到此处，将素日对儿子的厌憎之心也弱了几分，听到昭阳也在竭力为太子槐游说，便点了点头道："寡人也将太子交与令尹，望你好好辅佐于他。"

昭阳连忙应声："臣遵旨。"

楚国君臣静候着秦国发生变乱，不料过了数月，消息传来，秦国新君虽然杀了商君卫鞅，但却没有如秦国公卿所愿，废止新法，反而借商君的人头，平息了公卿的怒火，这边新法却在依旧推行。

楚王商听闻此讯，长叹一声："秦君真英雄也。"

此时他正在莒姬房中，莒姬忙问："大王如何有此叹？"

楚王商道："历代变法，无不是人亡政息。不想秦国新君有如此气量，我本以为秦国自此变因为新旧两法动荡，如今看起来，秦国只怕会成为我楚国的大患。"

莒姬伺候楚王商多年，能做得一朵解语花，自然也不是木头人。闻言笑道："秦君纵有能力，然则秦国多年穷鄙，又与魏国结仇，便终其一世，恐怕也无法成为我楚国之患吧。大王放心，我楚国人才辈出，何惧秦国。"

楚王商稍解心事，莒姬又百般奉承，不觉在这云梦台消磨了不少时光。更兼又有九公主聪明可爱，莒姬见楚王商心烦之时，便引他逗弄婴儿，虽然幼童无知，却能解颐。一来二去，便得了楚王商的宠爱。

楚王商子女繁多，也只有头两三个孩子出世时，得他一些关爱，孩子生得多了，便也不在意了。太子槐虽然因嫡长而立为储君，然而小时候便不算太聪明，越长大越觉得不肖自己，他一生征伐，灭国无数，对楚国的将来更是有着辉煌的蓝图，雄心勃勃地想了百年规划，纵自己这一生寿数未及完成，也当要使后来者大展宏图。然这样宏伟的蓝图，一想要落在太子槐的身上，便觉得实不堪胜任。然而诸子中，虽有比太子聪明能干些的，却依旧与自己相差甚远，还不到能够为了这个庶子去改换太子位置的分量。

楚王商因唐昧之预言，又有少司命神像之事，便对这小公主格外关照些，他年轻时不以儿女为意，此时人过中年，征伐日少，闲来逗弄小小女儿，竟有了一丝慈父之情，兼之小公主虽然话还说得不甚清楚，却正是幼儿最为讨喜之时，便是铁石肝胆的男儿，也不禁软了心肠。

转眼就是九公主两岁，已经是能吃能喝，能走能跑，连学说话也比寻常孩子更伶牙俐齿些。

这日楚王商下朝到莒姬处，莒姬忙服侍他换了常服，自己下去令人备了他所喜的膳食，燃了他所喜的香料，自己捧了一盏柘汁上来，却见楚王商立于廊下，正看着庭前出神。

莒姬顺着他的目光看去，却是前面回廊处，向氏举着一只鼗鼓，在逗弄着小公主。小公主跌跌撞撞地跑着，向氏一身嫩绿的宫装在前面慢慢地退着，她身形窈窕，如同初生的春草一样温柔悦目，声音低低的，似春雨润物，无声而沁人。

菖姬见楚王商看得怔住，心中不免微有酸意，转念一想，便走到楚王商身后，指着向氏微笑道："大王可还认得向氏妹妹？"

楚王商："向氏？"

菖姬提醒道："大王不记得了，她就是九公主的生母啊！"

楚王商啊了一声，他于向氏实是印象不深，初见时如同胆怯的小鼠，畏缩不已，转眼即忘。及后来听说她怀孕，特意去看望了她几次，不是吐得昏天黑地脸色蜡黄，便是满脸红光大腹便便，那一夜去救小公主，又是月光之下，对她的印象倒是一袭白衣，一头散乱的长发。乃至今日，才真正看到了向氏的真面目，看到了向氏在无人处那种幽静开放的美来。

菖姬柔声道："向妹妹将养了这些日子，身子已经恢复了，大王要不要今日召她服侍？"

楚王商没有回答。

菖姬心中明白，微微一笑。

这一夜，向氏得幸。

自此，向氏屡有得幸，又五月，向氏诊出怀孕。

菖姬听到这个消息时，已经是无力叹息了。或许这就是人的运气吧，她这一系的人中，她自己是最得盛宠，却始终怀不上孩子。她身边有四个随嫁的媵女，她也设法令她们都服侍过楚王商，然则兜来转去，终究还是向氏一再有孕。

木屐的声音走过院中的石板地，走到台阶前停下，侍女蹲下为贵人脱去木屐，划袜轻轻步上台阶，在桐木走廊上摩擦发出轻微的沙沙之声，却有一种音韵之美，仿佛轻抚琴弦未弹。然而忽来一顿乱鼓，却冲散了这种琴韵之美。

九公主芈月活力充沛，如同一匹小马驹似的，踩着乱鼓的节奏冲上来，扑入菖姬的怀中："母亲，母亲，我阿娘怎么了？"

菖姬俯下身，把这小胖妞抱起来，掂了掂，似乎又沉了些，这边笑道："孺子，又去寻你阿娘玩耍了吗？"

小胖妞分得很清楚，莒姬是母亲，向氏是阿娘，母亲是负责撒娇耍赖讨要东西用的人，阿娘是会跟在她身后默默地拾玩具追着她跑的人。只是这些日子，这个素来跟在她身后跑的阿娘，却不再跟在她身后跑了，连自己去找她玩，也要被傅姆女葵拉开，像是这个阿娘变成了玉一般易碎，碰都碰不得似的。她不解了，她委屈了，但是还好，她还有一个万能的母亲，可以解决她两岁的人生中能遇上的所有事情。

莒姬已经明白她的意思，笑道："我儿，你阿娘肚子里有小娃娃了，不能再与你作耍了。"

芈月诧异地问："阿娘肚子里有小娃娃？那小娃娃是如何进去的呢？"

莒姬一时语塞，天底下所有小孩，似乎都会有这种令大人回答不出来的问题。芈月的傅姆女葵却已经追了上来，接过小公主快言快语地回答："小娃娃是少司命赐给你阿娘的，小公主当年也是少司命放进你阿娘的肚子里的。"

芈月好奇地看看莒姬的肚子，又摸上女葵的肚子，神情有些敬畏地道："母亲肚子里也有小娃娃吗，你的肚子里呢？"

莒姬脸一红，心头却泛上一层苦意。她自己多年不孕，这份盼子之心，却是比谁都强烈，无奈司命弄人，只得将希望寄托在别人身上。

女葵也羞红了脸，只得解释道："没有，你阿娘肚子鼓起来，那才是有了小娃娃，我们肚子平平的，自然是没有。"

芈月拍拍自己鼓鼓的小肚皮："那我肚子也鼓鼓的啊！"

这个年纪的小孩子，总有永远问不完的为什么，女葵应付起她来却是驾轻就熟："你自家还是小娃娃，如何能生小娃娃，自然是大人才会生小娃娃。"

芈月恍悟："哦，那父王的肚子这么大，一定有好多小娃娃……"

女葵吓得忙掩住了小公主的口，沉下了脸来轻轻吓唬她："不要胡吣，小娃娃是妇人才会生出来的，大王是男子汉，不一样的。"

莒姬却扑哧一笑："说得很是，你父王肚子里的确有许多小娃娃，却是要旁人替他生出来的……"

女葵嗔道："公主尚小，夫人如何与她说这种疯话。"

莒姬也自悔失言，抱过了芈月，与她指点庭中的花木："此为薜荔，此为荼蘼……"不一会儿便将这孩子的心神分散了，兴致勃勃地指挥着女葵给她摘了一串荼蘼花。

一行人进了向氏房中，此时向氏只是居于莒姬宫中侧室，虽然莒姬重视，但终究不能与在椒室中的诸般奢华相比，而向氏却是神情安详，她带着一丝慵懒被侍女轻轻扶起来，向莒姬敛袖。尚未行下礼来，莒姬忙扶住她让免礼，又让她与己对坐，只有小公主躲在莒姬身后，好奇地伸出脑袋来张望着。

这一胎终究与上次不同，既没有星象也没有异兆，更没有周围这等有形无形的压力。向氏这一胎便坐得十分安心，见女儿躲在莒姬身后，便招了招手笑道："孺子，如何今日这般胆小，倒躲在你母亲身后？"

芈月怯怯地道："母亲说阿娘有了小娃娃，不能再与我作耍了。"

向氏笑了："阿娘虽然有了小娃娃，但你只消不胡撞乱顶，只轻轻地倚着阿娘，便无事。"

芈月瞪大了眼睛："当真？"

莒姬也笑着点点头，从身后拉出芈月，向氏伸出手来，芈月便跑到向氏身边，敬畏地看着她的肚子，像是很想伸手摸一摸，却又不敢动手。

向氏笑了，握着芈月的手轻轻平放到自己的小腹上，芈月等了半天，却只觉得掌心热乎乎的，却没有摸到什么，不禁问："阿娘，小娃娃呢？"

向氏笑了："他还小呢，须得再过几个月，才能够摸到。"

芈月抬头，好奇地："阿娘会生个弟弟，还是生个妹妹？"这却是她无意中听到宫人讨论，才有此问。

莒姬心头一动，常道小儿灵性足，能见着大人见不着的东西，便笑问："我儿，你倒说说看，你阿娘肚子里的是弟弟，还是妹妹？"

芈月此时正是半懂不懂的时候，便问："弟弟是什么，妹妹又是什么？"

莒姬失笑："妹妹就是与你一般的女娃娃，与我、与你阿娘一样的。弟弟——便是与你父王一样的……"

芈月低头想了一想，众人看她一个小娃娃一脸认真沉思的样子，倒也好玩，不禁笑了。

却不想她虽然尚小，宫女侍婢们在她面前便无所顾忌，常见差不多的宫婢们私下争抢，心中便忖若是一样的，必要与她抢夺，便斩钉截铁地道："弟弟！"

众人诧异，都笑了："好，若是生了弟弟出来，便要赏你吃饴糖。"

或许是幼儿的口中有灵，又过了数月，向氏果然生下一子，楚王商大喜，取名为戎。

莒姬看着襁褓中的男婴，喜极而泣。

她是个极聪明的女子，入宫这些年来，盛宠不衰。然而后宫女子，不过是倚着君王的爱宠而立身，然色衰则爱弛，则无立身之所，所以无不求着得宠之时，能够生下一个儿子来，这才是终身的倚仗。此时乃有媵从制度，一嫁数媵，若是主嫁之妇无子，媵从之子便为其名下之子。她自己虽生不出孩子来，但她的媵从有子，自然也算得她的儿子。

想当日向氏怀孕，虽然有天象异兆，而她惊喜之余也有些惶然，她只是想要一个能够安身立命的儿子，却从未想过直接站到王后的对立面去。然而为了自保，不得不小心为上，但生出一个小公主来，她虽然失望，却也松了一口气。

盼了两年，她终于又盼得了这一个儿子，眼见楚王商年岁日增，她有了这个儿子，将来自然是老有所依。

一晃数年过去，这个叫戎的男孩子，在成长过程中却并未显示过人的天分，便在楚王商诸子同样的年纪中，也不过是中上水平。

王后本是甚为关心这个男婴的成长，那个向氏初次怀孕而有星象生异，而又这么快再生一子，实是令人记挂，直至见这男孩并不为楚王商所特别重视，才放下了一半心来。

然则与他一母同胞的阿姊公主月，却显示出比弟弟更过人的天赋来。因为得了楚王商的喜欢，她从小就能够跟着楚王商到处乱跑，为了出行方便，莒姬便把她打扮成一个男孩子，而她自己也喜欢这样的打扮，若向氏为她换了女孩子的衣衫，她反而不高兴要闹腾。

如此时光易过，小公主到了六七岁上，比一般的男孩子更加淘气，自习了弓马以后，那御园之中的珍禽异兽都遭了殃，或被拔毛，或被射伤，乃至于园中禽兽闻到小公主的笑声，便叫嚣乎东西，隳突乎南北，混闹成一团。

此时春季到来，百花盛开。楚国地处南方，花草虽然繁盛，但水气潮湿、易生虫蚊，这便是王宫也是无法禁绝的。所以贵人们多爱焚香，驱虫蚁散浊气，宁神安息皆可。

莒姬便与向氏商议，叫了掌香的香人来制一些香。

香人连忙赶来，又将原来的存香展示："夫人，春季到了，可制蘅芜香、蕙香、兰香等，奴这里还有去年秋天制的桂香，还有一些是从南郡来的鸡舌香、苏合香等。"

向氏指了指旁边的几种："那是什么？"

香人道："此为丁香，此为龟甲香，此为麝香，此为燕香……"

莒姬点点头，留了几盒旧香，又令制几种新香，正说着却见永巷令带着两个小侍童进来给莒姬行礼。

莒姬诧异地看着两个小侍童问道："这两个小竖是做什么的？"

永巷令解释道："因九公主说不要侍女服侍，要换两个能陪她一起玩的小竖，大王叫臣送几个小竖进来。"

莒姬嗔道："又要胡闹了，哪有女儿家整天男儿一般上蹿下跳的，侍女还不够，又用起小竖来。"又问叫什么名字。

永巷令便道，这两名竖童原是依着甲乙丙丁起名，一个叫竖甲，另一个叫竖丁。因小公主嫌名字不好，故改了叫骅骝和绿耳。

莒姬知道这是用穆天子的八骏之名而起，便皱眉道："小竖不拘叫个甲乙丙丁就罢了，何必起这等古灵精怪的名字！"

永巷令不敢答话，只得赔笑："若夫人不喜，奴才这便令他们改回来。"

莒姬挥挥手："罢了，给她送去吧。"

见永巷令出去了，向氏有些不安地道："阿姊。"

莒姬知向氏素来胆小，便问了声："怎么了？"

向氏嗫嚅道："论理，我原不该说，只是公主她……"

莒姬知向氏一向胆小，自知这一儿一女都是属于莒姬管束，从不敢有什么异议，如今见她这副神情，便有些诧异："你想说什么？"

向氏犹豫半天才道："我觉得，公主毕竟是女儿家，她如今已经七岁了，再过得几年也要议亲了，女儿家该教的东西也应该教教她了，不能老像个男儿似的……"

莒姬扑哧一声笑了："我道什么事，原来是这个。"见向氏神情惶恐，不在乎地摆了摆手道，"这世间的规矩，原就不是为了贵人而设。月若得大王宠爱，她便是再放纵十倍，又有谁敢难为于她。若是不得人抬举的，便是再规矩又能如何？你啊，你不懂！这世间人要老实，便被规矩压着一辈子，人若是聪明能干的，便可以踩着规矩，制定规矩。月这一辈子，你无须担心，只有过得比你我更好。"

向氏嗫嚅了半晌，心中轻叹，一个人的性情又岂是天生胆小怯弱，终究不过是被身份被规矩压成了最适合于她这个位置的样子。只是这话，她却说不出，只是自己默默藏在心里头罢了。

莒姬倒朝她招笑道："你过来，我有件事同你说。"

向氏忙上前在莒姬耳边俯身，只得莒姬轻声道："大王前日说，戎都启蒙学习了，因月素日作男装打扮，不如让她和戎一起学习。"

向氏喜道："如此甚好。"

莒姬又低声道："大王有意想让左徒屈原为公孙横的夫子，想让戎与月一起就学。"

公孙横便是太子槐的嫡长子，比公子戎大了一岁，楚王商自知太子天性难驯，便有心让屈原来教导公孙横，以期为楚国将来培育明君。左徒此职，入则与王图议国事，以出号令；出则接遇宾客，应对诸侯。楚国许多重臣接任令尹一职前，都曾任过左徒。以左徒来教导公孙横和诸公子，便是以未来宰相来教导未来储君。

向氏喜道："屈子是我楚国第一才子，又是芈姓宗亲，若他能够为子戎的夫子，那真是太好了。"

莒姬却叹了一声："只可惜，戎的性子，不及他姊姊。素日若是有月在场还好些，仅若只有他一个人见了大王，连声音都不敢高声。"

向氏叹道："这也没办法，从太子开始，宫中诸公子谁见了大王不是吓得战战兢兢。"

莒姬也笑了："可偏生就是月不惧大王，大王偏也就喜欢她这副模样——"

第四章

鹰之惑

莒姬与向氏议论着小公主芈月，而芈月此时正在楚王商的宴殿层台之上，缠着楚王商要玩耍。

层台之上，此时庖人在青铜圆鼎上嗞嗞地烤着肉，几案上摆着青铜酒爵、盛着肉的扁足小鼎，还有摆着盛肉酱的豆和盛水果的笾，以及勺匕铜俎。寺人奉方将喷香的肉仔细切成块，调和鲜咸的肉酱，送到楚王商面前。

楚王商晃着酒爵，带着五分醉意正与女儿吹牛："那越王无疆，居然也敢跟寡人扯后腿，还想联合齐国攻击寡人，结果，寡人就亲自率兵，直攻入越国，那越王无疆居然还想求寡人保全宗室，愿称臣纳贡。这一套当年越王勾践也干过，哼，当寡人是吴王夫差这种蠢人吗？寡人……就把无疆给杀了，把他们的宗庙也毁了，让他们再无翻身之可能……"

芈月穿着男装梳着总角，胸前挂着玉牌，穿着黄色绣如意云纹的衣服坐在楚王商的膝边，一边听一边鼓掌："父王威武，父王战无不胜。"这边又亲手倒了一杯酒递到楚王商面前，一脸讨好地，"父王，我是您的女儿，您一直说我很像您对吧。"

楚王商见了她这副样子，便晓得她无事献殷勤必有要求，便一边乐呵呵地喝下了酒，一边道："说吧，你又想要什么东西了？"

芈月双眸闪闪，娇嗔道："父王太小看我了，何以见得我便是向父王提要求，不是替父王分忧解劳的？"

楚王商笑了："哦，你能替我分什么忧，解什么劳？"

芈月便道："父王，下次再有打仗，您带上儿可好，我会骑马，也会射箭，还可替您当前茅武士！"

楚王商见了她小小的身形，爆笑："你这孺子？哈哈哈，前茅武士伸根手指头就能把你推个跟头。孺子，待你长到跟父王一般高的时候，再来说打仗吧！"

芈月眼睛一亮："当真？"

楚王商拍拍胸脯："君无戏言？"心中暗笑，"反正你这辈子都不可能长到寡人一般高……"

芈月见他笑得奇怪，狐疑地："父王，真的吗？"

楚王商道："自然是真的。"

芈月眼珠子一转，便撒娇地摇着楚王商："那便让我随您去行猎吧，行猎就是练兵，我要不跟着您先练着，将来就算长到跟您一般高也没办法出去打仗的。"

楚王商享受着被摇晃，佯装受不了："好好好，父王答应你，到秋天的时候带你去行猎。"

芈月不解："为何要到秋天这么远啊？"

楚王商道："如今是春季，万物生长，不可行猎，春生秋杀，行猎自然是要到秋季才行。"

芈月问："那春天做什么？"

楚王商道："春耕、亲蚕。过几日寡人要去御田亲耕，王后要去桑林亲蚕。"

芈月连忙问："我能去吗？"

楚王商摇头道："那是国之祭礼，你小儿家可不能去。"

芈月嘟着嘴转头，表示自己不高兴了。

楚王商连忙劝道："父王给你找了个夫子，过几日你就要拜师学习了，可不许再淘气了。"

芈月申辩道："我从来就不曾淘气过！"

楚王商嗯了一声："哦，你从来就不曾淘气过，那前些日子是谁把御园中雉鸡的毛全给拔了？"

芈月讪讪地："我那不是想给父王做一面漂亮的旌旗吗……"看

着楚王商的笑容，声音低了下来，"顺便，也给我自己将来做一面漂亮的旌旗……"又兴奋地提高了声音，"将来战场上一亮出旗号，人家就知道我的威名！"她是前日听说旌旗皆是由上好的鸟兽羽毛做成，因此在御园中见了雄鸡的毛甚是漂亮，便把这些雄鸡的毛都拔光了欲做旌旗。

楚王商方知道她为何如此，当下哈哈大笑："哈哈哈，你啊，你个小鬼头！"

芈月不高兴地道："父王可是取笑我么？"

楚王商摇头："不曾取笑，不曾取笑，你真不愧是寡人的女儿，哈哈哈……"却见她眼珠子又在转啊转啊的，知道她必有算计，揉揉她的小脑袋，问，"你又有什么鬼念头了？"

芈月习惯性地忙先申明："我素来是很懂事的。"见楚威王不以为意地呵呵一笑，只得转而说出了目标来，"父王，听说再过三日，便是景翠将军得胜归来，叩阙献俘……"

楚王商一听就知道她打着什么主意，摆手道："不成不成，大军得胜归朝，百战之师皆是血杀之气，你如何能够去得。"

芈月瞪起了眼睛："我父王是大英雄沙场百战，我若是连一点血杀之气也不敢去看，何以扬我父王赫赫英名？"

楚王商听了她这话，直笑得连凭几都倚塌了，大笑道："哈哈哈，寡人要你这孺子来扬我赫赫英名吗？不错不错，我儿当真类我，是好事，是好事！"他先是笑得太放肆，及见芈月当真恼了，忙改口夸奖讨好。

当下哄了半天，见芈月依旧是气哼哼的，知道她目标何在，却不敢答应此事，只得想了个移花接木的主意，笑道："此事你不须问我，只消你能让母亲同意便行。"

他知道自己素来最怕这爱女歪缠，经常心一软便什么都答应了，因此遇上这种事，便尽量推到莒姬身上去，而莒姬，此时还算能克得住这小家伙。

芈月也不气馁，只嘻嘻一笑，不再说了。

楚王商自以为得计，却不知芈月转头就去缠着莒姬："母亲，听说再过三日，便是景翠将军得胜归来，叩阙献俘，我要去看……"

莒姬不知是计，先是断然拒绝，后来被她缠得没办法，只好也与楚威王一般转移压力，道："你若能够说服你父王答应，我便放你出去。"

芈月嘿嘿一笑："父王说了，只要母亲不反对，他便答应。"

莒姬瞪着她，想不到她这小小孩童，便已经如此狡猾，她早知道不论是楚王商还是莒姬都不会答应她出宫去玩的，便先是哄得楚王商将此事推在莒姬身上，说是你母亲答应我便答应，再缠得莒姬想将拒绝之事推到楚王商身上的时候，才发现两个都不肯答应的成年人，居然被她一个小儿绕进一个"你不拒绝就是答应"的圈子中了。

莒姬恨得在她额头弹了一下："小小年纪，便如此狡猾。"

芈月也不在乎，只抱住她嘻嘻地笑："母亲，您这是答应了？"

莒姬瞪着眼睛看着她，用力戳了戳她的额头，恨声道："我当真命中注定要被你这小鬼来折磨。要去也可以，须得你父王的亲卫跟着，不可以独自跑走，更不可走近水边。若是违了我的话，下次再不许你出去。"

芈月扑到莒姬怀中，亲了她一口："母亲，你待我真好。"

莒姬抹了抹脸颊，没好气地："去去去，刚施的脂粉，便被你亲花了。"

芈月也不管她，笑嘻嘻地跑走了。

当晚夫妻两人面面相觑，虽然已经是诸般小心，却不想还被这一个小儿给套了话。无奈是君无戏言，到了景翠回朝当日，楚王商只得叫芈月穿上男装，叫了亲信卫士一名叫景离的，率了自己的卫队，带着她站在城头上偷偷看着。

此时在城门外，已经用荆棘柴草搭来了一座木门，这就是所谓的"棘门"，将士凯旋，由国君或者国君指定的王族重臣迎出城门外。

芈月站在城头上，但见千军万马，自北边摇摇而来，旌旗招展，尘烟满天。待到近时，更觉得人群漫天黑压压一片而来，除了几个为首的将领预先换上了新盔新甲作展示之外，大部分的将士征袍盔甲上尽是灰烬尘泥、斑斑血迹，更兼刀砍箭痕，无不破损。然而这种久战之师身上带着的血杀之气，比那些锃亮的新盔新甲，更让人有一种战场的恐惧感。

芈月虽然站在城头上，不如城下之人只觉得铺天盖地的气息，也看不到战甲杀气，然则站在城头，却也被这股气势，压得心头一滞，不禁退后数步，直碰到一个身躯，这才站定。

却是景离扶住了她，柔声道："小公主，你可是害怕了？若是害怕，便回去罢。"

芈月这才回过神来，当下便硬气地拒绝了这个提议，道："哼，我才不害怕呢。我、我只是觉得我们的大军太威武了而已！"

景离被摊上这个看孩子的活计，也是无奈，只得是顺着哄着这小公主，只盼这场仪式早早结束，把这小公主还到宫里，自己这次的工作便可结束了。

芈月又上前两步，目不转睛地看着城下的凯旋仪式，但见楚王商郊迎，检阅三军。

景翠等率三军一齐行礼，山呼："大王！"声震天际，响遏行云。

芈月从未见过如此盛大的场面，这种气势，与素日正旦君王立于城头，看着百官万民山响般呼君王的气势，是完全不同的。

后者，是众星捧月，前者，是逆转天地。

三军凯旋，声震天地，这样的气势，足以让一个小女孩，铭记一生。

自那日以后，芈月迷上了战争，这和她之前斗鸡惹狗，在年少荒唐岁月，自欺负小动物，欺负弟弟，欺负小竖童的日子中不胜快乐却又不同，她开始疯狂地抓着每一个人，学习着行军打仗的所有术语，她所有的游戏，也成了战争的模仿游戏。

景翠回来的第十日，她又带着两个小竖童骓骝绿耳，与弟弟芈戎，要效法楚威王行军打仗，对着楚宫的假山，发起了想象中的进攻。

她站在假山前，威风凛凛地一挥手，骓骝绿耳便苦着脸跟着伏身小跑来到她跟前听命。

骓骝有些胆小："公主，上回闹腾，奴才便让大监打了二十荆条，咱们还是……"话未说完，便被芈月打断，她板着脸，煞有介事地指挥着："既已从军，岂可以当逃兵，小心本将军军法从事。"

骐骝只得苦着脸陪她做游戏："是，将军，有何军令？"

芈月指着假山道："前面就是敌方城池，骐骝你当我的车右，绿耳你当我的御戎，戎弟你就当我的殿后，等我攻占前面的城池，你就跟我冲上去……听懂了没有？"

芈戎年纪尚小，每日只会懵懂地跟着自家姐姐跑来跑去，如今芈月对他这般吩咏，他亦是习惯性点头："懂……"想了想又摇头憨态可掬地道，"不懂！"

芈月不耐烦地指了指他的额头，道："你反正什么都不懂，跟着我就行了。你们两个，听懂了没有？"

绿耳战战兢兢地："公主，莒夫人说，不让您再玩打仗……"

芈月却不在乎地挥了挥手道："将在外，君命有所不受。所以，现在你得听我的。"

绿耳无奈，只得道："是，奴才听您的，您怎么说就怎么做吧！"

芈月一挥手，背着军中术语："十旌为一彻，随我冲锋！"

芈月率先冲了上去，芈戎傻乎乎地也跟着叫了一声冲上去。

骐骝和绿耳只得各扯了小旗，当成军中的十排旌旗，冲了上去。

芈月冲上假山，得意地高叫一声："我已攻占城池，勇士们随我入城。"便朝着另一头冲了下去。

不想此时正有一行人自拐角处出来，正走到假山上面，却见假山上忽然冲下一人来，撞到人群中，顿时乱成一团。

芈月正冲下去时，看到这一行人过来，已经是收势不住，正撞中一人，但听得哗啦啦一团乱响，她已经摔在一个人的身上。

芈月晕头晕脑地爬起来，才发现她身下躺着一个总角童子，黄衣悬佩，正捂着鼻子，鼻血从指缝中流下，正一脸不忿地瞪着她。

这是她与黄歇的第一次见面。

黄歇是黄国后裔，嬴姓黄氏，为伯益之后。黄国于夏代时便已经建邦，传国五十君，后因"不贡于楚"，于春秋末年，被楚成王所灭以后，置黄邑，黄氏仍为封臣，然家族日衰。到黄歇时，黄族上数三代，都未有出色人物。

黄歇是这一代黄族族长的侄子，因黄族族长曾与左徒屈原交好，故而屈原见小黄歇聪颖过人，便允了黄族族长所托，收其为弟子。

这日楚王商宣屈原进宫，屈原有心想让这个弟子增长见识，于是让他作一个捧书童子，随他进宫。

不料方走到花园，便遇上了这一出事来，但见一个小童从假山上冲下来，他还未反应过来，便已经被撞翻在地，背着的书箱也摔在地上，竹简滚落一地。他被芈月正撞到鼻子上，只觉得一阵酸痛，连忙一抹，发现抹了一手的血，怒而瞪住了这个罪魁祸首。

芈月见了血，也有些着慌，连忙掏了手帕去捂黄歇的鼻子："你、你没事吧？"

黄歇心中气愤，却碍于身在宫中，不知道对方是什么人，不敢发作，只是夺过帕子，捂住了鼻子。

芈月这才转头，眼睛骨碌碌地看着周围环境，却见地上散落着竹简，当前站着一个白衣人，他三缕长须，褒衣大腋、峨冠长铗、玉带系腰、下悬组佩，穿着高高的木屐，更显得飘飘欲仙，似要乘风而去。

芈月见有大人在，一转身就想跑，却被屈原拉住了："呵呵，小公子，撞了人就跑，这可不好。"

好不容易气喘吁吁爬到假山顶上的芈戎和骓骝绿耳看到芈月一连串撞翻他人，也愣住了。

芈月心知不妙，对着假山上大喊："本将已经被俘，我来掩护你们速速撤退，回去增加援兵来救我！"

芈戎等人听了她的话，却不知其意，傻愣愣地站着不知如何是好。

芈月只得跳着脚对着假山上叫道："笨蛋，快跑，找母亲去！"

芈戎等恍然大悟，撒腿就跑。

屈原本不与小童一般见识，但却知道此番楚王商宣他入宫，就是为了替公子公孙们请一个师傅的，见芈月这般年纪，又是这般衣着脾气，便猜她或许便是楚王商要他管教的学生之一了，便有心试试她，见她要跑，便捉住了她。

芈月抬头看着屈原叫道："喂，你放开我！"

屈原笑了："哦，你刚才不是说，你被俘了吗，哪有俘虏说放就放的？"

芈月听了此言，心头一怔，抬头斜看着屈原，不服地哼道："看来阁下也是知兵之人啊！"

屈原呵呵一笑："还好，勉强随大王出征过几次。"

芈月眼睛一亮，反手抓住了屈原的衣袖，眼神也炽热起来："喂，你真的打过仗吗？"

屈原抚须笑道："身为国之封臣，怎会没上过战场。"

芈月眼珠子一转："既然上过战场，就应该知道战场的礼仪。"

屈原感兴趣地："哦，什么礼仪？"

芈月抬头挺胸，努力摆出威武的样子："交战之礼，俘虏之礼。我是一军主帅，虽然陷入重围被俘，也应该有赠玉之仪。"

屈原点头："嗯，不错不错，难得你小小年纪，倒知交战之礼。来来来，黄歇，你与他年纪相当，你来行此赠玉之仪。"

黄歇正拿手帕捂住鼻子止血，听到屈原的吩咐，只得满脸气愤地站起来，将手帕往袖中收了，然后退后一步，拂了拂身上的灰尘，拱手一礼："小子黄歇，奉国君之命披甲持戈，迎战贵军，今日不幸，你我狭路相逢，请允我以此美玉，问候阁下。"

芈月也退后一步，拉平身上的衣服，拱手一礼："下臣芈月，奉国君之命披甲持戈，与勇士狭路相逢，有负国君之托，非战之罪。虽然被俘，却断不敢归降，请置我于营，候寡君将我赎回。愿来日沙场，能与勇士再决高下。"

黄歇拿下胸前挂着的玉，递给芈月。

芈月看到黄歇递来的玉，犹豫了一下，把自己的玉也摘下来递给黄歇："受之琼玖，还以荆玉。"

周朝时诸侯时有征战，两军交战便会有胜败，败方自然会成为俘虏。然则俘虏亦有贵贱之分，所谓"刑不上大夫，礼不下庶人"，便是刑刀不上贵族身，仪礼不对庶人行。若是遇到国君败逃，君权神授，不是为臣下者可以执戈相向的，哪怕是敌国的追击方也会让开道路，让国君逃走，否则即为失"礼"。若是遇上贵族被俘，则胜方会先送上一方玉佩，以示对下面失礼的行动表示歉意，而被俘方也将自己身上最贵重的玉佩赠以还礼，暗示自己的身份会有足够的赎金，请求得到有礼的善待。而若是普通兵卒，自然是没有玉佩没有礼节，粗绳一系脖子，不是给战胜者为奴隶，便是拉到贩奴市场上换钱。

虽然这种孩子装大人的"礼仪"更像是游戏，但贵族的礼仪，便是在这种游戏似的行为中得到加强。所以在那个时代，贵族从生到死，"礼"字渗透到方方面面，就算不是奴仆成群华服锦衣，到沦落荒野时，仍然可以自举手投足中看出一个人的出身贵贱来。

芈月性子虽野，但这个礼字却是如吃饭睡觉一般习惯，更兼她性如男儿，喜欢征战，这等征礼之仪，自然也在日常游戏中学得十足。

两人手碰到一起，男孩和女孩的手大小不一样就看出来了。黄歇好奇地拿起芈月的手比着："奇怪，你的手好小啊！"

芈月羞红了脸，用力抽回手大声反驳："小什么小，总有一天我的拳头会比你更厉害。"

黄歇翻了个白眼："哼！"

芈月也翻了白眼："嘿！"

屈原乐呵呵地看着这两小儿煞有介事地一来一往，却又不禁露出儿童天性来，也不由得笑出声来。

芈月听到笑声也脸红了，看着滚落一地的竹简，也知道自己行为鲁莽，连忙装回大人样，向屈原行了一礼："小子无礼，撞翻先生书箱，还请先生恕罪。"

屈原抚着长须："呵呵，好、好。"

黄歇扭过头去，蹲下来收拾书简，芈月讪讪地蹲下去和黄歇一起收拾竹简，方才拾起一卷，便被黄歇劈手夺去。

芈月也不恼，又拾起一卷竹简递给黄歇。黄歇再恼也不好继续这样无礼，只沉默着接过，表情却没有平复。

芈月刚开始见自己闯了祸又跑不掉，心中原有怯意，想等莒姬来救。此时见平安无事，胆子便又大了起来："先生，您是来见大王的吗？"

屈原点头："是啊。"

芈月眼珠子一转："那您会经常进宫吗？"屈原点头。

芈月一指黄歇："那他呢？"

屈原看了黄歇一眼："他是我的弟子。"

芈月又问："他也会经常进宫吗？"

屈原笑了："是啊。"芈月也笑了，拉着黄歇的手："那好，我要和他一起玩。"

黄歇别扭地一甩手："我才不要呢。"

芈月眼睛闪闪亮地："哎，你几岁了。"黄歇已收拾好竹简放在竹箱中，并不说话。

芈月却一径自己说下去了："我七岁了，你呢？"黄歇看了看芈月，嘴角动了动想说，却想到自己还在赌气，便不再说了。

芈月得意洋洋地："你不说，肯定是比我小了。"

黄歇终究是孩子脾气，忍不住开口："才不是呢……"

正于此时，楚王商身边的内侍奉方已经匆匆赶来，见了屈原便诧异道："屈子如何还在这里，大王让奴婢前来相迎。"

芈月见了奉方，便躲了屈原身后，可惜躲得却是人人皆能见到，奉方见了她，也诧异道："小公主如何在这里？"

屈原诧异："小公主？"

黄歇也诧异起来："你是女的？"

芈月眼一瞪："女的又怎么样？"

黄歇倒讪讪地，觉得自己方才若是与一个男童置气倒罢了，与一个小姑娘置气倒显得自己没有度量："嗯，我不知道，我不是故意和你怄气的。"

芈月眼睛一亮："那你愿意和我玩了？"

黄歇看着眼前的小姑娘眼睛亮晶晶的样子，不由得答："是！"

奉方见黄歇要拎起书箱背上，连忙伶俐地接过书箱，一边搭讪道："屈子，这书箱中可是您新写的辞赋？"

屈原点头："正是，此乃我去年入云梦大泽，采风问俗，观巫舞而得此《山鬼》之歌。"

奉方奉承道："太好了，如此宗庙又添迎神新舞，必会令我大楚更加昌盛。"

一行人一边说，一边便到了章华台前，黄歇随着屈原一步步走上高台，好奇地看着四周。

这章华台乃是一处极为巍峨的台阁，台高十丈，基广十五丈，曲栏拾级而上，途中须得休息三次，才能到达顶点，故又称"三休台"。

此原是楚灵王时期，以举国之力，数年乃成，被誉为"天下第一台"，时人称"土木之崇高、彤楼为美，而以金石匏竹之昌大，嚣庶为乐"，极言其奢华也。也唯有以楚国之强大，方能筑此高台。

登台远眺，天下皆在脚下，便会油然升起一种傲视天下的情绪来。

黄歇虽然年幼，然首次登上此台，便觉得似凌云而上，有飘飘然之感。此时他并没有想到，这种初次登上章华台的感动，会成为他这一生无法舍弃的执着。

在殿前稍候片刻，也平一下喘息，再听得里面通报，屈原带着黄歇和芈月在殿外脱靴而入。

一行人走进去的时候，楚王商已经听奉方略说经过，便知道又是女儿淘气，便冲芈月招招手："孺子，还不过来。"

芈月自知理亏，连忙跑过去坐到楚王商身边，吐吐舌头先冲着他甜甜地叫了声："父王——"便指望讨好卖乖可以避过责备。

楚王商笑着弹了一下她的脑门，道："你居然对夫子淘气，实是该打屁股。"

初见君王，黄歇本是极为紧张，但被楚王商这一下，倒弄得紧张消失了大半，不由得嘴角抽动，却极力忍笑。

芈月却已经看到了，有些生气地瞪了黄歇一眼，可怜兮兮地看着楚王商："父王，夫子都不怪我了，您就不要再找补了。"

屈原走上楚王商对面的枰上坐下，这种是四方形如棋盘大小的木制坐具，略高于地面，黄歇和芈月却只是各一个毡垫跪坐。

楚王商指着芈月笑道："屈子，寡人的小公主不错吧。寡人这么多儿女之中，只有她聪明过人，最像寡人。"

屈原也点头："小公主虽年幼顽皮，但此乃小儿天性，难得知兵识礼，敬文崇贤，而且聪明颖悟，臣为大王一贺。"

楚王商看到屈原夸奖，甚为得意："哦，难得屈子能如此夸奖一个小儿。孺子，快来行过拜师之礼。"

屈原一怔："拜师？"

楚王商："如何？"

屈原长揖："臣，不敢为公主师。"

楚王商奇道："为何？难道屈子也有男女之歧视吗？"

屈原摇了摇头："臣非迂腐之人，亦不会拒绝女徒。然，臣认为，臣不能收公主为徒。"

楚王商倒有些诧异："哦，为什么？"

屈原看了看芈月，见这天分过人的女童眼中尽是委屈和不服，心中却长叹一声，对楚王商道："大王，父母之爱子，则为之计深远，如果大王真心喜欢公主，还是不要让她懂得太多，学得太多。"

楚王商闻言，有些不悦："为何？"

屈原沉默片刻，终于沉声道："大王，智者忧而能者劳！"

楚王商一惊，又看了看芈月，已经知道了屈原的意思，若有所思。

芈月听不懂屈原的话，却也已经明白自己被拒绝了，她自出生以来，从来不曾见过敢拒绝她的人，气得脸鼓鼓的。

楚王商见她如此，便叫奉方来领她出去玩耍。

芈月不待奉方来牵她，便将手一甩，跑了出去。

屈原看着芈月跑出去，轻叹一声，也令黄歇出去了。

楚王商长叹一声："屈子，不过是多教一小儿罢了，你何苦如此固执？"

屈原却摇了摇头："父母爱子女，当让其无忧无虑。大王若真心喜欢小公主，当知她将来也不过是为人妻、为人母，只消懂些纺绩织作、能够主持中馈之事即可。须知人生忧患识字始，且自古兵者不祥之器，大王若让小公主知刀兵，识朝议，将来必生不平之气，则如何能雌伏于夫君，如何能安然度世？老子曰：'知其雄，守其雌，为天下谿。为天下谿，常德不离，复归于婴儿。'此诚为至理也，望大王明察。"

楚王商沉默良久，看着屈原推心置腹地："屈子，八年前吾儿出世之前，唐昧的星象之言，你可还记得？"

屈原摇头："臣没有听说过。"

楚王商瞪着他，却又无奈何："你，唉，你何必这般固执。"

屈原沉默片刻："臣不敢言，臣怕死。"

楚王商气结："你——"

屈原说："大王，臣从来没有听说过江山社稷之事，凭天象做得了数的。当日夏桀若不是信了巫言，要对成汤下毒手，何以会逼反成汤，断送夏朝四百多年的天下？姜子牙最懂卜算之术，当日召诸侯会于孟津，卜得诸事皆宜，天现吉象，却仍不肯起事。到后来牧野之战前，卜龟不吉，战旗三断，大雨三日，却坚持举兵，一战而得殷商天下。大王昔年何等英武，可却为了星象之事，令得王后太子不安，令得唐昧远迁，令得观星台上数名卜师无辜送命，实在令臣不解。"

楚王商哼了一声："哼，你是想说，令你失望吧。"

屈原道："臣不敢。"

楚王商看着远处，沉思着，好一会儿才说："寡人戎马一生，岂是信巫之人。然而大楚之霸业，如日之升，而姬周之江山，早如风中飘絮。若是上苍能够再给寡人三十年的时间，寡人自信能够取而代之。然上天却不会再给寡人三十年时间啊。寡人之霸业雄图，要有人来继承。太子不行，诸公子也不行啊！寡人观史，看我大楚庄王、齐桓公、晋文公等霸主，无不是因为人亡而政息，新君或庸碌无为，或内乱频起，霸业一旦而亡。倘若寡人故去之后，也是这般结果，则寡人这一生南征北战，又所为何来？"

屈原想要劝慰却是说不出口，只是长叹一声："大王。"

楚王商有些激动，脸上也泛起不健康的潮红："看着此孺子一日日长大，寡人却更相信唐昧之言了。否则何以解释，为何寡人生了这么多公子，一样悉心教导，然而在天分上，却无一能及得上她的？"

屈原沉默片刻，才道："大王意欲何图，总不至于要传位小公主吧？"

楚王商摇头道："这自然是不可能的，自古以来，何有女子为王？然而商有妇好、周有邑姜，皆能辅助君王，行军征战。寡人想让她以公主身份，将来辅佐新王，未曾不可。"

屈原看着眼前老去的君王，对国家命运的担忧让他竟失去了平常心，然而他却只能无情地戳破对方的幻想："大王，妇好邑姜能问政，乃是因为她们都身为王后，公主将来会有夫婿，新王将来也会有王后。将来新王会因为大权旁落而猜忌公主，而新王后也会因为无法成为国母而猜忌公主。大王怕庸君霸业不继，难道就不怕内乱更伤国本吗？"

把一个国家的将来，寄托在这么一个小小女孩儿的身上，屈原想到此，便觉得实是异想天开。

楚王商默然，良久才道："然则屈子又有何良方呢？"

屈原斩钉截铁地说："国之大业，与其指望一妇人，不如指望法度。"

楚王商没有说话。

屈原膝前一步："大王可知，秦国新君继位以后，虽杀商君，却不改其法。商纣之所以一朝而亡，而姬周之所以亡而不死，乃是因为法度不同的缘故。诸侯若行旧法，而兴亡系于明君圣主，而秦国改旧法，人亡而政不息，则不管明君庸主，国势依旧可以发展。"

如今的楚国，已经如姬周一样，这条分封亲戚、世卿世禄的路，已经走向危机了。别说周天子如今衰落，便是曾经夺了周天子之权的那几个霸主，无不都走向衰落。晋文公的晋国，被韩赵魏三家所分，齐桓公的姜氏齐国，如今被田氏所代。只有楚国虽然仍然看似强盛，却也是外强中干，几次内乱险些灭国，也幸好那时候北方六国也抽不手来罢了。如今也是仗着长江之天险，教北方六国不敢轻易南下。

想到此节，屈原不禁心寒，楚国重启变法之路，已经是迫在眉睫了。若楚国能兴新政，岂不比将希望寄托一个女童身上强百倍。

楚王商也未必没有想到此事，只可惜吴起变法，人亡政息，当年楚肃王虽然因此借有辱王尸之机剿杀了七十余家宗族，收罗部分势力，令王权大为强盛，却最终没能够将变法继续推行。

"屈子，寡人今日就纳你之言，你去拟一策论——"楚王商终于开口了。

屈原方道："是——"

却又听得楚王商道："此事，宜缓，不宜急。寡人不想看到吴起、卫鞅那样惹得群臣激愤的事情发生。"

屈原只得道："臣明白。"

屈原退出殿外，一步步走下章华台，抬眼望着长空，长吁一口气。

他沿着台阶往下去，忽然一颗金丸从他左边飞过，落在地上。他诧异地回头看，一颗金丸又从他的右边飞过，落在地上。他抬起头，却看到气鼓鼓站在台阶上面的芈月，手里正拿着弹弓，对准了他。

屈原失笑："小公主是要攻击臣吗？"

芈月哼了一声，两步一跳跳下台阶来到屈原面前，仰头看着他："哼，我素来弹无虚发，若要真的打你，岂会打不中。"

屈原只得笑笑道："那臣是要谢公主手下留情了。"

"哼，我才不会对你这样的坏人手下留情呢。"

"唔，臣是坏人？那公主打算如何对待臣这个坏人呢？"屈原蹲下，和芈月同一高度面对面

"我来问你，你为何不肯收我为徒，你凭什么看不起我？"芈月瞪着屈原。

屈原摇了摇头，看着眼前的女孩认真地说："公主，不是臣看不起你，而是你还小，你的一生不能就这样被决定。臣能教太子帝王之术，但臣不能教你。"

"为什么？"

"这个世界自有它的天道，飞禽走兽，都有自己的位置，人也是一样。"

"人又怎么样？"

"天地分阴阳，人分男女。知其雄，守其雌，遵守天道而事事顺畅，逆天而行则一生困顿。为君者庇佑万民，为臣者尽忠报国，为封臣守土有责，为兵士浴血沙场，为庶民耕种纳粮……为男儿栉风沐雨守护家园，为女子相夫教子中持中馈。若人人各安其位，则国不生乱，家宅安宁。"

芈月听不懂屈原的话，她感觉到对方的这段话，说得有些忧伤，

她一直到很久以后，才能够明白这时候屈原说这番话的苦心。

黄歇从远处跑来，在离他们还有一段距离的地方停下来，远远地看着他们。

"水往低流，人往高走，若是学更多的知识，看更高的天空，岂不是更好。"小女孩清脆的声音问。

"我们楚国有位贤人庄子曾曰：'吾生也有涯，而知也无涯。以有涯随无涯，殆已；已而为知者，殆而已矣。'"老人耐心地说。

"这是什么意思？"小女孩迷茫地问。

"人寿有限，而知识无限。以有限之寿命，去追随无限之知识，而殆之危之。明知如此而求知不止，则危之极也。若人的一生是个杯子，却想把一缸的水倒进去，那会怎么样呢？"老人缓缓地说。

"满出来？"小女孩迟疑地问。

"要么满出来，要么被撑破。"老人说。

小女孩沉默了，小男孩也沉默了。

"人之求学，乃是为用，若一味学习对自己无用的知识，只会误尽此生。"老人沉痛地说，他在说这样的话的时候，其实想起了许多。他曾经有一个好友，就是因为太过聪明，学得太多，知道得太多，反而一生放纵，无所作为。他看着眼前的女孩，在这个世界里，太聪明或者太不聪明，都注定会不容于世。

"鹰飞于天，而鸡栖于埘，盲目地浪费宝贵的时间去学自己一生都用不到的知识，犹如把一只鸡放到鹰巢，让它在高峰上看到远景却没有居于高峰的力量，不是跌落而死就是在风中恐惧痛苦，而它本来可以在鸡窝里自由自在地玩耍。公主，您能明白臣的意思吗？"屈原说。

芈月怔怔地站在那儿，无言以对。

屈原站起来，摸摸她的头："公主你天性聪颖，臣说的话，你今日不明白，将来一定会明白的。"

芈月沉默而倔强地站着，看着屈原转身离开。

黄歇跑下来，跟在屈原身边一步步走下台阶，他不住地转头看着芈月，想说什么，又不敢说。

从台阶一步步走下，这条路忽然变得如此漫长，忽然一个女孩子尖厉的声音从上面传下来。

　　黄歇抬头看着那女孩背后是蓝天白云，她孤独地站在那儿，倔强而委屈地叫着："你怎么知道我就是鸡呢，难道我不可以是鹰吗⋯⋯"

　　很多年以后，黄歇仍然记得，她当时站在章华台上孤独地叫着："难道我不可以是鹰吗⋯⋯"

第五章

金丸祸

童年的结束要多久？有时候，可能只需要一句话的工夫。

从那一天起，芈月无忧无虑的童年似乎就这么结束了。她开始有了心事，再不是整天逗猫惹狗，全无忧愁的孩子。

她曾问莒姬：“母亲，人长大了，会是什么样子？”

莒姬怔了怔，才失笑道：“人长大了，就要成亲，生子，然后，一代又一代地延续下去。”

芈月问：“那我长大了，会是什么样呢？”

莒姬笑着将她搂入怀中：“你是楚国的公主，将来自然是要嫁一王侯，为嫡夫人，管辖姬妾，打理家务，等得你再大一些，我倒要教你如何作一个主母，三餐茶饭、四时授衣、祭祀礼乐……”说到祭祀礼乐时，她的声音忽然低了下来。

当日她作为莒国公主，从小自然也是接受嫡妻的教养长大，可是莒国灭亡，她入了楚宫作了姬妾，那一套祭祀礼乐便无所作用了，学得再多，又能怎样。

芈月问：“学得多，没有用吗？”

莒姬方悟，自己竟不知不觉将话说出口了，顿时回过神来，苦笑：“学得太多，用不上，就会不甘心，就会有苦恼。”

芈月默默地跑开，她再去问向氏：“阿娘，你有苦恼吗？”

向氏缝着一件芈戎的衣服，眼中尽是平静温柔，她笑得一脸慈爱：“不，阿娘没有苦恼，阿娘有了你们，怎么会有苦恼呢？”

芈月又问：“阿娘，你有学过什么吗？”

向氏诧异地："学过什么？"她想了想，摇了摇头，"我学过厨艺、学过女红，学过规矩，学过如何顺从和服侍……"

芈月摇了摇头，向氏的回答，仍然不是她所要的。

然而问过楚王商、问过奉方、问过骓骊，她问过所有认识的人，然而每一个人的回答都是完全不一样。

她从来没有想过，她想学什么，会被拒绝，而这种拒绝，只认为她是个女孩，有些东西她一辈子也用不到。她从来没有认为自己和别人有什么不同，从小到大，她跟在楚王商身边，把父亲当成偶像，理所当然地认为自己会成为另一个父亲。

而今她才意识到，她永远不可能成为另一个父亲。

童年的烦恼，初初开始，她开始学会了想，有时候坐在花园中，她会想，天外是否还有一个天空，鸟儿为什么会有翅膀，鱼在水中为什么不会沉下去，是不是我们所有的人所做的事，少司命和大司命都会看到……

身边的两个小内侍原就是送进宫来陪她玩耍的，如今见她竟是不再玩耍，却是坐在那里发闷，生怕自己再也无用了，便想尽办法逗她开心，又拿着她旧日爱玩的金丸让她打鸟玩等，不料这一日，金丸飞出，便惹出一场风波来。

这日亲蚕之礼刚结束，王后带着八公主姝来到暴室，看桑蚕织染之事。所谓暴室，便是宫中的织作染练之所，暴字通曝，即为曝晒之意。从养蚕到抽丝纺线织帛染练，都是一条龙到底的。此时暴室中闻得王后和公主到来，掌事的暴室啬夫便令着宫中诸掌事之人皆恭候侍奉着。口中食，身上衣，乃是生民赖以生存之本，身为一国之君王和国母，自然要身先士卒，以作表率。因此每到春季，君王御田亲耕，王后桑林亲蚕，这是身为一国之君与一国之母的责任，亦是荣耀。桑蚕之事，乃国计民生，亦是一国之母最起码要懂的东西。

芈姝随着母亲走进暴室，但见两排宫人静候，上前行礼，除了唱名之外，皆屏声静气。

王后只生得两个嫡女，长女已嫁，剩下的就是于诸公主中排行第八者，用了"静女其姝"典故，起名为姝。却是比芈月大了一岁，深得王后宠爱。

王后带女儿走过染室，但见一口口不同的染缸，分作五颜六色。这一边几个染人将略带黄色的丝麻等织物扔下染缸，搅拌均匀进行漂染，另一头则有染人将已经染好的织物用竹竿挑起，架到架子上先是阴晾，再作晒干。

王后再进织室，教女儿看织人们摇着纺车，操着织机，那一根根丝线便以经纬织成布匹。

王后拉着芈姝坐在正房当中，耐心指点着下面不同的女官来拜见，解说："这是典妇功，掌妇式之法，以授嫔妇及内人女红之事。凡授嫔妇之事，到秋天的时候献其功，辨其良恶、计算出价值来，记于书简，藏于内府，以备王及后所用。"

芈姝今年八岁，正是好奇的时候，她兴奋地看着眼前的一切，不住点头。

王后又一一指点："典丝，掌丝入而辨其物，以其贾楬之。掌其藏与其出，以待兴功之时，颁丝于外内工，皆以物授之，凡上之赐予亦如之。及献功则受良功而藏之……

"典枲，掌布缌缕纻之麻草之物，以待时颁功而授赍，及献功受苦功，以其贾楬而藏之。以待时颁，颁衣服授之……

"内司服，掌王后之六服，袆衣、揄狄、阙狄、鞠衣、展衣、缘衣、素纱，辨外内命妇之服，鞠衣、展衣、缘衣、素纱。凡祭祀、宾客，共后之衣服，及九嫔、世妇……

"缝人，掌王宫缝线之事，以役女御，以逢王及后之衣服……

"染人，掌染丝帛。凡是染丝之事，春暴练、夏纁玄、秋染夏、冬献功……

"追师，掌王后之首服，为副、编、次、追衡、笄，为九嫔及外内命妇之首服．以待祭祀、宾客、丧纪、共笄绖，亦如之……

"屦人，掌王及后之服屦，为赤舄、黑舄、赤繶、黄繶、青句、素屦、葛屦，辨外内命夫命妇之命屦、功屦、散屦。凡四时之祭祀，以宜服之……

"夏采，掌大丧，以冕服复于大祖，以乘车建绥。复于四郊……"

等宫中职司皆拜见过以后，又因芈姝对染色甚是好奇，便有染人上前为芈姝讲解："公主，此为蓼蓝，可将丝帛染为蓝色；此为茜草、红花，可染成朱红色；那是黄檗、郁金，可以染黄色；此为紫草，可以染紫色；此为乌臼，可以染黑色……"

王后满脸慈爱地拉着芈姝的手，指着摆在几案上的不同织物跟她细细解说："加的染料多了，则颜色深，加得少了，则颜色浅。如这种红色，最浅的是粉红，再深一点是桃红，再深就是正红，更深就是绯红；若加入紫草，就是海棠红，若紫色加得多了，那就是绛紫色；若加入姜黄，则变橙色；若调入银粉，则为银红色……国家之仪，从服制开始，不同身份的人，用不同的衣料，裁剪不同的衣饰。将来你若为一国之后，外内命妇只要一见就可以知道她们身份的高下，就能够知道如何御下……"

芈姝目不转睛地看着，惊叹连连，小小孩童见着什么都是好奇，恨不得统统抱走为己所有，连忙指指点点道："真漂亮啊！母后，我要这个、那个，这些我统统都要了。"

王后慈爱地笑了："好好好，这些都给你玩。"

芈姝好奇地问："母后，这些丝帛是怎么来的呢？"

王后道："这些都是蚕儿吐丝出来的。"

芈姝又问道："什么是蚕啊？"

王后招手，便有典丝奉上一只圆形竹盒，竹盒上放了几片桑叶，两只小蚕在蠕动着。芈姝好奇地想伸出手指去动，但又觉得这蠕蠕而动的虫子从未见过，便有些不敢触摸。

王后握着她的小手轻抚上去："孺子，这便是蚕，先人食稻而祭先稷，衣帛而祭先蚕。有了稻黍，才有口中之食；有了桑蚕，才有身上之衣。所以每年春天，王公御田，后妃亲蚕，以祈稻丰蚕熟，民有衣食。这蚕儿虽小，却有经国之用。"

芈姝手中捧着竹盒，看着里面两只小蚕，便笑道："母后，我给小蚕起个名字吧。"

王后包容地笑道："甚好，姝想起什么名字？"

芈姝道："这条有点偏绿，就叫绿衣，那条偏黄的，就叫黄裳！"

王后笑了："'绿兮衣兮，绿衣黄裳。'姝，你学《诗》学得甚好。"

这种被后世称为《诗经》的典籍，于此时便称为《诗》或《诗三百》。自古以来礼乐是立国之基，周人宗庙祭祠有诗，若国家风纪有乱亦有人作歌讽刺之；军旅之中，亦有作歌。不但周人有诗有歌，各诸侯国亦是有之。自周朝建立以来，不但有乐官制歌，此外还有诸侯、公卿、列士进献的乐歌，又有乐府专门派出采诗之人，采各国之风，以集成篇，据悉历代以来，又积了数千首之多。只是自平王东迁以来，这些典籍便散落无人收拾，后有鲁人孔丘，时人称为孔子者，以恢复周礼为志，便整理筛选了三百多篇诗，辑成集子，世人称之曰《诗三百》。

这《诗三百》分三类，一曰《风》，二曰《雅》，三曰《颂》。《颂》便是指歌颂祖先的宗庙祭乐，《雅》即雅言，即为周室所用的语言，也是当时列国上层贵族卿士官方语言，分为《大雅》与《小雅》，《大雅》乃是讲述周王室上层生活，《小雅》更多为国人生活劳作军旅之歌。《风》即《国风》，则是诸侯国内所应用的诗歌，通常也是以各诸侯国方言所吟唱。

所以于当时而言，童子束发就学，首先要学《诗三百》，孔子亦曾言："不学诗，无以言。"贵族子弟，首要学礼，从小跟随大人入宗庙行祭礼，要学《颂》；与人交流，要用《雅》；若是要走出家门，周游列国，则学习列国的《国风》之诗，便是学习列国方言中的精要部分。

所以芈姝虽然年纪尚小，但她五岁启蒙，如今也已经背得许多首诗。她随口一语，便是出自《国风》中的《邶风》篇，名曰《绿衣》。

以她楚王嫡女的身份，不是为大国之后，便是为重臣宗妇，王后便从小以王后宗妇的要求来教养于她，学礼乐，亲桑蚕，懂诗书，擅歌舞等，如今眼见女儿虽小，但出落得娇美可爱，心中也甚是欣慰。

芈姝初次见到这种养蚕之事，满是好奇，从如何养蚕到蚕长成什么样子，问了一堆的问题。王后也有些累了，况诸掌事之人皆有事来回，便叫了侍女云葛："你带公主去蚕室看看。"

云葛应声，于是带着芈姝去蚕房看蚕，一边回答着芈姝的问题：

"公主你要给蚕儿吃桑叶，它就会慢慢地长大，然后会吐丝，吐出来的丝再由织人织成锦帛，就可以用来染色，然后裁作衣服。"

芈姝走过蚕房，见那些密密麻麻的蚕儿蠕动，蚕人铺上桑叶，只听得沙沙作响，一会儿便见那桑叶啃得只剩下叶脉经络。

芈姝看得呆了，好半天也不肯挪动步子。直到王后要走了，才在云葛的半哄半劝中被拉走。

王后此时正与玳瑁走在前面，玳瑁便低声向王后禀报了楚王商欲将九公主改作男装，与诸公子、公孙一起从左徒屈原学习的事。

王后一惊，顿住了脚步问道："此言当真？"

玳瑁也压低了声音道："千真万确。"

王后眉头一蹙，这些年来这九公主，实在是像鲠在她心头的一根骨头，吞不下吐不出。若对方是个公子，凭她这般得宠这样的天象，便拼着与君王翻脸自己也要除了她。可偏偏是个公主，王后便要踌躇于为了除去她所付出的代价值不值得了。可每每当她准备放过此人时，偏又会生一些事，让她有一种隐隐的不安来。

她抑制住了这种不安，转头问："姝在何处？"

芈姝捧着竹盒，一边走一边看着盒中的小蚕，听得王后问话，云葛连忙牵着芈姝上前。却正在此时，忽然间空中一声急响，一只黄雀应声而落，掉在侍女申椒的面前，血污了她的裙子。

申椒尖叫一声向后跳开，却踩在了身后侍女的脚上，侍女们顿时也都慌了，有尖叫的、有退后的，整齐肃穆的队伍一时大乱。

此时云葛亦正牵着芈姝的手往前走，忽然间队伍大乱，众宫女尖叫乱跑，芈姝毕竟年纪还小，骤遇惊吓，手中捧着小盒落地，骨碌碌地滚了出去，里头的两只小蚕掉出来，混乱中不知哪个宫女被人推了一把，踩挤之间，两只小蚕顿时踩作肉泥。

芈姝见竹盒落地，当时就想追上去拾起竹盒，云葛见人群混乱，连忙护住芈姝退到一边去，芈姝只见盒中小蚕掉出被踩，顿时放声大哭起来。

王后眉头一挑："怎么回事？"她声音虽然不大，但却顿时将混乱的局面镇了下来。诸宫女不敢再叫，俱跪了下来。

这时候，芈姝的哭声就显得格外尖厉。

王后抬眼看去，云葛已经是抱着芈姝急忙过来，芈姝却是用力挣扎，一掌拍在云葛的左眼，云葛手一抖，险些将芈姝摔落，只得硬生生忍着，将芈姝抱到王后面前，见玳瑁接过了芈姝，这才跪下道："奴该死，让小公主受惊了。"

王后急忙从玳瑁手中接过爱女，见她大声号哭，直哭得脸色通红，心疼不已，忙将她抱在怀中哄劝道："孺子休哭，是何人惹你哭泣？"

芈姝抽抽泣泣地道："我的绿衣……我的黄裳……"

王后眉头一挑，还未问出，云葛已经是告罪道："奴当时只顾得抱住公主休教人冲撞了，不想那蚕盒掉落地下，被人踩践了，都是奴的不是。"

王后点头道："这原不是你的错，析，去看看到底是怎么回事？"

此时寺人析已经安顿好队伍回报道："是婢女申椒错了仪仗，方引发骚动。"

这时候申椒也被带上来，跪在地下急忙辩解道："小君，实不关奴的事，是天上忽然掉落一只黄雀落在奴的身上，所以奴才受惊叫了出来，乱了仪仗。"

王后怒问："黄雀，什么黄雀？"

寺人析连忙跑到申椒原来站的地方，拾那落下的黄雀，又在那黄雀边上拾起了落在地上的一颗金丸，呈到王后的眼前。

那黄雀本已经被金丸打中，又掉在人群中，不晓得又被谁踩了几脚，自然早已经血肉模糊，王后一阵厌恶，斥道："快拿了去，看着恶心。"

寺人析又道："那黄雀不远处还落着一只金丸，想是有人用金丸打黄雀，方才惊了王后的仪仗。"

王后沉声道："何人如何骄奢，竟用金丸逐雀？"

玳瑁忙在王后耳边轻声道："宫中如今会用金丸逐雀的顽童，必是那向氏所生的两个……"

王后低头见女儿哭得可怜，不禁大怒："去将那顽童给我拿下。"

寺人析连忙领命，带了两个内侍匆匆向那黄雀飞过来的方向而去。

却原来是两个小侍童见芈月百无聊赖，便拉着她在御园中打鸟逗乐。

芈月之前打鸟雀原本是打停在枝头的鸟雀，如今技艺提升，便偏偏要打那鸟将飞之时，如流星赶月一般将那鸟雀打下来，才是显得她的本事，因此见一只黄雀飞过时，顺手一打，不想就这一下，闯出祸来。

她只听得远处一阵惊呼乱叫，还未回过神来，便见寺人析带着一群内侍将她连抓带拥地带到王后面前。她向来甚得楚王商的喜爱，倒也不怎么害怕，只向王后行了礼，便抬头用亮晶晶的眼睛打量着这一行人。

王后似笑非笑地看着手中的金丸："以金为丸，连我这个王后，都不敢这般骄奢，看来大王当真太宠着你了，宠得你不知天高地厚，不知规矩礼法，甚至在宫中做出这等胡为！"

芈月顶撞道："我不过是打鸟而已，如何得罪王后了。"

寺人析狗腿地威吓道："王后面前，你也敢如此无礼！"

不想芈月的胆子可比旁人大，根本不将他这个内侍放在眼中，见寺人析用力推她，性子上来，一甩手拍开道："大胆，我是公主，你是奴婢，你敢以下犯上吗？"

寺人析顿时僵住了，竟不敢再动手。王后见状冷哼一声，寺人析连忙跪下："奴婢该死。"

王后接过玳瑁呈上来的金丸，递到芈月面前，问道："这颗金丸可是你的？"芈月伸手欲抢："给我。"王后手一收，将金丸随手一抛，身边的申椒连忙捡起金丸。王后伸手，用力给了芈月一个耳光。

芈月脸上一个红紫的掌印，她不由得捂住脸，眼眶中泪水滚动强忍着没落下，气愤地问："你凭什么打我？"

王后冷笑道："凭什么？你刚才不是说，你是公主，他是奴婢，他打你就是以下犯上吗？我是王后，我想打你，便打你。我问你话，你最好不折不扣地回答好。"

芈月用力咬着牙，怒视着王后。

王后道："我再问一次，那颗金丸是你射的？"

寺人祈已经站起来，此时邀功似的从芈月身后抽出弹弓来，递给王后："小君，这是她的弹弓。"

王后接过弹弓，怒气上升，将弹弓一扔，又重重地从另一边给了芈月一个耳光。

芈月愤怒地向王后扑过去，被寺人祈眼疾手快地死死按住，气得双脚乱蹬，叫道："放开我，放开我——"

寺人祈连忙招呼两个内侍上来，将芈月按住。

王后从来没见过胆敢在她面前还这般放肆的小孩，不禁心中三分怒化成七分火，更兼方才玳瑁的话令她隐隐不安，冷笑一声，缓缓地道："看来你当真是欠管教得很，寺人祈，把她拉下去，杖责二十！"

寺人祈从王后眼神中顿时明白了什么，立刻应道："是，奴才遵命！"

芈月在那一刻也看清了王后眼中的杀意，尽管她年纪尚小，还不明白这样的眼神代表着什么，却天性中有着小兽一样的警觉与敏感，她本能地感觉到害怕与不安，立刻缩头，用力咬在寺人祈的手腕上，寺人祈痛叫一声松手，芈月机灵地一俯身，转身就跑。

王后在宫中令行禁止，从来没遇上过这样怠慢的人，竟然当着她的面也敢反抗，也敢逃跑，怒极反笑，冰冷地道："寺人祈，你是个死人吗？还不追上去。"

芈月却是一边跑，一边尖叫："王后要打死我了，父王救我，父王救我！"

顿时满宫都能听到她的尖叫声了。更兼她身边原来的两个小侍童骅骝和绿耳，因见她被寺人祈带走，虽然不敢出头，却是骅骝跑去楚王商宫中报信，绿耳便悄悄跟着她观察着。

此时见芈月跑了出来，又见寺人祈在后面追着，绿耳连忙便时不时地窜出来捣乱，寺人祈大怒，将绿耳抓起来啪啪扇了几个耳光，绿耳死死抱住寺人祈。

寺人祈正在着急时，却是芈月见绿耳被寺人祈抓住，竟是去而复返，拿了根树枝当武器要来救绿耳，却不防被寺人祈一把抓住树枝扯了过来，将芈月按住了。

芈月尖叫起来，便见远处莒姬已经带着侍从匆匆赶来，对寺人析喝道："你要做什么？"

寺人析见寡不敌众，只得松手，皮笑肉不笑地道："奴婢是奉了王后之命，让九公主过去服从管束。"

芈月已经扑到莒姬怀中尖声道："母亲，这奴才要把我打死呢，母亲救我。"

莒姬一惊，捧起芈月的脸，却见两边脸上紫红的掌印，顿时大怒："谁打的？"

寺人析冷笑道："九公主顽劣不堪，王后管教九公主，莒夫人难道还想指责王后不成？"

莒姬冷笑道："妾身安敢指责王后，只是想带着九公主去见大王。王后若要管教，先问过大王吧。"

寺人析急了，上前要夺芈月道："后宫之事，皆由王后管理，就算是大王，也不会插手这些事吧！"

莒姬翻脸道："你一个贱奴，也敢假借王后的旨意威吓我吗？王后为一国之懿范，怎么会对九公主不慈，必是你们这些贱奴挑拨生事，我只到大王跟前去说。"说着，便要带着芈月离开。

却听得身后王后傲慢而矜持的声音道："莒氏，你要挡我行宫规吗？"

寺人析回头，却见王后带着侍从们也赶了过来，连忙上前狗腿地迎上，道："王后，奴才正要带九公主来见您，不料莒夫人阻挡……"

王后冷冷地看他一眼，哼了一声道："没用的东西。"

莒姬却已经转身，拉着芈月堆了满脸的笑向王后行礼道："妾参见小君。孺子无礼，冒犯小君，妾这就带她回去，好生管教。"

王后冷笑："好生管教？你若懂得好生管教，如何会让我王家的公主，变成这般的野人？既是你不懂得如何管教，少不得小童也只得辛苦来亲自管教了。"

莒姬心中一惊，担心了多年的事，终于发生了。她知道王后为人狠辣，轻易不会出手，若是出手则将会是致命一击。虽然想不明白为何王后在此时翻脸，却不得不强撑着笑脸柔顺答道："九公主都是叫大王惯坏了，王后请恕她年纪幼小不懂事，还请慈爱宽容。"

王后冷笑："你不用事事拿大王出来抵挡，大王向来慈爱，对哪个子女都是纵容的，可却不见得其他孺子野成这般。她年纪幼小不懂事，你不算年纪幼小不懂事吧，她敢拿金丸射我，你就当对我的话当面违拗，可见是没做出过好的榜样来。"说着不理莒姬，只径直转过身去，对寺人析道："你还站着做甚！"

寺人析会意，连忙上前欲从莒姬怀中夺了芈月去，莒姬却拉住芈月退后一步，对着王后的背影笑道："王后教训得是，奴亦知道小公主不应该冒犯小君，因此来之前已经向大王请罪，大王让奴带公主过去，亲自审问。"

王后眼神一沉，心中却暗叹大好机会失去了，冷笑道："好吧，小童这就与你去见大王，看看大王到底是不是要干涉小童主持后宫的事务？"

说着，率先向章华台走去。莒姬眼神一瞟，亦率着自己宫中之人，快步走了另一条路，一前一后，却是抢在王后之前先进了章华台。

芈月一走进章华台，便先哭着跑到楚王商面前，扑到他的怀中叫道："父王，父王，儿好害怕，呜呜呜……"

楚王商见这小女儿扑到自己怀中，哭得可怜，小身子更是颤抖不止，心中亦是恼怒，待抬起她的脸，更见她脸上两边红紫色的掌痕，也不禁骇异道："你这是怎么了，谁胆敢如此对你？"

正说着，王后拉着芈姝的手亦是走了进来，听到楚王商的话便冷笑起来："大王的眼中，只剩下那个媵生女了吗。难道就不曾看到您的嫡公主也受到了惊吓，就没有一声问候她吗？"

楚王商看着被王后拉着的芈姝，虽然已经止住哭了，但小脸上的泪痕犹在，双目红肿，亦是诧异："孺子，谁让你受气了？"

芈姝本就委屈已极，再看到自己和芈月同时进入殿中，自己还被母亲拉着，芈月却是直接扑进父王怀中撒娇，又见父王抚爱备至，更是伤心，见他一问，顿是嘴一扁又哭："我的绿衣死了，我的黄裳死了，呜呜呜……"

楚王商听得满头雾水，招了招手令芈姝近前，问道："谁是绿衣，谁是黄裳？"

芈姝呜呜地拿出手里仍紧紧攥着的竹盒，递给楚王商看："我的绿衣，我的黄裳……"却是方才她硬是要云葛给她把小竹盒拾回来，又将死掉的两只小蚕放入，看一回便要哭一回。

楚王商看到竹盒里死掉的小蚕，便已经明白，笑问："你的绿衣和黄裳是蚕？"芈姝便含泪点头，楚王商一眼瞄过，对比芈姝的竹盒，芈月脸上的掌痕，再见了寺人析手中拿着的小弓金丸，心中已经明白了大半，便对芈月道："是你在园中打雀？"芈月点头，又对芈姝道："惊着了姝？"芈姝连忙点头，又转头对王后道："惹恼了王后，要责罚于你，是也不是？"

芈月嘴一扁，她是个机灵鬼，听出楚王商话中的含意来，捂着脸就哭："好痛……我也不是故意的，她打都打了，还要将我杖毙……"

楚王商脸一沉："将你杖毙？"

王后待要说话，莒姬忙笑道："想是你小儿家惊慌之下听错了，王后如何会下要将你杖毙这等不慈的命令？"

王后大怒待要说话，楚王商冷目一扫寺人析："有吗？"

寺人析一激灵，扑通一声跪下申辩道："王后只说将小公主杖击二十，何曾说过杖毙……"

楚王商冷目看着寺人析，寺人析在这样的眼光下竟似无所遁形，冷汗湿透后背，整个人四肢颤抖，不敢再应声。

楚王商见他如此，转而看了王后一眼，王后暗恨寺人析无用，见楚王商看她，她自忖就算自己有点隐秘心思，但事未发生，又有谁知，反而傲然上前一步，喝道："孺子无礼，竟敢当面胡言乱语！"

楚王商看向王后，道："王后有话慢慢说，何必动怒。"

王后优雅地行了一礼，淡然道："大王，后宫妃嫔子女之事，妾之职责。今天孺子无礼，请大王交妾管教。"

楚王商却反问一声："敢问王后欲如何管教？"

一片诡异的寂静，只有芈姝低低的抽泣声。芈月却早止了哭，乖巧地缩在一边，一声不响地看着这一切。

王后走到楚王商对面坐下，下颌抬了抬，寺人析忙将手中的金丸和弹弓奉上，奉方接过两物，呈给楚王商。

见楚王商看着金丸和弹弓不语，王后冷冷地："今日妾与姝于暴室观桑蚕出来，正走在花园里，忽然一颗金丸从天而降，打在姝手中的竹盒上……"她加重了语气，"倘若再偏得几寸，就有可能落在姝的脸上，或者是她的眼睛里，甚至有可能令姝殒命……"

楚王商看了芈月一眼，芈月立刻明白过来，叫道："不可能，我的金丸打中了黄雀，是黄雀带着金丸落下来的，根本没有可能打到人……"说着她跑到芈姝面前，拉着芈姝的手问道，"你有没有自己看到金丸，黄雀落到了谁身上，你的蚕儿是怎么死的？"

她一连三句问话却是问到了核心上，王后刚想说话，楚王商却摆手制止了她："你让姝自己言说。"

芈姝却从来不像芈月这顽童般素来喜爱在父母之间套话，而得到玩乐自由的机会，更无芈月这般的机变，这小姑娘从小到大，素来得王后娇宠，从来便是一呼百诺，直来直去的，闻听楚王商这么说，心中越想越委屈，只抽泣着道："我也不知道，就听到她们在乱叫，我的竹盒没拿住掉在地上，走到一半，她们就在乱叫，然后……然后……"她又哇的一声大哭起来，"我的黄裳和绿衣就、就……"

芈月却又问了一声："黄雀落到了谁身上？"

芈姝手一指："是申椒。"

申椒连忙跪下道："是奴的错，不应该失声惊叫，乱了仪仗，扰了公主。"

王后眉头一挑，待要说话，楚王商却抬手阻止了她，转问芈姝："你的竹盒是自己没拿住掉下来的，还是被别人撞下来的？"

这是连被金丸打落的可能都不问了，芈姝更不曾想到这层，反而歪着头细想了想，又气愤起来："我、我是被人撞到了手，才没拿住的，呜……"

莒姬立刻机灵地道："纵然不是九公主的金丸所致，终究是黄雀落地惊了宫人，还是九公主的不是。似王后这般要将九公主杖责二十不免太重，不如令九公主向八公主赔个不是，再叫暴室送几条小蚕让八公主挑个满意便罢了。大王您看如何？"

楚王商心中已经有数。这些年来，他与王后情弛爱淡，王后的性子越发地暴戾，他只是碍于太子份上，不忍因斥责王后而令太子失了威仪，在楚国这种分支庞杂的国家，身为国君的权威就尤其显得重要了。

只是之前王后行事多半还在他的容忍范围之内，如今却当着他的面敢伸爪子，实在是令他有些欲发作了，但见莒姬机灵打了圆场，心下赞许，点头道："此言甚是……"

话犹未了，就听王后厉声道："不行！"

芈姝亦是跺着脚叫道："我的绿衣和黄裳都死了，你再赔我一百只蚕儿，也不是我的绿衣和黄裳了。"

王后亦是冷冰冰地道："大王何必盘问姝呢，她小儿家又知道些什么，此孺子于禁宫之内金丸乱飞，今日便是不曾伤着人，难保他日不会伤人。若不教训，小童何以执掌后宫！"

楚王商不料王后竟是如此执迷不悟，脸也沉了下去："王后若是能公平处置，寡人自是不会过问。可如今闹到寡人跟前，寡人岂有不闻不问之理。"

王后尖厉地道："就是因为闹到大王跟前，所以大王才应该交与小童处置。否则的话，后宫事务每天千头万绪，人人都闹到大王跟前，大王何以处理天下事务，小童身为王后，岂不是失职。"她见楚王商如此偏宠，也上了脾气，心中便不信楚王商还能够把这个媵生之女放在她的颜面之上了。

楚王商看了一眼王后，道："寡人看姝无大碍，月也受到了惩罚，莒姬是寡人叫她去传话的，若不是莒姬及时阻止，王后你就要犯下大错了。"

王后怒道："向氏之女在内宫乱射金丸，兹事体大，若不能杀一儆百，只怕将来妾身等连门都不敢出了，不知道哪天就飞来横祸，岂不是人人自危。"

楚王商也怒了："你身为王后，不管后宫何人所出，均是你的儿女。为何连声称呼都没有，口口声声只说向氏之女。面对稚子毫无怜爱之心，口口声声杀一儆百，岂非不慈。"

王后一股子怒气上来："大王主政外庭，小童执掌内庭。小童不问大王外庭之事，可今日先是莒姬乱我行刑，大王又插手宫务，如此下去，小童威信何在，何以号令六宫？若大王执意如此，则小童何以再继续执掌内庭，还请大王另选贤能。"

王后伏地，优雅而傲慢地行了一礼，直起身来挑衅地看着楚王商。

楚王商用力一拍几案："王后真是好威风，连寡人在朝堂上都没有你这般独断独行，不容一言。王后虽称小君，却是依附君王而得，并不是真的可以与君王分庭抗礼了。君王不能称职，尚要自省，王后不能称职，就该自退。你身为小君，当为举国之母仪典范。可你，却没有半点懿范慈心，今日寡人还活着，你就敢在光天化日之下，亲自动手对付寡人的骨肉。有朝一日若是寡人不在了，你是不是要杀尽王室血胤，毁我宗室？"他被王后所激怒，说到最后，终于将不忍说破的隐事，也说了出来。

王后怔住了，楚王商这一言诛心，她既觉得惶恐，又觉得愤怒。她脸色骤然变得惨白，嘴唇颤抖着想说什么却没能说出口，整个人都如风中落叶颤抖，终于尖厉地嘶喊起来："大王这是何意，妾乃大王元妃，嫁与大王三十年，生儿育女、主持后宫、祭祀宗庙，多年来含辛茹苦、两鬓成霜，如今连公孙都有了。而今日，您居然为了几个媵妾和庶女，要将妾身的颜面踩在脚底下吗？"她说到最后，已经是克制不住，掩面而泣。

楚王商见状，心中略有不忍，想到方才她的骄横，转眼看到芈月脸上的掌痕，心中又硬了起来，长叹一声道："寡人一直记得，你是寡人的元妃，所以你在后宫任意妄为，寡人一直睁一只眼闭一只眼，可你并没有感念寡人的容忍，反而得寸进尺，更加骄横狠毒。"他拉过芈月，指着她脸上的掌痕，"如此不仁不慈，下手狠毒，这样的事就算是放到朝堂上公议，到宗庙里问列祖列宗，你也没有资格继续做这个王后了！"

王后死死瞪着楚王商，两人的表情对峙，终于王后脸上的强势渐渐崩塌，她慢慢伏下身子，两只手用力抠住地面，撑住身体艰难地说出了一句话："妾身……知罪……一切但听大王……处置！"

楚王商长长地松了一口气，若是王后坚持到底，他竟是要面临两难选择了，如今——他一声长叹，道："九公主没收金丸，以后不许在宫中用任何弓箭弹丸，罚其闭门思过一月。王后有失母仪，罚俸一年。八公主受了惊吓，赐锦衣一袭，幼蚕一盒安抚。寺人析冒犯公主，杖二十。"

王后浑身一震，缓缓地应下："是，谨遵大王之命。"她双手紧握成拳，左手中指的指甲已经在她按住地面时用力过猛绷断了，她忍痛握住掌心，咬紧牙关不让眼泪继续流下来，行完礼，说完话，竟觉得已经不似自己的了。王后强撑着将一系列的行为完成，便挺起身来，长长的衣袖落下，遮住了她的双拳："妾告退。"

楚王商点了点头，王后站起身来，脸色铁青径直而去。玳瑁看了看地上断裂的半根指甲，悄悄拾起来，拉起哭得打嗝的芈姝，急忙追了出去。王后所带的宫女侍从们也随着一窝蜂地退出去了。

楚王商看着王后的背影，忽然间脸色潮红，用力按着头，呼吸紧促。莒姬正在安抚芈月，见状忙放下芈月扑上来惊呼："大王，大王，您怎么了？"

楚王商喘了好一会儿，才渐渐平息，摇了摇头："寡人无事。"

莒姬忧虑地看着楚王商，近来楚王商身体渐衰，甚至连脾气都变得暴躁异常，幸而她机灵温婉，每每能够安抚楚王商的情绪，因此渐渐得了独宠。可这份人人称羡的独宠背后，却是沉甸甸的危机。她此时得宠越甚，将来的危机就越是深重。这份荣宠多么脆弱，而她所恃的儿子虽然已经有了，却还仍然是个年幼的孩子，楚王商的身体，根本不足以撑到孩子的长大啊。

不提莒姬心中忧虑，且说王后自入主楚宫以来，从来没遇到这样的难堪和羞辱。她急匆匆地走回所居的渐台内殿，怒气不息，将几案上的物件统统扫落地下。

吓得玳瑁连忙上前扶她道："小君息怒，仔细伤着了手。"

王后坐下来，喘息渐定，好半日才恨恨地道："老匹夫，竟敢如此辱我，教我还有何颜面立足于世！"

玳瑁大惊失色："小君慎言。"

王后冷笑："慎言、慎行？小童慎得还不够吗？慎到今日，竟是连存身之地都没有了！"

玳瑁连忙上前抚着王后的胸口让她平息怒气："小君近日心浮气躁，太医说过您要安心静养，千万勿要动气。"

王后颓然掩面："我近来天癸渐竭，与大王再无承恩之可能了。我……我看着那些贱妇，心中恨不得把她们统统给杀了！"

玳瑁知道妇人绝经之时，最是情绪不稳，近来王后一直喜怒无定，便是内侍宫婢也打杀了好多个，却不想她今日竟在楚王商面前发作起来，导致惹下大祸来。她心中叹息，口中却劝道："小君且安心调理，您将来还要看着太子登上大位，看着公主出嫁，看着公孙渐渐长大，您要长命百岁，可比什么都来得强。"

王后咬牙切齿道："若有那一日，我要教那些贱妇，一个也别想活下来！"

正说着，转身却见芈姝怯怯地站在门口，她从来不曾见母亲发这么大的脾气，顿时吓住了。

王后敛下心神，将爱女抱住道："姝今日可被吓着了？"

芈姝点点头，忽然就哭了："母后，母后，您别吓我，我好生害怕！"

王后只得安抚着她："勿惧，勿惧，母后在呢，必会让我儿无忧无惧。"

很多年以后芈姝想起来，这是她和芈月的第一次见面，她就输了。但是，后来她忘记了这次见面，她想，也许是那时候她还太小。

第六章

和氏璧

与王后这一次的见面，对于芈月来说更是不一样。当夜，芈月生平第一次做噩梦。

她站在一团漆黑当中，什么也看不到，什么也听不到，似乎听觉视觉全都被蒙住了。她素来胆大，可这时候却没来由地觉得害怕之至。她什么也做不了，只有放开脚步，不停地跑着，她也不知道能跑到哪里去，到底要逃避什么，只晓得她一步也不敢停下来，若是停下来就似要被这一团黑暗给吞噬了一般。

可是她越跑，周遭的漆黑便越是浓稠，浓得似要粘住了她的四肢五官一般，浓得似要叫她窒息，她越跑越慢，渐渐地整个人似要被这一团漆黑给粘住、给淹没、给闷死……那似是一种腐烂又带着血腥的气味，渐渐地就要把顶没了。

她失声惊叫，却叫不出来，想动，却是全身麻痹，一动也动不了。浑身只觉得一股寒气侵入，她用尽全力，挣扎得满头尽是大汗，终于发出一声嘶吼来……

因她白日惹了事，向氏不放心，便睡在她的身边。睡到半夜，忽觉不对，连忙点亮了油灯一看，却见芈月喘息着，脸上尽是挣扎痛苦，却是一动也不能动，只是满脸通红，汗珠滚落。

她吓得不敢动，只因听说小儿梦魇，最怕惊动落下后患来，只急得连忙拧了绢帕为芈月拭去汗珠，将芈月抱在怀中，轻轻安抚着她的后背。

芈月这才似乎稍得了些力气，用力挣扎着终于嘶吼出声，这时候她的四肢才忽然拳打脚踢起来，向氏不妨被踢了一脚在腹部，她也顾不得自己伤痛，连忙抱住芈月唤道："孺子、孺子，你且醒醒、醒醒！"

芈月自噩梦中惊醒，睁眼便看到了楚王商。

却原来这夜楚王商正宿于莒姬处，因芈月噩梦，侍人走动，莒姬正有心事，睡得不稳，便听到了声音坐起来询问，这一问，便连楚王商也醒了。听说是九公主做了噩梦，两人便起身一起去看望芈月。恰是见着芈月陷于噩梦，楚王商便自向氏怀中接过女儿来，道："有寡人在，便是有何等鬼魅，敢来近身？"果然被楚王商抱在怀中后，芈月便渐渐醒来。她睁开眼睛，惊恐地看着前方，一时有些茫然，好一会儿才回过神来，嘴一扁，扑进楚王商的怀中大哭道："父王……"

莒姬坐到楚王商身边，抚着芈月的额头惊道："好烫，孺子，你可是被魇着了？"

芈月抽搐了一下，有些茫然地："我，我不知道，父王，我不要睡觉了，梦里有恶鬼……"

楚王商看着怀中的幼女，知她素来无忧无虑，如今做此噩梦，必是被王后白天的凶恶所惊，心下又是怜惜又暗恨，连忙轻轻拍着芈月道："无事、无事，有父王在，什么魑魅魍魉，都伤不了你。"

莒姬心中一动，忙问道："是什么样的恶鬼，我明日叫巫师作法驱了它？"

芈月有些茫然地摇头："不、我不知道。"毕竟她只是一个七岁小儿，再伶俐，又怎么能说得清噩梦中的事情。莒姬问了一会儿，却是什么也不曾问出来。只是这好几夜噩梦下来，一个小孩子何曾受得住，连御医看了也只说是受了惊吓，便以朱砂等入药服了几帖，稍有好转，又说若是能够有镇邪之物能够镇住邪气，或会好些。

楚王商闻听便摘下自己随身挂着的玉璧放在芈月的枕边，又叫了巫师在云梦台做了场法事，芈月这才渐渐睡得稳了。

小孩子恢复得甚快，过得十几日，芈月又能够起来活蹦乱跳了。倒是莒姬见了她身上挂着的玉璧，有些吃惊："大王居然把和氏璧给你。"

芈月奇道："什么是和氏璧？"

莒姬便取了她挂着的璧玉仔细端详，同她解释道："和氏璧和随侯珠，乃我楚国双宝，你身上挂着的，便是和氏璧。"

芈月似懂非懂地点头，又问："那随侯珠在哪儿呢？"

莒姬横了她一眼："小儿家，问这许多做什么？"芈月再问，莒姬却始终不答，任凭她百般纠缠，也不理她。

恰这日楚王商无事，来看芈月，芈月便问："父王，这玉为何叫和氏璧，和氏是谁？"楚王商当哄着小女儿入睡，乃道："和氏乃是卞和，乃是厉王之时的人。厉王之时，犬戎攻破镐京，幽王死于骊山，平王东迁……"

芈月幼时起便是以自家先王事迹为枕边故事，当下便有些兴奋地说："儿知道，平王东迁，周室衰弱……"说到这里，便有些犹豫道，"上次父王不是说，是武王称王的吗？"

楚王商笑了，摸摸她的小脑袋："甚好，你记得倒是清楚。我族本出自芈姓熊氏，先君绎开创大楚基业，被周天子封子爵，代代相袭。到后来先王通见周室衰弱就依势称王，谥号为武王，又追谥先君蚡冒为厉王。卞和就是厉王时候的人……"

芈月似懂非懂地点头："哦！"

楚王商却似已经沉浸于回忆之中，忽然间想到自己幼时也是这般在父亲面前，听着他细说国史，不禁也有了几分当年的意味来："那卞和在荆山中见石中有璞玉，于是就将它献于厉王。厉王叫玉匠来辨认，玉匠却说，那只是石头。厉王责其欺君，砍了他的左脚……"

芈月眨了眨眼睛问道："就这么把他的左脚给砍了？"

楚王商点点头道："嗯。"

芈月有些后怕地道："那岂不是很痛！"

楚王商笑了，指了指她的额头："你这孺子，自然是怕痛的！"见她神情已经有些快快，便问，"还要再说吗？"

芈月瞪大了眼睛，连连点头："要、要！"

"后来厉王死了，武王继立，那卞和听说换了新君，于是又来献玉，谁晓得玉匠又说，那只是石头。于是卞和又被砍了右脚……"

芈月听得不禁感同身受，缩进了楚王商的怀中，揪紧了他的衣襟，轻轻地说："他一定很痛很痛……"

楚王商摸摸她的头："是，很痛。"

芈月抽了抽鼻子，她有点想哭了："那他为什么还要来，他不怕痛吗？"

楚王商轻叹一声："痴儿，这世间有许多东西，比怕痛更重要。庶民奴婢，生死如草芥猪羊，避痛畏死。可是士人却是为道而活，那卞和虽是匠役之流，唯心头有这一个道字，便担得起这颗士子之心，这便无关身份了。士不在身，而在心，如傅说起于版筑、胶鬲起于鱼盐……"

他一时兴起多说了些，见芈月一脸迷茫，知道她听不懂，心下笑了笑，又道："睡吧。"乍听这种鲜血淋漓刺激紧张的故事，只听得一半，如何能够安睡。芈月便扭着身体撒娇道："父王，儿还要听，那卞和后来如何了？"

楚王商却暗忖女儿曾经受惊，如今这个故事又甚为血腥，便有些后悔同她讲这个故事，便略过中间草草道："武王驾崩以后，文王继立，卞和又来献玉。文王因他如此执着，便命玉匠剖开此石，发现果然是稀世美玉，于是厚赏卞和，又以卞和之名将此玉命为和氏璧。"说完了便道，"好了，你要睡了。"

这个年纪的小孩子最是好问，芈月听了不但不睡，而反更精神了："父王，我不明白，如果说无道的厉王，听不进贤人的真话，只相信佞人的胡说，为什么有道的武王也一样砍掉卞和的脚，最后只有文王才发现美玉呢？"

楚王商轻叹一声道："因为厉王和武王并不在乎有没有玉，而在乎臣下是否欺君。"

芈月道："那文王为什么不一样？"

楚王商道："和氏璧成为楚国双宝，固然是这块美玉举世罕有，可是文王将此玉作为国宝，却是为了以此招揽天下贤才。厉王之时，国势动荡；武王之时，东征西讨，他们哪有心思在美玉上。直到文王之时，国势才渐得稳固。君子以玉比德，文王欲招揽天下的贤才贞士，而当时北方诸国的贤士还以我大楚为蛮夷，文王宣扬卞和之事，又将卞和之玉作为国宝，以示我大楚重玉德、招贤人之意。"

这一堆说下去，芈月更加听得不懂了。见楚王商似乎没有再解释的兴致，她偏又听了那个故事有些害怕，便努力想让楚王商留下来继续同她说话，便又道："父王，我听说和氏璧随侯珠并称我楚国二宝，那随侯珠也是随侯献给先王的吗？"

楚王商摇了摇头道："那可不是。和氏璧出自荆山，又称荆山玉。那随侯珠却有个别名，叫灵蛇珠，乃是灵蛇献于随侯的。"

芈月爬起来，更感兴趣了："真的，蛇也会献珠？"

楚王商也知她听了和氏璧的故事有些害怕，便也用随侯珠的故事驱走她心头的害怕，便道："当年随侯出行，见路上有大蛇被砍杀成两段，随侯见蛇居然未死，于是令人以药救治后，放蛇归去。一年以后，随侯乘舟之时忽遇风浪，有大蛇于水中衔大珠献上，珠盈径寸，而夜有光明，如月之照，可以烛室。随侯以此夸耀诸侯……"

芈月睁着大大的眼睛问道："然后呢？"

楚王商却不欲提起，草草道："后来随国并于我楚国，随侯珠便到了楚宫。"

芈月想了想，轻叹了一声："唉，随侯真傻。"

楚王商问道："怎么了？你又知道什么？"

芈月小大人一般道："随侯要是不夸耀，就不会被抢了……"

楚王商失笑道："小儿之见。这是大争之世，孔子作春秋，便有弑君三十六，亡国五十二，诸侯奔走不得保社稷者，不可胜数。大国并吞小国，有没有宝珠，都是无法避免的。"

芈月却忽然问了一声道："为什么随侯珠与和氏璧是国宝，难道其他珠玉皆不如吗？"

楚王商却反问道："你说呢？"

芈月低头努力地想了想，楚王商本是随口一说，见她如此倒笑了："这岂是你这等小儿能解，睡吧。"

芈月却凝思片刻，忽地抬起头来，一边想着，一边犹豫地道："父王，你说文王宣扬卞和之事，奉和氏璧为国宝，是为了招贤，儿似乎懂了。和氏璧是招贤，那随侯珠是不是说，我楚国很强大呢？随侯珠原是随国的宝贝，我楚国却灭了随国，将宝贝抢了。夸示随侯珠，就能让人想起我们大楚有多厉害！对吗？"她先是有些犹豫，越说到后来，越是流利，最后便抱着楚王商的手臂，两眼弯弯，闪耀着期待夸奖的神采。

楚王商却有些惊诧地看着芈月，神情复杂。

见他脸色有异，芈月这才不安地扭了扭身子："父王，我说错了吗？"

楚王商摇头道："不，你没说错。这些，都是你自己想的吗？"芈月乖觉地点点头。

楚王商沉默不语，心中却是已经掀起波澜来，难道天象果然灵异，唐昧之说竟有可信之处？她不过才这般年纪，又是女儿之身，就有这般的悟性，太子槐只怕是一生都不会有这样的领悟。若你是男儿身，若你是男儿身，便是再好不过了，唉！

他心中自正暗叹，芈月见他不语，又叫了一声道："父王。"楚王商回过神来，道："你说得不错，以随侯珠为国宝，是为了彰显武功，以和氏璧为国宝，是为了宣扬文德。你记住了，楚国真正的双宝，不是珠宝玉器，而是文治武功。"芈月连忙点头。

楚王商摸了摸她的脑袋道："睡吧，有先祖灵威庇佑，这一觉你必能睡得安稳，不会有邪魔入侵了。"

芈月点点头，钻进被窝躺下，闭上眼睛。楚王商坐在旁边，看着她睡了，奉方悄悄地熄了灯烛，只剩下最后一支。

芈月已经闭上了眼睛，可眼皮仍然在动着，忽然又睁开眼睛探起头来问道："父王，和氏璧在这里，那随侯珠在哪儿呢？"

楚王商按下了她的头，道："还不快睡。"

芈月涎着脸笑道："好父王，你不告诉我，我睡不着啊。"

楚王商无奈道："寡人送人了。"

芈月一怔："送给谁了？"她想了想道，"是不是送给母亲了，还是阿娘？"

楚王商道："都不是，别问了，睡吧。"

芈月最终还是问了一句："父王送给灵蛇珠的人，也像我一样讨人喜欢吗?"

楚王商笑了:"好不害臊,变着法儿不过是说自己讨人喜欢罢了。好好,你才是最讨人喜欢的姑娘。"将芈月终于哄得睡了,这才站起来,走出房间。

他在回廊上慢慢踱着步,却想着方才芈月的问话道:"她也像我一样讨人喜欢吗?"

他暗嘲地摇头,心思却不禁回想到了三十年前,那个灿若桃花的少女对着他回眸一笑的情景来,暗中轻叹一声,心中似乎软了一软。但转眼又想起那日王后如疯如魔、杀气腾腾的样子来,便又觉得有些心寒。

却听得耳边有一个温婉的声音问道:"大王,夜深露重,您要保重啊!"一件外袍便披在他的身上。他抬头,但见眼前的少妇笑脸迎人,眼神中尽是柔情,一时不快的心情竟在这温婉体贴的敬爱中被抚平了。

一夜缱绻,楚王商沉沉睡去。

他一生征战甚多,向来睡得甚是警醒,尤其是这两年上了年纪,半夜总要醒来一两次的。这夜他又醒过来时,蒙眬间却觉得枕边似少了一人。

他睁开眼,半坐起来打量一下,此时因他睡着,室内只余着稍远的小小一支黄铜烛奴托着油灯,却见莒姬坐于烛边低着头出神。烛光照得她侧颊晕红,眉目间含颦带愁,叫人不由心头一软。

他这一坐起,不免稍有声音,莒姬便闻声转头,见他坐起,连忙坐起就要小趋向前,却先顿了一顿,似是低头以袖掩面片刻,这才上前柔声道:"大王,您醒了!"

楚王商向她脸上一摸,便觉得有些湿意,便托起她的脸,对着烛光看了看。莒姬似是想要扭头避开,轻声道:"大王,夜已深了,妾服侍大王安歇。"

楚王商沉声问道:"你哭了?"

莒姬掩饰道:"不曾,妾刚才只是剪烛花的时候熏着了!"

楚王商又岂会相信,冷哼一声道:"你在哭什么?"

莒姬低头,没有说话。

楚王商看着她，心下却明白了什么，长叹一声，道："你放心！"

他这话说得没头没脑，莒姬却扑了上来，搂住楚王商的脖子，低低地道："大王，求大王允妾一事。"

夏夜她的手臂却是清凉无汗的，是柔软无助的，眼角边一滴眼泪在烛光中似要晕开。

楚王商搂住了她，轻声道："你要寡人允你什么？"

莒姬低声道："求大王允妾为大王从殉。"

楚王商微惊道："何以如此？"

虽然自周朝立国以来一直有为贵人从殉的制度，然而随着这些年列国征战增多，不管是打仗还是农耕都需要劳力，所以这种以活人殉葬的制度敌不过时代变化，自春秋末年来已经渐渐兴起以人俑代替人殉的趋向了。

莒姬轻叹，她的声音如同微风吹动琴弦道："妾倾慕大王，欲与大王同生共死，求大王允之！"

楚王商心中感动，将她拥入怀中，轻吻着她的发梢，莒姬伸出手来，抱住了楚王商，一时缠绵。

两人躺下，楚王商本有些睡意，却被这一触动，心潮起伏，竟睡不着了。此时万籁俱寂，正是心底最澄澈之时，忽然觉出有些不对劲来。

他抬眼见寂静处，莒姬一动不动，却是脸朝外躺着，他伸手去抱，却发现莒姬竟是醒着，却不敢动，唯恐响动吵着了他。

楚王商此时将莒姬抱入了怀中，忽然道："你若随寡人从殉，那一双儿女怎么办呢？"

莒姬轻颤了一下，声音闷闷地，似是鼻子有些不通顺似的道："有向妹妹照顾，自是无碍。"

楚王商轻声道："你舍得他们吗？"

莒姬低声道："舍不得，可是……唯其舍不得，妾这么做，才是对他们最好……"

楚王商苦笑一声道："月与戎，皆是寡人的儿女，难道竟还要爱姬你牺牲自己来保全他们，如此，置寡人于何地？"

莒姬吃了一惊,连忙起身伏地辩白道:"妾绝无此意,请大王明鉴。"

楚王商也坐起,叹息道:"寡人知道你最是懂事隐忍,这些年王后处事,寡人也不是不知道……难为你了!"

莒姬拭泪道:"妾不难为,大王世之英雄,妾此生能服侍大王,实妾之幸也。只是……"

楚王商道:"只是什么?"

莒姬垂泪道:"大王,位高招谤,深宠招嫉。这宫中嫉恨妾的,何止一人。妾一人生死倒罢了,只是稚子何辜,异日不知如何才能保全他们!"

楚王商怒了道:"你、你好大的胆子,敢说这样的话!"

莒姬缩了一下,又道:"小公主不过是弱龄稚女,遇王后之威,竟至生了噩梦。虽蒙大王慈爱,赐其和氏璧护身,只是和氏璧纵能保小公主今日睡得安稳,可若是异日再遇上王后,又能如何?只怕这和氏璧也会变成小公主的罪名吧。大王今日还在,小公主就险些丧命,若是他日失去大王的庇护,王后还会有何顾忌……"

说着,莒姬向前膝行两步,将头枕在楚王商膝上,无声而泣。温热的泪水慢慢地渗入楚王商的膝上,让他整个人充满了不耐,很想将莒姬踢开,又很想将她死死搂在怀中。

他对后宫并无特别偏爱,妃子们不过是他消愁解闷的玩意儿而已,以往或有妃子恃宠生骄,他高兴也纵容一番,不高兴了就置之不理。莒姬之所以得宠甚久,固然是她长得漂亮聪明可人,更重要的是她善解人意,懂分寸知进退,从来不曾有过非分要求。

王后好妒,他不是不知道,但王后虽是稍有过分,但从来也不敢真正去触怒他,所以对王后虽然日渐冷落,但终究还是维护着王后的面子。但近年来王后越来越出格,从向氏怀孕之时便有些不轨之举,他一则因向氏生了女儿令他失望,二则也怕惩戒了王后,容易给外界以太子不稳的印象,到时候诸子以为看到机会,就会形成争夺之势,影响国内稳定,所以也就隐忍了下来。

直至王后到亲自出手对付九公主这样一个稚龄小儿,才让他怒不可遏，事情虽小，然他还活着，王后就敢伤他子嗣，不能不让他顾虑到有朝一日他驾崩了，那他的其他庶子庶女们会有什么样的命运。

那一日王后的离去，已经让他隐隐潜伏了这样的怒火，可是他却竭力不去想这件事，想了，就要面对，就要动手。可在他没有想仔细以前，他并不愿意立刻就去面对和决断这件事。

而此时莒姬的挑破，却是让他猝不及防，不得不面对这样的后果。

那一刻，他心头怒火而起，莒姬却聪明地没有说话。

她是聪明的，这时候，只要她再多一句嘴，虽然能更快地挑起楚王商的怒火，但这怒火首先就会发泄到她的身上来。她只是无声地伏着，静默地几欲要让人当她不存在。

楚王商沉默着，脸色铁青。

一室俱静。

莒姬渐渐睡了过去。

楚王商却坐了一夜，直至天际发白，这才在寺人的服侍下，更衣上朝去了。

此后莒姬不再提起此事，楚王商也不提起，似乎这件事，只是午夜的一个梦似的。

可莒姬心中明白，楚王商也心中明白。莒姬不提，只是温柔沉默以待，她知道只消这一句就足够，若提得多了，显见自己急不可待，倒是私心过重。像楚王商这样的男人，是从来不会让女人干涉于他，若是让他察觉，只怕自己先是不保。

而楚王商，心中有了此事，但是他还未曾想到如何行事之前，他是不会让任何人看出他的心事来的。但却是对小公主多了几分关照，甚至允其随同自己同去行猎的要求。

如此风平浪静地过了十余日，忽然有宫人告发王后曾经擅杀后宫越美人，楚王商细查之下，竟是当真，当下勃然大怒，下旨严厉斥责王后令其闭门思过，甚至罢其所属内小臣之职。

内小臣掌王后之命，出入宫禁，传王后之谕，诏令四方及卿大夫，亦是掌后宫诸事。罢王后内小臣之职，又不加新人任命，又令王后闭门，形同夺了王后之权柄。

王后恼怒万分，又惊又惧，虽有几分怀疑是楚王商因小公主之事责罚于她，可是也断没有为了一个媵生的女儿受惊而竟至要废嫡的派势来。

王后本就是五十来岁天癸将绝之时，正身体状况反复不定，昼夜颠倒睡眠无常脾气暴躁之时，再加上忧惧愤懑之情，这日子便如同煎熬一般，不几日便病倒了。

那越美人原是越国献女，亦是曾经得宠过，自莒姬入宫，便已经失宠。偏那日太子槐经过桂园，与越美人相逢，一个性子轻佻，一个深宫寂寞，见四下无人，不免言语上有几分暧昧之意，却也仅仅止此而已。偏被人看到，报与王后，王后正因向氏怀孕之事而忧心忡忡，闻言大怒，当即便以越美人有病为由，将越美人弄死，报了个病亡。太子槐亦因此事，与王后一番争执，无奈母亲强势，只得抱憾。

不想此事过了数年，竟然又被人翻出，甚至隐隐指向太子槐调戏父妾，王后杀人灭口的流言来。太子槐本听说越美人之事翻出，也是大吃一惊。他心性倒是不坏，只是优柔寡断性子轻佻，对越美人之事也是心怀愧疚，虽然亦对母亲有怨，却是不敢言语。

不想这事重新翻出，又听说母亲生病，且有宫中风声，说楚王商有意重新废立，这才大吃一惊。却又不敢去向素来畏惧的父王求情，他身边的宾客靳尚便劝他道："太子，大王若要兴废立之事，必会与令尹商议，太子何不求助令尹？"

太子槐听了此言，连忙急趋令尹府第，求助昭阳。他知昭阳最爱美玉，连忙将自己宫中最好的美玉搜罗了几块，来当成礼物。

昭阳见了美玉，却只是略一欣赏，原物奉还，道："臣为楚臣，安敢受太子之礼。但凡臣职责所在，必当尽心。"

太子槐见他不肯收礼，只道事情当真不好，脸色也变了。

昭阳见他如此，只得安慰于他道："太子误会于臣了，君臣有别，主忧臣劳。若是异日……臣立下战功，或者治国有功，得君王赏赐，乃是本分。如今若是臣收了太子之礼而奔走，非但有失操守，且以臣辱君，岂不该死。"

这番话说得太子槐又服气又钦佩，虽然昭阳一句肯定的话也没有给予他，但他离开令尹府时，却莫名多了信心。

却不知他那点心思在昭阳眼中哪里够看，虽然宫中美玉的确是价值连城，但对于久经世事的昭阳来说，为太子说几句好话容易，但这太子之礼，却是万万收不得的。这会儿太子有求于人，自是厚礼卑辞，他若这么大剌剌地收了礼，等到太子继位，想起自己当年求人的窘态来，岂不恨上自己。

若是楚王商与他商议此事，他倒可老实不客气地开口，有时候君臣之间也是一种交易，彼此能懂，自然心领神会。

恰恰是太子槐这等自信心不足的年轻人，反而刺激不得，在他面前，要有老臣的高傲以拿捏，更要有臣下的分寸以安抚。

想到此节，便站起来，向宫中呈上书简，要求入见。不多时，楚王商便召见了昭阳。

昭阳趋入，一路行来但见时已经春尽夏至，花木葳蕤，两边宫娥却是肃立无声，寂静得似少了几分活力。

昭阳轻叹一声，此时章华台的气氛确是颇有令人惴惴不安的感觉。

及至殿前，他脱了青舄入见，见楚王商只穿着常服，抱了一册竹简在刻字，见了昭阳进来，甚是随意地招手道："令尹，有甚要紧国事，要见寡人？"

昭阳也老实不客气地走到楚王商对面的枰上坐下，道："臣也想偷个懒，却是不得不来见大王。"

楚王商放下刻刀，轻轻吹去上面的竹屑，道："天干物燥，又是何事惊动了你这老竖。"

竖便是竖子之意，叫人老竖，实则无礼之至。不过楚王商与昭阳君臣相得数十年，多年共上战场，架也打得，泥也滚过，私底下更不恭更无礼的对骂也不是没有过。

昭阳也老实不客气白了楚王商一眼，知道他故意说这等调笑之话，便是不想听自己正言直谏，索性不看他的脸色，道："日头正热，我倒想安居消暑，你自家家事不谐，却催得我跑一趟。"他索性连臣也不称，直接称我了。

楚王商嗤的一声道："是你自家多事，却来说我。便是我自家事不谐，又与你何干？"

昭阳夺了他手中的竹简道："同你说正经事，莫要顾左右而言他。"

楚王商只得放下手中事，正色道："罢罢罢，寡人且听你说来。"

昭阳拱手肃然道："臣闻大王因小过而令王后闭门思过，又罢内小臣，王后因而忧惧成疾，太子不安。臣忝为令尹，不敢无视此事，特来求大王示下。"

这两人多年默契，于正事调笑间片言转折，却是毫无凝滞，楚王商此时也肃然道："此我家事也，令尹休管。"

昭阳也固执道："国君家事，便干国事，如何不能管？"

楚王商嗐了一声，有些郁闷地道："此事与太子无关，你自管放心。"

昭阳立刻反问道："与太子无关……大王莫不是要对王后行事？"

楚王商哼了一声，没有回答。

昭阳叹息道："列国诸侯，因恋美色，而厌元妃年老色衰，另兴废立，原也不止一个两个，臣只道大王是个明白人，却不想也是守不住这条线啊！"

楚王商看了昭阳一眼，明知道他是激将，却也忍不住道："非是寡人厌旧，乃王后不仁……"

昭阳眉一挑道："是越美人之事……"

两人四目交会，彼此明白，不过一个媵妾，便是处置了又能如何，不过是叫楚王商厌了王后，但却不至于会因此而要兴废后之举。

楚王商摇头道："非也，前日九公主金丸弹雀，误冲撞了王后，王后竟是杀性大发，甚至在寡人面前也是出言不逊……"

昭阳默然，楚王商提到的却是任何一个男人都不能忍受的事：子嗣。

身为男人，他能够明白楚王商的震怒，但在宗法上，又不至于到了非要废后的程度，只轻叹一声道："大王当真要废后？"

楚王商反问道："以令尹之意呢？"

昭阳却道："废后甚易，然则太子仍在，他日太子继位，王后怕是仍要回到宫中。到时候王后心怀怨恨，只怕是……"

他没有说下去，但楚王商却已经明白，到时候王后含恨而来，只怕心存报复，手段更为酷烈。

楚王商嘴角一丝冷笑道："难道寡人当真就奈何她不得？"

昭阳看着楚王商的冷笑，叹息，他能够从这一丝笑容中看出楚王商的意思来，却是摇头道："不妥，不妥。"

楚王商反问道："令尹知道寡人的意思？"

昭阳却是摇头，他明白楚王商的意思，大不了自己死的时候让王后从殉便是，一了百了。他却不得不指出此举的不可行，道："奉父是孝，奉母亦是孝。"

楚王商语塞，新君奉遗命让王后从殉是孝，违遗命保母亦是孝道，于礼法上，只怕也是指责他不得。

昭阳又道："从来母子相系，大王若要保太子，便不能对王后太过。更何况，王后便是不慈，然未有明罪，如若处置太过，则非王后不慈，乃大王寡恩了。"

楚王商忽然勃然大怒道："说什么母子相系，与其要寡人投鼠忌器，寡人不如连这'器'也一并毁却了。"

昭阳一惊，趋前两步，急道："大王，太子无过！"

楚王商却冷笑道："愚即是过，庸即是过。异日他若不能节制其母，岂不毁我宗室。"

昭阳上前拱手道："但有老臣在，断不敢教此事发生。"

楚王商手指轻轻敲着几案，却看向昭阳道："令尹既出此言，想必有万全之策了？"

这样的眼光太过熟，昭阳忽然灵光一闪，却已经明白了关节所在，无言苦笑道："大王你又给老臣下套了。"

楚王商这种眼神，他真是熟悉得刻骨铭心，多少年来，但凡是楚王商有了为难之事，要他出头或者要他出主意，便是这般眼神。

此时他恍悟楚王商前头说废说杀，不过是个引子，想借此让自己站出来，为他的后宫妃嫔子嗣具保而已。

想到这里，昭阳不禁有老泪纵横之感，他这一辈子，就是被他的君王坑害和背黑锅的一辈子啊。

想到这些，他只得上前，肃然一礼，大声道："大王，王后乃是元后，太子册立多年，臣请大王三思。大王若固执己见，臣不敢奉诏。"

他的眼角看到跪坐在角落里的史官，这时候开始奋笔疾书了。

这场戏，演的是王后失德，致使君王震怒，欲废王后，危及太子，有忠臣泣血上书，力保元后储君。

他的声音略大了些，外头便开始有细碎的脚步声疾奔而去。

接下来，就是第二场戏的转折了。

楚王商咳嗽一声，高声道："那依令尹之见，莫非要等到寡人归天之后，王后大肆杀伐，那时候令尹才会奉诏？只可惜那时候寡人已经不在，也无诏可奉了。"

昭阳郑重地道："帝王血胤，岂容戕害。大王但请放心，老臣今日能在这里保得住王后和太子，异日就能保得住大王所有的儿女不受戕害。"

楚王商冷冷地道："从来唯女子与小人为难养也，寡人能听得进令尹的忠言，可是到了那一天，何人能够挡得住一个发疯的女人？"

昭阳肃容道："有国法在，有宗庙在，有我芈姓一脉所有的宗族封臣在，有文武百官在，规矩就不会乱。大王，这些年来王后虽然有些骄横，行事却不曾真的太越过规矩。她心里比谁都清楚，什么事能做，什么事做不得。若当真王后乱了宗法，老臣身为宗伯，自会开宗庙，请祖宗家法，幽王后于桐宫。"

史官埋头疾书中。

楚王商看了昭阳一眼，冷笑道："到时候，只怕是令尹未必有此能力了。"

昭阳肃然道："老臣知道大王说的是太子。大王，太子也是一个男人，男人总想自己做主的。他身为太子，只能依附于王后，共同进退。有朝一日他成了君王，自然就有身为君王的考量了，保全宗室血胤，亦是身为王者之职责。更何况臣认为事情远到不了这一步，到那时如果太子登基，王后的所思所想，自然也要以太子为主，岂会为私怨而自毁？"

楚王商长叹一声，用力按住太阳穴，表情隐忍。

昭阳关切地膝行一步道："大王，您没事吧？"

楚王商点点头道："寡人无事。"

昭阳平息下来，回归原位。

楚王商忽然坐直，在几案上取过绢帕，挥笔写下诏书，盖上玉玺，放入锦囊之中，再用铜印在锦囊外用印泥封口，交给昭阳。

昭阳接过锦囊，看着楚王商。

楚王商道："寡人死后，断不许有后妃或子女近臣殉葬，若是有人提出，你便以此遗诏节制。"

昭阳接过锦囊，下拜道："臣肝脑涂地，不敢有负大王。"

楚王商摆手道："去吧！"

昭阳退出。

楚王商看着昭阳退出，缓缓闭上眼睛。

诚如昭阳所言，他并不想废后，更不想废太子。但是，他却不能容忍王后越来越张狂的表现。

废后，只不过是他敲打王后的形式而已。

若是有可能，他自然是愿意悄无声息地把后宫之事，在后宫解决掉。但也只有他自己明白，他的身体很可能撑不过一年了，他不想造成一个在他身后动荡的楚国，也不想自己死后身边的人受到戕害。

他就是故意要造成一种废后的风向，让王后惶恐，让太子惶恐，让王后与太子求助昭阳，再让昭阳"犯颜直谏"保下王后与太子，让王后与太子欠下昭阳这份大情面。此后，再让昭阳以宗室的名义保其子孙，便是王后与太子再有什么妄动，也不得不给昭阳这点面子。

更何况这种废立风声，打了王后的脸面，戕害了她的威信，便能够让她在新王继位以后，不能伸手太长，也可保自己的后妃子嗣之安全。

这并非万全之计，然而也只是他此刻能够对王后做的最大节制。

他并不想这么快出手，然则自那日莒姬夜泣之后，他忽然有一种不祥的预感，似乎自己现在不做些什么，会很快没有机会再做了。

这种预感曾经于战场上救过他的性命，楚人重巫，他也很相信冥冥中自有神意在，既然有此预感，他想，他得做些什么，留下些什么来。

想到这里，他懒洋洋地伸了伸手，吩咐道："寡人昼寝，无事不得相扰。"

昭阳收起锦囊，着了青鸟，走下章华台的台阶，转入回廊，慢慢地走着。

一重重回廊，曲折宛转，转角处，见王后静静地站在那儿。

赫赫楚王后，素来出入婢仆环侍，副笄六珈，衣饰华章。而今的王后，却是科头素衣，苍老憔悴不堪，竟是连姿容也不顾了。

昭阳吃了一惊，连忙行礼道："臣昭阳参见小君。"

王后侧身让过，长叹一声，掩面呜咽道："小童是待罪之人，今日之后，不知道是否能受令尹之礼。"

昭阳见她如此，虽知是做戏，心中也亦生恻隐之心，道："小君可是来见大王？"

王后点头泣道："小童触怒大王，特来脱簪待罪。"

昭阳作了一揖："如此，臣告退。"

王后的脸色很难看，她死死盯着昭阳，却从昭阳的眼中看不出什么来，她忍了许久，终于还是问道："大王召令尹何事？"

昭阳恭敬地道："小君请恕臣之罪，大王与臣议事，小君若要知道，当去问大王，不应该来问臣。"

王后的表情变得很难看，昭阳微一拱手，便绕过王后身边继续向前走去。王后看着昭阳的背影，忽然尖厉地叫了一声："我问你，大王是不是要跟你商议废后的事？"

昭阳站住，一动不动。

王后眼中更加疯狂，她不顾礼仪，上前两步，嘶声道："令尹，你敢发誓吗？你敢发誓今日大王召见你，没有说过这件事？"

昭阳慢慢转过身去，慢慢地一步步走近王后，他的眼神严厉而锐利道："那王后敢发誓吗？王后若敢发誓，终王后一生，不会伤害大王的任何一个儿女吗，不会杀大王的妃嫔吗？"

王后瑟瑟发抖，直觉本能让她知道应该抓住这个机会，颤声道：

"若小童敢发誓呢，令尹也敢发誓吗？"

昭阳肃容道："若王后敢，那臣也敢发誓，终臣一生，必保全王后和太子的地位不受影响。"

王后忽然放松下来，喜极而泣，跪下拜谢昭阳道："小童代太子多谢令尹。"

昭阳忙避让回拜道："大王不负王后与太子，请王后勿负大王。"

王后松了一口气，却是坐在地上，竟是一下子站不起来了。

侍女玳瑁连忙上前扶起王后道："小君。"

昭阳却似是无视王后欲要渴知更多的眼神，只一揖道："如此，臣告退。"

说完，便转身而去。

王后端坐在地上，看着昭阳远去的背影，眼神复杂。

玳瑁不安地扶着她道："小君，您无事吧。"

王后摆了摆手，笑容惨淡道："到了此刻，我还能再求什么？只要能够保得住现状，保得住太子，就是大幸了。"

玳瑁心下惨淡道："小君！"

王后昂起头来，向着章华台行去，前面就算是刀山火海，她亦无惧。

第七章
楚王殇

到了章华台前，王后跪于殿前请罪，楚王商只是不理。到了天黑之时，奉方出来传诏，让王后闭门思过，却是连何时结束日期也不曾说。

王后无奈，只得回去闭门思过。

太子槐经此一事，倒是收敛了许多，言行举止，都在尽力老成持重，不敢轻佻。

楚王商的身体却日渐衰弱，到后来其他宫室也懒得去了，无事只在莒姬的云梦台安歇，叫了公主月与公子戎在膝下玩耍罢了。

莒姬却在悄悄地大手笔地撒钱，从宫内到宫外施了许多恩惠，更兼楚王商脾气也日渐暴躁，她倒是从中劝说，倒教不少人领了她的情面。

一年又悄悄地过去，楚王商于一日酒宴之后发病，自此不起。莒姬带着儿女日日侍奉跟前，却也是无可奈何。

太子槐与太子妃南氏也殷勤服侍，只是太子见都是莒姬在主持事务，便觉不安，私下与南氏商议，是否要向楚王商提出要让王后出来主持大局。

南氏大惊，劝道："太子也当知母后的脾气爽直，如今父王病重，万不可动气，倘若母后与父王稍有口角，再生变故，则太子何以自处？此时是太子关键时刻，千万不可再生变乱。"

太子槐吃了一惊，私下暗悔，不敢再提。然人心终究是一种微妙的事，他心中虽知南氏的提议甚是有理，然心中却也为南氏的过于无情而不悦。他生性浪漫多情，处事优柔寡断，平时处事若不是王后做主，便是要南氏推动一把。这一年多王后幽禁，许多事上南氏便不能不多做些主。这些本也无妨，奈何太子性子过于散漫，王后失势，诸兄弟都有虎视眈眈之举，南氏心中焦急恐惧，不免在有些事上过于急切强势，太子槐虽然也都依从了她，心中却不免有些不悦。

恰此时他新幸了一个姬妾叫郑袖的，那郑姬长得娇弱可人，却是十分善于察言观色，小心奉承，因此上南氏只道太子对自己言听计从，倚重十分，却不晓得太子槐心中的天平，却渐渐倚向了郑袖。

王后正是绝经之时，又因在闭门思过，脾气更是暴躁，幸得天真烂漫的公主姝日日相伴，冲淡愁思。她年轻时颇受楚王商恩宠，兼性子好胜，主管后宫事事把持，因此长子槐和已出嫁的长女多由傅姆照料。到公主姝的时候，她渐为失宠，放在女儿身上的时间精力倒是多了些，与幼女的感情尤不能与其他人相比。

楚王商的病势一日重过一日，他本有心倚重屈原推行新政，此时也有心无力，只得叫来太子槐，细细教导嘱咐，将来继位之后，勿忘振国威，行新政，于征伐上可交昭阳，于列国交涉和内政上可倚屈原。

太子槐唯唯称是，退了出来。

到了回廊却与一个女子迎面相遇，见那绿衣女子忙退到侧边低首敛眉地行礼，细声细气地道："太子！"

这女子形容娴静，温柔得如同春水一般，正是太子槐最喜欢的女人类型，见此不免让他的心荡了一荡，但见这女子打扮，似是低阶姬人，便不敢多言，也不敢有什么非分之想，把乱跳的心按了一按，点了点头，嗯了一声就走了过去。

当夜抱着郑姬的时候，却忽然间想到那个绿衣女子来，情动之处，格外有了兴致，惹得郑姬娇喘连连，轻嗔薄怨。

自此太子槐开始正式监国，一边侍疾一边代为处理国事。

楚王商的病情渐重，便不在云梦台居住，搬回章华台后殿去了。王后主持，莒姬等姬妾轮班服侍。

楚王商临终前，昭阳等重臣侍立在侧，当着王后及太子的面，交代了后事。国政上仍以昭阳为令尹，朝政仍以由芈姓诸分支如屈、昭、景等为主的臣子们主事。后宫姬妾有子分封者随子就封，未受封的公子皆在泮宫就学，待十五岁以后再行授职分封，诸公子母仍养后宫，不设人殉。

公元前329年，楚王商去世，其谥号为"威"。在楚威王任内，楚国国力达到顶峰。领土最广，国力最富，武力最强。

楚威王死后，由太子槐继位为王。

举国大丧，周天子并远近诸侯皆派了使者前来问候吊唁。周边诸国，亦不免蠢蠢欲动。

三月服丧，直将楚威王送入墓室，但见白茫茫一片，似天与地都作素色。

这三个月，在小公主芈月的眼中，漫长到可怕。

甚至是从半年前楚威王病重时，整个宫中的气氛便变得令人窒息一般可怕，云梦台自莒姬以下，人人眼中都有着对未来未知的恐惧，楚威王搬回章华台以后，莒姬日日在章华台侍奉着，偶一回来就是直直地瘫倒像完全脱力般，整个人不断地消瘦憔悴下去，肤光黯淡，连明亮的双眸都失去了神采。她和弟弟戎此时皆由向氏和女葵等人照应着，这种气氛连小孩子都不敢大声喘气。

数月下来，休说大人，便是连两个孩子也憔悴瘦弱不少。

这一日芈月和弟弟戎早早被收拾打扮，与一群其他的公子公主们候在侧殿耳房中，等着里头一声通报，便齐刷刷地被带进内殿，但见里面已经乌压压地跪了一地人。傅姆们领着他们到大王榻前一处空地上跪下，便听着宦者令奉方念着大王的诏令，然后一群不认识的人，说着她听不懂的话，好一会儿以后，便听到奉方道："大王薨了——"

一阵死寂般的沉默。

良久，王后率先一声悲号道："大王——"

众人也跟着大放悲声。

一群小孩子也不管听得懂或者听不懂，在这种气氛之下，也皆是哭号了起来。

那一晚在芈月的印象中，就是无穷无尽的哭声，一片黑暗中，灯火星星点点，却离得那么远，只会让人的心更恐惧更荒凉。

她一直在哭，一直在哭，不只出于悲伤，也许更多的是出于恐惧。

很久以后，芈月恍惚中才明白，那一个晚上，她失去的，不仅仅只是一个父亲。

她哭得昏昏沉沉，到被傅姆女葵抱出去的时候，已经是凌晨了。外头已经是一片白茫茫之色，人人皆是素服，连所有的花树上都系了白布。

芈月茫然地问道："傅姆，现在是到冬天了吗，怎么都是白的？"

女葵用力抱紧了芈月，泪水却不住地落下来。

走啊走，走到哪儿，都是一片雪白，走到哪儿，都是一片哭声。

那段时间，莒姬日夜守灵，她心知此时是生死交关的时候，用尽了历年里在宫中内外积蓄的人脉手段，勾连了楚威王其他姬妾，便是防着王后于此时会暴然发难。

此时因新王于灵前继位，先王的王后便成了新王母后，宫中便以先王谥号威字，称其为威后。而威后最有可能对付她们的手段，便是以"殉死"的名义将先王生前的宠姬，统统处死。

虽然先王临终前亲自下了旨意，不设人殉，然而以"慕先王恩德，自愿殉死"的名义在后宫悄悄弄死几个女子，又有谁会替她们出头，又有谁会管她们的死活。

因此莒姬不但自己日日要出现在灵堂，更是一手牵了芈月一手牵了芈戎，以孤弱无依之态，向宫中内外表明她尚有儿女要照顾，绝对不可能扔下这一对儿女去"殉死"。另一边则委转请托令尹昭阳，以及她早就预伏在新王槐身边的姬人，劝说新王顾全先王心意，勿让母后行失德之事，等等。

然而先王一去，王后成了母后，这后宫风向顿转，原来得用的内侍俱已经被重新换过，便是如莒姬，许多事也不能再如此方便。只是隐隐听到回报来的讯息，是令尹昭阳见了威后，新王也见过母后，俱曾经闭门深谈。这两次见过以后，莒姬发现威后派来看守云梦台的侍卫们撤去了许多，心中暗暗松了口气。

凡丧，天子七月而葬，诸侯五月而葬。五月之后，终于到了威王入陵之时。

那一夜诸人皆没有入睡，早三更便已经起来，梳洗，着凶服，依列次候于两侧，由辅臣诣梓宫告迁，新王及母后奠酒三杯，然后是奉梓宫登舆，群臣序立，跪地举哀。

待梓宫起陵，除威后与新王乘车以外，余下后宫姬妾，诸公子公主等，除年纪幼小者由傅姆抱着以外，均是步行随驾，一直走到城外的王陵中，早三日前便有太庙太祝于此祭天地祖宗，至此新王与大臣奉梓宫入陵墓。

芈月站在人群里，看着楚王的梓宫进入石门，然后是诸臣奉册宝入，奉九鼎八簋等礼器入、奉整套的编钟编磬等乐器入、奉楚王日常所用之各式敦盏豆盉等诸色酒器食器入，直至最后，则是一排排的侍人俑、乐人俑、兵俑、马俑、车俑等近百具陶俑依次送入，又有数百兵戈、弓箭等皆送入石门一一摆放，又宰杀牛羊三牲而祭，便如楚王于地下，也当如生前一般，享受诸般酒食礼乐，更有侍人乐人服侍，兵马拥卫。

若依周礼，君王入葬，当以人殉。墨子曾言道："天子杀殉，众者数百，寡者数十；将军大夫杀殉，众者数十，寡者数人。舆马女乐皆具……"昔年吴王阖闾为幼女之死，驱使万人为之殉葬。

然而周室衰落以来，诸侯征战数百年间，不知道多少人命填了战争这个无底洞，一方面不征战无以卫国，另一方面壮丁皆上了战场，则田野荒疏无人耕种，这种人手越来越有限的情况之下，再将人命送去无谓的殉葬，则已经变成太过奢侈的举动。

便是自春秋末年起，渐渐兴起以俑殉代人殉的习惯，刚开始的时候有许多守旧礼之人痛心疾首，谓制俑代人，乃是不敬亡灵，必不获祖先庇佑。怎奈原来主君死而用人殉，原是借着理由多杀俘虏以及先主重臣，以令铲除不驯之人，让新主更方便接掌大位。如今时移势易，俑葬代替人殉，那便是顺天应人之举了。

楚威王的葬礼，更是上有遗诏，要废人殉用人俑，除此以外，皆依仪礼一一举行，直至石门落下，方封土，三奠酒，举哀，于陵前焚先王所用卤簿仪仗。

看着大火熊熊燃烧，看着曾经熟悉的仪仗、马车，先王所用的诸般物件在眼前一一化为飞灰，楚威后失声痛哭，这一哭，是哭自己成了寡妇，那曾经夜夜独眠的春心闺怨，那曾经怨毒纠缠的啮心之苦，也与这些物件一同化为飞灰。这个人活着，她曾经怨过他恨过他，畏过他惧过他，甚至暗暗盼望过此刻。然而他就这么去了，却让她往后的日子，连怨恨和盼望都没有了着落处。

她听着身后姬妾们也在大哭，她似乎都明白，这些人的哭，那种悲痛和绝望，绝对是多于她的。不是她们对那个死去的人爱多于她，而更多的是哭她们未来的无望吧。想到这里，楚威后悲伤的心中，油然也升起一些快意来。

看着眼前一片花团锦簇化为飞灰，莒姬与众姬妾一起痛哭，固然有着同样的悲伤和无助，然而，一直悬着的心头事，却也隐隐放了一半下来。陵寝已封，至少她们这些人，可以暂时逃过楚威后可能加诸她们头上的"殉死"的这把刀。将来如何，只能走一步算一步了。想到这儿，莒姬紧紧握住了右手牵着的幼子芈戎之手，暗暗地道，我儿，我的将来就倚仗在你身上了。

先王奉庙，诸人回宫。

一回到宫中，莒姬便直直地倒下了。她多年来身为宠妃也是娇生惯养，这长达一年的侍病、守灵，晚夜又是一夜不曾安睡，凌晨起身，来回步行了数十里送灵，不是走就是跪，足足折腾了一天，早已经累得不行。又加上梓宫奉安，她最怕的一件事终于了结，这一直提着的精气神一松下来，便再也支撑不住了。

她这一病，小公主芈月也是病了。她年纪原也幼小，更兼为楚王之死伤痛不已，这一路跟着莒姬一起步行数十里，更是支撑不住。

也唯有小公子芈戎，因年纪太小，反而不识伤痛，一路上又是有傅姆抱着来去，倒也无妨。

莒姬直躺了两天，这才慢慢能够起身，她却不敢松懈，忙叫侍从们赶紧收拾器物，准备迁宫。

先王殡天，她们这些先王的姬妾，送了梓宫奉安以后，就要迁出原来的旧宫殿，集体搬入西南的离宫去养老。这些广阔的宫殿台阁，自然是要留给新王的姬妾所居了。

方才收拾着，便有威后宫中的寺人析过来，要取先王的和氏璧回去。

这和氏璧原是先王所佩之物，因八公主芈月生病，便赐予她佩戴压惊。此时威后来取，莒姬亦是不敢不遵。

只是莒姬却实在起不了身，便让女葵去九公主处去取，不料因这和氏璧，又惹出一段事来。

小公主芈月虽然性子聪慧，却毕竟只是个孩子，更兼病得昏昏沉沉，威王殡天，她本已经伤心不已，这又是她父王给她的念想，怎么会肯被人拿走。一个小孩子家又何曾懂得这般复杂的事情，女葵劝了半天，见她只是不肯，寺人析等不得，径直进来了，劈头就问道："和氏璧何在？"

芈月见了他，便认得他是那个凶神恶煞般的王后身边之人，吓得捧着和氏璧跑到角落就是不出来。女葵还待再劝，便见寺人析上前，一把揪起芈月，另一只手直接便从她的怀中要夺了和氏璧去。

不料芈月一张口，便咬住了寺人析的手，寺人析猝不及防，一只手被她死死咬住，哎哎大叫，骂着小内侍道："你们是死人哪，还不快过来帮手。"

几个小内侍一拥而上，七手八脚地按住芈月，寺人析这才脱出手来，见虎口几个牙印，深得见到血来。

寺人析大恨，此时威王已经殡天，这些后宫姬妾，年幼的公子公主们，都要在威后手底下过日子，他哪里放在眼中，见自己的手疼得厉害，那小公主还如此乱咬乱踢，恼怒之下，揪住小公主的头发直接往板壁上撞去。

小小女孩本就皮娇肉嫩，在板壁上撞了两下便撞破头皮流下血来。芈月受痛，手一松，和氏璧被寺人析抢了回去，拿起来一看，却见和氏璧上已经滴上了几滴血痕。

寺人析用力擦了擦，血迹却渗入玉璧雕花的缝隙中。他的手一松，芈月便跌到地上。女葵见小公主跌落地上，头上尽是鲜血，一动不动，失声大叫起来道："小公主，小公主——寺人析打杀小公主了——"

话音未落，已经被寺人析一掌打在脸上，骂道："你这贱婢，你哪只眼睛看到我打杀小公主了——"

莒姬此时也并不是无事卧着，她方起身便有一桩要事在烦忧着，这头急于打听，一头恐公子戎年纪幼小被寺人析带来的人冲撞，便亲自带在身边，对芈月这头便一时无暇顾及，不料也就放松这么一时半刻，便听到出事，急忙支撑着病体赶来，便见芈月倒在地上，惊呼一声，冲上前去扶起芈月，回头斥道："寺人析，你要做什么？"

芈月只是一时被撞得一时晕眩，被莒姬扶起，便觉得疼痛，哭叫道："母亲，我痛，我痛……"

寺人析被女葵这一喊，原有些惊慌，一听到芈月哭出声来，顿时放心，张狂地应着莒姬道："莒夫人，这可与老奴无关。不过是小公主自己淘气撞到墙上，如何这贱婢便诬赖起来老奴来。好了，如今小公主不是好好的吗？老奴还要向威后交差呢，这便先告辞了！"说罢，令人翻出原来装和氏璧的匣子来，装了便匆匆逃走了。

只余下一地狼藉，和芈月的哭声。

莒姬心慌意乱地哄着芈月，吩咐道："女葵，你去打水，给小公主擦洗伤口，去取我房中的伤药来给小公主包扎上。我儿，休拿手去碰，小心肮脏。"

芈月哭得气也喘不过来，泪水和着鲜血流下道："我的和氏璧，父王给我的和氏璧——"

莒姬紧紧地抱住芈月，眼泪也流下道："好孩子，这时候咱们顾不得这些东西了，你要乖乖的，可千万别再给母亲惹事了。母亲如今可当真再也担不起你们再出任何事了！"

两人抱头痛哭，众侍女也陪着落泪，过不得一会儿，小小的芈戎见莒姬不在，也跌跌撞撞地闻声寻来，身后傅姆紧紧跟着，却不敢阻拦。芈戎见了母亲和阿姊都在哭，顿时也大哭起来。

好不容易，这姐弟二人哭得累了，洗了脸敷了药各自让傅姆抱去睡了，莒姬这才精疲力竭地又召来心腹寺人问道："向妹妹究竟怎么样了，你倒是给我打听个准消息出来啊！"

那寺人跪在地下磕了个头，才嗫嚅地道："奴才该死，打听不出来，只听说是向媵人冲撞了威后。"

莒姬顿足道："你这奴才实是该死，向媵人这般胆小怕事之人，如何会冲撞威后？"

那寺人只得磕头，道："奴才实是不知，威后下了令，恐怕宫中无人能够打听得到。"

莒姬恨恨地道："都是无用之人，滚出去，再去打听，如今向媵人在何处，她到底又是如何冲撞了威后的？"

那寺人只得又磕了个头，膝退着出去了。

见那寺人出去了，女葵只得劝道："夫人，夫人休要动怒，还须商议一个计策才好。"

莒姬蹙眉道："唉，我只是不明白，威后若要下手，当是冲着我等宠姬，向妹妹这般无足轻重，她为何要冲着她下手？"

女葵细想了想，忽然惊道："夫人，只怕是威后有心对夫人下手，只是夫人小心谨慎，一时不得下手。以奴婢看，若是她们生了诬陷之心，便要取了向媵人去，借她胆小怕事的性子，威吓几句，让她来攀诬夫人。"

莒姬悚然一惊，坐正了身子道："正是，若有此事，不可不防。"

女葵道："那夫人须要想好对策才是。"

莒姬低头想了想，道："向妹妹虽然性子柔弱，但她不是个傻子，有我在，方能庇护得住月和戎这两个孺儿。若是我也不在了，凭她是护不住他们的。只怕她会……"她倒忽然想到了一个结果，道，"女葵，你速速去太子宫中，去寻郑姬。"说着，她在女葵耳边，细细地说了一番话，女葵连忙应声而去。

看着女葵远去，莒姬渐渐陷入沉思，她从来就是一个有自知之明的人，知道自己倚着一个儿子芈戎，也只不过是将来分封授土，能够随子就封，做一个封臣之母罢了。威后冷酷无情，睚眦必报，若有一日威王不在，她要为自己留条后路。太子槐为人好色，她便度着太子喜好，暗中结交数名美人，助以金帛帮她们度过最困难的时候，教她们如何狐宠，其中就有郑袖。她已经成了新王最宠爱的姬妾，当日种下的种子，如今自然要开花结果来还报于她了。

而此时的渐台，楚威后倚着贴饰凤鸟金箔的妆台，疲惫地叹了一口气。

玳瑁小心翼翼地为她捶着肩头道："威后，您要好生珍重啊！"

楚威后长叹了一口气，却是苦笑一声道："威后、威后，我终于不再是小君，而是君王的母后了吗？"她转过身去，面对铜镜，轻抚着镜子中自己的面容，无限唏嘘道，"一个女子，终于熬到称呼中前面加了丈夫的谥号，这一生算是再也没有人压在我的头上了。可是我却容貌已逝，这一生也算是走到了尽头了。"她一挥手忽然将铜镜头扫落在地，恨恨地道，"可我的容貌已逝，那贱人、那贱人却居然还能、还能……"她气得说不出话来。

玳瑁知其已经气得不轻，却也不敢说话，只是一味劝慰。最终楚威后切齿道："把那贱人给我带上来！"

玳瑁应了一声，便让寺人披将向氏带了上来。

向氏脸色苍白，身形单薄如飘絮般，进来便扑在地上，不敢抬头。

楚威后喝道："抬起头来！"

向氏怯生生地抬起头来，但见她两行清泪挂于颊边，犹如草上的露珠，似坠非坠，更显得楚楚可怜，因她位份低，不能如楚威后般着麻，亦不如莒姬般全白，只穿一件普通的浅绿色的宫装，唯一袭白练系腰，更显得腰肢纤细；头上无饰，更显青丝如云，光可鉴人。这一身装扮，却更显得她娇怯可人，浑不似已经生育二子的妇人。

楚威后看在眼中，却是心中更增恨意道："你这贱婢，做出这般模样来，却是还想要勾引谁？先王在世何等待你，如今梓宫刚刚奉安，你居然便有了二心，还敢于孝中勾引大王，逞一己私欲，做出这般败坏大王声名之事，我岂能容你。"

向氏魂飞魄散，伏于地上泣道："威后明鉴，奴婢断断不敢，奴婢冤枉！"

楚威后看着她，越想越恨，她主持后宫，最懂得轻重分量，自负恩怨分明，素日并不把后宫美人放在眼中，王后是小君，姬妾们再如何得宠，也伤不到她的威势。只是后宫女子这一生系于子嗣，自周幽王宠褒姒引来灭国之祸，这诸侯却是没有一个人记得这深刻教训，数百年来，宠妃庶子夺嫡长之位的事，层出不穷。她不惧姬妾受宠，却惧君王因宠妃而爱庶子，威胁到太子槐的地位。

先王一生聪明过人，见不得子嗣愚笨，太子槐在她眼中自是聪明听话，但却不如先王之意。虽然在她竭力谋划之下，太子槐对外仍然还是理政得宜，礼贤下士的好名声，而为了这个好名声，为了让太子的地位稳若泰山，她并不在乎手中多染像越美人那样的几条人命。

而眼前这个向氏，当年怀孕弄出个"霸星降世"的流言，令她惶惑不安了近一年，已经令她起了杀心，但算这向氏运气好，生了个女儿来，令她松了一口气，并不想为了此事惹了先王的眼，所以暂时放过。而今……而今她再也不打算饶过向氏了，这个女人似乎低若蝼蚁，可是她却知道，对任何一个卑微的人，都不能掉以轻心，否则的话，就会倾覆大好局面。

向氏伏在地上，她已经吓得整个人恐惧而不知所措，先王的驾崩，对于她来说是头上的天塌了，而今日的飞来横祸，却是如同地面裂开一道无底的深渊。

先王入陵，后宫姬妾要搬往西南行宫，莒姬因送丧过于劳累一时不得起身，向氏虽然怯弱，此时也只得出来内外奔走。因先王遗言中有一些日常用的器物要赏给莒姬及两个孩子，她便带着两个侍女亲去章华台来领取。

这边遣了侍女跟着管事的寺人去领取器物，因里头杂物甚多，她便在外候着。

这日太阳甚烈，她见四下无人，便站在内外院中间的树荫之处候着，又见外院人来人往，内院甚是安静，不觉缓缓退进内院，想着这亦是她当日先王同游此处之情景，一时走神，慢慢沿着回廊多走了几步，凝望着院中出神。

偏生这时候刚继位的新王槐昼寝方起，独自沿回廊散步，却见一个绿衣少妇倚在廊柱上神情恍惚，恰是他最喜欢的那种温柔娇怯之美人。他性子本就有些"寡人有疾"，自先王病重以来，日日侍疾，先王去后他又守灵五月，素了甚久，此时先王奉安，便无所顾忌了。况且他初登大位，周围的人日日奉承新王，如天地之大，再无人能够压在他的头上了。想素日行事心里头总是还要畏惧威严之父王、苛刻之母后，此时这两座压在心头的大石已经移开，岂不快哉。

因此这几日早已经拉着身边的宫女尽了些兴致，只是终究不能够尽如他心中之意。这会儿刚走出寝宫不久，便见一个美人儿已经等在廊柱上，一脸的含情思忆，他也不及细想，只道必是身边的心腹寺人莱为他所安排，此时在自己寝宫，岂有顾忌，便扑了上去，叫着道："卿卿……"

向氏不过微一走神，便被一个男子扑在身上，在她脸上又啃又亲，惊得魂飞魄散，竭力就想把对方推开，怎奈她的力气又焉能与楚王槐这等素有习武的男子相比，反倒以为她故作推搡，更激得火起，喘着气道："美人勿动，若勾得寡人火起，不及回寝宫便在廊上幸了你！"

向氏已经吓得哭出声来道："大王请放手，妾身不是……妾身不是……"

却听得一声暴喝道："大王，你在做什么？"

这一声吓得向氏整个人都软倒了，楚王槐趁势将她抱在怀，抬起头来却见他母后一脸怒色，身后跟着数名从人，从另一头回廊过来。

楚王槐立刻松开手，涎着脸笑道："原来是母后，母后来章华台做什么？"

楚威后气不打一处来，道："你父王刚刚奉安，你怎可、怎可……"她不好斥责自己刚登上王位的儿子，便转头斥喝向氏道，"你是何人，如何敢在孝期勾引大王？"

向氏挣扎开楚王槐的手，扑通跪下伏地泣道："妾不敢，妾向氏是奉莒夫人之命，来取先王遗物，不想误入此处，却……"

楚威后刚开始还只道她是普通宫人，不想竟是莒姬身边之人，这向氏之名，好生耳熟，不禁有些犹豫地问道："你是……"

她身边的侍女玳瑁却已经上前一边，附在她耳边悄声说道："这向氏是公主月与公子戍的生母！"

楚威后大惊，新王孝期未过，白昼宣淫，若是个普通宫人倒也罢了，不想竟是公子之母。新王继位，权柄尚弱，一举一动便是列国瞩目，这淫烝庶母之名，若是被宗室知晓，便失德望，若是被他国知晓，更成笑柄。

想到这里心中如乱刀攒动，怒不可遏，方喝道："你可知道……"说到一半顿觉不对，转了话风冷冷地道，"大王，你且出去，这贱婢由母后来处置。"

楚王槐本就是在她积威之下，本来就有些心虚，被她这一喝，顿时如解脱般，赶紧脚底抹油地走了。

向氏还道脱了大难，方松了一口气，便向楚威后行礼道："多谢威后……"

却见楚威后一脸怒气，顾不得体统已经亲自一脚朝向氏踹了过去，一边咬牙切齿地骂道："贱婢该杀！"

向氏还未说话，便已经被玕瑉一个眼色，楚威后身边的内侍一拥而上，将她按住捂了嘴巴带走，并连此时还在宫中的几个侍女内侍一并押走了。

回到渐台，楚威后怒气不息，顿时就要下令将向氏立时杖毙，玕瑉苦苦相劝，道是道："先王原有遗诏，不令人殉。且先王已经奉安，此时若有公子之母暴毙，岂不惹人猜疑？有不知情的，会说威后不慈；若叫人动了疑心，只怕有损大王令名。"

楚威后冷笑道："难道我就这般饶过这贱婢不成？"

玕瑉道："自是不能。但向氏如瓦砾，威后、大王如明珠，岂可为瓦砾而损明珠之光泽？"

楚威后怒道："这不成那不成的，你倒说出一个办法出来？"

此时内侍宫女们早就遣了出去，只余玕瑉和楚威后。

玕瑉想了想，笑道："奴婢倒有一个主意，不知威后意下如何？"

楚威后冷冷地道："这向氏三番两次犯我之忌，若不将她活活杖毙，难消我心头这口恶气。"

玕瑉赔笑道："威后息怒，有时候杀死一个人，反而便宜了她。叫她求生不得，求死不能，反而是最彻底的惩罚。"

楚威后白了她一眼道："你还在我面前卖什么关子，说吧。"

玳瑁亲手奉上一杯柘汁，教威后饮了这甜丝丝的饮品，平了平气，才缓缓道："奴婢听说，历来新王继位，宫中必要进新的宫人。而那些旧宫人，若有贤王实行德政，就会将她们放出宫去，免得老死宫中，实为凄凉。"

楚威后听得不耐烦道："你到底想说什么？"

玳瑁继续道："奴婢旧年还曾听说，先王时怜惜那些长年征战的老军家室无着，还赐宫女与他们完婚……"

楚威后听到这里，已经有些猜到，迟疑地问道："你的意思是……"

玳瑁忙赔笑道："威后您若是将那些低位的妃嫔和旧宫人一起放出宫去，谅朝臣宗室们也无话可说。若是将其中一些旧宫人匹配老军，更是新王的德政……"

楚威后摆手，玳瑁顿时住口。

楚威后站起身来，缓缓走了几步，细想着玳瑁的话，却是越想越是快意，笑道："善，大善！"

玳瑁见她露出了笑容，更是趋奉道："听说有一些老卒，又老又丑，性子粗劣，甚至还有品性不堪者……"

楚威后坐了下来，尾指轻弹了一下裙角，漠然道："那也是她的命。"

玳瑁会意，轻笑着出去，唤了侍女们端着漱洗之物进来，重新为楚威后梳洗理妆。

向氏就这样，一去无音。

莒姬因向氏忽然失踪，十分焦急，无奈她打听了数日，也只是打听到楚威后下令，言道宫多怨女有伤天和，又言一些老军随先王征战，未成家室，故以新王继位，普天同庆为由，放旧宫女出宫，匹配婚姻，以繁衍人丁，滋养生息。

诸人皆颂新王德政、威后仁慈。

此时莒姬已经搬到了离宫，只能悄悄打听，且时移势易，宫中人手多半更换，不能如昔日管用了。她又怕惊动威后，更为自己招来杀机，幸好打听之下，得知昭阳已经过问此事，听郑姬回讯说，像她这般高阶妃嫔也没几个，俱是名牌上有数的，新王已经回复昭阳，俱是不会放出去的，由新王恩养终年。

　　莒姬松了口气，更不敢在此时惹了威后之注目，且公主月又生了病，公子戎又还幼小，初移离宫手下的宫女侍从也散了大半，诸事不备，好不容易才安妥下来，更是无法打探向氏的下落了。

　　向氏的消失，在楚宫便如湖水上一丝涟漪，转眼就恢复了平静。

　　谁也不知道她去了哪里，谁也不知道她是生是死。

第八章

南薰台

芈月病了十余日，才渐渐转好。

可是等她醒来的时候，世界似乎重新换了天地。

她现在住在西南角的离宫，离素日居住的掖庭之地，隔着数道宫苑，一个湖泊。离宫低矮，自不是云梦台这样的高台大殿，不过是数座木制小院，错数于树木之中，没有雕梁画栋，也没有锦绣遍地，身边原来婢仆环侍，如今却是只余几个粗使。

芈月身边原来的小侍童骅骝绿耳自然也是不见了，只余了原来的侍姆女葵，可是她在宫中找了半天，却是找不到原来的生母向氏了。

"母亲，我阿娘呢？"芈月跑去问养母莒姬。

莒姬也是神情憔悴，看着眼前的一儿一女，先叫乳母将芈戎抱下去，这才对芈月强笑道："你阿娘……如今已经不在这里了。"

"不在了？"芈月的小脸顿时白了，父王已经"不在了"，如今生母亦是"不在了"，她顿时联想到一起去了，道："我阿娘，是、是和父王那样……"

看着眼前小脸惨白、怯生生的小女儿，莒姬心头一痛，一时竟不知道如何解释才好。她在宫中的人手，终于打听到那一日向氏去章华台取物就此失踪，但之后有大王与威后争执之事，以新王的为人以及威后的多疑狠决，她已经猜到其中的七八分可能了。若是事情发生之时她能够在场，自然是想尽办法要保下向氏。只是如今事情已经过了这些时日，只怕向氏已经凶多吉少，到底她是被杀，还是被逐，还是配人，如今便再去追查也是于事无补。反惧事情闹腾出来，只怕更为自己和这一对孩子招致威后的杀意。

想到这里，她轻抚着芈月的小脸，温言道："不是的，你阿娘只是去了很远很远的地方……"

"那她还会回来吗？"芈月问。

莒姬轻叹道："母亲也不知道。"

芈月咬住下唇，想要哭出来，却强力忍着道："阿娘不要我和戎弟了吗？为什么她要去这么远的地方，她就不想我们吗？"

莒姬再也忍不住了，将她拥入怀中，哽咽道："不是的，你阿娘很疼爱你们，如果她可以决定，她如何能舍得离开你们……"

芈月推开莒姬，转身向外跑去道："我要去找阿娘……我要把阿娘找回来，戎弟晚上没有阿娘哄会哭的……"

莒姬的手伸在空中，一时竟反应不过来，女葵连忙道："夫人，我去把小公主追回来？"

莒姬垂下手，摇了摇头道："不必了，让她跑一跑，哭一哭吧！她毕竟还是个孺子，心中有怨，发作出来，反而好！"

女葵垂首道："是。"

芈月一口气跑出离宫，沿着高低不平的小道，跑到后山之上。她跑得鞋也掉了，袜也破了，腿也伤了，再也支撑不住，扑倒在地。

她抬起头来看着蓝天，看着山下。这是全宫中最高的地方，从这里可以看到整个楚宫。眼见得一处处花苑流水处，一座座的高台错落耸立，人如蝼蚁般在高台下，宫墙中来去。

这么多的人，她的阿娘又在哪里？

芈月昂首尖厉地叫着："阿娘——阿娘——阿娘——"

小小的女童，一声又一声地叫着，尖厉的童音划破天际，惊得宿鸟飞起。可纵使她叫得泪流满面，叫得声干气咽，叫得声音支离破碎，叫得再也说不出话来，依旧是空山寂寂，无人回应。

南薰台。

自周天子时，于城郊设学宫，为公室子弟学习之用，天子之处曰辟雍，诸侯之处曰泮宫。但太子为储君，所学自然单独另请三师三保，楚国先王乃另辟南薰台，为太子就用之处。

左徒屈原在南薰台教授新太子横的学业，今日正讲到"以荒政十有二聚万民"这一节，却忽然听得门外有异声。

他向着门缝外瞟了一眼，不动声色地继续讲，太子横正全神贯注地拿着竹简在抄写，唯有下面过分机敏的小弟子黄歇似乎向后看了一眼。

他一直讲到"祀五帝、奉牛牲，羞其肆，享先王亦如之"之后，放下竹简，道："这一节讲到这里，大伙儿便先歇歇罢。"

太子横恭敬地行了一礼，扶案站起，几个小内侍忙上前为他添水奉羹。

黄歇也站起来，却是眼珠子一转，慢慢地挪到门边，溜出了门去。

屈原见了他的行动，也只是淡淡一笑，这南薰台在楚宫之内，又不是乡野郊外，就算有什么人来窥视，也不过是宫中之人罢了。黄歇毕竟只是一个小童，自然好奇好动，闲来无事跑动一二，也是无妨。

黄歇出了门快步转过回廊，果然见远处有个身影一闪而没，他立刻跳下回廊，也顾不得穿上鞋子，就追了过去。

看着对方似乎也是个小童，身手敏捷，在花草丛中跑得飞快。黄歇发力急奔，追了好半天也没追着人，便有些垂头丧气。

他却是心有不服，这边佯装着回去，另一边却躲到树丛中。过了一会儿，果然听到远处脚步声，那人又悄悄回来了。

黄歇等到那人脚步走近，才跳出来扑上去道："哈，抓到你了！"

那人被他扑倒在地，气得一拳挥去，黄歇接住，不料另一拳挥来，他又偏头躲过。两人四目交接，这才认出对方来。

"是你！"

"是你？"

原来这人就是当日曾有一面之缘的九公主芈月，自那日之后，他们再没有机会再见，尤以楚威王驾崩以后，更是没有了她的消息。

而此时的她，虽然仍然是男装打扮，但衣服却已经不如昔日鲜亮，脸上也不如当日那般骄傲无忧，却更有一股冷漠和倔强之气。

黄歇大喜，一看自己还压着对方，连忙松手跳起来又伸手去拉对方道："公主，怎么是你，你去哪儿了，我一直在打听你呢！"

芈月不理黄歇伸出的手，自己站起来拍拍身上的土，瞅了黄歇一眼："你还记得我？"

黄歇小脸一红道："我、我自然是记得的。"

芈月转身就要走，黄歇一急，伸手想去拉她，见她眼一瞪，缩了手，道："你去哪儿？"

芈月扭头道："不用你管。"

黄歇支吾着道："你、你不见见夫子吗？"

芈月哼了一声道："我为什么要见他。"

黄歇奇道："你不想见到他，你跑到南薰台做什么？"

芈月仰头道："我高兴，我乐意。"

黄歇见她又要走，急忙想拉她，拉到一半改为拉着她的袖子道："你别走……"

芈月瞪着他道："你放手。"

黄歇情知此时应该放手，却不知怎么地就是不肯放手，绞尽脑汁想着理由，却看到她手中竹简，上面有写得歪歪扭扭的字迹，恍然大悟："你是想听夫子讲课？我带你去见夫子。"

芈月甩开他的手，道："我才不要。"说到这里声音不禁带上了一些委屈道，"他既然不愿意教我，我自己听就行，干吗要见他？"

说到这里，却听得一个声音道："若是我现在愿意教你了呢？"

芈月诧异抬头，却见屈原衣袂飘飘，跨过草丛走来。

芈月看着屈原，有一丝疑惑道："你？为什么？"

屈原走到她身边，看着眼前的小人儿已经瘦削了许多，原来脸上的婴儿肥也没有了，经过风雨的孩子，似乎一瞬间长大了。

屈原暗自轻叹，却道："当日臣不收公主为徒，是因为惧智者忧而能者劳，不欲公主忧劳。可是如今公主已失庇佑，难避忧劳，就不能没有智与能护身了。"

这样的话，芈月过去不能明白，便是如今也听得似懂非懂，但于此时她能从眼前这位老人的眼神中，感受到了真心的关切。自变故以来，她一直骄傲倔强，可此时忽然间眼泪便落了下来。

黄歇有些着慌道："哎，你别哭啊，别哭啊……"他有些无措地看着屈原，屈原轻叹了一声，抚着芈月的头顶道："好，你想哭就哭吧！"

芈月抱住屈原，放声大哭。

屈原抚着她的头，轻轻叹息。

好一会儿，哭声渐渐停息，芈月方有些不好意思，拉过黄歇递来的丝帕，胡乱擦了擦。她脸上还有些灰土，只擦得脸孔都是一道道的。黄歇忍不住，还是伸手出来帮她细细地擦干净了小脸。

屈原只负手站在一边，看着两小儿的行为，等二人收拾完毕，这才伸手领着她和黄歇，一起走回南薰台后殿去。

此时太子横已经下课，他的从人们也一并随着离开，南薰台便只有屈原师徒和几个在外服侍的奚奴。

走入室中坐好，屈原方问道："公主，你如何知道我们在南薰台的？"

芈月摇摇头道："我不知道。"

"哦？"屈原诧异道，"那公主如何会寻到南薰台来？"

芈月眼神闪了一下，发出一丝的亮光来，虽然只是一闪而没，屈原却是敏锐地发现了。"夫子认为，南薰台是什么地方？"芈月问道。

屈原沉默片刻，道："南薰之名，取自大舜之诗，其曰：'南风之薰兮，可以解吾民之愠兮。'因此先王造此台而为储君所备，取名南薰，以戒太子当知察民时，解民愠之意。"

"我只知道，"芈月沉默良久，才道，"我父王、当今大王、如今太子，小时候都是在这南薰台受学，然后走出去，号令万民。我父王活着的时候，谁也不敢欺负我们，所以我要学他曾经学过的东西，我要做父王那样的人……"

屈原失笑道："公主，便是你学得了大王一样的学问，你也无法做大王那样的人啊……"

芈月扭头问道："为什么？"

屈原道："你是个女子……"

芈月沉默不语。

屈原又叹道："即便你不是女子，是位公子。但也不是所有的公子，都能够成为大王的。"

芈月点头道："我知道。"

屈原看着她，他觉得眼前这个小姑娘很奇异，很有意思。他教过当今的大王，也教过许多弟子，可那些都是男弟子，他从来不知道，一个小姑娘会有这么多奇怪的心思，会有这么多不可思议的想法。

黄歇不禁问道："那你……"

芈月皱起了眉头，努力想表达自己的意思。她毕竟还小，许多事不懂，也无法解释清楚，许多事只凭直觉，她向往父亲，她深刻地感受到父亲死后生活的变化，她跑到南薰台，就是想在父王曾经学习过的地方找到答案，但究竟如何做，她是不知道的。

但此刻在屈原面前，她知道，这是她父王曾经想为她找的老师，所以她想努力把自己那种冲突和直觉产生的混乱想法表达出来，她停下来想了想，说道："先王、大王和太子都在南薰台听课学习，他们走出去，万千之人的命运，由他们一言而决。我想做他们那样的人，不是说要做大王，我不想像母亲她们那样，只能依附人而活，被人摆布命运。我想和那些王一样，知道他们怎么想，想怎么，在他们决定我的命运之前，我自己先决定……"她感觉有无数的想法要蹦出来，可是越说越是混乱，说了半天还是无法说清，终于沮丧地垂头道："夫子，我说不出来，可我就是这么想的。"

屈原看着黄歇在点头，笑着抚着他的头道："子歇，你点头，可是听懂她说的话了？"

黄歇点点头，又摇摇头道："弟子觉得她说得对，但是……弟子解释不出来……"

屈原点了点头，向着芈月郑重地道："是，你已经说得很好了，你想的东西，是许多像你这样大的孺子所想不到的……"

芈月眼睛亮晶晶地道："夫子，这么说，是说我比别人聪明吗？"

屈原微笑点头道："是。"

芈月终究还是个孩子，闻言高兴地跳了起来，跳了两下又不好意思地低下头来，规规矩矩地拱手道："多谢夫子。"

屈原温言问道："你如今住在哪里？"

芈月指了指方向道："我住在后面的离宫。"

屈原问道："还有谁同你一起住？"

芈月道："母亲、弟弟，还有我……我阿娘不见了，在我们搬到离宫那天就不见了，母亲说她去了很远很远的地方。夫子，你知道她去了哪儿吗？"

她用怀着希望的眼神，巴巴地看着屈原。

屈原心中暗叹，口中艰涩难以出口，他蹲下，看着芈月道："对不起，夫子也不知道。"

芈月的眼神霎时黯淡了下来，不过还是强撑着很懂事地道："无妨，等我长大了，我便会自己把她寻回来的。"

屈原站了起来，道："除初一十五大朝之外，太子每日于上午在南薰台习文，之后去校场习武，太子离开南薰台以后一个时辰内，我还会在南薰台阅书，你可在这个时辰内来找我。"

芈月眼睛一亮，知道这是自己受教的时候，她郑重退后一步，下拜道："多谢夫子。"

芈月离开南薰台，慢慢地走向离宫，她走得很慢，走得却是很兴奋。她的脸红扑扑的，眼睛闪亮亮的，有着孩子气的得意。

父王曾经让她拜师屈原，但屈原拒绝了，而如今自己只凭着一时的混乱意气，要到南薰台去偷偷听课，不想竟遇上了屈原，圆满了父王的心愿。

一时想着，这必是父王在天之灵保佑我；一时又想着，若不是我个极聪明极厉害的孩子，若不是我坚忍不拔地天天跑南薰台，也不能得此良机。想到她凭着自己的能力，完成了这样一桩大事，顿时觉得自己已经顶天立地，撑得起母亲弟弟的一片天空来了。

想到这里，心里的得意非比寻常，脚步也快了起来，想着要到莒姬面前，表示自己的壮举与得意来。

一路小跑着回了离宫，走到莒姬的门前，却见室内无人。她转了好几圈，除了侧室那边芈戎由傅姆带着睡觉以外，其他的人均不在。

她心头有些诧异，便问那傅姆道："母亲去了何处，其他人呢？"

那傅姆想了想才道："夫人今日见天色尚好，便说要去西园中走走，其他几个人都随夫人去了。"

芈月更是诧异了，莒姬自到离宫以后，一直闭门不出，唯恐惹了楚威后的注意。何况西园还属掖庭之内，她随便去西园走动，不怕遇上楚威后的人吗？她心中既然猜疑，便不能安心继续坐着，于是忙跑了出去，寻到西园。

这西园原是当年楚灵王所建，楚灵王最好享乐，西园中移了各处花木，修得如同瑶池一般，当年原是莒姬时常陪着楚威王在此游玩，但如今想是已经成了新王的游幸之地吧。

芈月之前数番在宫中乱跑，有时候也会看到西园中婢仆成行的情景，想必不是新王便是新贵游玩。此番她跑进西园，远远地也见着外围侍立着十余名宫娥内侍，芈月一惊，不知莒姬是否还在西园，又是否撞上不应该撞上的人，却不敢上前，只避在一边看着。

却隐隐听得一阵娇媚的笑声，远远但见一名贵妇与莒姬携手而行，相谈甚欢。

芈月远远看着，虽不辨貌，观其衣着，却不像是王后，只是华贵之处，便连莒姬全盛之日也颇有不如。只见这贵妇似是与莒姬极为亲热，两人携手并肩，这手就没有松开过，直将莒姬送到花径尽头，犹未放手，拉着莒姬的手，又说了两三回话，这才依依不舍地告别。

两人说话、行走之时，身边紧跟着的只有一名贴身侍女，其余人等都是远远地站着侍候，显得既是亲热，又更似有些私密的话不便被人听到。

芈月见莒姬已经往离宫而去，便远远地抄小道先回到离宫去了。

过了好一会儿，才见莒姬带着侍女回来，她便溜到莒姬房中，见莒姬正由女葵服侍着脱下大衣服。

莒姬换了家常之服，坐下来喝了一杯水，见了芈月进来，挑眉道："你如何又穿这一身出去？小心叫人看到，又出事情。"

芈戎自入了离宫，毕竟与往日不同，虽然份例不缺，但芈月原来爱穿的男装便没有缝人再为她特意制作了。芈月当日的几身男装早就小了旧了，莒姬亦不喜她如此穿着。只是芈月嫌女装于花园树林中奔跑不便，还是爱穿那几身，只是避着莒姬。莒姬无奈，只每每抓到她再穿旧男装，便要教训于她。

芈月此时正是兴奋之时，扑到莒姬身上便道："母亲，我有一件事要告诉你。"

莒姬今日费心筹谋，正是劳累疲倦之时，闻言心不在焉地道："什么事……"

芈月不忙说话，先问道："母亲去西园了，方才那个人是谁？"

莒姬点了点头道："你方才也去了，看到了？"

芈月点头道："是啊，见母亲与她相谈甚欢。想是新王宠姬？"

莒姬笑而不语道："你小儿家休管，叫傅姆带你去织绩去。"

织绩桑麻，乃是当时对女子的要求，《诗·大雅·瞻卬》有云："妇无公事，休其蚕织。"即"妇人无与外政，虽王后犹以蚕织为事"，放到贵族女子的教养上，礼乐诗歌固然是不可少的，但纺织裁衣，亦是必要的课程。史上亦曾有贤德的后妃，在战事吃紧的时候，为前线战士亲制军衣。

虽然就芈月这个年纪身份，要做到织绩桑麻，自是不可能的事，不过是让小姑娘看看纺车的模样，摇摇纺车做个样子；或者是比出丝线来，知道一些质感，学一些颜色辨识。莒姬说这样的话，不过是把这个好奇心过盛的小姑娘打发走而已。

可是芈月却很想告诉她，自己今天遇上了什么，如何和黄歇又相遇了，如何让屈原重新收了她为弟子，甚至是她自己对这个事件的想法和企图。

芈月张口道："母亲，我有件事想告诉你……"

莒姬的心却还沉浸在刚才的会面中，敷衍地道："好好好，今日我有些疲累了，有事情明日再说吧。"

芈月急着道："我今日见到黄歇了……"

莒姬漫不经心地道："黄歇是谁？"

女葵忙道："便是上次进宫来的那个小儿……"

莒姬听说不过是个孩子，便漫不经心地挥手道："哦，你想找人玩耍，待过些时候再说吧。这段时间还是要安静些，休要生事。"

芈月顿足道："母亲，我见到屈子了，屈子收我为弟子！"

莒姬叹息道："收你有什么用，等你弟弟长大些，倒要寻个好夫子！"

芈月急了道："不是，屈子收我为弟子，便能……"

话音未完，却见走廊上噔噔的声音传来，莒姬精神一振，摆摆手阻止芈月的话，扭头对外笑道："是戎吗？"

原来傅姆知莒姬回来，连忙把睡醒的芈戎打扮停当了，抱去见莒姬。

莒姬见了儿子来，顿时眉开眼笑，虽然已经是很疲倦了，但仍抱起芈戎打起精神来哄了一会儿，如此一来，更是无心听芈月的话了。

对于芈月来说这是极为重要也是极为验证自己能力的事，她满心期待地要与莒姬分享，但眼见莒姬却似乎精神都在芈戎身上，根本无心听她说话，心里一时不痛快起来，索性将扑上来的芈戎按在席上一通乱揉，将他头上的小辫也弄乱了，脸也被捏了好几下。

芈戎哇的一声哭了，莒姬手忙脚乱地哄着，埋怨道："你快出去，不做好事，净是捣乱。"

芈月作了鬼脸，砰砰砰地跑了出去。

莒姬见芈月跑走，抱着芈戎半天哄好了，让傅姆带了他下去，莒姬这才倚在隐囊上，看着窗外的竹林绿荫，露出了快意的微笑。

她今天在西园见的，正是新王的宠妃郑袖。

她当年身为宠妃，虽然自知无子，没有争位的可能，但肯定会成为王后的眼中钉，必得为将来早作筹谋。她早就有意无意地对一些容颜娇美、聪明伶俐且有着一些野心的小宫女施以恩惠，或者帮助如她这般国破家亡、被楚威王赐给左右亲贵的旧族献女，铺以道路。

如今，撒下的种子果然发芽，为她获得回报了。

当年的献女郑袖，不过是个凄惶无助的小姑娘，她不过是送了几件华服首饰，又指点她走到了当时的太子槐身边。如今她果然已经成为新王的宠妃，甚至有了可以隐隐与新王后南氏分庭抗礼的架势。

自然，她也不指望当年的一点小小恩惠，能够让今天的新王宠妃能够继续给予多大的回报。那不过是先结下的香火人情罢了，她真正的杀手锏，是让如今的郑袖夫人，依然有倚仗她的地方存在。

从太子宠姬到新王宠妃，郑袖面临的同样是新奇和惶然。在太子宫，她可以倚着太子的宠爱，让太子妇南氏对她无可奈何。但是当南氏成为南后的时候，便具有一国之母的超然地位，她可以执掌王宫、执掌内庭，有无数内侍宫娥为助，要找机会对付一个妃子，那就不是太子的偏爱可以护住。

所以，郑袖必须要急迫地寻找新的保护自己的手段。而此时，曾经身为前王宠妃的莒姬，在宫中曾经有过的人脉和影响力，却是正好是郑袖所需要的。

楚威后成了母后，莒姬曾经倚重过的人脉旧属，必然会受到打压，他们也急切地想要有一个新的主子可以投靠，更需要有人为他们推荐、保住他们曾经身份地位，而不至于一朝沦落被过去的敌手打压报复。

莒姬，就成为旧宫人和新宠妃的一座桥梁。

郑袖不止需要得到莒姬的势力，更需要她这个前王宠妃在多年宫闱生活中的智慧和处理事务的应变能力。

而这一切的相交，不能急，得慢慢地，一点点地建立信任，建立友情。

在搬离云梦台的时候，她让人给郑袖捎了个口信，给她送了几个得用的内侍，这几个内侍给新搬进王宫的郑袖添了极大的助力。但这一切是不够的，在急需人手和帮助的郑袖眼中，是远远不够的。整个王宫的旧宫人都在向新王后投效，郑袖仅凭这几个手下，是不够的。

而同样，那些还未得到推荐的旧宫人，眼看着当日与自己差不多的几个人手混得风生水起，未免着急，打听了一下他们的发迹经过，再忖思一下自己有没有足够的底牌可以走楚威后和新王后的路子，便不免要个个都暗暗地来向莒姬示好了。

这几个月过去，莒姬和郑袖的新一层联盟，也到了开花结果的时候。西园一会，两人都互相交换了对友谊的新认识。郑袖甚至暗示自己可以帮助莒姬回到宫中来，但莒姬却拒绝了。

她微笑说道："不急。"

她要为先王守丧三年，获取宗族的好感和大义的名分。她的养子和养女尚小，她要用三年以上的时间让他们长大，让他们可以走到人前争取一些利益，而不是现在的孩童模样不能担事；她要在这三年里，通过郑袖的枕边风让新王建立起对她的好感，抵消楚威后灌输的恶感；她更要让这三年里，新王后南氏和楚威后为谁才是这个后宫真正的主人展开争斗，斗到不可开交的程度。只有为楚威后培养起一个新的敌人，她才会忘记她这个旧敌。

郑袖也自然乐意看到最后一种情况的。

她已经说服郑袖，不要着急。郑袖比她更有优势的地方在于，郑袖有一个亲生的儿子公子兰，现在已经三岁了。

郑袖比她更有野心，她要为子兰争取储位。而这种争取，必须要建立在子兰足够年长，足够展现他的聪明才智的时候。现在让一个三岁的孩子与已经十几岁的太子横争位，那是必输无疑的下场。

"稳住，"她对郑袖说道，"南后容颜会早于夫人衰老，当子兰成为翩翩少年的时候，太子就是个讨嫌的成年男子了。夫人只要稳定，就已经立于不败之地。"这原是她在楚威王身边的经验之谈，眼看着后来太子槐年纪渐长，便从倚重的嫡子，变成讨嫌的蠢货，这就是男人的通病。

等待，她看着庭前的竹子，那些竹子的根在地下慢慢延伸，等到春天一场春雨来临的时候，任何东西都无法阻止它们在几天之内冲天而上。她的子戎，会在她的教养下成为一个最优秀的公子，成为一个在楚国让人无法忽视的存在，他会上战场，立军功，受封赏，得封地，然后，她这一辈子的煎熬，就可以结束了。

莒姬眼角一滴泪珠落下，她举帕轻拭了一下，无声叹息。

有时候午夜梦回，她会想到向氏，这一儿一女，都是向氏带给她的，她会想如今向氏会在哪儿，会遭遇怎么样的命运，但在每一个天亮的时候，她会阻止自己再去想下去。

这一生她遇过太多离别，太多死亡，她只能往前走，不能回头望，因为回头望，救不了那些已经陷入深渊的人，只会把自己和自己的将来，也一并拖下深渊。

有些事情对于孩子来说是天大的事，但对于大人来说，却不过是些许小事罢了。

芈月一直跑到自己房中，由女葵换了衣服，伏在席上翻来滚去好一会儿，才握着小拳头暗下决心，母亲真是偏心，眼中只看得到小戎，哼，她不关心我，我便也不把这件重要的事告诉她，待到我学成以后，我再让她刮目相看。

女葵素知她虽然年纪幼小，却是极有主意的，便不来劝说打扰，由着她自己一人独卧。

一室皆静，芈月静静地躺着，从一开始的兴奋，到此时慢慢沉淀下来。

自楚威王死后，她已经很久再没有这样充满了兴奋和憧憬的时候了。她翻了一个身，将双手枕在头下，仰面看着天花板思索着。

她今天已经九岁了，不再是个孩子了。父亲在的时候，父亲是天，可以庇佑着他们所有的人。可父亲死了，现在他们被恶人所欺负，生母也不见了，养母再聪明，可毕竟她只是一个依附于父亲的女子，她的内心先软弱了，如何能够打败恶人。她明明是个大人，却为什么要寄希望于小戎这个前年还拖着鼻涕的孩子。她是阿姊，比小戎更大更聪明更能干，可为什么母亲现在每天对着小戎念叨要他快快长大，却无视于她就站在那儿呢。

母亲一定是在父亲死后太伤心太无措，所以糊涂了。

芈月翻了一个身，双手支着下巴，坚定地想着。只要她长大了，就能够成为母亲的倚仗，就能够打败所有的敌人，让她们所有人过上跟以前一样的日子。至于楚威后那个恶人，她想，虽然她现在很凶恶，但是她见过她在父亲面前的不堪一击，见过她在父亲面前从张牙舞爪到变得脆弱不堪。只要她拥有父亲那样的力量，那就谁也不是她的对手。只要她长大了，只要她长大了，她就能够拥有这种力量了。

对于一个九岁的孩子来说，除去失去父亲和生母这种命运播弄以外，她的人生真正直面的恶意，也不过是与楚威后的两次相遇。这时候，她还很天真，很单纯。

此刻的她并不知道，她如今的想法，是如此地幼稚无知。

小姑娘这样想着，她在外头跑了一天，很快就疲累地睡着了。

第九章
逍遥游

学习就这么开始了。

楚人自有语言和诗歌，不与中原诸国相同。虽然楚人自称是颛顼高阳之后，自楚武王开始自立为王，表示与周王有分庭抗礼之意。但除却自己国内的往来，身为贵族子弟，首先要学的还是周礼鲁诗。

学诗，便是从《诗》开始。

芈月自幼也随着莒姬学了一些诗篇，不过是挑些如《关雎》《桃夭》《绿衣》之类的简短且小儿易记的诗篇，且都是以楚语背诵。到得正式随屈原学诗的时候，便要从头教起。

先要学的便是雅言，即周天子之畿所用之语。这是列国交往官方用语，十岁左右开始学便正好，若是再早些，小儿年幼辨识能力低，倒容易把雅言与母语混杂。

当下教的便是《大雅》篇头一组《文王之什》，一共十篇，为述文王功业，这是周人从不同的方面赞美开创王业的周室祖先，最后总是要归结到周文王为止。学这一组诗，一来是学习雅言，二来是学周人如何建国的历史。

头一日教了十二句道："绵绵瓜瓞。民之初生，自土沮漆。古公亶父，陶复陶穴，未有家室。古公亶父，来朝走马。率西水浒，至于岐下。爰及姜女，聿来胥宇。"屈原解释了一下，讲的是周人先祖古公亶父率部族自沮漆迁至岐山，与姜人结姻，寻找居住地的意思。这几句内容甚是简单，粗粗解说一下，重点是教几个弟子反复背诵，校正口音而已。

芈月学得甚快。楚宫之中后妃均是来自各国，聪明的早早学了楚语，但楚语与列国不同，有些舌头甚不灵便羞于自己发音怪腔怪调，多半还是使用雅言。

如此几月，便把《大雅》篇学得差不多了，芈月埋头苦读，手不释卷，她对学习有一种近乎疯狂的热衷，对能够找到的所有竹简都恨不得一夕之间全部记到脑子里去，甚至走在路上都发生因为捧卷苦读而几番撞上柱子的事。

她学得如此刻苦努力，却让黄歇很是不高兴。

这个年纪的男孩子对女孩子已经开始发生兴趣了，但表现方式却是不太一样，有些是借着欺负小女孩来让人家记住他，有些是献殷勤讨好小姑娘。

黄歇本来就是从小聪明伶俐，家族亦是寄予厚望，就读于屈原门下，更是懂事极早。他与芈月第一次见面虽不甚愉快，但得知她是个小姑娘的时候，就已经消气了，甚至就从那时候起，他就有些暗中关注这位与众不同的小公主。

当他得知大王驾崩，得知她住到了离宫，不禁为她的命运所揪心。只可惜他只是屈子的学生而已，在这宫闱中没有半点能力，枉自担忧，却无能为力。当他在南薰台看到芈月的时候，那一刻真是欣喜若狂。

屈子收下了她，她以后可以常常与自己在一起，想到这些，那一日这小小少年，竟是兴奋得失眠了。

可是，第二天，他却委屈地发现，自己为了这一天如此兴奋，如此期待，想了许多许多话要同她说，想了许多许多的游戏想让她开心，可是对于她来说，自己竟似是不存在一般。

她每日来，见面，行礼，道一声"师兄"以后，就不再理他，眼睛除了埋于书卷，便是看向屈子询问，然后坐在她身边的他，以及所有的人，都是被她所忽略的。她学得是如此之努力，进步是如此之迅速，可是她的生命中，似是除了这些以外，再也没有什么能够让她感兴趣了。

黄歇很不开心，黄歇很不甘心，他想做些什么，让她的眼中看得到他。她来了，他引导着她，为她备几案，为她研墨，为她磨好小刻刀，为她铺好竹简，她只是冷漠地一点头便不再理会他了。

天气炎热，他为她打扇，为她端来泉水，为她放下帘子，换来的只是她头也不抬地道："别挡着我的光。"

黄歇终于爆发了。

这一日见屈原不在，他将她拉到无人处，质问道："你到底是什么意思？"

芈月眉头也不挑一下，冷漠地说道："什么什么意思？"

黄歇发泄似的把这些日子来的郁闷都倒了出来道："你以为你是公主，就可以这样不把人放在眼中了吗？就可以这样不理人，这样欺负人了吗？"

芈月皱眉道："你这人好莫明其妙，谁欺负你了？别无理取闹。"

黄歇气坏了，用力推了她一把道："你好生无礼！我问你，你的竹简是谁整理的，你的刻刀是谁磨的，是谁给你端水，是谁给你放帘子，你就可以当没看到吗？"

芈月冷冷地道："谁要你做了？我又不曾请你来做？"

黄歇气坏了，手指颤抖着指了芈月半天道："你……你……"

芈月转身道："没事我就走了，我还有许多课业要做呢！"

黄歇万没想到自己素日的一片心意，竟被人这般无视，还当面说出来了。毕竟是小孩子，这时候觉得自己受了欺负，只想把她眼中的冷漠和骄傲给打掉，口不择言地道："哼，课业、课业，你以为你是男儿郎吗，你以为你学这些有用吗？"

芈月本已经要走，听到这话脚步顿住，转头看着黄歇道："有没有用，与你何干？你自家不努力，倒寻我的不是？"

黄歇哼了一声道："你不过是个女流之辈，学得这般努力做什么，难道你长大了还想当女大夫、女上卿不成？"

芈月冷冷地道："我虽不能做大夫、上卿，但我弟弟却可为得大夫、上卿甚至是封君，我学成了，便可辅佐于他。"

黄歇哼了一声，扭头道："你弟弟又不是傻子，他要为大夫、为上卿、为封君，自是倚仗着他自己的努力。从古到今，却未曾有一个丈夫，是倚仗着姊姊的才华而立足的。"

芈月恼了，道："纵使别人没有过的，自我而始，又有何不对？"

黄歇哈了一声道："从来无功不立爵，你便学得再好，难道你是能代替你弟弟上阵杀敌？还是能代你弟弟立朝为政？"

芈月怔了一怔，道："等他长大了，他自然就能够上阵杀敌，立朝为政，到时候我便为他谋士，为他管理封地，如何不对？"

黄歇哈地一笑道："你多大你弟弟多大，等到你弟弟可以立功封爵的时候，只怕你早就嫁人生子了。"

芈月怔了一怔，气恼地扭头道："我不嫁。"

黄歇撇撇嘴道："男婚女嫁，乃是天地人伦。"

芈月顿足道："我就是不嫁，你管得着吗？"

黄歇老气横秋地道："我自是管不着，可旁人却会管啊。你弟弟将来会长大，他会自己做主，不会永远听你的话。"

芈月一挑眉道："他敢？"

黄歇道："他现在自是不敢，可他将来成为一个伟丈夫，成为卿大夫，征战沙场，如何会再听一个妇人之言？他有臣工台仆，如何会让他听从一个妇人之言？"

芈月怔了一怔，似是有些呆住了，忽然回醒过来，恼羞成怒道："关你什么事？"

黄歇却越说越得意起来道："将来你弟弟长大，自己执政。你自是要嫁人从夫，随夫婿去封地。可你现在学的都不是正常妇人所学的东西，把自己学成一个丈夫模样，你将来的夫婿如何会喜欢你？"

芈月咬了咬牙，输人不输阵地道："我是公主，我的夫婿又如何能管得了我？"

黄歇摇头道："我听说，公主都是要与他国结亲的。"

芈月大怒道："你真不羞，这么小小年纪，张口婚嫁闭口结亲。"

黄歇被芈月这样一说，方意识到这一点，脸也红了，倔强着道："你说不过我了吧，所以强词夺理。"

芈月道："你才强词夺理。"

接下来便是孩童你来我往的车辘辘话，无非就是"你错了""你才错了"，芈月辩了一会儿便不耐起来，见黄歇不备，将他推倒在地，压了上去，洋洋得意地道："你认不认输，不认输，我便不放你起来。"

黄歇咬牙道："不认，你使诈。"

芈月道："你不识得什么叫兵不厌诈吗？"

黄歇不服，奋力地把她掀翻爬起，两人你推我攘，不知怎地，黄歇的鼻子撞在芈月的脑袋上，顿时血也撞了出来。

黄歇惊呆了，芈月摸摸脑袋，虽然也觉得生疼，但是看到黄歇满脸是血，也是吓呆了。

两人你看看我，我看看你，怔了好一会儿。芈月忽然害怕起来，急忙跳起一溜烟地跑了。

她一口气跑了极远，才喘着气停下来，心头却有些害怕，一边自我安慰道："不妨事，他必是无事的。"另一边却不禁害怕起来道，"他流血了，他会不会死了啊？"

这样一边害怕黄歇受伤会死，一边又害怕若是跑回去了会被夫子责罚，矛盾了好久，才悄悄溜了回去，躲在门边，却听得里头屈原正与黄歇说话。

屈原用绢帕蘸水为黄歇敷在额头，让血流渐渐停住，一边问他道："子歇，你素来乖巧，今日为何一定要招惹于她？"

黄歇老老实实地承认道："夫子，我错了。"

屈原道："你并未曾回答我的问话。"

屋子里，黄歇皱着眉头，似乎找不到自己这么说的原因来，想了好一会儿才道："我只是不喜欢她现在这样子……"

屈原问道："她现在这样子又如何？"

屋外，芈月也屏住声息想听到黄歇的话。

黄歇想了想道："她从前虽然淘气，但却直率。如今她的却似乎有些……有些，让人不舒服。她不与人说话，也不想与人共处……夫子，弟子觉得，弟子觉得……她这样，似乎、似乎，很不好。"

屈原叹息道："她再不好，终是女儿家，你一个男儿家，何苦一定要将她惹怒。"

黄歇童稚的声音道："她便是生气，也好过如今这般阴阳怪气的。"

屈原不语，黄歇有些惴惴地道："夫子，弟子是不是做错了？"

屈原叹了一口气，却不知道如何说才好。对于芈月这个女弟子，他有点无从着手开始说的感觉。他看得出她对于学习的天分和努力，但她毕竟还只是个孩子，有些事情想得太过乐观，却不知世事是不以人的意志为转移的。这种天分太高、心气太强的聪明人，古往今来均不少见。若是自幼太过聪明，把一切想得太过容易，心思用得太过，遇事不能如意，反而越容易受到打击。所谓慧极必伤，便是如此。

唯其如此，这样的孩子中，反而不能直白地告诉她什么，因为她的聪明自负往往会让她在一次受教以后假装愉快接受，实则在此以后把你的意见视为耳边风。

他看着黄歇，也许只有孩子对孩子，才能够打破她心中的障碍。

想到这里，他道："她既是你的师妹，你以后对她有什么看法想法，便直说出来好了。学问之道，不止在学，也在问。问世人，问世情，既学且问，方能够增进见识。最终所学，也不过是为了体验世情，为世所用。"

黄歇想了想，却将今日的疑问提了出来道："夫子，九公主这般，把自己当成公子一样看待，将来可怎么办才好？"

屈原也长叹一声。

一室内外俱静。

黄歇固然是眼巴巴地看着屈原，连室外的芈月也屏住声气，希望能够得到一个答案来。

好半晌，屈原才道："记得当日先王让我收她为徒，不过是信了那……"他看了黄歇一眼，还是将"天命"之语咽下，道，"先王确是见她聪颖，不忍她才慧掩埋，可是我并没有答应先王。原因是为什么，我曾经对她说过。"

黄歇不解地道："夫子，那您现在改变想法了？您再收她为徒，难道她就能够成为鹰了吗？"

屈原摇了摇头道："不能。"

室外的芈月一颤。

黄歇也不禁为芈月抱屈道："那您为什么还要收她为徒？"

屈原缓缓地道："我曾说过，智者忧而能者劳，若公主能够一世无忧，何须学这些东西。若公主不能一世无忧，那么多学一点，多知道一点，也可以为自己多一重应变之能。只可惜，她理解错了。"

"错了，怎么错了？"黄歇问。

芈月将耳朵紧紧地贴在了门上，她的心跳得厉害。

屈原叹息道："多年以来，她看到能庇佑一切的人只是先王，所以遇上事情，她也只会以从先王为楷模去思考事情。她想成为先王那样的人，以为可以学得先王那样的才识就行。她这些时日以来的异常努力，我何曾看不到。可是我不能说，不好说，有时候人在痛苦之中，若能够寻到一个方向去努力，亦是一件好事。"

黄歇失声道："那她现在努力所学的这一切，岂非无用了？夫子，那您如何又要教她？"

屈原摇头道："不错，她是女儿身，纵其一生都不能像一位真正的公子那样，纵横列国，征伐沙场，可是她又何必现在就知道、就面对。她如今还小啊，等到她真正长大，心志坚韧到足可以面对这一切的时候，再知道又有何妨。世间的道理很多，人人若都要学了，是承载不了的。若是都不学，也没有什么损失。可是若是学习能够让她有目标，有快乐，让她有更多的智慧去处理以后的境况，又何曾不好呢？"

忽然听得门外砰的一声，屈原一惊，方要转身出去看，却见黄歇早已经掀掉巾帕，极灵活地跑了出去。

可便是黄歇，却也只能瞧见芈月远去的一角衣袖，追之不及了。

芈月转身奋力向外跑去，两边的廊柱、花木，都从她的两边迅速后退。如同御风而飞，又如同驭马而骑，整个人似要将所有的怒火、愤懑、委屈、痛苦都在这不停地奔跑中发泄掉似的。

她不知道要往何处去，不愿意回西南离宫去，亦是不愿意回南薰台，可是除了这两处以外，她亦无处可去。她脑子里乱糟糟的，根本无法分析辨别，只是下意识地避开这两处，下意识地避开宫闱，下意识地择无人处跑去。

楚宫本是宫苑为主，有些地方只以花木草林为隔离，并非处处都是高墙深院。她本就住在偏宫，多跑得几步穿林过河，不知不觉自一处半开着的小门中跑出了宫去。

她沿着林中小路一直飞奔，也不知道跑了多久，终于跑到再也支撑不住，砰的一声倒在一个小树林中。

她闭上眼睛，静静地躺着。

也不知道过了多久，忽然一阵香气飘来，十分诱人。

她折腾这许久跑了这许久，朝食早就耗空了，方才情绪上头自是想不起来，如今躺了这半晌，激动的心情渐渐平复，脑子竟是一片空白，唯有这香气萦绕鼻端。

她坐起来，怔了好一会儿，香气更加诱人了。她不禁沿着这香气寻去，却见不远处有数间草屋，屋前一个灰衣老人，正在烤制一只山鸡。

芈月走到老人面前，好奇地看着他，见那人相貌清癯，颌下三绺长须随风飘浮，脸上却是一副神游天外的模样。但见他虽然在烤制着山鸡，眼却半闭半睁，也不转动架子让烤火更均匀，甚至一边都有烤煳的焦味传出，也不见他回神。

芈月看得火起，自己上前将架子转动，让另一边的烤鸡烤得更均匀些。

那灰衣老人见一个小姑娘忽然上前来喧宾夺主，也不诧异，甚至让出了火堆边的位置，自己又继续袖手坐到一边发呆。

芈月也不理他，自己专注地烤完了山鸡，待得香气四溢之时，将那山鸡自火上取下，将刚才烤焦的部分撕掉，方欲将山鸡撕开作对半平分。只是她人小力弱，撕了好一会儿也没撕开，那灰衣老人倒回过神来了，伸手接过，将山鸡撕作对半，递给芈月一半，自己先拿了一半啃起来。

芈月接过，却发现这竟是自己想要的那一边，不禁诧异地看向对方道："咦，你怎么知道我要吃这一边的。"

那老人不答，却只吃得甚欢。

芈月见他如此，自己腹中也已经饥饿，也顾不上多话，自己埋头先吃起来。那山鸡腹中早抹了香料，虽然烤得不均，调味却是正好。

她吃了几口便觉得口干，扭头想找找何处有水，却见一个葫芦递到了她的面前。

芈月拔出葫芦的塞子，咕噜咕噜喝了好几口，抹了抹嘴，道："多谢。"

那老人却还在埋头苦吃。

好不容易两人都吃完了山鸡，皆鼓着肚皮打起饱嗝来，芈月便问道："老伯，你是谁，如何会在这里？"

那老人道："这里是漆园，我便是漆园的看守小吏。"

芈月诧异道："漆园？"

那老人指了指树林道："这林中俱是漆树，这漆树可以割漆，可以用来制漆器。"

芈月哦了一声道："原来我们用的食器，便是漆了这些树汁啊？"

那人点头。

芈月问道："你在这里待了多久了？"

那老人歪着头想了想，摇头迷茫地道："不记得了。"

芈月奇道："如何会不记得了？"

那老人淡然道："不记得便不记得了，有什么奇怪的？"

芈月又问道："那平常就没有人与你来往吗？"

那老人道："这里清静，自然无人来往。"

芈月问道："没有人来往，一个人不会寂寞吗？"

那老人呵呵一笑道："有清风白云，有树叶草虫，它们都会与我说话，如何会寂寞吗？倒是你，你又如何会来这里呢？"

芈月勾起伤心事来，有些懊恼地低下头去道："老伯，为什么要把人分为男儿和女儿，有些事，男儿能做，女儿便不能做？"

那老人冷笑道："这是什么狗屁话，天地生人，有什么区别，不过是些无聊的人，自己划出区别来罢了。"

芈月心情低落地道："世间的礼法便是如此。"

那老人继续冷笑道："礼仪三百，威仪三千，赫赫扬扬，皆是狗屁。人生于天地之间，如同万物生长，来去自如。上古之人哪来的礼法规矩，都活得自在无比。等世间的大活人让这些狗屁礼法规矩给管着以后，人的形状就越来越猥琐，心也越来越丑陋了。"

芈月惊得站了起来道："老伯，你的意思是，规矩礼法都是不用学的吗？"

那老人道："那是自然。"

芈月道："可是世间若无规矩礼法，岂不是乱套了。"

那老人却慢慢低头收拾着山鸡残骸，拣出半张紫苏叶子道："这紫苏叶子原是配烤肉的，如果烤肉旁边没有装饰紫苏叶子，一定很难看，但是……"他把紫苏叶子放到嘴里吃下去道，"便是把这紫苏叶子拿掉，烤肉的味道，未必会受什么影响。"

芈月呆呆地摇头道："我不明白。"

那老人继续收拾着。

芈月忽然问道："规矩礼法既然是狗屁，那为何男人可以去征战，可以立朝堂，可以授封地，而女人不管才识如何，学问如何，却永远没有这些机会？"

那老人哈哈一笑，却道："可笑！"

芈月没听明白，诧异地问道："什么？"

那老人道："你竟为了不能够得到这种事情而伤心，实在是可笑。"

芈月跳了起来，气愤地道："你怎么这么说啊？"

那老人转头却诧异地问道："那么你是能够从学习中得到快乐，还是从征战沙场中得到快乐，还是从立于朝堂上得到快乐，从治理封地上得到快乐？你从这些事得到过快乐吗？"

芈月怔了怔道："我从这些事得到过快乐吗？我其实还不曾经过沙场征战，也不曾立于朝堂，更不曾治理过封地……但是……"

那老人却问她道："你最快乐的时候，是在做什么？"

芈月不禁自问道："我最快乐的时候……"

她最快乐的时候，是拿着金丸去打鸟，是闹腾得向氏不得安宁，是欺负芈戎，是在楚威王跟前撒娇，是背着莒姬偷偷做坏事的时候，可是这样的快乐，她再也不可能得到了……

"我最快乐的时候，已经没有了……"芈月喃喃地道，"那些只是小儿时的无知，才会快乐，如今，再也不可能有的。"

"那你想要的是什么？"那老人道。

芈月道："我想要……我想要我们一家人平安地在一起，不会再被人伤害。"

那老人笑了道："天底下死人最多的地方便是沙场，最可怕的地方便是朝堂，最难办的事便是治理封地，你偏挑了这三样去，如同自投罗网的鸟儿，却想要得到安全，岂不可笑。"

芈月问道："那我应该怎么办？"

那老人仰起头，看着那树林，好一会儿道："我昨日去树林里，看到有许多树被砍掉了。我问那剩下没被砍掉的树，说他们为什么不砍你啊。那棵树说，那些灌木被砍掉是因为它们是废材，所以只能被砍掉当柴火，而那棵最高大的树呢则是因为它长得太好了是栋梁之材，所以人们把它砍掉拿回去当宫殿的柱子。而那棵树没有被砍掉，是因为它正好处于材与不材之间。"

芈月疑惑地问道："难道树木不是长得越大越好吗，栋梁之材不是一种夸奖吗？"

那老人微微一笑道："那你喜欢把你宰杀掉的夸奖吗？"

芈月摇了摇头。

那老人不说话了。

芈月却细思着这个故事，越想越觉得有些东西似乎摸到了一丝脉络，却是仍在迷雾中看不清楚。

芈月忽然抬头，问那老人道："老伯，你的意思是，若是我和我弟弟要活下去，就不能做得太好，要处于材与不材之间才对？"

那老人拿起葫芦，又喝了一口水，怔怔地看着前方，树林中，不知何故，群鸟惊飞。

那老人道："从前，有一只海鸟飞到鲁国都城郊外停息下来。鲁人看到，禀之国君。鲁侯便以御车将此鸟接到太庙，献酒而贡，奏九韶以为乐，具太牢以为膳。于人来说，实是尊荣已极。可是这只鸟喜欢的是海上飞翔，吃的是鲜活的小鱼，这样的供养它消受不起，过了三天便死了。"

芈月嘟哝道："这鲁侯实是折腾人，不，折腾鸟。"

那老人问道："那你说，该如何对这鸟呢？"

芈月道："要么把它放了，要么把它吃了。"

那老人大笑道："是极，是极。子非鱼，焉知鱼之乐，子非鸟，焉知鸟之乐？"

芈月却问道："老伯，你的意思是说，我不是我弟弟，我不能代他决定他的人生，我把我的人生全系在他身上也是不对的，对不对？"

那老人却转而不答，只低头收拾起地上的山鸡骨头来，却是叹了一口气道："唉，要是庖丁看到这只山鸡，一定觉得惋惜。"

芈月诧异地问道："庖丁？"

庖人便是厨子，那时候的奴仆之辈多半没多少正经的名字，不过是按着身份随便叫个甲乙丙丁罢了。

那老人道："庖丁是个庖人，叫丁，他是个很出色的庖人，专司剖牛之技，臻于化境。"

芈月不以为意地撇撇嘴，再厉害的庖人，也不过是个庖人罢了，用得着"臻于化境"这般的美誉吗？

那老人继续道："一般的庖人解牛，一个月要换一把刀；好的庖人也得一年换一把刀；他手上的刀用了十九年，杀了几千头牛，刀还是光洁如新。"

芈月这才有些好奇地问道："这是为何？"

那老人道："一般的庖人解牛，便是用刀砍骨头；好一些的庖人解牛，则是用刀割筋络；但庖丁解牛的时候，却是从骨节切入，从筋络里分解，再庞大的牛，只要看到它的骨节筋络分节之处在哪儿，然后切入，就可以轻松地剖解一头牛。"

芈月想了想，又想了想，还是摇头道："老伯，你讲的都好奇怪啊！"

那老人哈哈一笑，站了起来，摇头道："小姑娘，我真希望你一辈子不懂。因为等你懂的时候，你要流过太多的眼泪！"

芈月见他收拾，也帮助收拾，待得灰堆散开，才发现原来架在下面烧的并不止有树枝，竟有不少竹简。

芈月大为惊奇，扒开火堆，掏出半片未烧化的竹简，仔细读了几句，便惊奇道："老伯，这些竹简是从何处而来？"

那老人指了指屋子里道："里面有一堆呢。"

芈月顿足，连忙转身跑进草屋。

进了草屋她便怔住了，但见屋内十分简陋，只一席一几，旁边却堆了许多竹简。她拿起一卷竹简，只见其上写着："吾生也有涯，而知也无涯。以有涯随无涯，殆已！已而为知者，殆而已矣……"

她心中一动，似乎在哪里听过这段话，却又想不起来是什么时候听过了。于是顺手放下，又拿起了一卷来，却见其上写着："北冥有鱼，其名为鲲。鲲之大，不知其几千里也。化而为鸟，其名为鹏。鹏之背，不知其几千里也；怒而飞，其翼若垂天之云……"

她看了这一段，便不舍得放下，便坐在那破旧的席子上，全神贯注地看了起来，甚至不觉念出声来："天之苍苍，其正色邪。其远而无所至极邪。其视下也，亦若是则已矣。且夫水之积也不厚，则其负大舟也无力。覆杯水于坳堂之上，则芥为之舟，置杯焉则胶，水浅而舟大也。风之积也不厚，则其负大翼也无力。故九万里，则风斯在下矣，而后乃今培风；背负青天，而莫之夭阏者，而后乃今将图南……"

她正看得出神，却见那老人也走了进来，抱起了一堆竹简走出去。她想到方才那些烧焦的竹简，忽然升起一种不妙的感觉，连忙放下手中的竹简问道："老伯，你拿这些竹简出去做什么？"

那老人诧异道："自然是拿去生火。"

芈月跳了起来道："你为什么要拿这些竹简去生火？"

那老人不在意地道："值得什么，树枝太湿，我只能拿这东西引火。"

芈月跳起来上前扑住那堆竹简叫道："不许，不许，你知道这些是何等重要的经卷？你怎么敢拿它去引火？"

那老人不语，像是被她的态度吓着了。

芈月越说越是气愤道："你这些竹简是从何而来？"

那老人迷茫地道："从哪里来？一直都在啊。不过烧得差不多了。"

芈月激动地道："一直都在？这屋子里以前住的是谁，你可知道这些都是谁写的？"

那老人看着芈月，忽然笑了，指了指竹简堆道："这些东西你要？"

芈月连忙拼命点头，唯恐迟了一步，这些东西就被变成柴火烧了。

那老人忽然拍了拍手，道："你既要，那便送给你了……"

说着，他走到门边，取下挂在门后的一只酒葫芦，扬长而去。

芈月一怔，还未回过神来，见屋中便只剩下自己一人了。

她连忙追出门去，远处衣袂飘动，那老人便已经去得远了。

她连忙叫道："老伯，你是何人，你去何处，你还回来吗？"

那老人却头也不回，飘然而去，风中隐隐传来他的吟哦之声："北冥有鱼，其名为鲲。鲲之大，不知其几千里也。化而为鸟，其名为鹏……"

芈月呆怔在那里，也不知道过了多久，忽然间冷风忽起，她单薄的夏衣不禁寒冷，打了个冷战，这才发觉已经是夕阳西下。

她恍悟出来已久，必得回去了，想到这里，虽然知道要走，却终是舍不下草屋中的经卷，还是反身回去，脱下了外衣，将方才所读的《逍遥游》一篇数卷包起，扛在背上，吃力地回到宫中。

此时离宫中已经点起了铜灯，茵姬等人也用过了晡食，她自己刚才吃了半只烧鸡，也是不饿，便一声不响，溜进了自己房中，点亮油灯，继续看了起来。

这一看便是看了一整夜，直到天色发亮，她才揉了揉通红的眼睛，放下竹简。女葵知她从小就是个有主意的人，虽见她如此，也是暗暗着急，却也晓得是劝她不动的，只得由她。除非是十分不好的时候，才敢去禀告茵姬。这时候便捧了匜盘来，服侍芈月梳洗。

芈月伸手于盘内，女葵提匜将水倾于盘中，芈月洗毕。女葵再捧了铜镜来，为芈月解开昨天的总角，重新梳通，再结成总角。

芈月站起，对镜看了看无事，便到茵姬房中与茵姬、芈戎共进晡食。

茵姬便问道："你昨日去了何处？屈子的侍童来我这里问了两回，你今日若无事，便早些去同屈子说明。"

芈月点头道："我昨日离开时因见天色尚早，所以去西山那边树林里逛了一圈，故而回来得晚了，想是屈子不知，我今日便去向屈子说明。"

茵姬低头只与芈戎喂饭，也无暇顾及，只哦了一声，道："以后休要如此。"

芈月今日本欲到那草屋中将那些竹简再搬回来的，但听莒姬说起屈子问了两回，只得先去了南薰台。

她才出了离宫，远远便见黄歇焦急地等在门口，见了芈月连忙跑上前来，拉着她的手问道："你昨日去了何处，我找了你几回也没见着。"

芈月心境已变，见了他微觉愧疚，道："我昨日出宫了……"忽然想到一事，拉住黄歇的手道，"你来……"

黄歇被她拉着往前走，不明所以，便问道："你要去何处？"

芈月却是不答，只管拉着他向外跑去，黄歇连问几声，不得回答，也不再问，只跟着她一同跑去。

昨日来时跑得没有什么感觉，回时已觉路途漫长，但因心情激动，因此也无暇旁顾。此时带着黄歇，只觉得恨不得一步便到，又加上黄歇一直在问，芈月又有一颗恨不得立刻炫耀的心，只觉得这小草屋怎么竟会如此之远。

好不容易到了，芈月再看看，见仍然是如昨日一般，那老人显是未曾回来过，便放了心，连忙拉着黄歇进了草屋，便要将这些竹简一起搬走。

两人一起动手，自然是快了许多，黄歇索性打了一个大包，两人一起将这堆竹简抬了回来，这才拿了两卷竹简，去问屈原。

屈原看了竹简，吃了一惊，问芈月道："你这些竹简从何处而来？"

芈月便将昨日的事说了，屈原听后，默然不语，只是看着手中的竹简，神情中似有无限唏嘘。

芈月好奇地问道："夫子，那位老伯是何人？"她观察着屈原的神情，道，"夫子似是知道他？"

屈原没有说话，只是抚着竹简上的字，似要把这些字都记到心里，过了好久才道："这些竹简既是他送给你的，你便要好好保管才是。"

芈月点头应是。

屈原又沉默良久，道："你可否将这些竹简借我抄录一遍？"

芈月连忙点头道："夫子既喜欢，拿去便是。"

屈原摇头道："人法地，地法天，天法道，道法自然。他天性聪明，能悟自然之道，顺手而作，既作之，便置之。既置之，无所用，竹简既可引火，便用来引火。偏你恰好于此时到这草屋，又喜欢这些，那便是自然之道，他遂留与你，此皆自然之道也。我求之录之，便是刻意！"

他想了想，忽然又笑了道："我若不能录之，便会辗转反侧，思之念之，若为了成就他的自然，而让自己刻意拒之，岂非又是矫情。罢罢罢，我观之即可，何必录之。"

芈月虽不明其意，却也看出屈原的心思，便道："很是，我喜欢这些文章，我便想要把它们留下来，这又有什么错呢？"

黄歇也连忙点头，却又道："夫子，上面还有许多字我们不认识，许多句子也不懂，还要请夫子教我们呢。"

屈原看着眼前两个弟子，点头微笑。

屈原接下来便抛开原来的课程，先将这些竹简上的文章让两人一边抄录，一边讲解。

如此，《逍遥游》《齐物论》《大宗师》等数篇讲过以后，芈月再也按捺不住好奇之心，背地里怂恿黄歇，好几次逼他去问。

终于在某日屈原讲完一篇以后，黄歇忍不住问道："夫子，我们既学了这位贤人的著作，岂可不知道他是何人？"

此时窗外春柳低垂，黄莺百啭，屈原心情正好，听了这话，终于道："此人原也是我楚国公族之后……"

芈月咦了一声："也是出自我芈姓吗？"

屈原点头道："他乃是庄王之后，因此这一分支，便以庄为氏，名周。因吴起变法，诸公族于悼王灵前射杀吴起，因伤及先王遗体，肃王继位以后，追究这些公族之罪，于是庄氏先人避难到宋国，代代相袭芈姓庄氏之族。到庄周之时，因他有大才，于列国周游之时，颇得美名。先王曾请他这庄氏一族回迁，授封就爵，他虽然拒绝先王之聘，却也数次回到楚国，我与他便是当日认识的。"

芈月一边听着，一边悄悄地又在身后扯了扯黄歇的衣袖，黄歇只得又问道："夫子，他是个什么样的人呢？"

屈原叹息道："他……是我所见过的最聪明的人，只可惜，太聪明了……"

芈月忍不住问:"聪明不好吗?"

屈原道:"过于聪明,看得太透,就太过轻易地把自己游离于尘世之外……大王无法聘他,列国诸侯皆无法聘他,他的眼睛看到的不是地上的事情,而是穿过云天之外,九霄之外……"

芈月听得心驰神往:"那岂不更好?"

屈原叹息:"是,很好,只可惜……"

黄歇见屈原眉头深蹙,他作为屈原的入室弟子,知道的倒多一些,便接口道:"身处乱世,一人独善犹可,家国安危却不能不顾。屈子身为楚国公族,楚国兴亡,自是责无旁贷。"

屈原却看着芈月道:"你就见过他这一次吗?"

芈月点头道:"夫子,那位老伯去了何处?"

屈原叹息道:"我也不知道,那日你们回去以后,那间草屋再也没有人去过。"

芈月啊了一声,顿足道:"好可惜。"

屈原看着芈月道:"那日你跑出去以后,这段时日以来,我看你似乎有所转变?"

芈月有些不好意思地低下了头,想了想还是老实承认道:"从前我只想努力,以后就不教别人看不起我,欺负我。后来,我觉得,只要自己成为鲲鹏,一飞千里,那么燕雀如何看我,又能怎么样呢?"

屈原长叹一声,这个女弟子的聪明,让他隐隐有所不安。庄周的话,似乎是为她找到了另一个出口,但又似是给她不同的影响,到如今他也不知道,这种影响是好是坏。但转念一想,乱世之中,一介女流之辈,又能希望她如何,她能够懂得自保,便是最好的结果了,而庄周的"独善其身",对她来说,应该是最好的方向了吧。

第十章
放鹰台

忽忽三年过去。

这三年里，芈月也从一个小小女童，变成了一个小小少女。而小小的西南离宫，早就已经限制不住她的活动。她跳出低小的宫墙，在黄歇的带领下，跑到更广阔的空间去了。

树林里，一只肥硕的锦鸡停在树梢头，快乐地鸣叫着。

不远处的树上，一张弩弓悄悄瞄准，箭头锃亮。一只手扣扳弩机，弩箭飞出。但见锦鸡应声而落，然后，被拔毛，清洗，叉在一根树枝上，变成了一只香喷喷的烤鸡。

一个男童拿起烤鸡，露出了高兴的神情，正想张嘴大嚼，另一只略小的手却伸过来，将整根树枝都拿走了。

男童转头看去，已经是苦了脸，叫了一声道："阿姊。"

芈月大模大样地将弟弟芈戎辛苦了半天才烤好的烤鸡夺了过来，道："戎，你如何偷懒不去学习，倒来这里游玩？"

芈戎早知道自己亲姐姐这种遇事后先扣自己一个不是，好借以名正言顺欺负自己的习性，反驳道："我才不是游玩呢？礼乐射御书数，射艺亦是要多加练习的。"

芈月羞羞脸道："说什么练习射艺，不如说是你嘴馋。"

芈戎反驳道："阿姊若不嘴馋，便休要吃我的烤鸡。"

芈月嘻嘻一笑："我不是嘴馋，我是试试你烤的东西能不能吃。"说着，便张嘴撕下一只鸡腿来大嚼。

芈戎便顾不得说，扑上去先去抢夺起来。两姐弟正争得快意，却听得后面叹息一声。芈月一惊，手便一松，整只烤鸡便被芈戎夺了过去，迅速地跑远了。

芈月只得回过头去，笑道："子歇哥哥。"

她与黄歇自三年前的那次相争之后，早已经冰释前嫌。她本是早慧之人，只因为陡生变故，而不愿意与人接近。经了那件事以后，打开了心扉，与黄歇竟是两小无猜，同读书、共习艺，情谊渐深。

莒姬虽然待她好，可是更看重芈戎；屈子虽然学问高深，但政务繁忙；芈戎虽然信服于她，但却年幼识浅；若论奴婢之流，更是无话可说。也唯有黄歇，是她的同龄人，她有什么话，他都会听着；她有什么想法，他都能够知道；她有心情不好的时候，一转头他永远会在她的身后……

此时她的行为，虽然不能完全算是欺负弟弟，但这种与弟弟相处的情况，却是一种常态。可是性子偏"正人君子"的黄歇，却是一定不会喜欢这种情况的，一定会说教。她亦知道对方是好意，所以被他撞见，不免有些心虚。

黄歇皱眉看着芈月一身乱七八糟的样子，道："你如何又与子戎相争，可是内府之人克扣你们的东西了？"

芈月扑哧一笑道："何曾呢，如今内府并不少我们东西，我不过是逗着子戎玩罢了。"

芈戎正值半大孩子嘴馋的时候，莒姬却不肯纵他贪食。她见过太子槐少年时因楚威后溺爱而吃成痴肥的样子，这模样令楚威王大为不悦，押着太子去了军中三年，才减掉一身肥肉，但楚威王亦因此事，对太子失了几分欢心。

莒姬正是要做出公子戎三年为先王守丧的样子来，以备将来博取宗室朝臣的好感，而早日获得一个较好的封地，又岂肯让他吃得一身痴肥失了体统。

于是芈戎被莒姬禁着，更是嘴馋，被芈月一带，便常去偷猎解馋。芈月一半是自己带坏了弟弟，另一半也怕太放纵了芈戎，在莒姬跟前不好交代，时不时便纵他一回，但也克制着不会让他太放开了吃。

她见黄歇如此，便将此事说了，又道："子歇哥哥，你来何事？"

黄歇拿出一卷竹简来道："这《天官冢宰》篇，我带来了，你上次那卷可会背了？"

芈月点头道："自然。"

黄歇道："只可惜你们居于离宫，礼乐射御书数这六艺，只能学得书与数，除了书和数，其余的都只能学得皮毛……"

芈月不服道："谁说的，我射箭百发百中，我骑马也跑得很快，何况我现在已经开始学三礼了……"

黄歇摇头："你那些不过是皮毛，都算不得正式的六艺。礼不是书，不是会背书了就能了解的，居移气，养移体，只有经历过各种朝贺祭礼，才知道礼是什么。乐更是要用耳朵来听，莒夫人虽然可教你歌舞，但似'云门、大咸、大韶、大夏、大濩、大武'这六乐，需数百上千人的祭舞，非亲身经历，用竹简是学不到的……"

芈月一扬眉："母亲前日已经与我说过，先王三年丧期已满，她当为子戎请入泮宫。我们就要离开离宫了。"

黄歇喜道："如此甚好，夫子亦曾说过，如果先王的血脉不受六艺之教，说出去岂不成了列国的笑柄。令尹亦已经向大王进言，大王已经答应。"

芈月拊掌而笑道："大善。"

果如莒姬所料，待楚威王三年丧期已满，整个朝堂也进入了新的一轮气象。这时候令尹昭阳便提出先王的数名公子公主守丧之期已满，此时当回到宫闱，或分封或从军或入学，也当有个处置。

楚王槐无可无不可，便挥手应允了。

于是公子芈戎便随了其他公子，赐以数名竖童内侍随从会读，到王族子弟所聚集的泮宫就学，而楚威后知道了楚王的旨意之后，紧接着又下了一个口谕，言公主芈月也当与诸公主一起，搬入高唐台中，就学共居。

莒姬待传旨的侍从去了，握着帛书怔了好一会儿，才冷笑一声。

傅姆女葵担心地道："夫人，若是公主入了高唐台，岂非……"

莒姬冷笑道："威后，真是旧时脾气不改，就算是没有好处的事，她也非要让人难受一下。"

女葵道："夫人必是要随公子一起了？"

莒姬叹了一口气道："这也是无可奈何，想要达到目的，便不能不付出代价啊！"

想要让芈戎入学，便不得不要让芈月离开自己，到楚威后的掌控之中度日，莒姬心中暗叹，只能拜托郑袖在宫中的羽翼暗中照顾了。只是高唐台是楚威后的势力范围，莫说郑袖，便是连南后恐怕也无法插手其中。

想到这里，莒姬抬头道："女葵。"

女葵应声。

莒姬轻叹一声，只有让芈月独自入高唐台，让楚威后觉得自己并不重视这个女儿，才不会对她怀着更深的恶意，何况在绝对的权势之下，她便是跟随芈月入高唐台，只怕未必能够庇护住她，反而会让她遭受更多的委屈，想了想，也只能吩咐女葵道："我不能随公主入高唐台，所以此后公主一身，便只能系于你了。你便算是死，也要护住她。"

女葵跪地，郑重道："奴必不负夫人所托，便是死，也要护住公主。"

莒姬长叹一声，叫来了芈月，仔细地将其中经过，告诉了芈月。

芈月听后沉默良久，好一会儿才道："那么，我此后如何能够再见到母亲，再见到戎弟呢？"

莒姬本忧她过于聪明，恐她不能接受此事，要拿出最大的耐心去说服于她，不曾想见她如此懂事，不由心疼，抱住了她道："我儿，你自然还能够常常见到我们。泮宫就学，初一十五自会休假，想来你在高唐台学习，也是这般，待到初一十五，你便回来，与我们共聚一日。其他时间，你若是想母亲了，自也可以回来。"

芈月紧紧地抱住了莒姬，闷闷地道："母亲，我当日一心想着丧期早日结束，我们便可以走出离宫，回到宫中去。可是为什么会是这样的，早知道如此，我们不如还继续留在离宫，这样也不必一家分离。"

莒姬轻叹道："母亲也不想你离开我，可是，母亲却不得不这么做。我们龟缩在这离宫中，把自己缩得小小的，躲在阴影的地方，或可祈求虎狼忘记了我们，忽略了我们，但仍然一生担惊受怕，生怕被看到了自己就会像蝼蚁一样被捻死。但这样的日子，我可以过，你和子戎不能过。"

芈月转头拭泪道："是，母亲，我明白的。"

莒姬肃容道："你和子戎，是先王子嗣，是帝王血胤，不就此一生躲在角落里，像庶民一样无声无息，像庶民一样野生野长，诗书礼乐全然没有机会学习，公卿大夫全然没有机会结交。若是这样，将来你们怎么走到人前去，怎么能够获得独立生存的能力？这样活着和死了有什么区别，人家不用杀死我们，我们自己就杀死自己了。"

芈月肃然道："母亲放心，我一定会让子戎走到阳光底下，堂堂正正，封土授爵，我们会过得越来越好。"

莒姬叹道："你们是王室子弟，一出生名字就录在宗庙族谱上，你十五及笄，子戎二十岁冠礼的时候，宗庙职责所在，一定会告知宫里的。到时候那个女人也一定会想起我们的存在，而世人却未必知道我们的存在。到时候她只要派几个侍卫，就可以让我们无声无息地消失。所以我才要提早准备，不但要让世人都知道我们的存在，还要在这之前，为你们争取更多安身立命的资本。"她抓住了芈月的手道，"你这一生，以后会遇到许多许多的事。我只告诉你两点，一不要怕，二不要倔。"

芈月点头道："母亲，我不会怕的。"

莒姬道："许多人以为躲在阴影里就安全，却不知道鬼魅最喜欢的反而是阴暗处杀人，了无血痕。所以，遇到事情，不要退缩，要堂堂正正地走到阳光下，走到万人瞩目的地方去。这样的话，谁敢伤害，她在阳光下就无所遁形，她就要付出众目睽睽之下的代价。"

芈月点头道："是，我知道，我们不是蝼蚁，我们是芈姓子孙，楚王血脉！"

莒姬叹息道："其实，我最担心你的，还是怕你天不怕地不怕，遇事不知变通，惹出变故来。我儿，宫中阴私之事甚多，若是旁人给你设下陷阱，你千万不可倔强说理，宁可退步忍让、妥协周全。要知道世间最宝贵的，是你自己的性命，你只消当时不冲动落人口实，让人可以当场杀你，事缓则圆，到得回过气来，自有你我挣扎的余地。"

芈月默默点头，忽问道："那父王殡天之时，母亲退避三舍，便是如此？"

莒姬点头道："正是。虽然送你入高唐台，我是迫不得已，但须知这个世界最危险的地方就是最安全的地方。只要这楚国还是芈姓江山，威后就不可能真的完全一手遮天，如果世人都知道她会伤害你，那么她反而要好好地保护好你，否则的话你们出一点意外，她就水洗不清了。"

芈月看着莒姬反复说着，忽然心里想，其实她也是不确定的吧，不确定自己会走向什么样的命运，唯其不确定，她才会恐慌，所以她才会反复地说，她想说服的并不是芈月，而是她自己。她要让自己相信，送芈月入宫，并没有想象中的那么可怕，那么危险，楚威后会是有顾忌的，是不敢对芈月真的下杀手的。

可是，真的不会有危险吗？

放鹰台废址，高高的台基上，荒草离离。
屈原一步步向上走去，芈月身着男装，和黄歇跟在他的身后。
三人终于走上了高台，只见一片旧宫殿的断垣残壁。
屈原负手站在苍茫天空下，夕阳落日，秋风萧瑟。
屈原的声音显得遥远而哀伤道："彼黍离离，彼稷之苗。行迈靡靡，中心摇摇。知我者谓我心忧，不知我者谓我何求。悠悠苍天，此何人哉？"

芈月知道这是《王风》之诗，说的是平王东迁之后，故都废弃，多年后有周室大夫经过故都，见宗庙公室，尽为黍离，悯宗周之颠覆，彷徨不忍去而作此诗。只是——

"夫子，这里是什么地方，您为何吟此诗作？"芈月问。

因芈月即将进入高唐台，从此再不能如往日住在离宫一般，可以自由出入，因此也是乘这些日子有空，屈原便让芈月和黄歇二人，乘宗庙大典时混在人群中观摩礼乐之舞，去了少司命神祠看大祭，又在楚王槐检阅军队之时，悄悄地看军阵。

这日，又带着二人登上这放鹰台。

听芈月此问，屈原便道："此处是放鹰台，为先灵王所建行宫，昔年灵王之臣，曾在此处放鹰行猎赛马……"

芈月诧异地左右看着，这一片断垣残壁中，实难想象当年这是灵王的高台，问道："那怎么会变成这样子呢？"

黄歇已经有所领悟道："是不是因为太子建之乱？"

屈原沉重地点了点头。

芈月迷惑不解地问道："太子建之乱？"

黄歇望向屈原，见屈原点头，才向屈原行了一礼道："弟子见识浅薄，有不到之处，请先生指点。"转过头来对芈月解释道，"先平王之时，为太子建娶秦景公之女伯嬴，媵人费无忌游说平王纳了伯嬴，生下先昭王。平王猜忌太子建心藏怨恨，听信费无忌谗言，认为伍奢和太子建谋反，杀死伍奢全族，伍奢之子伍子胥出逃入吴国，后来伍子胥带着吴人攻入郢都，将平王鞭尸三百，我楚国许多旧宫被毁，这放鹰台也是其中之一吧。夫子，我说得对吗？"

屈原点头道："事情的经过大致如此，不过有些内情，你们未必清楚。当日平王杀伍奢，并不仅仅为了对付太子建，而是自晋国权力落入卿族之后，我大楚历代君王，都对权臣十分猜忌。平王虽然父纳子媳礼法有亏，但伍氏、伯氏等久掌兵权，早在君王铲除之列，只是没想到吴国虎视眈眈，收纳了伍奢之子伍子胥、伯郤宛之子伯嚭等人引路，以致楚国蒙难，郢都遭劫，生灵涂炭……"

这些年来，屈原与弟子们讲诗礼之学，也同时讲着楚国的历史，但更多的是讲楚国先人开创基业之艰难，武王、文王、庄王、威王这些明君圣主数百年来如何在周天子以及北方列国的围剿打压下艰难崛起、智慧周旋、浴血百战的事情。

这楚国历史十分不光彩的一段，芈月却是不曾听过的，便问道："那后来呢，吴国人占着郢都，是被谁打败的呢？"

屈原道："伍子胥昔年在楚国时有个好友申包胥，两人相交莫逆。伍子胥出逃的时候，是申包胥送他走的。伍子胥对申包胥说，父仇不共戴天，我必灭楚。申包胥却对他说，你若灭楚，我必兴楚。伍子胥

213

带着吴人将郢都摧为白地，申包胥直奔秦国，在秦庭号哭七天七夜，终于打动了秦哀公出兵救楚，终将吴国驱出楚地，保住了楚国。"

芈月失望地道："原来还不是靠自己的力量，还是要让秦国帮忙啊。"

黄歇劝慰道："列国之间合纵连横，不管是一个人还是一个国家都不能单打独斗，能够利用国与国的争斗，使自己得利和强盛，才是最重要的。"

屈原叹息道："这是我们楚国历史上最大的灾难之一，所以我要你们来这里好好看着，以史为鉴，避免将来的祸乱。"

黄歇踢了踢地上的碎石道："这伍子胥真可恶，我将来一定要做申包胥那样的救国名臣。"

芈月却低着头沉思着，黄歇推了推她。

芈月抬头道："怎么了？"

黄歇道："你在想什么？"

芈月看了屈原一眼，有些犹豫。

屈原道："公主，你想说什么只管说吧。"

芈月脱口而出道："伍家权势过大，那也是因为伍家凭才能和战功，在沙场浴血，为楚国作出贡献后得到的。大王自己若是文治武功上失去了权力，只能倚仗公族为他效力，那便没有办法把握住权力。若王者不能凭着才德服人，却只是以借故生事而以权术铲除功臣，岂不令人心寒。伍家有仇，伍子胥岂能不报。大丈夫在世，当快意恩仇，先是君不君，才会臣不臣，申包胥固然可敬，可也没有谁说伍子胥报仇错了啊。这个世界有申包胥，自然也有伍子胥，否则君王为所欲为而没有警示，天地的法则不就乱了吗？"

屈原看着芈月，有些震惊，似乎像重新认识她一样。芈月低下了头，有些懊恼自己说错了话。可是，这样的话，在她心底压抑了很久，让她疑惑愤怒，让她不吐不快。

但看到屈原的神情，芈月没来由得心底一沉，她虽然畅所欲言了，但是，夫子他却一定会很失望吧。想到这里，她高昂的头还是低了下去，怯怯地道："夫子，我说错话了吗？"

屈原心情沉重地拍了拍她的肩头："不，你没有说错话。"

见芈月低头不语，屈原忽然心中升起一个念头来，又问："公主，若一座宫殿之中，年久失修，栋梁俱朽，当如何？"

芈月抬头，不解地道："那便要换啊！"

屈原长叹："只是若将栋梁俱换，恐更换栋梁之时，宫殿不能支撑而倒塌。"

芈月笑了："夫子，若是不换，宫殿也会倒塌啊！"

屈原抚须点头："说得是啊。"

芈月忽然轻叹："只是那些栋梁用了这么久，忽然换掉了，栋梁一定会不开心的。"

屈原看着芈月："你听懂了？"

芈月却问道："夫子，伍奢家族便是要被换掉的栋梁吗？"

屈原长叹一声："你说得对，栋梁是会不开心的，甚至是会制造倒塌的。变法之事，殊为不易啊！也许，有些事，我是应该再想一想了。"

他这三年，自然不是只与小儿们教习诗礼，最重要的还是在遵从着威王的遗命，与新王积极设法推行改革新政。只是旧族们抵制力量甚大，所以耗尽心血，却总是举步维艰。

而芈月的这番话，却似是一针见血，戳中楚国君权旁落的要害。君王若无威望，则必当权力失落，而权力失落只能够靠君王自己的成就而夺回，否则的话，也不过是换了一个权臣罢了。而权臣失位，亦会有疯狂的报复，以前他只认为变法是"理所应当"，而如今，这份"理所应当"之间，又多了几分不确定性。

当晚，令尹府。

屈原和令尹昭阳对坐。

昭阳年纪又似老了许多，但他从军甚久，生活习惯上一直保持着军人的风姿，仍然上腰板笔直，声如洪钟。

昭阳拿着一瓣橘子乐呵呵吃着道："屈子，来尝尝，这是南边刚送到的橘子，这让我想起你写的《橘颂》来了……"说着拍打着膝盖轻声吟哦道，"'青黄杂糅，文章烂兮。精色内白，类任道兮。'橘子此物，先酸后甜，内有实而外有华，堪比君子之德！"

屈原微笑道："老令尹夸奖了。"

昭阳摆摆手道："哎，我老了，将来的楚国，还是要倚仗屈子你的。"

此时屈原的职位为左徒，在楚国历来的官职安排上，这是为将来接掌令尹之职的一个台阶。这样的任命，自然也是得到了昭阳的许可。

身为楚国的令尹，多年来与六国周旋的政治经历，让昭阳很明白，如今列国征战是越来越激烈，在这种压力下，任何国家想要得到保全，就必须要让军权越来越集中，才能够与他国集中全力打一场大战，否则的话，两军阵前，各公族怀着私心，只顾保全实力，那战争的失败就是必不可免的了。

可是作为公族的代表，他心中隐隐又不希望让王权得到更大的扩张，这王权一旦扩张，则必然会压缩公族的存在，君王的权欲一旦膨胀，还有他们这些臣工说话的地方吗？

所以这些年来，他一直周旋在公族和君王之间，维持着楚国在军事上的强势，但同样又阻止变法的推进。

然而，他毕竟老了。

人老了以后，有些想法就会不一样了。他渐渐会感觉，自己心中作为楚国令尹的部分，多过了他作为昭氏族长的部分。

这么多年列国的变法，虽然最后更多是半途而废，但多少也是进行到半途过了，所以也对列国的制度起到了改变。其实从他的前任开始，就曾经对他说过，总有一天，这种改变会冲垮原来的制度，但是是什么时候，却是谁也不知道。

当秦国任用商鞅进行变法的时候，列国都在全神贯注地关切着，当秦孝公身死，商鞅被以谋反之罪车裂的时候，列国似乎都松了一口气，可是最终，商鞅虽死，秦国的商君之法不废，这于列国不能不是一份沉甸甸的逼迫。

昭阳终于坐不住了，他与先王、与新王取得了默契，让屈原任左徒，视为下一任的令尹候选人，悄然推动此事。

既然变法一定会来，甚至会在很快的时间到来，那么与其是在自己身死之后，昭氏家族在朝堂上没有足够分量的人压住阵脚而被当成变法必被献祭的牺牲品之一，还不如在自己任职期间，与王室一起推动变法，与王室一起收获变法的成果，而他昭阳也会在有生之年，成为帮助变法的那个贤人而赢得后世赞美。

因此，在他的默许下，新王和屈原，在一步步地推动着变法的进行。

而今晚，他有些话想找屈原说说，而屈原也有些事要找他说说。

一个橘子，打开了今天的话题。

屈原谦和地道："老令尹说笑了，您是楚国的柱石，德高望重。大王继位几年，多亏您内外护持，国家族务都尽心尽力。大楚今日之盛况，老令尹居功至高，如今要保先王基业不失甚至再进一步，这变法新政的推行，还需老令尹坐镇才是。"

昭阳呵呵一笑道："屈子才华远胜老夫，老夫如今年岁已高，只待归老，大王倚重屈子，新政一事屈子尽管施为，我是没有意见的。但……"

屈原坐正了身子，拱手道："老令尹但请教训，平自当恭听。"

屈原字平，他在昭阳面前，自是以此谦称。熟悉昭阳的人会知道，他前面的话只是一个开场，只有在这一声"但……"之后，才是正题。

昭阳笑呵呵地摆手道："不打紧的，不必如此认真，就当是一个老年人的过分啰嗦，你就随便听听也罢。"

屈原颔首，神情依旧有些严肃。

昭阳见此，倒没忙着说话，却是倒了一盏水给屈原，道："屈子，先喝杯水吧。"

屈原接过陶盏，一口饮下。

昭阳却把玩着自己手中的陶盏，里面的水随着他的手势流转，好一会儿，昭阳才道："我们楚国的贤者老子曾有云：'上善若水。水善利万物而不争，处众人之所恶，故几于道。居善地，心善渊，与善仁，言善信，政善治，事善能，动善时。夫唯不争，故无尤。'屈子，你觉得此言如何？"

屈原抿了抿嘴，虽然刚饮了一盏水，但仍然感觉有些口干。他虽然年纪已经不轻，但在这种老政客眼中，在政治上仍然稚嫩如一个新手。

昭阳叹了一口气，道："屈子，你是个做事的人，这点我佩服你。你若是为人下属，做人辅佐，这份认真是难得的品质。但是若要成为令尹，成为平衡朝堂的衡器，就不够了。"

屈原拱手道："还请老令尹指教。"

昭阳叹道："治大国，若烹小鲜。最重要的是什么，是火候，是平衡。你要做成一件事，就不能单打独斗，而是要说服别人和你站在一起。你要切切记得，立足朝堂最重要的不是做事，而是做人，多交朋友，少结冤家，让利不争，与人为善。若能够得到大多数朝臣的支持，那么你不管做什么都容易成功，反之，则会处处失败。"

屈原默然，知道近日来他推行变法，拿了几个贪腐无能、败坏国政的公族子弟试法，必是有人告到了昭阳面前，脑海中忽然升起芈月说的"被换掉的栋梁一定会不开心的"之言，心中暗叹，只换几个无关大局的人，便是这般，异日变法当真推行到权臣能员的头上来，只怕更是不堪设想。他口中却对昭阳道："若是朝臣贪腐无能，败坏国家呢，难道也要坐视不管吗？"

昭阳的手指着他，点了几下又放下，叹息道："屈子、屈子，我要怎么说你才能够明白呢？如今朝堂上，一半重臣都是出自屈、昭、景三家，剩下的那些，还有一半依旧是出我芈姓分支，其余非芈姓之臣，不过十之二三。这国就是家，家就是国，变法，是国事，更是芈姓的家事啊……"

屈原忽然道："那大王呢，大王的存在又算得了什么？"

昭阳见他倔强，无奈地道："事缓则圆啊，慢慢来，没有什么事，是可以一蹴而就的。"

屈原本是跪坐，此时却长身跪直，道："我欲往北方五国出使，请令尹允准。"

昭阳惊诧地道："你这是何意？"

屈原道："与其坐而论道，不如起而行之。令尹有今日片言决政的气势，乃令尹平生沙场浴血而得。大王若不曾在文治武功上获得功绩威望，而推行变法，只怕处处为人所制。我欲出使五国，为大王达成合纵之功，如此，大王挟此威望，便能更好地推行变法，令尹以为如何？"

昭阳似不曾认识屈原一般，将他重新上下打量一番，才叹道："屈子既有此忠心，老夫佩服。你去吧，朝中自有我在，纵不能进一步推行变法，却也不会让变法倒退。"

屈原拱手，一揖到地道："多谢令尹。"

第十一章
高唐台

两月后，屈原奉楚王槐之命，出使北方五国。

而屈原走后数日，芈月正式迁宫进入高唐台。

长长的宫巷依旧。

傅姆女葵拉着芈月，跟在永巷令的身后，走在宫巷之中，她的身后跟着几个侍女，带着芈月素日用的贴身衣物。

此时的永巷令已经换了个人，正是郑袖夫人的心腹，叫作棘宦。他眯着眼睛显得没精打采，边走边嗅着手里的香囊提神，一边叨叨地说道："也是你们运气好，威后她老人家近年来脾气可越发慈善了，宫里头的事情也不大管……"

女葵赔笑道："那现在是谁在管呢？"

棘宦道："谁管啊？从前是南后在管，打去年开始南后病了以后，现在是郑袖夫人帮着管……"

女葵眼睛一亮道："想大令也是郑夫人所信之人了……"

棘宦似笑非笑地看了女葵一眼道："傅姆当真聪明。"

两人眼神交汇处，已经是彼此明白。

走到一处拐弯处，那棘宦转身向右拐去，女葵诧异地道："咦，这好像不是去渐台的路。"

棘宦嗔道："女葵你老糊涂啦，威后现在是母后，早就搬出渐台，如今是住在豫章台。"

芈月眼睛闪亮，观察倾听着周围的一切，她也敏感地听出了棘宦口中的意思，心中暗忖，想来楚威后迁入豫章台以后，未必得意。

且行且说，直到豫章台就在眼前，棘宦这才住了嘴，指着面前的建筑道："豫章台到了。"

　　顺着两边的回廊拾级进入豫章台，芈月低头暗中观察着。

　　豫章台虽比渐台看上去似更华贵一些，却有一股挥不去的暮气。婢仆往来，虽然仍似在渐台一般趾高气扬，却也多了一份寂寥。如今威后已经是母后了，连个相争的人也没有了，且宫中事务，已经移交给了新王的后妃。这种尊贵中，未免萧肃。

　　芈月跪坐在回廊中等了半晌，这才见威后的女御玳瑁出来，唤了她进去。

　　但见威后端坐在上方，手中拿着一片甲骨卜算着，神情有些心不在焉。玳瑁上前低声唤了一声，她才回过神来，瞟了芈月一眼，道："这是九公主么，近前来。"

　　芈月暗中捏了捏拳头，走到跟前跪下行礼道："儿臣参见母后。"

　　威后仍捏着甲骨看着，漫不经心地道："站起来吧。"

　　芈月站了起来，威后看了她一眼，道："倒是长高了些。"又看到她脸上，芈月竭力露出笑容来，威后瞟了她一眼，发现她比过去长高了许多，道，"人也伶俐些了，倒不是当初那般倔头倔脑的。"

　　芈月没有回答。

　　女葵倒有些焦急，生怕她惹怒了楚威后，连忙上前赔笑道："公主如今也大了，自然懂事了。"

　　楚威后眉头一皱，不悦道："我自与公主说话，你是何人，胆敢插话？"

　　女葵一惊，连忙跪下道："奴婢是公主傅姆，公主尚小，还请威后……"

　　楚威后截断了她的话，冷冷地道："公主尚小，你不小了。既为公主傅姆，如何这般不懂规矩。永巷令——"

　　永巷令连忙上前，赔笑道："老奴在。"

　　楚威后淡淡地道："将这无礼的奴婢拉下去，杖二十。"

　　便有两名内侍冲进来抓起女葵拖下去。

　　芈月怔在当场，她曾经预想过楚威后会在见面时刁难她，甚至欺辱她，但却没有想到，这种她想象中的为难，不是落在她的身上，而是落在女葵的身上。

但听得女葵被拉下去以后，便在庭院里当场杖责，那一杖杖击落的声音，和女葵的惨叫声，更是令芈月愤怒不已。

芈月猛然抬头，却见楚威后饶有兴趣的眼神，她瞬间明白了一切。楚威后要为难她，却不愿意落人口实，她只以教训女葵的方式来激怒她，敲打她。若是她因此失态，那就是她对母后无礼，正可让楚威后名正言顺地处置于她。

芈月强抑愤怒转向楚威后恭敬地伏身道："母后，傅姆自幼照料于我，一向循规蹈矩，这么多年来没有功劳也有苦劳，念在她年纪大了，受不起这二十杖。母后素来仁慈，请您饶过她这一回吧！"

楚威后没趣地扔下龟甲，道："你既为公主，她代你受杖是本分，你居然为了她自请责罚，才是失了体统。这也难怪，皆因为你们身边奴仆太少了，玳瑁，让永巷令给公子配两个傅姆四个内侍四个竖童，给公主配两个傅姆八个宫人。从今往后，公子戎和太子横一起在泮宫跟屈子学习，公主月和其他公主们一起，跟随女师学习。"

玳瑁恭敬地道："是！"转向芈月道，"公主，还不快快向威后谢恩？"

芈月咬了咬下唇，强抑怒火道："谢……母后恩典。"

楚威后无聊地挥挥手道："去吧，我也乏了。"

院内的杖击声仍然残酷地继续着。

芈月走出内殿，站在廊下，看着庭院。

但见满庭秋菊开得极鲜艳，四个内侍两人按着女葵，两人执杖一下下地打着。

女葵背上的衣服已经被血浸透，呻吟声也越来越微弱。

芈月面无表情，笔直地站着，她的身后跟着楚威后刚才派给她的两个傅姆和八名宫女。

杖击声一声声延续着，直到二十杖完毕，芈月站得笔直的身形才忽然一塌，她脚步一个踉跄，又立刻站直了。

暗中站在一边观察着的玳瑁嘴角微微一撇，果然不过是个孩子而已，再倔强再会伪饰，终究也不过是个孩子。

她不再理会，悄然转身而去。

芈月沉着脸，道："把她扶起，去高唐台。"

高唐台是目前诸公主所居之所，先王共育有九名公主，除了夭折的二公主五公主以外，其余自大公主到八公主等六名公主皆住于此。

芈月住进高唐台，便也依制有一间小小院落，傅姆宫人的配置，也皆如其余人之列。

她站在廊下，两名傅姆一个陪着她，监督着院中诸人收拾，另一个则指挥将女葵扶入仆役房中，过得片刻，过来回报道："禀公主，奴婢已经安置好女葵，为她用了伤药。她伤得不重，只皮肉之伤，将养上一二十天，便能大愈。"

芈月看了她一眼，点头，问道："你叫什么名字？"

那傅姆看了诸人一眼，众人皆停下手中的活计，到了她身后排队成列向着芈月行礼，那傅姆自我介绍道："奴婢女浇。"

另一个傅姆自我介绍道："奴婢女岐。"

那八名小宫女也上前行礼，自报名号道："奴婢奚甲""奚乙""奚丙"……却原来是奚字号依着甲乙丙丁戊己庚辛而列。

女浇却甚是会察言观色，见芈月微皱了一下眉头，忙道："这些不过是内侍初选，依着方便起的名字，若是公主喜欢，只管替她们再起一个名字罢了。"

芈月点了点头，便指了两名稍显老练的小宫女指作头领，取名"薜荔""女萝"，又将余下的六人分别取名为道："石兰、杜衡、灵修、晏华、葛蔓、云容。"这却是取自屈原的诗篇《山鬼》中，众人念了一遍，只觉甚是拗口，却也只得依从。

芈月初入高唐台，心中甚是惶恐，步步留意，唯恐行差踏错，便万劫不复，对楚威后派来的傅姆宫女更是小心对待。

芈月冷眼看那八名小宫女，虽然聪明，毕竟都只有十余岁，就算心怀鬼胎，也作伪不来。那两名傅姆却是精明能干，心中便多了几分警惕。

不想那两名傅姆女浇和女岐却极有眼色，事事不待芈月张口，便办得妥妥帖帖，体贴入微，处处合意。

只这合意处，却有许多不如意，那便是将她步步紧跟，两人轮班侍候，芈月一举一动，无一刻能离了她们的视线去。

芈月素来野惯了的人儿，被这般亦步亦趋地跟着，实是如被捆了十余道绳索一般，十分不自在。然这两人低眉顺目，便是心中再窝火，又如何能发作得出来，便是发作了出来，想来这两人也不理会，只会当她是小孩子脾气，若是落在楚威后口中，又不知会造出何等败坏名声之事来。

她毕竟学了三年礼法，知道这其中的关节要害，只得忍了气不能发作。

两人服侍了她更衣，洗去一路尘土，更细心体贴地问过她是否要看望女葵以后，也领着她去看了女葵，见女葵已经敷了药，虽是伤痕累累，女浇却道并不曾伤着筋骨，只是皮外伤，十几日二十来日便能好。

女葵见了她，虽有满心的话要说，怎奈见着两个傅姆跟着，一脸的忠心体贴状，只得将满心的忧虑咽下，强颜欢笑道自己无妨，又"劝"芈月要多听从这两位"母后"派来的傅姆之言，休要任性云云。

芈月心怀沉重地回到自己的内室坐下，女岐奉上晡食，芈月冷眼看去，见菜肴亦是丰盛，簋中有稻、盂中有汤、鼎中有肉、豆中有酱。她知道楚宫中只有主人才是一日三餐，奴仆之辈也如外面平民一般，一日二餐。想到女葵挨了这一顿打，此时又过了膳时，必是肚子还饿着。

想到此，便指了面前的一道鱼脍对女浇女岐二人道："这道鱼脍，便赏了你二人吧。"

女浇与女岐对视一眼，虽然表情没有大变，眼中却不免露出喜色。她们毕竟只是女奴身份，虽然宫中饮食有定，但毕竟主奴之别不能相提并论。这些只能由贵人享用的食品，她们只有得到主人赏赐，才能开一次荤。女浇与女岐虽然是楚威后宫中之人，但若是得势的，也不会派来服侍这个明显不招楚威后待见的公主。

然则主奴之分毕竟是天堑，两人纵有异心，却也不免心怀侥幸，只想在两头主子那里都能讨个好，便是再好也不过了。

虽是如此，两人却只是谢过芈月，依旧服侍芈月用食，芈月知其意思，便勉强用了些，将几乎未动的鱼脍让二人端了下去，又指了簋中尚余下的稻羹道："这些便赐予女葵，其余的便赏与其他人罢。"

女浇与女岐这才撤了食案，芈月挥手令两人退下，道："我要歇息片刻。"

两人应了，却是女岐出去，女浇依旧守在外头，随时听候吩咐状，直到女浇吃完换班。这两个傅姆，便是全天轮班跟随在她的身边。

芈月看着天色渐渐黑了下去，不一会儿，女浇率小宫女上来，为她卸妆解发更衣，躺了下去。

她却怎么也睡不着，虽然这一日的煎熬，实是令她身心俱疲，但是心头却仍然悬着一把刀，却不知莒姬和芈戎这一天是怎么过的。

芈戎却是这一日先到了前殿拜见楚王槐，楚王槐正与群臣议事，便让宦者令奉方出去，宣慰一番。然后让保氏带他去了学宫，拜见师氏。

学宫在郊外，原是为楚国公族子弟所专用。从周天子到诸侯，都有这样的学宫，天子学宫称辟雍，诸侯称泮宫，规制比辟雍要减半。

辟雍形似圆璧，四边有水。泮宫却是形似半璧，三边有水，只有一座小桥可通。这也是因为公族子弟生来便有爵位俸禄，要让这些纨绔子弟乖乖就学不溜号实是一个问题，干脆把他们关起来，学不成不许归家，倒是更好。

芈戎现在只能算个小学生，"古者八岁而就外舍，学小艺焉，履小节焉"。所谓小艺便是六艺道："一曰五礼，二曰六乐，三曰五射，四曰五御，五曰六书，六曰九数。"所谓小节便是六仪道："一曰祀祭之容，二曰宾客之容，三曰朝廷之容，四曰丧纪之容，五曰军旅之容，六曰车马之容。"

王之太子，可八岁入小学，七年后十五岁入大学；其余子嗣则迟两年入学，即十岁入小学，公卿之嫡长子，则要十三岁，其余子嗣亦迟两年，十五岁才入小学。

因此学宫之中，读同一年级者，长幼不一，虽然在学宫之中无分尊卑，但却可以明显见同一年级中，幼者位高，长者位卑。

芈戎入学刚好亦是十岁，纵然后宫妇人相争，但毕竟他走到外面，亦是先王之子的身份，宫中派来竖童内侍跟随，一时之间，人也不敢相轻。

拜见保氏师氏以后，便开始学习礼法。芈戎因在离宫时，莒姬与芈月都有教过他，因此学起来倒也不陌生。他虽然在母亲和阿姊的庇护下，更显得无忧纯真，但毕竟经历忧患，举止之间，便与同龄之人有些不同。

因此到下课时，便结交了两个朋友，一个是景氏子弟景翠，另一个便是昭阳的侄子昭滑。

他毕竟年轻，这一夜在学宫中睡得极好，却不知道同样的这一夜，他的阿姊和母亲，却是无法入眠。

芈月自是因为这一天的惊心动魄，无法安枕，而莒姬亦是同样忧虑不安，无心入眠。

这一夜，西南离宫的铜灯，彻夜不息。

芈月迷迷糊糊地睡了半宿，天色刚亮，女浇便已经唤醒了她道："九公主、九公主，您该起身了。"

芈月睁开眼，吃了一惊道："怎么了？"

女浇柔声道："九公主，昨日拜见威后，今日要与诸位公主相见，公主是幼妹，不可失礼。"

芈月怔了一怔，掀被起身，一边在女浇服侍下穿衣梳洗，一边问道："还有几位公主？"昔年她倒是记得，每年正旦之时她都要由傅姆领着到渐台与楚威后行礼，当时就觉得自己的前面一直是有许多阿姊的，当时傅姆只悄悄告诉她，大公主和八公主是王后所出，休要得罪，其余的倒是无话。

女浇忙道："宫中除了您以外，尚有六位公主，除二公主、五公主早夭外，大公主、三公主、四公主、六公主住前殿，您与七公主、八公主住后殿，今日要先去前殿大公主处相见。"

芈月问道："我依稀记得，长姊与八姊，是母后所出？"

女浇恭敬道:"正是,大公主已受齐国所聘,三年孝满,将嫁齐国,三公主、四公主、六公主要作为大公主之媵陪嫁齐国,年底就要动身了。"

芈月长吁了一口气,这样看来,高唐台中这位大公主一走,只余七、八二位公主,虽然其中也有楚威后嫡出之女,但毕竟两个只比自己大了一两岁的小姑娘,她是不惧的。

梳洗完毕,女浇与女岐便引着芈月走到前殿,见了其他几位公主。

大公主芈姮跪坐上首,好奇地看着芈月走进来,她长得与楚威后颇有几分相似,不但眉宇之间的那几分傲气像足七八分,甚至连楚威后的刻薄之气也有一二分。但她毕竟年轻,未经挫折,因此这分刻薄之气倒也不重。

芈月行礼道:"见过阿姊。"

芈姮笑道:"都是自家姊妹,休要多礼。"这边介绍着侍坐于她身边的几位女子道:"这是你三姊,名菱;这是你四姊,名荞;这是你六姊,名薏。"

芈月一一行礼,那三名公主也一一答礼,但见这三人一个举止懦弱,一个讷言内敛,一个却是刻意热络,这三人在芈姮面前不是刻意讨好,便是畏缩掩藏的样子,顿时令芈月心中一惊。

芈姮却是言笑自如,显得颇为亲切的样子,又问芈月多大了,识不识字,读过什么书,平素喜欢吃什么,玩什么?

芈月小心地一一答了,芈姮转头看了看外面,道:"姝姝如何到现在还未到?"

她身边的傅姆便赔了小心道:"八公主年纪小,想来还须多睡一会儿——"

芈姮皱眉道:"九公主更小呢,如何也来了。都是她身边的傅姆纵着她,我须与母后说说,不可这样一直纵着……"

方说到一半,便听得远处一阵大呼小叫的声音传来道:"在哪儿在哪儿?"但听得走廊上赤足踩着地板的脚步声噔噔噔地叠声传来,一个红衣少女脸色红扑扑的,喘着气跑了进来。

芈姮微皱眉,想说什么又忍了下来,招手令她到自己跟前来,拿着手帕为她一边擦汗一边道："做什么跑这么急，跟你的人呢，怎么就让你这样乱跑？"

那少女却不耐烦地推开她的手，在室中用目光搜寻着道："九妹妹在哪儿？人呢人呢？"正说着，一眼看到了在室中年纪最小的芈月，喜得招手道，"喂，你快过来，让我看看。"

芈月依声走到她的面前来，那少女拉着芈月与自己站到一起去，比了比，发现自己高了小半个头，顿时喜道："我比你高，我比你大，喂，快叫我阿姊。"

芈月已知她就是八公主芈姝，便依言屈身行礼，叫了一声道："阿姊。"

芈姝应了一声道："哎，好，以后你就跟着我一起住，跟我一起玩。"

她本是楚威后最小的女儿，因为母姐怜爱，身边的人只有奉承的份儿，因此养得性子格外娇纵天真。宫中纷争之事，亦是一直被楚威后屏蔽于她的生活之外。三年前的那一场纠纷，于她来说，不过是死了两只小蚕闹腾一番，伤心了两日，又补上两只，便也忘记了。

此时她正是半大不小的年纪，偏宫中素日举目所见，只有她最小，且芈姁好在她面前充个大阿姊范儿，管头管脚的，她早已经不耐烦了。此时听说高唐台中又会住进一个比她小的妹妹来，顿时"我终于也能当阿姊了"的欣喜令她兴奋得上半夜睡不着觉，结果一睡到天亮，方知迟了，便一边嗔怪着傅姆为何不曾叫醒她，一边兴奋地直接跑来了。

芈姁嗔道："多了个妹妹，你便如此高兴吗？"

芈姝轻快地转了一个圈道："我当然高兴了，现在我就不是宫里最小的公主了。哈，我做阿姊了。"

看着她这般天真的样子，众公主皆笑了，芈姁想说什么又忍下了，道："瞧你这般高兴的样子，看来也没什么耐心陪我了。好吧，你带她回后殿吧，你如今是阿姊了，要好好有长姊的风范，休要欺负妹妹，也休要一会儿好，一会儿闹地到我跟前讨主意。"

芈姝一连串地应道："我知道我知道，好阿姊，我带她去了。"

一边说着，一边就拉着芈月，直接飞奔了出去。

芈月留神看着，离了芈姮的房间，通过中间的甬道，便到了芈姝的房间。但见房间陈设较芈姮房间更为色彩绚丽，锦绣满屋，珠玉横陈。

芈月正待细看，却听得另一头脚步声急促传来，便见一个年纪与芈姝差不多上下的绿衣少女跑了进来，见了芈姝方松了一口气，道："姝，你也不等等我，不是说一起去大姊姊处吗？"

芈姝吐了吐舌头，笑道："哎呀，我给忘记了。"顺手将芈月拉到前面来，道："不过我把九妹妹带回来了。"一边指着那少女道，"这是茵。"

那少女看了芈月一眼，笑着上前拉住了她道："我也是你阿姊，行七，单名一个茵字。你叫我阿姊也好，如姝一般叫我茵也好。"

芈月微屈身行了一礼，叫道："阿姊。"心中却是暗忖，菱、荞、蕙、茵，俱为草名，楚威后这心胸，实是狭窄得紧。

她抬头看了芈茵一眼，芈茵神情自若，想来不晓得芈月心里头对她的名字暗中腹诽吧。

既已经认识，芈姝一心要当阿姊，便叫人拿出自己从前玩过的鼗鼓、泥塑、骨哨、弹球等玩具要给芈月玩，芈月看着这些明显是幼童才玩的玩具，表情不禁有些无奈，却是芈茵看出来后拉着芈姝低语了几句，芈姝恍然大悟，一拍脑袋道："我却忘记了，妹妹想来也是不爱玩这些了。"

她又卡壳了，一时不知道如何是好。

芈茵便柔声道："可问问妹妹学过什么，喜欢什么？"

芈姝点头，便学着芈姮的样子拉着芈月装模作样地问道："妹妹可会箜篌、尺八、笙、竽、琴、筝、瑟、篪、箫、笛？"

她说得一样，芈月便是摇头，她八岁之前，被楚威王当男孩一般纵容，只爱打仗弹鸟，本是野惯了的人，后来又是跟了屈原学习礼仪诗词、历史星象、百家之学等，屈原虽然精通音律，但芈月对这些乐器不感兴趣，只喜欢箜篌等寥寥二三样罢了。

她初时见芈姝先报箜篌，知道必是她得意之学，便有意摇头，但见她一串报下来，便只能真的摇头了，心中暗悔头一次便不应该摇头，白教人家看轻了。

芈姝本是兴致甚高，见芈月数番摇头，便不知如何再说下去了。

芈茵柔声打圆场道："这些都挺难学的，我也不太擅长。我们毕竟是女儿家，有些东西也不必学得太精，只消知道一些仪礼服制、懂得四时之物的安排，外知祭祀，内掌妇学便是。"

芈月便问道："什么是仪礼服制、四时之物，如何算外知祭祀，内掌妇学？"

芈茵方要回答，却忽然顿住，却转头先看芈姝一眼，芈姝顿时会意，兴奋地道："九妹，你须知道，我们身为公主，将来夫君不是一方诸侯，也是卿士封臣，祭四方神灵列祖列宗，保子民安宁国祚绵延，因此四时祭祀，断不能有疏失。这是首要学的……"

说到这里，她又有些忘记了，便看了芈茵一眼。

芈茵便柔声道："身为女子，虽然未必要亲手下厨制衣，却不可不知这些事务。何时授衣，何时飨宴，都要知道如何调配才是。比至周礼上，也有诸般规定。若论飨宴，须先知道每季出产有何等食物，如何安排采摘、腌制，以及各种调味的制作、酒浆的酿造，以至于食具的打造、庖人的分工和流程，还有一年四季各种应节的食品、祭祀的食品、大宴小会的安排都得清楚，要不然将来出一点点错，都会成为别人的笑柄。"

芈月微笑，用崇敬的眼神道："阿姊知道得真多。"

芈茵毕竟也是年少，被她一夸，不禁有了卖弄之心，又道："女红，要从亲蚕开始，知道分辨各种不同的蚕种，然后知道纺织，分辨绫、罗、绸、缎、纺、绉、纱、绒、绡、锦、呢、葛、绨、绢等的分别，然后就是染衣，春暴练，夏缥玄、秋染夏、冬献功……制成纱、罗、绢、缟、纨、缣、绮、锦等。"

她一卖弄，芈姝便不悦了，径直打断了她的卖弄道："好了，阿姊，你要把九妹说傻了。"

芈茵忙收住了口，讪讪道："自然是妹懂得更多，是我忘形了。"

芈月天真地道："阿姊懂得真多，我什么都没听明白呢。"

芈姝顿时得意起来，道："就是，她又能懂得什么，一时之间说这许多，哪能听得过来。"这边拉了芈月的手道，"这些以后我会带你去看宫人们是如何做的，不急。那些你不会的，只要跟着我一起学，就会了。"

芈月微笑点头。

芈姝便问芈月道："你素日爱什么，会什么，我陪你玩。我这里没有，现叫她们找去。"

芈月道："阿姊素日玩什么，我便也玩什么吧。虽不会，阿姊也会教我的，是不是？"

芈姝大喜道："正是，妹妹这般聪明，自是一教就会。"这边便拉了芈月去投壶。

这投壶却是故老相传的游戏，乃是立一只长颈小口铜器，称之为壶，放置离人数步或者十数步内，游戏之人手持着箭，朝这壶内一支一支往里投，以每次投中多者为赢。规则虽然简单，然则因为铜壶小口，中壶不易，若是壶中已经有几支箭在里头了，那想要再进一支便更加困难。

虽为游戏，却是自上古蛮荒时代之人练习投掷之术而演变流传的，先是男子素日好以此相戏，后来则是酒宴之时，为了延长聚会时间，增加兴致，便多了许多游戏，投壶这种以体质、脑力较劲且有赌胜意味的游戏则更受欢迎。及至宫中内闱的女人，也好此道。

侍女摆上铜壶，芈姝便兴致勃勃地先作示范，她想是素日玩这些游戏较多，举手投足十分到位，十箭之中，倒中了六支。

她每投中一支，身边的侍女便大声赞好，但芈姝见只中六支，倒微有些不悦，转头将箭递与芈月，要芈月也来投，芈月便谦让了芈茵先来。芈茵前头先是六支中了四支，及后却落空了两只，再投中一只，最后又是失手，便中了五支。

芈月上前，芈茵将侍女取回来的十支箭亲手交与她，意味深长地说道："妹妹是初学，不打紧的，不须有怯意，便是都不中，以后慢慢学便是了。"

芈月微微一笑道："多谢阿姊宽慰。"

芈茵走到一边，看芈姝几乎是按着芈月的手教她如何投壶的样子，心中哂笑。这铜壶看似小口，边缘却是斜陷的，略碰到壶口箭镞便会落入，原是特意为芈姝打制的，她素日十箭倒有七八支左右能进去，想是今日一得意，头几支便失了手。累得她也要因此故意装失手，务必要比芈姝少一支才是。

她比芈月大上两岁，比芈姝大上一岁，昔日的事，也是知道一二的，这位九公主往日最好金丸打鸟，这些投壶之术，应该难不倒她。她兴致勃勃地想，不晓得她会投中几支。若是敢比芈姝多，那就是自找不是。若是比她芈茵少，便是知道高低，要让她一头。

但见芈月拿起箭来，先是四支接连失手，引得芈姝阵阵惊呼，不停指手跳脚要指点于她，芈月一边装作听从，一边却是接连着六箭都掷中壶内。

一时俱静。

众人皆看着芈姝的脸色，惴惴不安。

芈月却恍若未觉，一径拉着芈姝高兴地叫道："阿姊阿姊，我中了我中了，我和阿姊一样多呢，幸亏有阿姊教我，要不然我真不会投，阿姊真棒。"

芈姝见芈月中了六箭，心中微一咯噔，却被芈月这一夸，也不禁得意起来，顿觉得自己好生厉害，一个初学者被自己一教便能够十箭中六。又想自己素日能够十箭中七，今日必是疏失了，想到这里，又得意洋洋起来。

芈茵的脸色却是变了，她想不到自己警告以后，芈月居然还是敢越过了自己。看着芈月的神情，她心中暗忖，她这到底是有意冒犯呢，还是真的年纪尚小，听不懂自己的话呢？

芈茵存了此心，便暗中计较，见芈姝玩了一会儿累了，芈月辞出，便道："九妹初来，这殿中道路未明，我领她出去吧。"

芈姝喜道："正好，有劳阿姊了。"又嘱咐芈月道，"明日早来，女师每日于隅时来教我们学习六艺，你须不要迟到了。"

芈月连忙应是，芈茵便引着她出来，一路走，一路问道："听说妹妹不是莒夫人所出？"

芈月却不答，微笑道："阿姊为何要问这个？"

芈茵不防她居然会反问，只得笑道："我不过是好奇罢了。"

芈月却道："阿姊又是何人所出？"

芈茵的脸色变了变，道："你好生无礼，长幼有序，我自问你，你只管回答就是。避而不答，倒反问于我？"

芈月笑道："阿姊是长我自是幼，我不明白事理，自然要问阿姊，阿姊自己不能作出表率，竟以无礼诘我吗？"

芈茵脸色变幻，待要发作，却忽然笑了，轻蔑地道："原来是个不知礼的野丫头。倒也是，一个西市贱妇的女儿，才会进了凤凰台依旧是只草雉。"

芈月脸色也变了，质问道："你说什么？"

芈茵咯咯一笑道："我说什么，你自己心里知道，又何必我说出来伤脸面呢。"

但听得她娇笑连声，也不管芈月，扔下她径直走了。

芈月脸色都变了，她养母莒姬尚在离宫，生母向氏自先王去世以后就下落不明，她数番打听，却只因年幼无援，半点也不知消息。如今听得芈茵这一声"西市贱妇"，显而易见不可能是指莒姬，难道她竟然知道向氏的下落不成。

第十二章
西市妇

芈月心如火焚，但却知道，若是此时追上去问芈茵，必是什么也问不出来的。芈月只得按下怒火，转身回了自己房中，便叫来女浇与女岐，佯装不知地问他们道："傅姆，今日在殿中识得诸位阿姊，我欲与他们亲近，又不知道他们之事，想请傅姆教我。"

女浇与女岐对视一眼，道："但不知道公主欲打听何事？"

芈月便道："我知道大姊与八姊是母后所出，但不知其余几位阿姊，母族如何？"

女浇见她不问芈姁与芈姝情况，便也松了口气，一一介绍。那几位公主，母族皆是出身不甚高，不是媵女，便是被征服的小国献女。那七公主芈茵之母，便是媵女出身。

芈茵回到自己房中，也忍不住得意，她出生之时，正是莒姬得宠之时，她的生母杨氏因出身不高，性子善于奉承，一直依附着楚威后，自芈茵出生以后不久，楚威后又怀上芈姝，因此芈茵也就得以与芈姝一起长大。

所以向氏之事，她的生母杨氏也是略知一二，见芈茵为芈月入宫之事而打探，便失口说道："你休以为她是莒夫人之女便心生畏惧，须知她的生母，如今在西郭市井之中沦为下贱之妇呢。"

芈茵大喜，缠着杨氏要问个究竟，杨氏知道自己失口了，任由芈茵纠缠，却不敢再说什么，反嘱咐道："你听岔了，休要出去胡说，若是威后知道，便是祸事。"

芈茵亦知其中的厉害，便也不再问，只得意自己知道这一桩事，便可压那小丫头一头罢了。

次日起来，芈月先去芈姝房中，于回廊上却又与芈茵相逢，芈月站住脚，警惕地看着芈茵，防着她又说伤人之言，不想芈茵却亲亲热热地上前，挽着她的手道："我因怕九妹初到，不识路径，特来等你呢。"

说着，便挽着她的手往前走。

芈月忍不住低声问道："阿姊倒是心宽，昨日的话，竟似不是阿姊说的一般。"

芈茵却故作诧异地道："昨日的话，昨日我说了何话？我不过是送九妹妹回屋罢了，什么话也不曾说。"

芈月看了看她，欲言又止，她既然说出这般话来，显见从她这里，只怕打听不出什么消息来。

两人假作亲热，便到了芈姝房中，候着芈姝梳洗毕，一同用过晡食，方一起去了侧殿之中，静待片刻，便见女师到来。

却原来诸公主也与公子们一样，八到十岁的时候就开始有女师教导六艺六礼，除礼乐书数均是一样，不过是宽严之分，公子们偏重射御外交，公主们则偏重衣食燕乐。

因诸公主年纪不同，前头三、四、六三位公主即将要随大公主芈姮出嫁，此时正在备嫁，便不再学习。如今便只有芈茵芈月跟着芈姝学习。

女师有三人，一人教礼，一人教乐，一人教妇学。

今日教的便是妇学之师，芈月心不在焉，听得左耳进右耳出，但听着女师布置课业已毕，便想去追问莒姬此事，偏芈姝得了她，如同得了一个新玩具一般，一直要拉着她一起玩耍，芈月看着她天真无邪的脸，想着自己的生母若当真是在西郭沦落，必是她的生母所为，那芈姝便是再天真再热情十倍，也止不住心中厌恶和寒意交织上来。

她忍着不耐烦，好不容易等芈姝玩得累了，便回到自己房中，对女浇道："我欲去离宫探望莒夫人，你可与我一起去否？"

女浇吃了一惊，劝道："公主，您迁入高唐台方才两日，纵然思念莒夫人，又何必亲自回去，自派一个奴婢过去问候便是。"

芈月看了女浇一眼，道："我自迁入高唐台，诸事未明，又不敢打扰母后，所以只得向母亲请教。傅姆阻我，若是我不知轻重，惹出事来，岂不是傅姆误我。"

女浇见了她的神色，心中一寒，低下了头。她在宫中时久，芈月这般年纪的孩子，便是再骄纵的性子，终究是个孩子，被大人操纵着做什么事，或哄劝或阻吓，都是极容易的，但却从未见过像她这般自己有主意且不受人哄劝阻吓的孩子。

想了一想，女浇只得赔笑道："既如此，我终究是奴婢，岂敢阻挡公主。只是公主若要行事，好歹也要请示过威后才是，以免失了礼仪。"

芈月看女浇的样子，也知若是自己前脚去了莒姬去，她后脚便要去向楚威后禀报了。心中一动，忽然起了试探之心，道："傅姆说得正是，傅姆也不是外人，我便告诉傅姆，昨日七姊骂我是西市贱妇所出，我竟是不明白她所指为何，所以要去问问母亲。"

女浇的脸色也变了，她虽然不解其意，但也知道芈茵及其生母在楚威后面前极是奉承得力，若是叫芈月闹出这一场来，芈茵母女必要受楚威后之责，且自己也可能被芈茵母女所迁怒。想到这里，便着了慌，道："公主休要听人胡说，七公主年纪小，想是不知道哪里听了些不中听的话，随口乱学罢了。您且先安坐，奴婢帮您去问问。"

芈月索性要任性一回的样子，道："我不听，我这就去问母亲去。"

说罢，推开女浇，飞也似的跑了。

女浇站在那里，只是顿足，无奈之下，匆匆和女岐交代一声，便去寻了玳瑁，一五一十，将此言说了。

玳瑁大惊，恰好宫中又生事端，却说楚国二宝，素来是王佩和氏璧，后系随侯珠，不料楚威王去世之后，楚威后虽然让出渐台，却不曾将随侯珠再给南后，南后倒也贤惠，不动声色地把宫中权柄先拿到手，并不争这个，反正楚威后又不能把随侯珠带到坟墓里头去，她对于一颗珠子倒也没这么强烈的执念。

不料这些日子，夫人郑袖得宠，却纠缠着楚王槐，以自己睡眠不安为由，要求借她和氏璧。她的理由也是充分，说既然先王曾经将此璧借与公主，那如今借与她又有何妨。

南后得知此事心中大怒，却不动声色，将此事传至楚威后宫中，楚威后大怒，亲自召了郑袖来大骂一顿，郑袖却也狡猾，表面上看似温良，却字字句句透着不驯，直把楚威后气倒，叫了四五个御医正在看着呢。

玳瑁得知此事，亦不敢惊动楚威后，让她添气，忙亲自到了高唐台，寻了杨氏来质问。杨氏慌了，一口咬定自己不曾说过，只推了身边一个侍女顶罪，说是两个侍女闲聊，方让芈茵无意中听到。

玳瑁自己却也有些心虚，杨氏素来甚是奉承楚威后，对玳瑁这等心腹也是刻意交好，向氏之事，原也是自己与杨氏聊天无意中说出，这等事情若是泄露出去教楚威后知道，在楚威后心情不好的情况下，不免人人都要被迁怒出气。只得教训了几句杨氏，又警告性地将杨氏所指侍女皆责打一顿逐出宫去，自己却候在高唐台中，等芈月回来，却看她是何等情况。

芈月无奈之下，祸移芈茵，这才借着"忽闻噩耗"而跑了出去。这情绪固然一半伪装，一半也是真情，她忍耐了一天一夜，再也忍不得，纵然是回头楚威后会生各种是非，但她也顾不得了。

她一口气跑到离宫，莒姬也吓了一跳，忙问道："出了什么事了，你如何自己跑来了？"又往她身后看，见她身后无人，诧异道，"跟你的人呢？"

芈月小脸绷得紧紧的，直盯着莒姬，道："母亲，我有事，要单独与你说话。"

莒姬一怔，忙挥手令身边的侍女退下，这才道："你怎么了，可是因为女葵挨打的事……"

她在宫中亦有人手，前日楚威后拿女葵施威的事，她早已经知道，因怕芈月小小年纪，不能经事，会因此出事，正自担心，没想到不过两日，她居然自己跑了回来。

不想芈月走到她面前，直直地跪下，道："母亲，我的生母去了哪里？"

莒姬一惊，连忙左右一看，见侍女皆已经退出，这才伸手相扶道："你为何忽然问起此事……"她忽然想到一事，连忙握住芈月的手道，

"你才回宫两天，可是有人同你说起此事？须防这是个陷阱……"

芈月却甩开她的手，不肯起来，道："是杨氏之女，七公主茵，昨日不忿我不肯谦让与她，对我说，我是'西市贱妇'之女！她说的'西市贱妇'是不是我的生母？你说我的生母被威后逐出宫去，下落不明。既然下落不明，七公主如何知道她在'西市'？连她都知道，你在宫中旧人甚多，如何竟是回答我'下落不明'？我生母究竟在哪儿，你是找不到，还是不肯找？"

她说到最后，声音不禁激昂起来。

"啪"的一声，莒姬已经是给了她一个耳光，压低了声音斥道："你这个样子，是要自己作死吗？你要死，自己去死，休要连累我和你阿弟。"

芈月捂着脸，一时不敢置信，这是莒姬生平第一次打她，然而这一掌，却也让她冷静了下来，她没有说话，胸口起伏渐渐平息，忽然站了起来，转身就要出去。

"你要去何处？"莒姬叫住了她。

芈月背对着莒姬，冷冷地道："既然夫人不肯替我寻我生母，那我便自己去寻。有'西市'二字，我便不怕寻不到人。"

"你——"莒姬气得说不出话来，抚胸平心静气好一会儿才道，"你如何能自己寻？你是能出宫寻她，还是能有人手替你寻她？市井陋巷是何等卑污的地方，你以为是宫中？你能从那地方寻到人？那里头活的都不人，是牛马牲畜，你知道？"

芈月转身怒吼道："可我生母在那儿！是她生了我，不是你——"

莒姬被这两句话刺得眼前一黑，整个人只能捂住心口喘气，竟是一句话也说不出来了。

芈月看着莒姬的样子，也有些慌了，扑上来道："你、你怎么了……"

莒姬看着小姑娘的脸上露出的惊慌之色，虽然心头滴血，却是不得不道："你纵疑我，我却不能不管你。当日你生母的事，不管你信不信，我是真的打听过，也是真的不曾打听到信息。你既听了没来由的'西市'两个字就要闹腾着寻你生母，我也只能帮着你来寻。我却先与你说好，我帮着你来寻，你且安心等人消息，不可擅自生事，惹下事来。你便不曾把我当作你的母亲，可我毕竟养你姐弟一场，不能由着你自己胡闹，教我这十几年的心血，没个收梢！"

眼前的小姑娘，如小兽般怀疑的目光看着莒姬，好一会儿才道："那，你要我等多久？"

莒姬苦笑，扭过头去，拭去眼角的一滴泪水，才转头道："便是三月为期，如何？"

芈月惊呼道："三月？要这么久？"

莒姬扭头道："三月我也是尽力了，若你不愿意，便离了我这里，再休要问我。"

芈月犹豫片刻，才道："好，我便等您三月。"

说着，向着莒姬恭敬地行了一礼，就要退出。

"慢着，"莒姬叫住了她道，"你是如何过来的，回去之后，又要如何回话？"

芈月沉默片刻道："我知母亲的意思，我自会有办法应付。"

莒姬苦笑一声，挥了挥手，扭头再不看她。

芈月默然而出，走出离宫。

她整个人刚才来的时候，就似要爆炸开一般，可是此时出去的时候，却是茫然不知向何处而去。有时候她甚至觉得，宁可把莒姬想象成阻止她与生母见面的恶人，这样倒好些，可是看到莒姬的样子，她忽然觉得惶恐起来，若是莒姬不是一个坏人，若是芈茵根本是在胡说八道，那又怎么办呢？

生母的失踪和生父的去世，发生在同一个时刻，让人不免把这二者联系到了一起，在芈月的心底，其实深深地怀疑过，是不是生母已经在父王去世的时候死了，而莒姬不愿意她姐弟二人伤心，所以才说"去了很远很远的地方"，不知道在哪儿，也不知道何时回来。

对于生母，这是她的隐痛，不敢去触碰，埋在了心底最深处。她不是不曾想过，"待我长大了一定会去寻找到她的下落"，但是却不曾想过是这个时候，忽然之间，有人这么恶狠狠地将她心底的伤口撕裂开来，指着她说，你的生母没有死，她一直活着，而且满宫的人都知道，她像蝼蚁一样地活着，在"西市"这种卑贱的地方，像个笑话似的活着。

她和她的弟弟，成为这个宫里的笑话有多久了，是不是满宫里的人都在对着她指指点点，说道："看啊，那个人的生母在市井之地沦落，她还满宫昂着头呢……"甚至不免想，是不是屈子也知道，是不是黄歇也知道呢……

一想到此，心里头更是如百蚁啮咬一般，恨不得立刻就能够知道生母的下落，什么三个月，谁知道是真是假，三个月以后，若是她再同自己说一声"不知下落"，那自己岂不白白又失去了三个月的时间。

思来想去，心里越发不定，索性趁着自己还是独自一人在外，干脆不回高唐台，径直又跑去了南薰台。

虽然屈原出使北方五国，然而黄歇陪伴太子横读书，还是经常会去南薰台中。因为她素日在南薰台中常来常往，虽然身着男装，几个小侍童又经莒姬早就打点过，也知道她是公主身份，她便悄悄候在外头，见到一个相熟的小侍童经过，便叫他唤了黄歇出来。

她待在南薰台右边的梅林之中，等着黄歇出来。过不得多久，黄歇便独自匆匆而来，见了她喜道："我正思忖着你回了宫，必是没有办法时常出来，没想到这么快就可以见着你了。"

说着正要拉她，芈月转身避过，却道："子歇，你可愿意相助于我？"

黄歇不假思索地道："自然愿意！"

芈月直视他的双眼，道："哪怕是得罪大王，得罪威后，你也不惧？"

黄歇心中微一咯噔，然此时却不容犹豫，立刻道："是。"

芈月的眼泪忽然流下，黄歇慌了神，连忙拉着她的手不停地劝她道："你怎么了，你说话啊，你到底要我怎么做，你只管说，我一定帮你做到……"

芈月忽然扑到黄歇的怀中放声大哭，黄歇更加手足无措了，又不敢抱，又不敢松手，只挓挲着两只手不敢有任何动作。只觉得胸前一阵温热，一阵湿润，又一点点渗入层层衣襟之内，渗入肌肤。

那一刻他面红耳赤，心跳得飞快，却是连气息都要屏住，生怕喘气大了，也是玷污了佳人。

芈月自入宫以来，目睹楚威后的恶意，目睹女葵挨打，在芈姝面前的小心翼翼，面对芈茵的恶意，到知道生母下落的焦急愤怒，到对莒姬的信疑两难，这种种的一切，竟是无人可言，无人可诉，也唯有在此刻，在黄歇面前，方能够放声一哭。

黄歇僵在那儿，只能低声反反复复地说着道："不要哭，有什么事告诉我，不管什么事，我都一定助你……"听着她的哭声，却只觉得心都要碎了，只恨自己竟不能如神人一般一眼可以看透她的心事，然后一举手一抬足就为她排忧解难，将那些惹她难过的人统统给踢进汨罗江里头去。

芈月哭了好半晌，这边收泪，却见黄歇僵立当场，连脖子都红了，胸前衣襟还湿了一大片，不禁脸一红，低声道："多谢师兄，把你衣服弄湿了，对不住。"

却见一条绢帕已经递到自己面前，正是黄歇所递。

黄歇递出绢帕，却又有些窘迫，只觉得自己日常用的绢帕太过简陋，竟似不配递到佳人面前，递到一半，待要收回，芈月却已经取了绢帕，捂在脸上。

黄歇心头狂跳，这绢帕中犹带着他的体温，却被她捂在脸上，顿时觉得衣襟打湿的地方也变得火热起来。

芈月擦去涕泪，黄歇眼巴巴地看着她，等她开口，却不想她居然转头就要离开。

黄歇急了，拉住了她道："师妹……"

芈月回头，诧异地道："何事？"

黄歇张口两回，却不知道应该说哪句话开始，好一会儿才吃吃地道："你——谁欺负你了？"

芈月苦笑一声，摇摇头。

黄歇急了道："那你为何而哭。"

芈月本是对莒姬信疑兼半，便想找黄歇帮助寻母，不想一见了黄歇，满腹委屈涌上心头，竟是禁不住自己，扑到黄歇怀中大哭了这一场。这一哭之后，原本鼓起来的气势竟是莫名没有了。想要说的话，到了嘴边，竟是情怯而不敢言。

她不知道说出来以后，会是怎么样，这两日她经历了太多事情，竟是觉得周遭所有的人都是面目可怖，此刻只有黄歇的怀抱，才是这般温暖而真实。少女的心敏感又脆弱，这一刻她竟是生怕说出这件事来，黄歇会如何看待自己。生母遭遇至此，自己固然是痛心愤怒，可是眼中浮现的竟是芈茵昨日那种轻蔑中带着怜悯的目光，芈茵这样的目光，会让自己很有想给她一拳的冲动，可若是黄歇也露出这种眼光来呢，那自己……那自己竟何以自处。

虽然明知道，黄歇不是这样的人，黄歇一定会在所有的事情上都站在自己这一边，可是这一刻的心忽然如惊弓之鸟，竟是连万一的可能都是不敢面对的。

她看到黄歇衣襟湿了一片，有些不好意思，欲要将手中的绢帕递还黄歇，却见这上面尽是自己的涕泪，自是不好意思将这脏帕还给他。方才她哭得头晕，见黄歇递了帕子来便接过，却不但弄湿了他的衣襟，又将他的帕子也弄脏了，只得从袖中取了自己的绢帕递给了黄歇，道："师兄，把你的衣服打湿了，这个给你，拭擦一下。"

这话刚才她已经说过一次，此刻竟又颠倒再说，显见心神错乱，黄歇顺手接过绢帕，却无心自己的衣襟，急忙又问道："你怎么了，谁欺负你了，你要我助你做什么，你说啊？"

芈月慌乱地道："没什么，我、我先走了。"说完，便转身就跑。

黄歇欲追，却无奈于深宫之内，他不便擅自乱行，又生怕让人看到，倒连累芈月，无奈之下只得站住，手握绢帕，怔立当场。

想了想，他终究是不放心，转身去寻了一个相熟的小内侍，给了他一把钱，让他去打听一下，到底九公主入宫这两日，发生了什么样的事情。

芈月一口气跑回去，眼前高唐台就在眼前，方悟自己刚才哭得不成样子，忙躲到树后收拾停当，方走入自己的小院，却见玳瑁沉着脸跪坐在门口的廊下，已经在等着自己了。

芈月放慢了脚步，缓缓走进来。

玳瑁向着芈月行了一礼，道："奴婢见过九公主。"

芈月颔首道："原来是傅姆，不知在此何事？"

玳瑁道："奴婢是特来看望公主，因恐公主初入宫，若是缺失什么东西，或者侍从不顺手的，奴婢也好效力。"

芈月脱了鞋子，拾级而上，坐到玳瑁对面，道："有劳傅姆关心，两位傅姆十分用心，我竟是不缺少什么。"

玳瑁笑了笑，眼睛却锐利地看到芈月尚还红肿着的眼睛道："是么，那公主是何处来？公主眼睛红肿，可是何处受了委屈？"

芈月此时已经平静下心来，又怎么会被她套出话来，心中冷笑，口中却做出小儿之态来，顿足懊恼地道："休要提起，昨日七姊骂我，十分不中听，我不服，便去问母亲，不想母亲不与我做主，反将我骂了一顿回来……"说着，便掩袖作欲哭状。

玳瑁忙道："哎呀，公主受这般委屈，老奴也替您不平，莒夫人说什么来着，为何公主竟是委屈到哭了？"

芈月甩袖赌气道："我才不曾哭呢，是沙迷了眼。"说着，便站起来，噔噔地跑进内室去了。

玳瑁连忙向女浇使了个眼色，女浇会意，却随手拉了小宫女薛荔随自己一道进去。

芈月坐在窗前，脸色阴沉，女浇连忙端了铜盆上来，替芈月净面，重新梳头。薛荔便道："公主休要恼，下回见了七公主，她如何骂你，你只管骂还她就是……"

女浇却故意斥道："休要胡说，宫中自有规矩，别人胡说八道，只休听就是，如何拿这种事当正经。公主是尊贵之人，当怒不失仪，言不失矩。"

芈月忽然一伸手，将铜盆打翻，怒道："她也这般说，你也这般说，她说自罢了，你又算得什么？"

女浇连忙伏身请罪，心中却是得意，终究不过是个孩子，有些话一套便能出来。

见女浇走了，想是向玳瑁禀报去了，芈月心中冷笑，这点婢仆之辈的算计也来卖弄，就算是她年纪尚小，又岂是能如她们所料呢。

玳瑁听了女浇的回禀，便猜想芈月必是因了芈茵的话去质问莒姬，不料反被莒姬斥责，心中倒松了一口气，这桩事，若是就此掩过了，自是再好不过，大家无事。否则的话，倒真有得乱子。

当下便令女浇女岐二人注意芈月近日言行，看她是还会追究此事，还是就此掩过。

女浇女岐二人观察了数日，见芈月果然不再提起此事，便是见了芈茵，也不曾再追问过，每日里不是与芈姝芈茵一起学习玩耍，便是回自己房中看书，或是同两个小宫女薛荔女萝一起游戏。

玳瑁闻言，这才真正松了一口气，回头又去警告过了杨氏，杨氏回头，又密密地嘱咐了芈茵一回。

芈茵初时被杨氏泪流满面的样子吓到了，后来又被玳瑁接连处置了两个侍女，才暗悔自己逞一时口舌之快，险些闯下大祸。次日见到芈月，便提心吊胆，深恐她继续追问此事。担心了数日，见芈月似乎也忘记此事，才慢慢放下心来，但亦不敢再表露出对芈月的嫉恨之意，连在芈姝面前，也要竭力装出姐妹相处甚好的样子来。

然而，每到夜深人静处，芈月摸着手中的竹简，用小刻刀，在上面用力刻下一道痕来。

"一、二、三……四十四、四十五。"黑夜中，芈月睡在席上，摸着枕边的竹简默默地数着，一个半月了，莒姬那边，到底找到了她的生母没有？

西市。

一个城市的格局，素来是东贵西贱，东庙西市。西边是最下层的人居住的地方，市井之地，鱼龙混杂。

在这里，最贫穷、最粗俗的人们混杂一堆，每日苦苦挣扎在生存和死亡的边缘上。为了一饭而乞，根本不稀罕见，人与狗争食，甚至也不奇怪。

莒弓带着向氏的弟弟向寿，已经在西市寻找了将近一个月了，然而西市窝棚遍地，难民群聚，这些底层之人，多半无名无姓。便是男丁，也都是随便起一个甲乙丙丁豚臀犬尾之类的名字，若论妇人，更是多半连个称呼都没有。

莒弓乃是莒姬族中得力之人，奉了莒姬之命，寻访向氏下落。他自忖虽然曾见过向氏，但那也是当年向氏入宫之前的样子，如今事隔十几年如何能认得出来。向氏一族，也早已经人丁飘零，如今能找到的只有向氏的幼弟向寿。

向氏入宫之前，这向寿也不过四五岁，自然也是不记得向氏是何模样，然而毕竟属一母同胞，莒姬身边的寺人荆看了向寿模样，便说他与向氏颇有四五分相像，莒弓便带着向寿一起，莒姬又借故将一个昔日服侍过向氏的仆妇偃婆逐出宫去，却是让她和莒弓等一同寻找。

莒弓身形魁梧，起到保护作用；向寿毕竟与向氏一母同胞，便于寻访；但向氏毕竟是妇道人家，那偃婆正可便于向市井中的妇人打听情况。

三人这日又出来寻找，市井之中，每日都有许多热闹可看，却见前面人头涌动，似又有什么事发生了。

莒弓皱了皱眉头，有些不耐烦。莒国虽亡，但到底莒姬得宠，莒氏一族还算有些庄园，有些田地出产，他虽是族中旁支，但亦是每时膳食有定、衣着体面，从来只在城市的东面行走，到这西市忍了一个来月，实是不耐烦已极，便道："不知道又是何等无赖之人闹事，不必去理会了吧。"

因向氏一族早已经衰落，对于向寿而言，西市的混乱倒不似莒弓这般难以忍受。他心中牵挂着自己的阿姊，便道："弓叔，不如到前头看看，热闹之处人多，或可打探到我阿姊下落。"

莒弓无奈，只得随他挤进人堆中，心中却满是不耐烦。他们走到近处，见人们围成了一圈，中间却只是一个粗汉在殴妻。

那粗汉长得丑陋而苍老，满脸酒糟之气，口中骂骂咧咧，与一个蓬头跣足的妇人抢着一个钱袋。

那妇人虽然形容狼狈，却不似市井妇人与丈夫对打时的粗俗凶悍。须知这市井妇人，与人相争，满地打滚也有，污言秽语也有，甚至裸衣撕打亦有之，但那妇人却显得甚是纤弱无力，仅是一手护住头脸，一手扯着钱袋，竟只挨打不还手，哀哀哭道："夫君，小儿病得甚重，这是小儿的救命钱，你不能拿走。"

那粗汉却是下手并不留力，用力一脚踹中那妇人腹部，不顾那妇人痛得弯下腰来，只骂道："那小畜命硬得很，花这些钱请医者买汤药都是浪费，我输了九天，卜者说我今日必能翻盘。快放手，把钱给我，若是坏了我的手气，看我不打死你。"

那妇人痛得半蹲在地上，却只是哀哀而哭道："你便打死我吧，小儿已经烧了数日了，今日再不请医者便不成了。小儿若是不治，我还活着做什么，你便打死我吧……"

那粗汉怔了怔，一只脚已经提起欲踢，到底没踢出去，只扯着那妇人抓住钱袋的手，用力拉扯。

这一拉扯之下便见那妇人的手上也是伤痕累累，显见素日也是常受虐待，围观的诸人不免议论纷纷，都说那粗汉的不是。那粗汉虽然有些愧意，但毕竟赌徒之性占了上风，终于还是扯断了钱袋的绳索，抢过了钱袋就走了。

那钱袋绳索断了，散落开来，在地上滚落了几枚鬼脸钱。那妇人伏在地上，一边哭，一边一枚枚地拾起那几枚钱币。

向寿看得心生怜悯，上前几步从钱袋中取出一把钱来，递给那妇人道："大嫂，这钱你拿去给小儿治病吧……"

那妇人闻声抬头，两人乍一照面，莒弓和偃婆不禁啊了一声。那妇人虽然满脸泥灰泪痕，狼狈不堪，面容却与向寿颇为相似。

那妇人见了向寿，也是一怔，再一转头看到站在向寿身后的陌生男女，不禁脸色一变，抓紧手中的几枚钱币转身就跑。

向寿也是一怔，旋即明白过来，与莒弓两人连忙追上去。

那妇人赤着双足跑在烂泥地里，却是极为迅速地在人堆里一挤一扭，转入拐角处便不见了。

向寿等三人不熟悉道路，竟是转眼就不见了对方。

向寿急了，抓住了莒弓道："这是，这是……我阿姊吗？这如何是好？如何是好？"

莒弓却是老于世故，安慰他道："无妨，这是好事。我原也怕那是个错误的消息，如今既是知道她确在西市，便不怕找不到她。"说着看了偃婆一眼。

偃婆会意，朝着那妇人消失的方向打探消息，这回她既有了目标，便不是原来那般盲目打探，只问一路上看似长舌的妇人，那个家有小儿生病，丈夫酒糟赌钱，又爱殴打妻子的人家在何处，这一问之下，果然是极容易地问出了对方的下落。

原来那丑陋粗汉姓魏，原是一个守城门的士卒，前些年因为好酒而被免了职，如今只是混迹于市井，是个无赖之徒。

"那家的妇人，倒是个斯文贤惠的，不知这厮是从何处拐来，可怜啊，素日经常听到她被打得哭求之声……"向寿听着那长舌妇人用看似同情、实则有些幸灾乐祸的语气说着那酷似向氏之人的事，气得握紧了拳头，牙咬得格格作响。

莒弓站在偃婆身后，听着偃婆打探，一只手按着向寿，防止他因冲动打断了消息的探听。

那长舌妇指了向氏的住所，便心满意足地捧着几枚鬼脸钱进自家草棚去了。

向寿沿着她所指的方向，一路寻去，直到草棚的尽头，掀了草帘子进去，果然见到了那酷似向氏之人。

虽然这一路走来，都是简陋的草棚，但这间草棚却似是这一排中最破烂的了。不但破旧而肮脏，且几乎什么东西都没有，连四面的墙壁除一面有几块薄板以外，另外三面都只是用几根旧木头作支架，中间以稻草为壁，空空荡荡的随便哪一处都能让人穿墙而过。

那妇人便跪伏在那几块薄板围成的挡风之处，背对着门，半抱着一个两三岁的幼儿，拿着一只瓜瓢，自己先饮了一口水，又细心地哺给那幼儿。

她衣衫破旧，举手之间袖子落下，手臂上的伤痕更是触目惊心。

向寿上前一步，哽咽地叫道："阿姊——"

那妇人忽然僵住，好一会儿，才僵硬地将头一寸寸转过来，向寿只觉得她的颈上关节都似咯咯作响。

那妇人惊骇地转过头去，看到向寿的模样，却涌现出极为复杂的神情来。初时是惊喜和激动，甚至要放下手中的小儿转身欲起，忽然间似想到了什么极为可怖的事情，又吓得退缩了一下，抱紧了手中的小儿，膝行退缩到墙角去，害怕地道："不——你是何人？我并不认识你，你快离了我这里去，我什么人都不是，我什么都不知道——"

向寿一心想寻到阿姊，不曾想对方居然如此拒绝相认，一直竟怔住了，泪水夺眶而出，跪下道："阿姊，你不认得我了吗，我是阿寿，你进宫的时候，我才五岁。我如今长大了，来寻你了，来保护你了。阿姊，阿爷阿娘都不在了，我只有你了，你不要不认我，你不认我，我就只有孤零零一个人了……"

向寿伏地痛哭，那妇人本已经洗净了脸，此刻也不禁再度泪流满面。她看着向寿，似有千言万语，却是说不出口，好一会儿才掩面泣道："你快离了我这里去吧，我是个不祥之人，休教我将灾祸牵累了你去。快走，快走，若是被人看到，就不得了了……"

向寿猛地抬头，怒道："是谁，是谁在害你，阿姊，你告诉我，我找他去……"

那妇人哽咽着挥手道："你走吧，我不识得你，你也不识得我。你好好地活下去，活下去，休要再来见我……"

莒弓站在门外，听得里头两人的对话，向寿只是哭求，那妇人只是拒绝承认，便知再僵持下去只怕是无用，便看了偃婆一眼，示意她进去。

偃婆会意，便上前一步，掀了草帘子进去道："向媵人，你纵使不认向小哥，难道你连公主月与公子戎也不顾了吗？"

那妇人顿时怔住了，忽然跳了起来，也不知道她哪里来的力气，抱住了小儿却疾步上前，将向寿保护性地挡在自己身后，警惕地问道："你是何人，你来此做甚？"

偃婆一怔，道："向媵人，你不识得我了，我是偃婆。"

那妇人细看了看她，方才掀帘进来竟是逆光，不辨面貌，如今瞧得仔细了，才认出来。那股劲儿一松，只觉得脚一软，跌坐在地，手中却是紧紧抱住了小儿，待要说话，却是一口气哽在喉头，她面露痛苦之色，手抚着胸口，喘气不已。

向寿大急道："阿姊，你怎么了？"

偃婆却是年老积事之人，忙上前一边轻轻拍打着那妇人的后背，一边对向寿道："向小哥，快取水来。"

向寿连忙将方才那片水瓢取来，偃婆接过，喂着那妇人喝了两口，那妇人这才喘过气来，一只手已经紧紧抓住了偃婆，嘶声道："公主与公子怎么了，他们怎么了？"

偃婆叹息道："向媵人，您终于肯认我们了？"

那妇人两行泪水流下，哽咽道："是。"

向寿握住了向氏的手，只叫得一声道："阿姊——"就再也说不出话来了，只是放声大哭。

向氏却急切地拉住偃婆，道："月怎么样了，戎怎么样了，夫人，夫人她还好吧？"

偃婆叹息道："夫人尚好，公主、公子均好。向媵人，你如何会沦落至此？"

向氏却没有回答，只惊疑地问道："既他们均好，那你们何以到此……"

偃婆道："是公主……"

向氏已是截断了她的话，急问道："公主怎么了？"

偃婆叹道："公主知道了您的下落，她想见您。"

向氏心中一痛道："她、她如何会知道……"想到自己仓皇离宫之时，无数遍地回头想再看一看自己的儿女，却是连最后一面也未曾见着。这些年来多少次睡梦中惊醒，泪湿枕边，此刻再次听到儿女们的消息，心中大恸，眼前似乎看到了倔强的长女、懵懂的幼子，只想将他们拥入怀中，好好地痛哭一场。

然而抬头时脸上却是充满了无奈和惊惧道："罢了，我如今这样，如何还能见她。愿他们一切都安好，也就是了。"

偃婆见她已经是如同惊弓之鸟，便不敢再说下去，转头看到她怀中的幼儿，连忙伸手抚了一下那幼儿的额头，惊呼道："这孺子怎么了？"

向氏垂泪道："发烧好几天了，我好不容易借了些钱想给我儿请个医者，谁知道……"

向氏把孩子放回席上，盖好被子，低头拭泪。

向寿气愤地道："阿姊，你如何会嫁这等人，又如何不来寻我们，让我们为你做主？"

向氏嘴边一丝苦笑，轻抚了抚向寿的头，却没有说什么。

偃婆却已经是猜到了道："媵人，可是有人故意安排将您嫁与此人……"说到这里也不禁冷笑道，"是了，当日先王驾崩，宫中便说要将旧宫人配与无妻士卒，我们也说哪一位何曾这般好心过，原来竟是冲着您来的……"

向氏掩面转头，陈年的隐痛又被勾起，她哽咽道："你别说了，这总是我的命，总是我自己的命不好，才会招惹得……"

她想起那天崩地裂的一日，无端飞来横祸的一日，她甚至连事情如何发生，究竟如何也是不知道，便被拖出了宫闱，关在了一间囚室中，过了一天，便被押上牛车，也不知道走了多久，便被扔在这间简陋的棚屋之中，然后就是那个可怕的男人……

那一夜的惊恐和绝望，她至今仍能感觉到心胆俱裂的痛楚。

她虽然出身微末之族，自幼与莒姬为伴，事事恭谨退让，但毕竟莒姬为人强势，她也颇得照拂。楚兵灭莒之前，莒国已知势不可敌，早早议好归降，她深宫之女，自莒宫到楚宫，也不曾真正直面残忍血腥的东西。

可是那一夜，那个丑陋、可怕、浑身带着杀气的粗暴男人扑上来，不顾她的哭叫、哀求、抗拒，撕裂了她的衣服，也将她这个人，从过去的旧世界里完全撕裂。

自此，便是日复一日，地狱般可怕的日子。

那是一个在战场上杀过无数的人，也看着无数的人死去，甚至在战场上留下过永远伤残的男人，对于他来说，世界就是暴力和冷遇。他每天要在她的身上踩躏作践以感受自己还活着，又要在她身上发泄暴力以逃避他在这世间所遇到的轻贱和屈辱。

她几番想死，可是她却牵挂着宫中的儿女，她什么都不知道，便被带了出来，便忍受这样的绝望和痛苦，那她的儿女，可还安全，可曾受到她这无用的母亲之牵连。

在还不知道儿女消息的时候，她不敢死。却没有想到，在她还没有打听到儿女下落的时候，她居然又怀孕了。

在知道自己怀孕那一刻，她觉得她的世界已经完全塌陷，她甚至想到去死。就算死了，也好过自己的存在，继续给儿女们带来屈辱吧。他们是王的子嗣，却因为她这个母亲，在这世间无端多了一个贱卒所生的同胞弟妹，他们会因此受人嘲笑吗，会因此被人轻视吗？

那一日，她走到了汨罗江边，想要跳下去，一了百了。可是汨罗江边，正值少司命之祭日，多少母亲带着小儿，前去酬神相谢，看着言笑晏晏的无数母子相携走过，她抚住腹中，那里面是不是也有一个小儿已经在了呢？妇人有嗣，是少司命的恩赐，她又如何敢违了神谕呢？

或者，这当真是少司命的安排吗？她恍恍惚惚，不知如何，又回到了草棚。

那个男人听说有了子嗣，忽然一夜之间似变了一个人似的，开始善待她，甚至殷勤呵护于她，也开始为这个小家添置物件，甚至瘸着脚爬上爬下，亲自动手修缮这间小小草棚。

她是个软弱之人，死的勇气曾经有过，然则这世间有一点点小小温暖，便足以让她再生起活下去的勇气。

十月怀胎，生下了一个健康的儿子，看到那个孩子入世破啼第一声哭泣，让她想到了深宫中的那两个孩子。这时候，她终于已经打探到，那两个孩子随着莒姬在离宫守丧。谢天谢地，这两个孩子总算没有受她的连累，想来有能干如莒姬在，将来莒姬一定会比自己更好地照顾那两个孩子吧。

抱着怀中的小儿，她的眼泪滴下，从此以后，那曾住深宫的向媵人已经死了吧。如今活着的，只是一个贱卒魏甲的妻子、这怀中小儿魏冉的母亲，她就是一个西市的草芥妇人罢了。

好日子只过得一年半载，魏甲的恶劣天性在因为子嗣的到来克制了一段时间以后，又故态复萌。不久又因醉酒，丢了守城门的差使，自那以后，失业的他便毫无顾忌地暴露出人性最坏的一面来。

他开始酗酒、染上赌瘾，家里的东西一件件地被押上了赌桌，喝醉酒了打人、赌输了打人，她伤痕累累，饥饿、煎熬，最终变成麻木和绝望，她生活在地狱中，没有最痛苦，只有更痛苦。

但她却不能死、不敢死，她在世间有了新的牵挂，她不敢丢下她的小儿自己解脱，这年幼的孩子，成了拴着她在这活地狱中煎熬的锁链。为了孩子，她厚着脸皮，一次次向街坊邻里乞讨着一口米汤、半块饼子，可是孩子病了，病得快要死了，要请医者，要服汤药，这甚至不是住在草棚区的街坊邻里能够相助的事。

她最后卖了一件东西，那是她在旧世界唯一的念想，她本以为自己死都不会出卖的东西，但为了她的小儿，她还是卖掉了，可是换来的几枚钱币，又被夺走。

在这人生绝望的谷底，她努力忘记的旧世界，又出现在了她的面前。

而她的第一个反应，并不是再遇故人的惊喜，而是恐惧。命运之神对她从来都是苛刻的，如果生活有了转机，一定是向着更坏的方向而去。

她的命运，已经不能再坏了，那么，她更不要把噩运带给她的至亲之人。

很多时候她在想，是不是一直有一双眼睛在看着她，见不得她能过上好日子。是不是有人不放过她，要一直看着她受苦。如果有人只是想看着她受苦受难受罪，那么她就受着吧，是不是只要她驯服地受着苦难，那么那双眼睛就会满意，就不会把灾难带给她最爱的亲人。

她看到了向寿，看到了弟弟的殷切目光，她几番想认，却不敢认，她怕这一认，那双眼睛会认为她想逃脱，认为她不够驯服，会不会给她以更重的处罚，或者更可怕，是给那些原本生活在安宁之中的至亲之人以处罚。

她不能认，她回避、她逃离，然而当听到偃婆提到她的儿女的时候，那种揪心的感觉，让她不能不询问，不能不承认自己的身份。

"你告诉公主，我已经死了！"她又摸了摸席上的幼儿，烧得更重了，原来命运之神不只要她一个祭品，甚至要让她的小儿也成为祭品吗？她忍不住又将孩子紧紧地抱在怀中，那么，就让他们母子一同成为祭品吧。只要那两个孩子能够安好，那是王的子嗣，一定要安好啊。就让这个微贱的自己，和这个只属于微贱自己的孩子，一同成为祭品吧。

向寿见她如此，心中着急，道："阿姊——"

偃婆老于世故，她也是自微贱出来，也是有自己的孩子，却多少能够猜到向氏的心态，却只摸了摸魏冉的额头，急道："向媵人，别的话休要再说，赶紧把孩子抱到医者那儿去吧，我看着还是有救的。"

向氏猛然抬头，眼中顿时有了希冀之光道："你说，这孩子……"

偃婆截口道："这当口就休要再磨蹭时间了，快抱去给医者看病。"

向氏那一刻抑郁到了极点，只欲求死，可一听说孩子还有救，便什么心思也顾不得了，只茫然听从偃婆的指挥，被偃婆和向寿左右扶着，便出了草棚，在莒弓护持下，一路到了莒族所居之地，寻了一个医者，看了病开了方子熬了汤，又送回草棚。

向氏提心吊胆，唯恐魏甲回来再生事端，偃婆却安慰她道："放心，莒弓必有安排。"

向氏并不明白莒弓的安排是什么，莒弓却是寻了几个人，到那个地下赌场做手脚，引得那魏甲输输赢赢，几日都不舍得离开。

这几日为防邻居起疑，便只有偃婆陪着向氏，那小儿魏冉也是生命力强韧，只吃了几天汤药，就渐渐转好。

偃婆这才细细地将九公主偶听消息，坚要寻访生母，莒姬劝阻方才暂时消停，却因此和莒姬母女生分，如今莒姬许下三月之约，若向氏不与小公主见面，只恐小公主思念生母，会因此惹祸之事，与向氏一一分剖明白。

向氏听完，默然，良久方苦涩地道："我如今这个样子，如何能再见小公主，便是见了，日后……又如何安排？"

偃婆支吾道："这……奴婢是奉夫人之命，将此事说与媵人，让媵人去见公主，至于以后，尚要听夫人安排。"

向氏低下头，轻声道："那我便也听夫人安排就是。"

第十三章
断肠别

"找到了？"芈月听到这个消息，不禁又惊又喜，直握住了莒姬的手，惊呼道。

莒姬看着芈月，心中怜惜，实不欲她知道生母遭遇，当她得知找到向氏的经过时，也是又惊又悔，只道向氏出宫必不会太好，可却万万没有想到竟会悲惨至此，那一瞬间实是心头痛极。她与向氏亦是从年少时就闺中相伴，只是她经历过了莒国灭亡，一路上战争洗劫，许多事向氏不知道，她作为莒国献女却是知道得更多，再在深宫这步步杀机过来，心肠早已经硬了许多。当日她为了自保，为了这一双儿女，不敢去打听向氏下落，如今再知道经过，不免心疼神明。

看着女儿，她定了定神，才点头道："是，找到了。"见芈月欣喜，她欲言又止，有心想先提醒芈月一下，但话到嘴边，却说不出口，心中暗叹罢了，反正只是短短见上一面，毕竟只是孩子，有些事，大人知道就是了，何必让这么小的孩子，也直面这么残忍的事呢，便想了想，道："再过数日，便是秋猎之期，今年大公主要远嫁齐国，你若能够说动公主姝带着你们参加秋猎，我便安排到时候让你阿娘去西郊猎场与你相会，如何？"

芈月一怔道："那戎呢？"

莒姬苦笑道："你道你母亲为何出宫，又为何毫无消息？"

芈月怔了一下，旋即明白，看了远处豫章台方向，方道："是她吗？"

莒姬没有回答，她的不回答，便是回答了。

芈月也沉默了。

莒姬方道："你年纪大些，懂得事情，有些话能够藏得住。至于戎——我现在并不想让他知道太多，让他无忧无虑地好好学习，将来长大了能够独当一面的时候，再让他知道不迟。否则的话，如今除了让他徒增烦恼，影响学业甚至泄露机密引来祸殃以外，又有何益呢？"

芈月轻叹一声道："就依母亲。"

莒姬道："那么，你若是秋猎中能够出来，便告诉我，我好安排你们相见。"

芈月上前一步，想要表示一下对莒姬的感激，却见莒姬满脸厌倦，已经扭过头去。她自知因为对生母的查问之事，伤了莒姬的心，如今的莒姬对自己，亦是多了一层隔阂。

她心中微觉得愧疚，但这点愧疚在即将与生母相见的喜悦中也冲得淡了。

却不知道莒姬之所以回避，却不是生了她的气，而是因为向氏的事，而有些逃避再面对于她。

芈月离了莒姬住所，便筹划着如何达到自己的目的。芈姮将嫁，如今高唐台中都在说这件事，这个时候，她若以"大姐就要远嫁，姐妹们最后一次相聚游玩"的名义说服芈姝去向楚威后要求一起去西郊行宫，当真是毫无问题。

她并没有自己来说，而是有意让芈茵知道了此事，好胜的芈茵果然向芈姝提起此事，芈月便敲着边鼓，果然引动芈姝也顺理成章地闹了一顿楚威后，让她准许诸姐妹一起秋猎，作为对大公主芈姮的一次送别。

然后就是漫长的等待，每一天都让芈月觉得是如此地无穷无尽。她想着如果见了生母，第一句话应该是说什么，是埋怨她扔下自己姐弟毫无讯息呢，还是表示自己能够理解她的苦衷呢，或者说向她表示自己已经长大了，可以照顾弟弟了……

对了，还有一件极重要的事，便是自己终于圆了父王的心愿，已经拜屈子为师了，而且还有一个师兄待她很好，他的名字叫黄歇……

如此辗转反侧，每每都是上半夜睡不着，下半夜睡到天亮几乎起不来，弄得女浇女岐不知道她出了何事。直至女葵几番暗自相劝，这才让她稍稍收敛了些，不敢叫人看出来。

　　终于等到正日，车马辚辚，宫车成排，千军万马直出北门。

　　虽然只西郊行猎，但毕竟是王室出行，芈月等天未亮俱都起身，按着身份等级穿好服制，然后是等着出行。宫门前亦是军队、百官等排队出行，诸内侍女奴们随行。等到楚王出宫之后，方是后宫随行，再是公主们随行。

　　虽是于日出之前便早早起身，但却是等到过了食时，直到了隅中方才登车出宫。直至一路上走走停停，到了北郊又要候着楚王的大队人马先行安置好，诸后宫公主们才各自入帐，便已经快到晡时了。可怜许多低阶官员起得更早，却到此时还未安置。

　　到了西郊猎场，见那猎场正是依山而成，山上各种树林从金到黄到绿，层林尽染，沿山下一带，早已搭好了无数的营帐，五彩缤纷，颇为壮观。

　　楚王的王帐居于正中，红底黑纹，套着数个大小帐篷，中间用毡幔包围连通，恰如小小宫殿。其余百官的营帐俱依等级大小围于四周，拥得王帐如百鸟朝凤一般。

　　楚威后对于秋猎素来没有什么兴趣，诸公主便都由南后照看，亦是如在宫中一般，芈姮与年长的三位公主共一个营帐，芈姝与芈茵芈月共一个营帐。

　　各人进帐先换了衣服重新梳洗罢，用了晚膳，便也只有歇息的份儿了。

　　本来南后给各人都安排了枕席，用小屏隔开。但芈姝却是听了宫女的说话，说是营帐之中大伙儿滚在一张毡子上的，见了南后这般安排，反而不喜，嚷着要和姐妹们同席而卧。南后只得撤了小屏，将三人枕席并在一起。

　　芈姝便指挥着又将三人的枕头放在一起，拉着芈茵和芈月更了寝衣，欢呼一声，三人便滚到一起，头挨着头，在同一个被窝里，讲着悄悄话，憧憬着明日的秋猎会有什么样的收获。

芈姝虽然兴致颇高，但无奈芈月等两人却无此心。芈月自是因为次日要见生母，所以心事重重，芈姝问得几句方能够答上一句，还常常答非所问。芈茵却是起得太早，她又好胜心强，在车中也不敢似芈月这般不顾仪态地打盹补觉，又不能如芈姝这般直睡到临上车前方有人敢唤她起来。因此虽然有心奉迎，但毕竟也不过是十三四岁的小姑娘，强自撑着一天，这时候早已经上下眼皮打架，若是坐着说话也罢了，这头一挨到枕头便觉得睡意再也无法支撑，只勉强答得几句便已经睡着了。

芈姝老大没趣，只闹得几下，伸手推推芈月，推推芈茵，芈月装睡，芈茵是真困得熬不住，只她一个兴奋了一会儿，便也怏怏睡了。

次日清晨便要早起看演武试猎，芈月是一夜未曾好好睡着，早早便醒了，听得傅姆唤醒，便已经坐起更衣，惹得芈姝在被窝里睡眼蒙眬地道："看你这般兴奋，真是少见多怪，放心好了，以后我年年都带你出来。"

芈月按捺下激动的心情，哄劝道："既然出来了，自然是能够看到我大楚男儿演武，才是不枉此行。阿姊，难道你便不想看吗？"

好不容易哄了芈姝起来，芈茵也随着芈姝起来，三人更了骑射之服，南后已经派了人来问诸公主可整装完毕，众人便随着南后到了猎场。

但见曙色未明，四周犹燃着火把助明，场边四根华表耸立，楚王槐率重臣立于木台之下，均是身着皮弁等骑射之装，台下却是各着戎装的封臣士大夫将领们率各军士依着华表范围按职位高低列阵成行，场外军帐连绵，一望无际。

南后、郑袖，诸公主等宫眷们也各着骑射之装，站在稍远的看台上看着楚王行猎。芈月细看猎场，忽然间牛角鸣响，宰夫杀生祭祀，但见斧头飞舞，血光四溅，备好的祭牛牛头落地，山一般的牛身倒地。这一幕血腥的场景顿时激起众将士的嗜杀之气。

随着鼓声，众将士依着鼓点列阵冲锋来去，众宫眷已经看得兴奋起来，发出低低的惊叹。

此刻的场景蓦然地让芈月想到年幼之时，曾被楚威王带着参加过的一次秋猎的场景，当时年纪尚小，只觉得清晨被傅姆抱出，一心只想睡眠，对于周围人的兴奋之情，是半点也不能感受得到，只觉得天边星光仍在，火把闪亮，喧闹无比。此刻站在这儿，目睹眼前的一切，忽然间所有朦胧的记忆似被唤醒。

可是……她抬头看着那个站在高台上的人，那个人已经不是她可倚靠、可撒娇的父亲了。

一时间眼中似有泪光泛起，她连忙转头拭泪，幸而身边的诸人都在兴奋地看着场中军士演武，不曾看到她的失态。

当下先由鹿人放出预备好的鹿来，先由楚王槐一箭射杀，然后便是行猎开始，诸卿大夫们皆率众向猎场奔去。

便是南后与郑袖也翻身上马，持弓率着众侍女奔向猎场。

大公主姮因临近出嫁，近日颇有些忧心忡忡，喜怒无常，此时见了众人行猎，竟也破天荒地提了兴致，叫上其余的三位公主一齐提弓上马，也要冲下去行猎。

临行前却是吩咐了傅姆，叫看好芈姝等三人，不许她们去猎场道："刀箭无眼，你们年纪幼小，不能够完全控弓制马，还是在站在这里观看为好。"

芈姝气得顿足摔物，大发脾气，无奈傅姆们得了吩咐，皆不敢让她参与行猎。

芈月却借口头痛，转回了营帐。

便见女葵已经候在那里，见左右无人，悄声对她道，莒姬已经派人去接向氏，约莫日中之后，在西南方向的小树林中相见。

那处小树林却是与王帐稍有距离，设为贵人们若是行猎去得远了，有需要更衣歇息之时，返回王帐路程稍远，便在此处更衣歇息。这样的所在在林边有四五处，这时候莒姬便挑了一处平素无人到来的，让向氏扮成宫女，与芈月私下相会。此地众人皆在行猎，便是被人撞到，也是无妨。

芈月得了消息，心下有了计较，便出来劝芈姝道："既是王嫂与大姊姊不让我们去行猎，想来也是好意。只是我们既然出来了，就坐在营帐之内岂不是白来一趟，不如让人牵着马四处转转，只消不往危险的地方去，自己不去乱跑，便是看人行猎也是好的。"

芈姝得了主意，便派人与芈姮如此这般地说了，芈姮无奈，知道不答应她，她必是要闹腾的，只得答应，却派了一队女兵，将芈姝密密地包围，方许她行动。

芈姝被人看得紧，芈茵芈月却无此待遇。芈茵生恐自己遇险，连忙跟着芈姝极紧，芈月却故意拉开距离，渐渐落后，见时间将到，趁人不备，便往约定好的地方而去。

西市草棚，向氏梳妆完毕，看着镜中的自己，竟似有一丝陌生的感觉。

她已经很多年没有照过镜子了，她这草棚之中四壁皆空，所有值钱的东西，都已经被魏甲换成赌资。她当时仓促被逐出宫，唯一所有的，就是当时身上所穿的一袭浅绿色宫衣。那套衣服，被魏甲撕破过，她又细心地补上。后来魏甲开始嗜赌，搜刮家中值钱的东西变卖的时候，她悄悄地将这袭宫衣寄放在邻家一位善心的胥婆家中，便是饥肠辘辘，便是被魏甲打得半死，她都不曾想过把这袭宫衣交出来，这袭宫衣是她过去生活的唯一见证，她几乎是怀着执念似的保留着这袭宫衣，似乎留住了它，就是留住了自己的过去。她的人生并不只是一个受贱卒魏甲殴辱的草芥妇人，她曾经生活在云端，在那个云端里，有她为王者所生的一子一女。

也唯有怀着这样的情感，她才能够一次次在绝望中强撑着自己熬过来，活下去，怀着希望地活下去。曾经在最狂想的梦里，她也曾想象过，也许在某一天，她的儿子会像先王一样，骑着白马挥着宝剑而来，砍断她的锁链，将她从这地狱中救出来，然后她就可以放心地把小儿交给她的大儿。只要有这一刻，她便是立时死了，也是心满意足的。

她受了这么多年的苦，一定跟过去不一样了，然而有这一袭宫衣在，她穿上这袭旧宫衣，一定可以变回原来的她，她的儿女一定会因为这袭宫衣而认出她来的。

然而这个热望这个理想，她曾经放弃过，在小儿高烧不止，在她已经求遍所有邻里用尽所有办法以后，她绝望了，她不再期盼那遥远的狂想，她最终还是取出了那一袭珍藏已久的宫衣，去换取了一袋钱币，希望以此救回小儿的性命。

却没想到，连这最后的期望，也被那个丑恶的魔鬼夺走。那一刻，她想到了死，她只能抱着小儿一起去死。然则，苍天给了人绝望也给了人生机，她的女儿要找她，要见她，在那关键的一刻，她的女儿这个念头，救了她的命，也救了她小儿的命。

而今，她要去见她的女儿了，这一袭宫衣，终于可以再度披在她的身上。她想，也许她终于可以解脱了。

对着镜子，她却惶恐了，镜子里那个陌生的女人是谁，如此苍老愁苦，如此丑陋瘦削……不，她本不应该是这么丑陋的，她曾经是年轻美貌的、温柔可人的，她变成了这副样子，她的儿女可还能再认出她来吗？

向氏惊恐地拉住偃婆道："偃婆，你说，我这个样子，这么丑，公主、公主还会认得出我吗，公主会不会嫌弃我？"

偃婆看着眼前的向氏，她的确已经不是昔日宫中的那个年轻美貌的向媵人了，过去她无忧无虑的脸上带着一点微圆，脸上的肌肤吹弹可破，樱桃小嘴粉嫩，眼角总带着一丝温柔的笑意。而如今的她，脸庞瘦削，眼神惊恐，嘴角下永远挂着愁苦，眼角因哭得太多，皱纹丛生，她虽然比莒姬年轻了十余岁，如今看来却比莒姬还老。

偃婆暗自叹气，却劝道："子不嫌母，媵人，公主要见的是母亲，不管您变成什么样子，都是她的母亲！"

向氏却是更加惶惶不安，犹豫了半晌忽然嗫嚅着道："要不，我、我就不去了，我怕公主……不不不，我不是怕公主嫌我，我是怕公主会伤心。这孩子脾气烈，我怕她迁怒于夫人，我知道她的性子，她一定会的，不如我就不去了，免得让夫人难作……"

偃婆啼笑皆非，内心亦是觉得，宫中的那一对姐弟，若不是托于莒姬名下，而只有像向氏这样糊涂又软弱的母亲，只怕早就被人吞吃得没有命在了。她内心虽然有些腹诽，但还是劝道："媵人，你可知宫中之为难，夫人能够安排公主和您见上一面，已经是费尽心力，公主苦盼日久，您怎么可不去。您这一番若不能见到公主，只怕下一次，又不知何时了。您就忍心让公主失望，让夫人苦心落空吗？"

向氏被这一说，又不知所措了。偃婆又劝她道："媵人休要气馁，谁人能够永如青春年少之时呢，待老奴为媵人打扮以后，媵人自又会如昔日这般好看。"

向氏惴惴地坐下来，任由偃婆为她涂脂抹粉，重新打扮以后，偃婆端过铜镜来，向氏就着铜镜，朦胧中但见一个面白唇红的女子，似乎仍是一个美貌佳人，心下稍安，拉过了偃婆的手道："多谢偃婆。"

偃婆见她似又要流泪，连忙道："媵人休要落泪，仔细坏了妆容。"

向氏连忙握住手帕按住了眼角："不不不，我不会坏了妆容的。"

偃婆道："莒弓已经驾车来了，媵人赶紧去吧，休教公主久等。"

向氏连忙站起出门，却见莒弓已经驾着车在外，她左右一顾，这些草棚中居住的皆是底层庶民，此时多半去西市寻活儿觅食，皆是不在。她以袖掩面上了车，莒弓挥鞭急驰而去。

西市原在郭外，离西郊猎场并不甚远，莒弓驾着马车，避着行猎的诸人，到了猎场之外寻了个僻静之处停下车来。

便有莒姬早就派来的寺人，引着向氏向着小树林行去，走了一小段路，走到几间连着的小屋前，那寺人道："向媵人在此稍候，奴才这便去请小公主，此处宫女寺人奴才皆已经引开，到时候便只有小公主进来，奴才会在林外看着。"

向氏见自己来处是一条小径，这小屋前却有一条更宽的林荫道通往另一处，问道："那边是何处？"

那寺人道："媵人放心，那边还有一处是留着给大王歇息的，如今大王正在行猎，自不会再有他人进来。"

向氏略微放心，便坐在小屋台阶上，耐心等候。

也不知过得多久，忽然听得一阵脚步声传来，向氏初时还道是芈月来了，一喜之下，连忙回头看去，这一看非同小可，惊得她整个人都跳了起来，险些失声惊叫。

原来那边路上却又来了一人，身着红纹皮弁，却正是楚王槐。

却说楚王槐何以到此？却原来众人行猎，楚王槐射中一鹿，众人皆奉承赞好，且有寺人连忙取了还热乎的鹿血来献与楚王槐，楚王槐一口饮尽鹿血，又自继续行猎。恰他今日运气甚好，又猎一兕，此物又称犀牛，皮厚性烈，甚是难猎。楚王槐先射中一箭在那兕子的头上，诸人乱箭齐发，将这兕子一齐射下。

众人恭维之下，楚王槐不免得意，乃取了皮囊中的酒，与诸人一起相饮。

这一饮却是不好，他原先喝了鹿血，如今又饮了烈酒，此二者皆是助情之物，两物相遇，过不多久，便有些兴致勃发。他身为王者，又岂是克制自己欲望之人，当下便叫寺人莱引道，到就近的歇息更衣之所去解决。

莒姬恰好于此时设计，恐有人撞见向氏母女相逢，便教人借故引走更衣之所的侍女。寺人莱引着楚王槐到来，见更衣之处无人，吓了一大跳，深恐楚王槐拿他撒气，连忙四下张望。他眼睛甚尖，却见远处宫眷们的歇息之所处，似有一个绿衣宫人的衣角一闪，急中生智，连忙引着楚王槐到了后头的更衣之处，道："大王稍候，奴婢这便去叫人来。"

楚王槐正是着急上火之时，闻声怒道："还不快快把人送来。"说着便径直入内。

那向氏见到楚王槐与一个寺人到来，已经是吓得连忙避到屋后，只盼望他能够早早离开，休要看到自己。

哪料到那寺人将楚王槐引到屋内，转眼却屋后揪出了欲往林中躲避而去的向氏。向氏惊惧已极，慌不成语道："我、我不是宫女，我是奉命来……"

寺人莱虽然见向氏敷着厚厚的脂粉，容貌已衰，想这是哪里来的老宫女，被打发到这里守冷门，然知楚王槐正是欲念旺盛之时，此时随便拉个什么人把一腔欲火泄了就是，莫说这宫女虽然不甚年轻，便是个男人也要拉去交差，免得自己被迁怒。想是这老宫女不知道要去服侍的是大王，也懒得和她解释。他虽是寺人，却是服侍楚王槐骑射的，长得甚是孔武有力，便一把揪住了向氏，直接扛起她走到小屋中，丢在了楚王槐身边，媚笑道："大王暂时拿这宫人解个火儿，奴婢这便去王帐再寻好的来。"

楚王槐正急不可耐，这会儿怀中丢了个女人进来，便直接撕衣就上了，哪里还顾得了寺人莱说些什么来。

向氏被寺人莱扔进屋内，只觉得天晕地眩，方回过神来，便已经被楚王槐压在身上，为所欲为起来。她骤然想起当年出宫前的事，顿时感觉到了最可怕的事情来，她拼命挣扎，嘶声捶打道："大王，你放开我，我不是你的侍人，我是向氏，你不能这么对我，我是服侍过先王的人啊，你放开我……"

她惊恐之下本已经声不成句，语句破碎，楚王槐这一路行来，酒劲上涌，却早已经有了几分醉意，此时正是酒意欲望到了酣处，哪里听得她在那里叫些什么，只觉得身下的人儿挣扎不停，引得他倒觉得今日弄得格外畅快，便伏下身来，喷着酒气血腥的嘴便堵住了向氏的嘴咬了几口，又顺着她的颈项啃咬下去。

向氏死命挣扎，怎奈她体虚力弱，如何能够与楚王槐这等素日弓马骑射的壮年男子相比，竟是半分作用也没有。绝望之下，她猛然想起临行前偃婆给她插的几支发簪中，有一支前端甚是锋利，还险些刺破了她的手。

想到这里，她的身子慢慢地松懈下来，一只手摸到了头发边，慢慢地拔下了发簪，抵在了自己的咽喉处。

就在这时，似神差鬼使，她朝这世界准备看最后一眼，便行诀别之时，目光落处，却赫然发现，小屋的窗棂边，却有一双眼睛看着屋内。

那是一双女童的眼睛，充满了惊骇，充满了恐惧……

向氏看到这一双眼睛，手一软，已经抵住喉咙的发簪顿时垂了下来。她扭开脸，此刻，泪已干、心已碎、肠已断、魂已散，她不再挣扎，如同死去一般，一动不动任由楚王槐作为。

楚王槐发出一声愉悦的大叫，一泄如注，便伏在向氏身上，一动不动。好一会儿，他才站起身来，整了整衣服重系了腰带，戴上了弁冠笑道："美人，你且待在这里，过会儿寺人莱会来赏你。"说罢，头也不回，推门径直出去了。

向氏一动不动，如同死人一样。

听得楚王槐的声音渐去，门儿却又推开，一个细碎的脚步声慢慢走近，一个女童的声音迟疑地问道："你……是我的阿娘吗？"

向氏举袖掩面，恨不得自己此刻已经死去，她哽咽道："不，你认错人了。"

她的袖子被拉下，眼前是一个女童的面容，虽然时隔三年，稚童的面容变化最大，然则她的一颦一笑早已经刻入向氏骨髓，至死不忘，那女童皱眉道："刚才，你拿着簪子想自尽，看到了我以后，才不挣扎的……你是怕你死了，大王会发现我在窗外，会连累我，是吗？"

向氏贪恋地看着她，却又不敢面对着她，扭过了脸去，哽咽道："不，不是的……"

芈月恨恨地道："他竟是如此无耻，形同畜牲。"

向氏伏地哭道："是我不好，我原不应该再活着，我活着便是一个罪孽。"

芈月心中恨意满腔，方才她伏在窗边，亲眼目睹这一切时，已经是咬得舌尖出血，此刻口中尽是血腥之气。看到向氏拔下发簪欲自尽时，她甚至恨不得大叫一声道："你何必刺向自己，你应该刺向他啊……"

然则，看着向氏因为发现了自己，而垂下了发簪，任由楚王槐蹂躏。母女连心，她能够同样感觉到那种痛彻心扉，感觉到对方那种不顾一切想保全自己的心愿。她没有再动，只能眼睁睁地看着，听着。

直到楚王槐离开小屋而去，她才推门进来。

眼前的这个狼狈不堪，生不如死的女人，是她的生母。

她扶起她，为她穿好衣服，亲眼目睹她身上的新伤旧痕，触到她肌肤时她不能自禁地寒战畏缩，便能够想象她这三年中所受的痛苦。

芈月没有再说话，只轻轻地道："我们走吧，寺人菜可能会再来。"

向氏一脸木然，如同死灰枯木，任由芈月摆布，任由芈月将她整理好衣服，扶出小屋，才听得芈月问道："你是怎么来的，可有人接你？"

这时候她才浑身一颤，此时的她，恨不得就此死去，恨不得在全天下的人眼前消失，甚至是从未存在过。她知道方才引她入内的寺人会来，莒弓亦是在外等着送她回去，然而此时她却是谁也不想见，只想天地崩塌，诸事不复存在。

她看着眼前的女儿，当日她出宫的时候，这孩子还是个只知弹弓打鸟，顽皮任性的无知小儿，而如今却在见到这些天塌地陷的事情之后，居然还能够镇定自若，安排诸事。这些年来，也不知道是受了什么样的苦，才能够让这孩子居然如此成熟长大。

想到这里，心中计较已定，低声道："我……我住在西郭外的市集中，你能陪我一道回去吗？"

芈月一怔，旋即道："好。"

因此处本是更衣之所，备有衣物，芈月便取来一件斗篷，披在向氏身上，扶着向氏悄悄自树林小径而出，去唤了莒弓来，坐上马车，回到向氏所居的草棚。

莒弓在外守候看着，芈月扶着向氏进了草棚，棚中偃婆正抱着魏冉，魏冉已经有两岁的年纪，此时正一脸好奇地问道："我阿娘去了哪里？"

偃婆只得来来回回地一答再答道："你阿娘有事出去了。"

"什么事？"

"有事便是有事，小儿家不要多问。"

"阿娘回来会给我带吃的吗？"

"会。若不会，阿婆买给你吃。"

"阿婆你真好，你是少司命派来帮我和我阿娘的吗？"

"不是。"

"阿婆，我娘去哪儿了。"

"不是早告诉你了吗……"

就在偃婆快对付不了这年纪的小儿车轱辘话的时候，见向氏回来了。偃婆喜道："向媵人你回来得正好……"另一句"快将这小儿接了过去"的话还未说出口，却见向氏身后跟着的芈月，惊诧得说不出话来道，"公主，你如何会到此处来？夫人可知道？女葵可知道……"

向氏却已经从她的怀中接过了小魏冉，低声道："偃婆，劳烦你出去稍候，我有些话，要与公主说说，好吗？"

偃婆从来没看到向氏如此坚决过，怔了一怔。毕竟身为奴仆，这点规矩她自是懂的，连忙站了起来赔笑道："那老奴便出去了，媵人、公主，有事唤我一声便是。"

偃婆出去了，向氏抱住了魏冉，低声道："公主，这是我出宫以后生的儿子，名叫魏冉，你可愿视他为弟？"

芈月一怔，看着向氏怀中的小儿，蓦然地想起了幼弟芈戎小时候的样子，心中一软，道："既然是你所生，自然也是我的弟弟。"

向氏便命魏冉道："冉，叫阿姊。"

魏冉虽然不解母亲只出去一趟，就带来一个通身气派如仙女般的"阿姊"来，但却乖乖地听话叫了一声道："阿姊。"

芈月也应了一声道："哎，小弟。"

向氏脸上露出欣慰的笑容，低头对魏冉道："从此以后，你要待阿姊如同母亲一般，阿姊叫你做什么就做什么，要一辈子都听阿姊的话，知道吗？"

魏冉连忙点头道："嗯，我知道了。"

向氏不放心地叮嘱道："你再复述一次，同我说，你要待阿姊如同母亲一般，要一辈子听阿姊的话，阿姊叫你做什么你便做什么。说！"

魏冉乖乖地复述道："我要待阿姊如同母亲一般，要一辈子听阿姊的话，阿姊叫我做什么我便做什么。"

向氏欣慰地摸摸魏冉的头道："小儿好乖，母亲甚是欣慰。"

芈月却听得向氏的话语甚是奇怪，道："阿娘，你有什么事要同我说？"

向氏微笑，眼神在芈月和魏冉身上依恋缠绵道："我要说的便是这一件了，我求你把魏冉带走，当他是你的亲弟弟，从此我把他托付给你，好不好？"

芈月一怔，她在宫中朝不保夕，如何能够养这一个小儿。然则见了向氏目光中近乎绝望的哀恳，心中酸楚，不禁道："好，我答应你，有我一日，便有冉弟一日。"

向氏安详地一笑，神情似从重重枷锁中解脱了一般。

她将怀中的魏冉，递到了芈月的手中，神情举止之郑重，直如楚威王临终将国玺交与新王槐一般。

芈月心中隐隐有些不祥的预感，方想说些什么，却听得向氏道："我知道是我对不住你，这三年来，你们姐弟受苦，皆是我的罪过。"

芈月一怔，道："你说哪里话来，是你这三年受苦，我们却无知无觉，实是不孝罪孽。"

向氏轻叹道："我这一生，自误误人，实是不祥之至。有些事，我本不应该对你说，可是不对你说的话，这一生便无人知晓了。"

芈月抱着魏冉的手紧了一紧，却没有说话，只静静地听着向氏说话。

她年纪尚小，力气不足，又从未抱过幼儿，抱着魏冉直如小兽抓着猎物一般，一味地狠攥。那魏冉年纪虽小，却是懂事，他也从母亲不同寻常的郑重中感觉到了母亲对他的寄望，被芈月攥得发痛也不声张，还竭力跷着脚尖，试图减轻芈月抱他的重量。

向氏缓缓地道："想来我的事，夫人也与你说过了？"

芈月点头道："是。只是父王去后，忽然失去了你的下落。"

向氏摆手道："其实，当年随夫人入宫时，我还有一种选择，夫人曾经问我，是要随她入宫为媵，还是回我向氏族中叔伯身边让他们为我发嫁？我一来是舍不得夫人恩义，二来，却是贪图富贵。我父母已亡，叔伯亦是远房，皆已落魄，待我亦不如夫人这般好。为夫人生下你们姐弟，我不悔，可是有时候我常常想，若是我选择另一条道，命运是否就会不同……"

说到这里，她摸摸颊边，却觉得泪已枯干，竟是已经不会再落泪了。她自嘲地咧了一下嘴，又道："说这个又有什么用，我能够成为你和戎的母亲，便已经不枉此生了。我这一生不能为你做什么事，只望将我一生的教训告诉于你，莫要似我这般愚弱，害了自己，也误了你们。"

芈月抱着魏冉的手已经觉得吃力，渐渐放开魏冉，将他放诸自己的身边，让他枕着自己的膝头卧着，一边轻轻地抚着他的背脊。她养过弟弟，知道芈戎是极喜欢这样的，谅必魏冉也是喜欢的。

魏冉卧在她的膝头，又见母亲回来，心中松了大半，被她这样轻轻抚摸着，竟似昏然欲睡。

向氏依恋地看着这姐弟二人，目光中多了几分安慰，却继续道："先王殡天之后，我去章华台取先王之物，不料被大王误认为是宫女，言行无礼……"

芈月震惊，她这时候才知道向氏当年被逐出宫的原因，恨声怒骂道："这无道昏君，父王刚刚殡天，他便起这淫心，怎堪为王！"

向氏闭目道："一而再地惹上此等祸殃，不怪他人，只怪我自己的存在，便是罪孽。"她不欲芈月再问，飞快地将之后的事情说了道，"威后知道此事，便认定是我勾引新君，将我逐出宫去，配与贱卒。我原该一死，以殉先王，免损你姐弟颜面。是我苟且偷生，又生下了这个孽障，自此生不得，死不得……"

芈月声音涩涩地道："母亲，大王无道、威后狠毒，这岂能怪你。"

向氏惨然一笑道："自然是我的错，我还活着，这便是错。所以上苍要惩罚我，教我看清自己错得有多厉害……"

芈月已经听出了她话中的不祥之意，向氏却膝行两步，握住了芈月的手道："我不担心戎，也不担心冉，我只担心你。人生最苦莫过于生为妇人，身不由己，命不由己。我这一生的苦痛，如今化作三句话，只望你要牢记。"

芈月看着向氏，向氏含泪凄苦地望着她，眼神中有着有化不开的绝望、担忧和惊惧。她心头如插了一刀般的痛，哽咽道："阿娘请说。"

向氏看着芈月，似要伸手摸一摸她，手到了颊边却忽然怕污了她似的缩手，看着她一字字地道："第一，不要作媵；第二，不要嫁入王家；第三，不要再嫁。你千万、千万不要步我的后尘，不要过上我这样的命运。我向少司命许过愿，让你们这一生中所能遇上的苦难，都让我受了吧。上天总是苛待于我，可我愿我受过的苦，没有白受！"

向氏说完，微微一笑，芈月这一生都记得她此刻的笑容。

芈月心中不祥的预感越来越强，嘴角颤动，叫道："阿娘——"

向氏却忽然道："我这一身的脏污，想要更一更衣，这草棚中无处避让，你且带着冉出门稍候一候，可好？"

芈月一时还未回过神来，向氏却拉起她，连着魏冉一起推出门去，关上了门。

站在门外的偃婆见他二人出来，奇道："你们怎么出来了，媵人呢？"

芈月怔怔地道："阿娘说她要更衣……"

偃婆诧异道："这便是她唯一的衣服了，难道她要更换那件破衣吗？"

芈月蓦然回头，急去推门，门却已经被向氏自内锁上。

偃婆也急去推门，门却不开。

芈月转头见莒弓坐在不远处马车上，立刻招手叫道："莒弓，你的刀给我。"

莒弓连忙上前，取刀问道："公主要刀何用？"

芈月道："把这门砍开。"

莒弓忙道："何劳公主，小人这便把门砍开。"

说着举刀一挥，那草棚不过拿根细棍暂作门闩，自然一刀便开。

门一开，便是一股极浓的血腥之气冲鼻而来。

芈月冲了进去，魏冉也要跟入，偃婆一个激灵，连忙抱住了魏冉站在门外，不让他小儿看到这般情况。

芈月冲进草棚之中，但见向氏静静地躺在唯一的破席上，一只发簪插在她的咽喉之处，血流了一地，体犹温，气已绝。

芈月骇然大叫，直叫了一声又一声，已经不晓得自己在叫什么了，却是止不住地叫着，叫着——也不知道叫了多久，甚至连声音都已经嘶哑，却是无法止住叫声，像是这叫声有了自己的意志，不受她身体的控制一般。

她僵立在那儿，整个人抽搐着，却没有倒下，喉头无法抑止地嘶吼，却没有哭，也没有泪，只有如小兽般绝望而愤怒地嘶吼。

也不知道叫了多久，也不知道叫了多少声，最终是莒弓一掌劈在了她的后脖，将她劈晕在地。

第十四章
死与生

芈月又做了那个梦，那个她已经很久没做过的梦。

她站在一团漆黑当中，什么也看不到，什么也听不到，似乎听觉视觉全都被蒙住了。她什么也做不了，只有放开脚步，不停地跑着，她也不知道能跑到哪里去，到底要逃避什么，只晓得她一步也不敢停下来，若是停下来，就似要被这一团黑暗给吞噬了一般。可是她越跑，周遭的漆黑便越是浓稠，浓得似要粘住了她的四肢五官一般，浓得似要叫她窒息。她越跑越慢，渐渐地整个人似要被这一团漆黑给粘住、给淹没、给闷死。她想惊叫，却叫不出来，想动，却是全身麻痹，一动也动不了……那似是一种腐烂又带着血腥的气味，渐渐地就要没顶了……

她坐了起来，大口大口地喘着粗气，四周仍然是一片漆黑，鼻子中似乎仍然能够闻到那没顶的血腥之气。

她是还在梦中，还是醒了？

忽然听到"啪"的一声，一团亮光忽然点起，将光芒洒布整个房间，那一瞬间黑暗退出，她的肢体似乎也从冰封僵立中回暖，她又活了过来。

她迟钝地将目光转动，看到了执着青铜灯奴焦急地走到她身边坐下的莒姬。

莒姬柔声道："你醒了。"伸手就要去她额头试一下体温，芈月却扭头避开。忽然想到一事，她厉声道："魏冉呢，我弟弟呢，他在哪儿？"一边问，一边就要掀被起身出去。

莒姬忙按住她道："你休要担心，我已经把魏冉和向寿都接到莒族去住了，他们安好。"

芈月却道："我不放心，我要自己去看看。"

莒姬道："这夜深人静的，宫门都下了钥，你要如何去看。我已经安排妥当，你还有何不放心的？"

芈月却转头，眼睛似要喷出火来，厉声道："我正是不放心你。"

莒姬一怔，站起来以母亲的威权斥道："你这孩子说的什么疯话，快躺下来，你可知道你昏睡了多久吗？"

芈月却挥手拍开她欲拉自己的手，叫道："你别叫我孩子，我不是你的孩子，我的阿娘刚刚死了，死了！"

莒姬倒退一步，怔在当场。

芈月却厉声道："为什么，为什么你当日不肯去寻她？她为了你入宫，她为了你放弃自己的人生，她任由你将她献与父王，不是为了她自己争宠，而只是为了你生儿育女，助你固宠，让你得了人生的倚仗。可是你是怎么待她的，她因你而结怨那恶妇，她因那恶妇的报复受尽苦难，可你呢，你不闻不问，任由她活在那般地狱之中……你知道她身上有多少伤疤，受过多少毒打虐待吗，你自然是不知道的，甚至是不在乎的……"

莒姬跌坐在席上，心头剧痛，她抚着心口，如溺水的人一般，大口大口地喘着粗气。

芈月犹自未觉，仍道："为什么，为什么你要安排她在小树林相见，为什么会让她又被那个昏君所辱，你知不知道，是你安排的这次会面害死了她，是你害得她再也没办法活下去，是你害死了她，是你害死了她！"

莒姬再也忍不住，张口便喷了一口血出来。

芈月满腔悲愤，直欲倾倒出来，不管是谁，只想将这怨恨愤怒发泄出来，而莒姬近在眼前，更是成了她猜忌、发泄和迁怒的目标。

及至莒姬忽然吐血，她才怔住了，整个人待在那儿，好一会儿才伸手颤声道："你，你怎么了……"

莒姬挥开她欲搀扶自己的手，捂着胸口，喘着气道："叫、叫女艾。"

芈月一怔，连忙转身慌里慌张地开了门叫道："女艾，女艾——"

莒姬的侍女女艾和女葵连忙进来，见了莒姬如此模样，吓了一跳，连忙熟门熟路地自旁边的漆盒中取出一只小巧的银瓶来，倒了一粒丸药，递与莒姬饮水服下，抚着她的胸口助她平气，好一会儿才安稳下来。

芈月在一边焦急地想要插手却是插不上手，好不容易见莒姬平息下来，才讷讷地上前叫了一声道："母亲——"

莒姬却是满脸的心灰意冷，只淡淡挥了挥手道："我今日不舒服，女葵，你且带公主去她原来的房间去住，我要歇息一下了。"

女葵忙道："是。"便带了芈月回到她原来的居处，又慢慢地说明了原委。

却原来芈月忽然于猎场之中失踪，女葵知道原委，急得不知如何是好，只得一边急忙派人去西市寻找，想法办推诿搪塞。

另一头，莒弓打昏了芈月，也忙着将她送回猎场行营，此时天色已晚，诸人皆已经回到营帐，却发现芈月不见了，南后与芈姮也皆派了人四下搜寻。一时之间竟是人头涌动，无法悄悄将她送回去。

幸而莒弓也甚是有急智，一边派人与女葵联系上，一边偷去射杀了只黄狼来，将这死狼与昏迷不醒的芈月放到一起，然后躲在一边，候着女葵带人"寻找"过来，发现芈月与那狼昏倒在一起，也好掩盖她身上染上的向氏之血。

此事便当成九公主于骑马落单，却遇上一只中了箭的黄狼，虽然杀了那黄狼，自己却也受惊昏厥。

当下便急忙送她回了营帐，叫来御医看过，果然也说她"惊恐过度，急怒伤神"等言，当下诸人更是信以为真。芈姮抓过芈姝来，以芈月为例，训诫再三，说得芈姝告饶不止这才作罢。

南后也忙向楚王槐请罪，楚王槐并不以为意，只命人取了些珠宝和药物赐予九公主便罢。

因秋猎尚需时日，芈姝自然不肯就此回宫，南后又恐营帐中照顾不力，便派人将芈月送回宫中。她知道虽然芈月在宫里名义上由楚威后照顾，但若这般将她独自送回，必是无人照顾。她身为后宫之主，自是不肯负上"照顾不周致令公主夭亡"的罪名。正于此时，莒姬也早接到了偃婆传来的消息，当下就派人到南后跟前请求将芈月送到自己宫中照顾，南后顺水推舟便也答应。

芈月直昏迷了一天一夜，这才悠悠醒来，莒姬正自惊喜，岂知芈月一醒来便浑身是刺，句句质问皆是诛心之语，莒姬本对向氏之死悔愧交加，再被芈月这一问，更是激起旧症，不禁一口心头血喷出。

芈月听了女葵诉说，心中一丝悔意闪过，然而向氏之死的巨大悲痛，却是压过了这一丝悔意。

女葵见了芈月神情，似有悔意闪过，却又变得表情冷硬，心头暗叹，却是什么话也不能再说了。

次日清晨，两边皆是梳洗过了，女葵便引着芈月去莒姬处用朝食。莒姬却还躺着，神情恹恹地道："我今日不想用朝食，你且自己先用吧。"

芈月沉默地坐在那儿，一句话也没有再说，只行了礼退出。到了外室，侍女奉上食案，芈月举箸欲食，却见那敦簋打开，一见到里面的肉脯，向氏倒在血泊中的情景忽然又再次浮现，她顿时胃中翻腾，冲出门外一阵狂呕。

女葵慌了，忙撤了那几样食物，又换了几样来。无奈芈月一见到食物便胃中恶心，荤食更是一闻到气息便吐，便是无任何油星的粥汤青菜，也只能勉强吃得两口，到第三口时便吐得干干净净。

莒姬慌了，顾不得自己心悸未愈，便叫了女医挚来为芈月诊脉，哪晓得女医挚开了汤药来，芈月勉强灌下两口，便照样吐得干干净净。

此时秋猎已经结束，楚威后见芈姝等人已经回了宫中，又听说芈月在莒姬处，便骂了南后一顿，派了女浇女岐两人去离宫，要将芈月搬回高唐台来住。

不想这两人去了离宫，正见芈月吐得连腹中酸水也呕了出来，又听说芈月自那日受惊以后，一直上吐下泻，水米不进，也吓了一大跳，忙回去禀了楚威后。

楚威后不信，又亲自派了玳瑁过去看，玳瑁亲叫人置了食案伪作关心，送去给芈月。却见芈月只是闻到食物气息便吐得干干净净，又问了女医挚，晓得她这几日连吐带泻，果然不假。

楚威后召了女医挚来问这是何原因，女医挚沉默了片刻才道："这是恐惧与不安，想是公主当真惊着了。"

楚威后便问原因，女医挚道："小医当年随师傅采药之时，也常见林中猛兽捕食小兽，或互相厮杀，便是那一等猛兽，若是遇上敌人，也会将刚刚吃进去的食物吐光。不论是人是兽，都会在受惊之余，将体内'多余'之物排出去。"

楚威后沉默片刻，忽然道："若是受惊不止，是不是这病便不能好？"

女医挚苦笑道："莫说受惊不止，小公主似这般再过些日子，便要一命呜呼了。"

楚威后默然，挥手令女医挚出去。

玳瑁却是看出楚威后的心思来，大着胆子上前一步道："威后，这九公主……"

楚威后却是蓦然一惊，挥手严厉地道："你休要多事。"

玳瑁连忙垂头应道："是。"

楚威后长叹一声道："我在先王跟前发过誓言，我不会伤他子嗣的。既是发下了誓，我便有百种厌恶他们的心思，却也不能动手。否则……"

其时之人，信巫重神，这发下的誓言，亦怕违誓会有报应。虽然到了要紧关头，性子强横的人也不会顾及什么誓言不誓言的，自己先痛快再说。但毕竟楚威后如今事事顺遂，且对方对她已经没有太大威胁，何必为了自己心头一点子厌恶，去冒违誓的风险。

不过，若是他们自己寻死，她也不会挡着就是。

楚威后想着，眉头微微舒展开来了。日子长着呢，在这宫中不得庇护不得指引的孩子，能活多长，还是未定之数。便是那出了宫的，将来沙场百战，若是无人特意关照，又能有多少机会活下来。

想到这里，楚威后便吩咐道："既然九公主身体不适，那便让她在离宫养着吧，莒姬若有什么需要的，也只管与王后说便是了。在她身体未好之前，休让她回高唐台了，免得……"她没有再说下去。

玡瑁却是已经明白，免得什么，自是免得让九公主这等人，把病气过到高唐台的宝贝大公主、八公主身上去。

芈月便在这离宫住了下来，她仍然是上吐下泻，直过了十余日，方在女医挚的医食并用之方下，渐渐好转了。只是整个人却瘦成了一张竹片，似乎风吹吹便能把她吹走。

她虽然恢复了饮食，但这失去的婴儿肥却再也没有回来，似乎还有越来越瘦的趋势。那些吃下去的食物，好像不是增在她的体重上，而是增在了她的高度上。

她开始长身体了，似乎有人捏着她，如面人一般往两头拉扯。她人越来越瘦，个子却越来越高，走出去摇摇晃晃，像一根竹竿似的。

这时候她病已经好了，便在楚威后令下，又搬回了高唐台去住。

芈姝初见她时，也吓了一大跳，道："九妹妹，你如何长成一支竹竿了。"

芈月沉默不答，重回高唐台以后，她变得沉默了不少，整个人的气质也从原来颇具欺骗性的可爱伶俐，变成了冷峻孤僻。

芈姝却是对她早前的乖巧伶俐有着先入为主的印象，因此见她虽然性情大变，不但不曾对她反感，反而更觉同情，对侍女珍珠叹道："九妹妹真可怜，若是我遇那种黄狼，必然也是吓得要命。可她太可怜了，被这一吓竟吓出病来，如今病好了，又变成这样难看的一根竹竿来……我若是也变成这么难看的一支竹竿，何止是不理人，我根本就不想见人了好不好。"

芈月病得七死八活的时候，大公主姮正好于此时嫁到齐国，三公主菱、四公主荞便也作为姮的媵女一起出嫁。六公主薏却也生了一场病，便没有跟随出嫁，只由屈、昭、景三家同姓宗族，各出了一女，合起来便是五名媵女一同出嫁。

芈姮一出嫁，这宫中便空了大半，芈姝颇觉得怏怏，倒对其余几位姐妹的情分深了许多。

这些时日，但见芈月越长越高，不但高过了芈姝，也高过了芈茵。

其时芈茵比芈姝年长一岁，长得自然比芈姝略高一分。只是芈茵素来乖巧，知道芈姝事事爱与她争一分，因此与芈姝站在一起的时候，若着鞋履，便穿鞋底薄上三分的鞋，若是赤足行走，便稍屈膝盖。反正掩在裙中，旁人虽看得出来，但芈姝走在前面，却是看不出来的。

但芈月却与芈茵不同，她长得比芈姝高，却从来不作掩饰，就这么直愣愣地走在芈姝身边，衬得她比自己矮。芈茵本以为芈姝会不悦，不料芈姝反而同情道："九妹妹当真可怜，她自己一定不想长这么高，长得跟竹竿似的。"

芈茵噎住了一口气，想说挑拨的话无处出口，便咽了下去。

只是芈月自那一日起，与莒姬的隔阂却越来越深，便是在莒姬宫中养病，两人面对面坐着一整日，亦常常是一言不发，无话可说。

及至搬回高唐台以后，这种情况更是严重。楚威后故作慈爱，因之前芈月几番又回离宫去见莒姬，便表示芈月可以每月去探望莒姬两回："终究是母女，不可伤了天性，告诉你母亲，她若是当真牵挂着你，也可如杨氏一般，和你一起住到高唐台去。"

如杨氏一般住到高唐台，那便不是夫人的待遇，而是比女岐女浇高不了多少的傅姆仆从了。莒姬听得出楚威后言下的意思，她自然是不会接招，只装不懂。

这般一来一去，莒姬与芈月的相处，便如此相对无言，芈月只如例行公事般每月来两次坐一坐，便离开了。

芈月心中何曾不知道，向氏之死实与莒姬无关，自己那日迁怒，实是伤了另一位母亲的心。她有心道歉，可是话到嘴边，却梗住了无法出口。有时候她甚至自暴自弃地想，便是错怪了她，迁怒了她，那又如何，向氏终究付出了生命的代价，而莒姬呢，照样锦衣玉食，儿女成双。

直至有一天，芈月清晨醒过来的时候，发现自己的身下一片潮湿，空气中隐隐传来她曾经熟悉的血腥之气。

她忽然感觉一阵惊恐之意涌上心头，她伸手往自己的身下一摸，把手收回到自己面前的时候，果然传来了更浓的血腥之气，自己的手中，竟是一片血红。

她的手在颤抖。其实从她上吐下泻的时候开始，她便感觉到死亡的阴影在她头顶缠绕不去。女医挚的叹息，和莒姬私底下说她命不久矣的话，和后来她越来越瘦，瘦得甚至摸到一节节的骨头来的感觉，她一直存了怀疑，自己的精气血这样损耗下去，是不是真的会死掉。

她不想死，她还有许多事要做，她两个弟弟还未长成，她的生母犹含冤九泉，还有她舍不下的莒姬母亲、屈原夫子，甚至还有黄歇师兄……

一想到莒姬，她一个激灵，便想到了一事。

她就要死了，可她不能这样带着和莒姬母亲的隔阂去死，不能带着她给莒姬母亲的伤害去死，不能让母女两个带着这样的遗憾去死。还有，她若死了，她的弟弟们，她的芈戎，她的魏冉，怎么活下去？她必须想办法为他们作好安排，而她临死前唯一能托付的人，便是莒姬母亲。

想到这儿，她再也按捺不住，起身找了一件黑色的袍子，借它遮住这身上的血痕。她飞快地穿好衣服，飞快地跑出去，穿好葛屦，不顾身后女浇和女岐的呼喊声，飞也似的朝着离宫方向奔去。

清晨的宫巷中，宫奴们还在打扫，未曾清道，便见九公主飞快地跑过宫道，直向离宫而去。

芈月一口气跑进离宫，她感觉到她的血在一点点地流失，流入她匆匆包裹着的布包内，甚至多到要流出来，滴入地面了。

她一口气冲进离宫，众女奴惊得连忙闪在一边，唯恐被她撞上。她冲进莒姬的房间时，莒姬正在由女艾服侍着，还坐在锦被中饮水，见芈月旋风般地进来，气喘吁吁地道："母亲，我有话要同你说。"

莒姬以为出了何事，也吓了一跳，连忙令侍从退下，方欲问道："出了何事？"

便见芈月跑到她的面前，扑倒在她的怀中，哽咽道："母亲，对不起！"

莒姬一惊，连忙扶她起来，道："怎么了，你这孩子这是怎么了？"

芈月却不起来，反而搂住她的脖子，伏在她的怀中呜呜地哭起来，边哭边道："母亲，是我对不住你。我不应该为了我阿娘的事迁怒于你，我同你说的那些话，都不是真心的，我只是受不住，受不住，我想找个人来发脾气。你是我最亲的亲人，我不同你发脾气，又还能对着谁发脾气，你不要记恨我。呜呜呜……"

一刹那间，莒姬那百炼成钢的心也不禁被这孩子给哭软了，叹道："真是孩子话，天底下哪有母亲会记恨自己的孩子呢。我何曾怪过你，是母亲护不得你，让你连发脾气，都只敢对着我来发作。若是你冲着我发脾气，能教你好过一些，我也是高兴的。"

芈月抬起头，哭得眼泪鼻涕一把道："母亲，对不起，对不起，我要死了，你原谅我好吗？戎弟和冉弟以后只能由你照顾了，我对不住你，又要拖累你了……"

莒姬听得不甚明白，但多少也能听出些意思来，不禁大惊，扶起芈月道："你怎么了，好端端的，说这些死啊活的话……"

芈月哭到打嗝，一边打嗝一边抹泪道："我流了好多好多的血，我一定是要死了，母亲，我死了你不要伤心啊，你还有戎。戎是儿子，一定比我更有用……"

莒姬终于听明白了她的意思道："你说，你流了许多血，你是哪里受伤了，或者是……"她忽然想到一事，不禁啼笑皆非，伸手摸了一摸芈月身下某处，问道，"可是这里流血了……"

芈月抹着泪点点头。

莒姬又问道："从前不曾流过，这是第一次，是不是？"

芈月又点点头。

莒姬笑了道："你的傅姆们真该死，竟然这样的事情，也不曾告诉过你。"

芈月抹着泪问道："怎么了？"

莒姬抱住了她笑道："我的儿，你不是要死了，而是你要长大了……"

少女成长时都要遭遇的第一次要紧的大事，便在这伤痛与蜕变中开始了。

第十五章
慕少艾

一晃三年过去，芈月与芈姝等人在高唐台学习诗词歌赋，也已经三年了。

此时芈姝也年近十五，也正是到了谈婚论嫁的年纪，依着惯例，自然也是要匹配诸侯之家，也须要有陪嫁之媵从。芈茵、芈月自是不须说，又选了屈、昭、景这三家的数名宗女，也住进高唐台来，朝夕相伴，共同习艺。

这年的初春，正是演练乐舞的时分，芈月、芈姝和芈茵正伴着音乐手执竹剑起舞。

女师率着其他芈姓一族分支的屈氏、景氏、昭氏等贵女们跪坐在一边，打着拍子伴唱道："……孔盖兮翠旍，登九天兮抚彗星。竦长剑兮拥幼艾，荪独宜兮为民正。"

一曲毕，瞽师停下琴，三女便以剑指天，做完最后一个动作，收剑而立。

女师点了点头道："甚好，三位公主请归座。"

芈月三人敛袖行礼，走到最前面的三个坐垫跪坐下来。

女师便走到她们方才跳舞的位置，示范着点评道："九公主，这少司命祭舞恐练习不够，须知'绿叶兮紫茎'时，当有手拈兰花之优雅、有花蕊轻颤之妙曼。'荷衣兮蕙带'者，当有衣带飞袂之姿。虽然祭舞祀神，须有一定的气势和力度，然而刚不可久、柔不可守，当刚柔相济。公主于细微之处，还是欠缺，臣请公主每日再加一个时辰，来练此舞。"

芈月听完，只笑了笑，恭敬道："谨遵夫子教诲，吾自当多加练习。"

她自逢大变，性子变了许多。心中怀了大事的人，在小事上倒看得轻了。

高唐台自芈姮出嫁之后，各宗女入宫相伴，这个年纪的小姑娘出身既高，从来在家都是娇宠着的，长得又是美貌，放到一起便有些掐尖要强、斗靓比美的心思举动来，高唐台群雌粥粥，便显得热闹非凡。

独芈月仿佛跳出这种争执，许多事若不要紧，便一笑了之，撒手不争。只是若是对方想再进一步，只看着她那双似看透一切的眼睛，便有些不敢再有所举动。不知为何，如此一来二去，芈姝喜她沉静听话，芈茵又觉得别人比她更可恶些，其他宗女又敬她不以公主身份欺人，倒是人人均觉得她不错，得了一些好人缘。

她于学业上，除了私底下去向屈原讨教些学问之外，其他女师所教，也只拣着自己喜欢的学，不喜欢便敷衍了事，虽然有几项特别出挑，但又有几项马马虎虎，所以也就维持个不上不下的水平。

在女师眼中，她虽不出彩，但从不生事，倒也是个可人疼的孩子。因此觉得有些课业她尚可努力，不免多劝几句，要她再用些心思。

芈茵见状便抿嘴一笑。这歌舞一项，恰是她的长项。且这支少司命之舞，她用心练了很久。这女师每每爱奉承芈姝，但方才三人同舞，她刻意作了许多高难度的动作，便不信这女师还敢闭着眼睛说她不如芈姝。

她这得意的笑容，自然是逃不过芈姝的眼睛。见她如此，芈姝的脸顿时沉了下来。

芈茵性子一向要强，偏生芈姝从小好在她面前争强。但芈姝对芈月不肯相当之处却甚是宽容，不仅不曾和她计较，还劝芈茵要相忍让些。

连女师亦是如此。她比芈月更努力的地方，女师从来都当没看到，而芈月不好之处，她也是不甚责罚。

她却不知，芈姝为人骄纵，眼中只当芈姮是长姐，却不曾把芈茵当成姐姐，只当成一个同年纪的竞争者。偏芈茵比芈姝大一岁，长得比芈姝高，发育得比芈姝早，又喜欢打扮，处处带着争艳之心，却又不甘不愿故作退避。芈茵自以为掩遮得巧妙，但芈姝却并非全无所觉，因此处处盯着她。

芈月偏生比芈姝小一岁，长得比她矮，发育得比芈姝迟，打扮上更是不太上心。后来虽有段长得比芈姝快，却是瘦骨嶙峋如竹竿一般，如此一来，在姿色上自然是不如芈姝芈茵。因此芈姝心中，对芈月竟有着一种奇妙的居高临下的宽容。

这样一来，芈茵便处处对芈月带着不忿，芈姝待芈月反是一派好姐姐状。

芈月自是知道这两人态度为何如此，只是她既经历过大难，似芈茵芈姝这一些女儿家的小心思，直如隔靴搔痒一般，半点感觉也没有。

芈茵的表情，既然连芈月芈姝都已经看了出来，女师老于世故，又如何看不出来。芈茵素来好胜，高唐台诸女间的纷争，十有五六都是她挑起来的，这女师早已对她不喜，见她如此更是厌恶，往日积压了许久的话便有些不吐不快了。

女师便道："九公主的不及，是在用心不够。七公主的不及，却在于用心太过。"

芈茵不防她这一说，顿时恼了："女师此言差矣，对课业上多加用心，难道反而错了不成？"

女师肃然挺身，敛袖一礼，道："公主勿怪，臣既为女师，有些礼法上的事，当须与诸公主、贵人们讲述一二。"

诸人见女师郑重，也不禁敛袖还礼，齐道："请女师教诲。"

女师当下道："诸位贵人皆是天生尊贵，生而在锦绣堆中，自幼便得甘旨相奉。及长，便有俸禄采邑，部属奴婢。既不似奴婢之辈劳碌奔波，又不若士子要上阵杀敌，或立于朝纲，何以还要延请女师，学习才艺？"

众人皆看向芈姝，显是等她回答。

芈姝微微一笑，开口道："我等既受甘旨之奉，言行举止当为世人表率，习文学艺，乃是为了自身学识教养衬得起这尊贵的身份。"

女师便点头道："八公主说得极是。贵人们学习琴棋书画、礼乐骑射乃至于女红厨艺当家理政，是为了陶冶情操、增广见识，不至于五谷不分、四体不勤、雅俗不辨、遇事不知。原意在于广，而不在于精。若论厨艺，吾不如庖丁；若论女红，吾不如缝人；若论歌舞，更是怎么也精不过那些坊市的歌女舞伎。但是学了这些，吾可以鉴赏、可以评点，偶有展露才艺，那也是锦上添花，增加趣味。"她说到这里，转向芈茵，芈茵还自不解，芈月心中已经是暗道一声糟糕，果然见女师道，"少司命舞，原是为王女祭祀而作，以高贵的血统，来召唤神祇的降临，是何等神圣之事。行祭者当有立于天地之间，我独一人的气势。"说着又是长叹一声道，"可是七公主的举止，却去学了那些宴前舞姬的技巧，岂不是舍本逐末，买椟还珠。须知郑声卫乐，原也不是君子所好。"

芈茵听得"郑声卫乐"四字，脸上如同打了一耳光似的火辣辣起来。她一向要强，如何受得了这样的话，欲辩无辞，欲怒又有芈姝身份压在那儿。她站起身来嘴唇颤动几下，一扭身，竟是捂脸哭着便跑走了。

景氏、昭氏等宗女见状，对望几眼，便有一些骚动不安起来。女师却岿然不动，似不曾看到芈茵跑走一般，却对着余下的人道："贵人们可见过宗庙中的欹器？虚则欹、中则正、满则覆。学习课业，亦当如此，不可偏好、不可荒疏，请贵人们记之。"

说罢，便俯身深深一礼。

芈姝等诸女也忙俯身还礼，道："谨遵女师之教。"

这一课便结束了，诸女走出学殿，这一口气才松了，刚才大伙儿吓得不敢说话，此时便交头接耳说个不停。

屈氏便拉了芈月一把道："九公主，方才七公主一怒而去，恐她脸上过不去，我们不如寻她劝慰一二。"

芈月知屈氏为人善良懦弱，从来便是个滥好人，知她此时若是单独过去，不免要被芈茵当成出气筒迁怒，便有些不忍。她对芈茵虽无特别的好感，但想到芈姝自矜身份，是不会主动过去劝芈茵的，自己与她毕竟是同住一宫的同父姐妹，若连其他宗女都想到要劝慰她，自己不理不睬倒也不好。当下心中暗叹，道："我和你一同去吧。"

两人便去了芈茵住处，果然见芈茵已经哭了一场，此时正在打水净面，便拣了几句话来劝慰。

芈茵犹自气愤，道："哼，巧言令色，鲜矣仁！什么女师，根本便是个奉迎小人，八公主做什么都是典范，八公主做什么都是增一分嫌过减一分不及，你我就是给那八公主垫底的……"

芈月微笑道："七阿姊，八阿姊这些年来是照应我们不少，她是嫡公主，生来命好，我们怎么能跟她比。这些话不是当初你告诉我的吗？"

芈茵一怔，见芈月拿她自己的话来顶她，也有些心虚，只提高了声音道："八妹妹自然是好的，她也从来不会待我们有什么区别。我只恨那个谄媚的……"

芈月劝道："细想来，女师说得虽然过了些，但多少还是占住些理的。"

芈茵怒道："占什么理，简直是羞辱，她怎么敢拿我比作郑声卫乐？"

郑卫之国，民风奔放，常有男女以歌舞之声相和相邀，幕天席地即时交欢。所谓郑声卫乐，便是指这些不能为君子所好的、雅乐之外的音乐。郑声卫乐当年曾被鲁国孔子严厉地批评过，他的门人又多，徒子徒孙遍天下，这样的点评，自然是天下皆知。

虽然此时礼崩乐坏，郑声卫乐也不似当初那般，让"君子"们一听就避了。然芈茵毕竟是个心气极高的少女，她苦心练习舞蹈，满心期望压众人一头，不想却得了这么一个评价，岂不气恼万分。

屈氏急道："七公主，依我看，您的姿态端正无比，如何能说是郑卫之声……"

芈月却是满不在乎地道："便是郑声卫乐，那又如何。如今连鲁国都没有了，谁还把孔子那一套当标准呢？再说我楚国本是蛮夷，谁在乎这些了。"

芈茵听到她这样的话，不知怎么地，原本内心积郁的一股气倒渐渐平了，横了芈月一眼道："哼，你这解释……"

若是像屈氏那般再努力地说她跳得很正经，但毕竟有女师这一评语在，她如何能够平静处之，越是解释，她越是不忿。偏芈月满不在乎，她这一肚子的气，倒泄了个精光。

芈月笑着拉她道："休要生气啦，我们为尊，她为卑。她的话有理则听，无理时喏喏应声打发过去便是。你倒把自己跑到屋里生闷气，如今外头春光正好，方才我过来时听她们正商议着到去哪儿寻个热闹的……"

芈茵也就势下坡，站起来也笑着拧了一把芈月的脸道："你啊，你便也是个巧言令色的！"

三人便走到前院去。芈姝等人正热烈地讨论着，见了三人来便道："只等你们三人了，快走，快走。"

芈茵还有些讪讪地，芈月便问道："阿姊，你们要去何处？"

众女便掩嘴轻笑。昭氏姐妹中较小的一个，人唤作季昭氏的，素来天真憨直，直接就道："我们要去看美少年啊！"

说着，众女都嘻嘻而笑。她们正青春年少，慕色而知少艾，这等事男女皆是有过的。素日里大街上走过，看中哪个，互掷果瓜鲜花，都是有的。见季昭氏才说得一半，便自己笑作一团。她姐姐孟昭氏便解释道："这几日洋宫大比，优胜之人便都要到阳灵台来拜见大王，在大王面前当场辩文，由大王裁定名次。"

芈姝道："我昨日已和女师说好，今日早些散课，如今过去正好。"

芈月便羞羞脸道："阿姊春心动矣？"

芈姝大大方方地承认道："知好色而慕少艾，男女皆有，无分彼此。"

众女见女师将芈茵说哭，虽然也暗中称愿，但见芈姝此时在活跃气氛，便也跟着一起哄笑，一时倒将芈茵的尴尬掩去。

芈茵见芈姝有意用其他的事将她方才的事掩过，也承她的情，便也道："对啊，食色，性也，有什么可害羞的。"

芈月见众人均是有意扯过话头，便也笑道："既见君子，云胡不喜？就是不知道哪个才是诸位阿姊心中的君子？"

芈茵大方地拍拍芈月的脑袋道："你这小丫头灵窍未开呢，告诉你也不晓得。"

芈月抚头，抗议道："你怎么晓得我灵窍未开？"

芈姝掩袖道："你要灵窍开了，跳起舞来就不会像练武了！"

芈茵见此，也是笑了道："正是，小丫头当真是灵窍未开呢。"

芈月顿足道："阿姊，你们取笑我，我可不答应。"

芈姝便故意逗芈月，芈月伸手去呵她的痒，芈姝便躲到孟昭氏身后。

孟昭氏有心解围，忙道："好了好了，再闹下去，阳灵台那边该迟了。"

芈姝便道："好好好，快去罢。"

众人便止了嬉闹，一齐往阳灵台方向去了。

芈姝见芈月似乎兴致不高，以为还为方才的话着恼，便走到她身边，见左右无人，在芈月耳边悄悄说道："九妹妹别恼，回头你独自悄悄去我房中，我给你看宫中的避火图。"

芈月一怔，便明白过来，低声问道："原来阿姊你已经看到过那种……"

芈姝神秘地使眼色，点头。

所谓避火图，便是指秘戏图春宫图之类。传说火神是未出闺阁的女子死后封神，当时的房子多为木制，最是怕火，便有民俗，画一些男女欢爱之图，贴于房上壁后，教火神看了生羞，便不来光顾此宅。

于是这类秘戏之图，也称为避火图。

楚国民风开放，不忌欢爱。民间有些春季播种之时乞神的祭祀上直接就有欢好之舞，濮上桑间，无拘无束。便是贵族女子，到一定年纪，也会私底下传这些秘戏之图。

高唐台上，既都是到了这一定年纪的女子，自然类似的话题便也会悄悄流传，芈月虽然隐隐听过，但她的确是不曾于这些事情上心过，便当真是如芈茵所言的"灵窍未开"了。

芈月心中暗忖，不知是何人敢偷渡这样的画图给芈姝看，若是楚威后晓得，定要出事。此事她虽毫无兴趣，但见芈姝热切，只得点了点头，道："多谢阿姊。"

一会儿便到了阳灵台外的廊桥之上，这廊桥下面便是一个宫道，诸士子进出阳灵台，便要从这廊桥下经过的，恰好一目了然。

当下诸女便聚在一起，叽叽喳喳，讨论起今日会有哪些士子能够来拜见大王。过得好一会儿，便见阳灵台殿门开启，一群少年自廊桥下宫道尽头的门中走出。

因为宫道狭窄，所以两两并行，两排之间隔着一段距离渐渐走近。他们穿着各种颜色的褒衣大袖，均是峨冠高屐，玉带系腰，更显得飘飘欲仙，似要乘风而去。

楚人好细腰，不止女子，连男子服色，都是尽显瘦而修长之特色。昔年楚灵王好男风，尤其好士子细腰，故灵王之臣争相以瘦为美，吃饭只吃一碗以为节制，为了显示腰身，穿衣时都要先吸口气缩小肚子，将玉带勒到最细，以至于日常踞坐之后，竟不能自行站立，而要扶墙而起。

因此在穿衣打扮上，便流行褒衣大袖，衣带既长，衣袖既宽，再加上玉带一束，更显得细腰纤纤，再加上头戴峨冠，脚着高屐，显得人更修长。

虽然自灵王之后，楚国诸王并无此等特殊爱好，这种衣饰上面争妍斗丽的风气却奇怪地深入人心，直到变成楚人的服饰特色。甚至有人说时下流行的偏髻，便是因某大夫被风吹歪发髻，显得格外潇洒，遂成流行的。

阳灵台下的少年们在大王面前刚刚完成了此生最重要的一次考核，走出殿外，便有些松弛下来，三三两两散漫地走着。却见头两个刚走出中门之人，忽然整个人的身体由散漫变得绷紧，甚至比刚才君前面试还要紧张。后头的少年们，顿时已经猜到了什么，便自动排好了队形，踩着节奏走出去。

果然走出二门，便感觉到了不知何处来的热烈眼光，他们抬头张望，却见前方高高的廊桥下，有无数衣香鬓影，顿时心中一荡。"知好色而慕少艾"恰是他们这个年纪少年人的特色，便更是尽量把头抬得高高的，走出一副气宇轩昂的架势。

众少女居高临下，又是逆光，更有侍女执扇相遮，自知只有她们往下看的份儿，这下面的少年们又如何能够看得清她们，于是更显大胆。

孟昭氏便指着一个少年，询问道："你们看，那个美少年是谁？"

景氏道："我知道我知道，那个是唐勒，是唐昧将军的族侄。"见众人皆看着她，笑道："你如何知道这般清楚。"景氏脸一红，道，"我兄长景差与他很是要好，素日我在家中，曾见过他的。"

孟昭氏是昭阳的侄女，许多士子的情况更知道得多一些，当下便道："呀，便是那个写《章台赋》的唐勒啊，听说他和宋玉、景差三人，被称为是屈子之后年轻一代的三大才子呢。"

芈姝听了便生了好奇，忙道："是吗是吗，等我看看，哪个是啊？"

芈茵忙指道："右边那个……"芈姝待要看去，怎奈已经说得太迟了，下面的美少年们虽然是走得尽量拖延，毕竟不好意思真的站在原地不动显出轻浮相来，再不舍，也得依次走过，待芈姝看时，却是已经走过了。

见芈姝不悦，芈月忙道："阿姊你来看，后面那个亦是俊俏的哩。"

芈姝张望道："穿黄衣服那个？"

芈月摇头道："不是，第四行那个穿红衣服的。"

屈氏也凑过来看，这个却是她认得了，忙转头向景氏笑道："我看看，哎呀，景阿姊恭喜了，那是你族兄景差。"

芈茵也听到了，忙道："景差？莫不是那个为先王写《大招》之辞的那个景差？"

楚威王下葬之时，礼官念诵的《大招》之辞写得洋洋洒洒，极为华美，诸人皆是听过的，当下芈姝便对景氏道："咦，我如今方知《大招》之辞竟是你阿兄所写，我还道必是屈子这般的老先生所写呢？"当下也仔细地瞧了瞧，拊掌赞道，"《大招》之辞甚美，不想真人更美。"

景氏掩口笑道："公主赞甚，我回头便与我阿兄说这样的话，想来他必然更加得意。"

孟昭氏和季昭氏忽然跳了起来一起大喊道："宋玉，宋玉——"

宋玉之名，楚人皆知，乃是楚国第一美男子，其人辞赋亦是极好，《高唐赋》《神女赋》《登徒子好色赋》等不晓得被多少女子抱在枕边一字字吟过诵过。

听得昭氏姊妹这般叫起来，当下连芈姝和芈月也连忙伸出头去道："哪个哪个？"

景氏也跳了起来道："便是我阿兄景缺身边的那个！"景氏心中，实是想显摆一下她自己的亲兄长景缺的，但她的声音却淹没在众女一齐呼叫"宋玉"的声音中去了。

便只有芈月于众女的欢呼中，还记得与景氏说上一句道："我听说此番泮宫大比，你阿兄景缺骑射得了第一，实是恭喜了。"

景氏稍有安慰，感激地道："多谢九公主。"

只是这点声音，很快淹没于众女的呼声中了。

贵女们过响的声音终于传到廊桥下的宫道中去了。宋玉停下脚步抬头，看着因逆光而显得模糊的贵女们，冲着上面轻佻地一笑，拱手朝着上面的贵女们作了一揖。

身边的景缺见不得他这般轻佻，推了他一把道："你当你雉鸡展羽啊，快些走吧，莫要挡后面的道了。"

宋玉得意地看了景缺一眼，安慰道："景兄，莫恼，其实昨日骑射之时，爱慕你的淑媛亦是不少。"

景缺没好气地道："休要得意，今日大王钦点最优者可是黄歇。"

宋玉得意的表情微微一滞，看了后面一眼，再向上面众女一笑，潇洒地走了。

景氏虽然口中嫌宋玉夺了她兄长景缺的风光，然手头着实不慢，见宋玉走过，便急忙将自己早就握在手中的荷包扔了下去，正扔在宋玉的怀中。

宋玉眼疾手快，将荷包接到手中，便冲着上面再一笑，拱手一揖以为礼。

见景氏如此手快，芈姝、芈茵手中已经握着荷包欲扔，便觉得落于景氏之后，显得效法景氏一般，便有些怔住了。

孟昭氏和季昭氏却没这等顾忌，孟昭氏脑子转得极快，见此状便将左手握着的荷包一收，右手的绢扇却已经朝着宋玉扔了下去。

季昭氏反应亦是不慢，忙解下腰间的玉佩也扔了下去。

宋玉左接绢扇，右接玉佩，举止潇洒，飘逸非凡。

芈茵欲待也扔一物下去，却见景缺已经是忍无可忍，直接上前挟了宋玉脚不沾地往前走了。

芈姝手中已经握了香囊欲待扔下，却是慢了一拍，叹息道："好生可惜，我的香囊竟是来不及扔给他了。"

屈氏却是施施然一笑，晃了晃手中的玉佩道："八公主勿急，我的玉佩还未扔出去呢。"

芈茵来了兴趣道："后头还有谁？"

屈氏摇头晃脑道："最精彩的自然在最后。"

芈茵忽然惊叫道："你们快来看——"

众女扑到栏杆上往下看。却见一个少年步履稳重，缓缓而行，竟是不似方才诸少年一般故作姿态，搔首弄姿，却显得极为沉稳。他一袭淡黄色的褒衣，虽不及宋玉美俊，也不及景缺英武，却是难得的"恰到好处"。这种"君子如玉"的温文气质，更是令诸女心动。

也不知道是谁先惊叫一声，然后一枝桃花就冲着黄歇砸下。众贵女激动地争先恐后把自己手中的花枝手帕荷包香囊纷纷朝着黄歇扔下去。

黄歇虽知上面有贵女在偷窥，但素来不曾把这种事放在心上。平时郊游，宋玉景差等人乐在其中，他总是要悄悄溜走的。今日亦见众人花枝招展的，他只道自己独自走在最后，必是可躲开了。却不想他中招最多，这一阵劈头盖脸地乱砸，倒把他砸愣了，只得一脸无奈地站在那儿，对满头砸下的手帕香囊花枝也不接，也不躲，只是静静等着砸完。

此时没走远的众少年见黄歇居然中彩最多，虽然有些羡嫉，但也觉得好笑，都跑回来嘻嘻哈哈地围观起来。

其实也并不见得黄歇便是远胜诸人，只是这般偷窥还砸中美少年，令这些素日困于闺中学习的少女们顿时有了一种"偷偷做坏事"的快乐，黄歇又偏偏是最后一个美少年了，再不砸便无人可砸了，当下便咯咯笑着，把自己手头的东西砸光了，还互相到处找还有没有能砸下的东西。

芈姝见众女皆把自己腰间手上的东西都扔下去了，一时无物可扔，见芈月还站在那儿，便一把拽下芈月腰间的荷包道："傻丫头，快扔啊！"握着芈月的手把荷包扔了下去。

芈月一怔，忙护住剩下的一只香囊道："阿姊，你拿我的东西做什么？"一边说便一边逃开。芈姝笑着去追她，众女见可扔之物皆已经扔完，人也走完了，便也嬉笑着跟着一拥而下。

但听头上娇笑声声，木屐叠响，众少年知上面诸贵女已经去了，顿时也跑了回来，围着黄歇道："子歇，你今日中了头彩，得了这许多佳人赐物，当真是艳福不浅，请客，请客！"

黄歇笑着拱手道："皆因我最后一个出来的缘故，若有下回，请宋玉师弟殿后方可，我实在是应付不来。"

众人见他说得谦虚，不服之气顿时解了，也都哄笑起来。

当下诸人便起哄让黄歇将这些东西皆带了回去，黄歇却是连道不敢，转头与一个小寺人说了一声，那寺人转头便捧了一只锦盘过来。黄歇便一一拾起那些香囊手帕荷包等物放到那锦盘上，自己竟是一物不取，便这么空着两袖走了。

诸人看着他的背影，只笑话他太呆，却不知黄歇袖中，早已暗暗握着一物了。

第十六章
绕梁琴

"山有木兮木有枝，心悦君兮君不知。黄子可知，有人悦你。"此时，正春日，一篙撑开小舟，芈月和黄歇正泛舟于湖上，恰两边青山绿水，稻田隐隐。

芈月笑吟吟地看着黄歇撑篙，忽然想到昨日之事，忍不住出言笑谑。

黄歇放下竹篙，坐于船上，举手投足间却是恰到好处地展示了一下悬在腰间的荷包，也戏谑地道："谁人悦我，莫不是掷我荷包之人？"

芈月早已经看到这荷包了，亦知黄歇昨日已将诸女之物留于宫中，心中欢喜，故意道："昨日你收的可不止这一个荷包啊，那么多的淑女心意，可曾眼花了？"

黄歇也笑道："正是，因我眼花缭乱，所以只拣得认识的一只收了。"

芈月脸一红，轻啐了一口，扭过头去不说话了。黄歇见她一袭绿衣，鬓边一丝未抿拢的发丝在春风中轻轻摇曳，这颗心也不禁跟着摇曳起来。想了想，笑道："听说昨日，有人被女师责罚了？"

芈月吐了吐舌道："是啊，女师说我的舞跳得硬手硬脚，活像挥戈舞剑，让我多练习呢。"

黄歇见了她满不在乎的样子，问道："你练了没有？"

芈月不在乎地道："没练。"

黄歇又问道："为何不练？"

芈月诧异道："有何必要，这种事又不需要非得练不可。我宫中课业你素来是知道的，又没有什么特别上心的。"

黄歇轻咳了一声，别过头去，想说什么，又有些不好意思道："那个，你还是练练吧！"

芈月看着黄歇的表情古怪，道："你怎么了？"

黄歇又道："听说，你小时候曾有大难，幸得少司命庇佑才能够安然无恙。"

芈月点头道："是啊。"所以她自小房中就供着少司命之像，每逢少司命祭祀之日，莒姬都会领着她向神像叩拜。

黄歇又道："那你可曾去过少司命祠呢？"

芈月摇头道："哪里有机会去啊？"

黄歇道："你练好了祭舞，下次我带你去。"

芈月瞧得他神情有些古怪，问道："这与祭舞何干？"

黄歇扭捏了一下，才道："今年的少司命之祭，会令我主祭。"

芈月眼睛一亮道："这样的话……"

这样的话，她若是能够想办法去跳这祭舞，岂不是可以在众人面前，在天地神灵面前，与黄歇一起合舞，想到这里，她也不禁红了脸，忽然站了起来。

岂料这种小湖中的舴艋船甚小，她这一忽然站起，倒有些失去平衡。黄歇连忙也站起来扶住了她，两人努力了好一会儿，才让小船又恢复了平衡。

芈月回过神来，发现自己紧靠在黄歇的怀中，脸一红，推开他，又坐了下来。这颗心却是怦怦乱跳，再也无法平静下来了。

两人相互对望一眼，又迅速避开，彼此都有些不好意思，那种隐藏的心思挑破与未挑破之间，最是叫人心潮荡漾。

对于芈月来说，这三年来，在高唐台的日子有多难过，她以探望莒姬名义，从离宫中逃出来与黄歇见面的时间就有多快活。

向氏的死，成了她心头所压着的沉甸甸的石头，高唐台群雌粥粥鸡争鹅斗，楚威后淫威之下杀机遍布，黄歇成了她青春生涯中唯一的宁静和快乐之源。

如同这小舟在江河里，经历多少风浪，但只要有个停歇的港湾，便能够重新起航。

小舟静静地在湖面上，谁也不去划它，两人相对坐着，没有说话，甚至各自低头都不敢再对望，却有一种异样的情愫，如这一湖春水似的，潜流暗涌。

桃花开了，片片桃花被风吹落，也有一些吹到湖面，吹到小舟上，吹到两人的衣襟上。

也不知道过了多久，忽然听得远处一阵歌声笑声渐近，两人似忽然自梦中醒来一般，你看看我，我看看你，忽然就笑了。

黄歇咳嗽一声，想说什么，又不知道说什么才对，慌乱间找了个话头，道："对了，夫子这番出使北方五国回来……"

芈月知其意，欲笑不笑地瞟了黄歇一眼，见黄歇有些羞恼，这边却笑着也接过话头道："不知夫子是否达成与五国之联盟了？"

当今天下大势，周室衰弱，又内部分裂为东周公和西周公，两派势力争斗不休。燕国在北，国势已经渐弱，燕王老迈，大权掌握在宰相子之的手中。但齐国却国势日强，齐王辟疆继位后任用驺衍、淳于髡、田骈、孟轲等人，近年来齐稷下学宫又复兴盛，人才济济有数百千人。

韩赵魏这三晋之国，韩国国政皆出自申不害，但申不害已老，不足为惧；魏国虽势力最大，但自庞涓死后，已是盛极而衰，如今由惠施主政；倒是赵国渐渐崛起，赵侯雍颇能任用得人。这三国与秦接壤，发生争执也多。

黄歇看了芈月一眼，道："屈子此番出使，与列国达成联盟。秦国这些年屡屡挑起战争，虎狼成性，早已令诸国不满。齐燕赵魏韩五国已经答应与我国在郢都举行会盟，由我楚国作为合纵长，共同联兵函谷关。"

芈月也点头道："若是这样，便能将秦国的气焰打下去，可保得列国数十年以至百年的安宁。"

黄歇又道："此番郢都之会，大王已经交由屈子一手操办。只是令尹又建议令工尹昭雎和大夫靳尚一起协助，后来屈子自己倒是要求工尹昭雎和大夫陈轸辅助。"

芈月听了此言，一时入神，诧异道："大夫陈轸素有智谋，这倒也罢了，工尹昭睢却从来刚愎自用，只听得进顺耳之言。与这样的人共事，岂不累赘，屈子何以答应？"

黄歇叹息道："老令尹既然已经开口，全然拒绝必会麻烦更多。靳尚为人钻营，屈子甚为不齿，昭睢虽然刚愎自用，但却为人不恶，心计也不深，也算卖老令尹一个面子。"

芈月皱眉道："我当真为屈子不值，他为国为君奔波至此，回朝来，还得周全这些人的私心。老令尹这个人，唉……"令尹昭阳此人，当真是教人一言难尽，他看似面团团要保全每一个人，可是最终，你会发现他才是所有事件最后的赢家。

黄歇见她注意力被带歪了，方又后悔，忙又绕到昨日背的诗篇上去，如此往返，两人绕着弯儿，说了半天江山社稷、诗词歌赋，就是不绕到原来的话题上去。却是皆盼着别人说出来，又怕自己说了，失之轻薄，绕了半天，还是绕不到两人想说的话题来。这般无目的地闲聊，时间是过得极快的，眼见太阳西斜，芈月要赶回宫去，黄歇只得弃舟登岸，送她走了一段路，眼见快到离宫了，竟是还未找到说话的机会，耳听得芈月道："前面就是离宫了，你不须再送。"

黄歇鼓起勇气，咳嗽一声，又道："那个祭舞，你好生练练。"

芈月忍笑道："知道了。"

黄歇欲言又止，咳嗽一声道："前些日子我读到一诗，不知道何解，你一向聪明，一定能解出其中的意思。"

芈月眼珠子一转，便有些猜到了，以诗表情，简直是当时士人必用的招数，当下掩口笑道："什么诗啊？"

黄歇又咳嗽一声，红了脸，道："嗯。'关关雎鸠，在河之洲。窈窕淑女，君子好逑。'"

他既是念诗，自然不好用素日常用的郢都方言来说，便用的是雅言。

芈月自三年前入高唐台以后，许多功课只是拿了竹简来学，或者是去问黄歇，后来所教的《诗经》之篇章，许多便是跟着女师所学的。所以黄歇念了这句，料她必是懂的。

不料芈月却是茫然摇头道："师兄你念的什么，女师不曾教过呢。"

黄歇满怀期望，却听到她这一句，不禁脸更红了，却也有些泄气，想了想，还是强撑起勇气道："那我再念一段。'参差荇菜，左右流之。窈窕淑女，寤寐求之。'"

芈月低头暗笑道："不懂不懂，还是不懂。"

黄歇额头微微见汗，只得道："你若是不懂，回去翻看便知。"便是此刻她不懂他的心思，若是回去翻看了，必还是懂的吧。

不料芈月却为难地道："师兄，我雅言学得不好，你方才说得有些快了，我竟是未曾听清呢。"

黄歇急了道："那、那我用雅言再给你念一遍，算了，我还是……"他定了定心神，便用楚语念道，"关关雎鸠，在河之洲……"

这诗用楚语一念，与方才的雅言相比，竟有一种别样的怪异。

芈月已经笑得捧腹道："师兄，你用楚语念周南之歌，实是……我这才晓得什么叫南腔北调！"

黄歇张口结舌，忽然醒悟过来道："你，你怎么知道这是周南，你在戏弄我？"

一想明白此节，他便恍然大悟，见芈月仍然在笑，他顿了顿足，实在是气不过眼前这人的调皮，便伸手去呵芈月的痒，芈月东躲西闪，笑到呛住，只得求饶道："吾子，是我错了，你饶了我吧。"

夕阳西斜，照得芈月额头出汗，脸上似蒙了一层金光似的，更显得面容姣好，黄歇心中一动，缓缓贴近。芈月也怔住了，一时竟不晓得如何反应。就在两人贴到最近的时候，芈月忽然醒悟，跳起来推开黄歇，逃了开去。

她匆匆地跑过离宫，经此便回了宫中。

楚国之中，本就宫苑之禁不严。屈、昭、景三家贵女自是常常出入宫禁，芈姝等人也经常出宫去这几家串门，甚至节庆之时出宫游玩也不在少数，只消出宫的时候报个备，有些侍从随扈跟着便是。

至于芈月这般，只要借着探望莒姬的名义往西南离宫转个圈儿，便可从小门出去，只消赶在天黑前回宫便是，便是连跟从的人也不过是带上女葵或侍女女萝、薛荔中的一个，这两个都是晓事的，把她们带到莒姬那里，便跟着侍女们下去，等到芈月要回宫的时候召唤一声，便跟着回来了。

待芈月回到自己所住之处，已经是快天黑了。

她这一进自己的院落，便见女浇迎了上来，急道："九公主，您去了何处？八公主派人来寻你有一个时辰了。"

芈月诧异道："她寻我何事？"

女浇摇头道："我却不知。"

芈月只得更了衣服，又到了芈姝之处，却见不但芈姝在，芈茵也在，见了芈月到来，芈姝便问道："你去哪儿了，怎么现在才回来？"

芈月只得道："我去了母亲那儿，阿姊找我何事？"

芈姝欲言又止，含羞半天，方道："你还记得昨日阳灵台出来那个人吗？"

芈月心中咯噔一下，却装作不知，道："哪个啊，昨日阳灵台出来有好多人啊。"

芈姝急了，道："便是那个……便是那个，最后那个啊！"

芈月心中暗惊，不由得看了芈茵一眼，却见芈茵含笑看着自己，并无半点异色，当下道："那个，又怎么了？"

芈姝扭捏地道："我去打听过了，昨天那个人叫黄歇，听说他乃黄国之后，现如今是太子的伴读。"

芈月试探地道："阿姊打听这个，莫不是心悦于他？"

芈姝说出了口，倒不扭捏了，直率地点头道："是啊，我心悦于他，就是不知道……他心中是如何打算？"

芈月心中暗哂，芈姝的性子从小娇纵，想什么就要得到什么，她对黄歇的喜欢，却又不知道是属于多长时间的兴趣，可是她如今喜欢上了黄歇，却又是一个难题了。

她又看了看芈茵，却见芈茵只是含笑看着芈姝，并不曾发表意见，心中隐隐有些警惕。以芈茵的性子，若不是在她来之前便已经出了许多主意，便是要在她说话的时候，与她争一争强，好显摆自己。这般在芈姝等着芈月来讨论事情的时候，仍然安静在聆听，实在不是她的性子。

芈月便问芈姝道："阿姊是个什么打算呢？"

芈姝道："我正想问九妹妹呢，你素来主意多，替我想想办法，如何设法找一个机会跟他会面……"

芈月长叹道："阿姊，黄国已经没落，他的身份，非阿姊良配。"

芈姝一手指戳向芈月额头，嗔道："你小小年纪，怎么也学得如此功利？心悦一个男子，何必想这么多的？"

芈月看了看芈姝，故意道："我恐母后知道，会……"

楚威后让诸多女师自幼开始教芈姝各种礼乐内政，不但有芈茵芈月陪伴学习，如今又召三家贵女入宫相伴，这些准备，可不是打算送给一个没落王族的普通子弟的。

芈姝却不在乎地道："便是母后知道又怎么样？便是王族女儿，也不见得个个都要联姻诸侯。"

芈月心中暗叹，楚国的确曾有下嫁于国内的嫡公主，芈姝这种想法，若是楚威王在世的时候，也不能说不对。像父王这样的君王，其实并不在乎女儿是否联姻诸侯。可是如今楚威王不在了，芈姝的亲事，必是楚威后做主，像楚威后这样的人，你若要看她自己亲生的女儿嫁得不如庶出的公主，那是绝对不能容忍的事。

芈姝便纵有再多的喜欢，那也只能是停留在喜欢上了，可惜，为什么偏偏是黄歇呢？若是她喜欢了别人，芈月才不在乎她的事呢。

芈月沉吟道："此番屈子出使列国，游说得五国合纵，以大王为合纵长，我想必会有联姻之事，其他四国若不是要嫁女于大王或者太子，便是要向我国求娶公主。阿姊当真不欲为诸侯妻？"

说到这里，她暗自注意了一下芈茵，果然见芈姝根本不为所动，芈茵却有些小小的激动，心中便已经有数了，接着道："该劝的我已经劝过了，既然阿姊主意已定，我也没有办法，那阿姊打算怎么办呢？"

芈茵急忙推了推芈姝，使个眼色，芈姝便凑到芈月面前神秘地道："我有个主意，听说以前的少司命祭舞有过与大司命共舞的先例。而且我还打听到，那个黄歇去年在大司命祭祀的时候就跳过大司命。你说这个主意怎么样？"

芈月心中一惊，扬眉看了芈茵一眼。芈茵微有不安，神情闪烁。

芈月微笑道："怕不是八阿姊自己想出来的，而是有人给八阿姊提了这个'好建议'吧？"

芈姝推了她一把道："你别管谁的想法，你只说好不好？"

芈月故作沉吟道："此计甚好……"见芈姝欣喜，才又慢吞吞地道，"可去年他跳这个祭舞，今年未必就是他啊。"

芈姝笑道："这自然就要你出主意了，"见了芈月神色，便霸道地指着她道，"不许说想不出来，我知道你一向主意甚多。"

芈月无奈道："阿姊，此事我完全摸不着头脑……"她看了看芈茵又道，"能够教你此计之人，必是甚为高明，她既有了第一步，便会有第二、第三步的计划，教她来出主意，岂不更好！"

芈姝听了这话，方要点头，芈茵急忙又推她一下，芈姝想起方才两人之间早已经说好的话，便不好意思接了芈月的话继续下去了，便耍赖地一手指着芈茵一手指着芈月道："一人计短两人计长，一人出一个主意，最公平。"

芈月似笑非笑道："原来给你出这个主意的是茵姊啊，怪不得呢！"

芈茵阻止不及，涨红了脸道："姝妹，这等事怎么好这么大声嚷嚷。"

芈月倒是显得从容了，笑吟吟道："茵姊，爱美之心人皆有之，说出来又有什么打紧。郢都街头，也有的是向美少年掷花掷果的女子，茵姊便出了这个主意，又有什么关系呢。"

芈姝扭着芈月道："休说他话，你倒快出主意啊！"

芈月又看了一眼芈茵，笑道："阿姊不是说，他是太子的伴读吗？这件事，不如让太子出面，如何？"

芈姝拊掌道："甚是甚是，我还可让太子出面提这个建议，让太子出面说这个人选。"

说着，她便站起来，要去寻太子横。

芈月又劝道："阿姊且慢。"

芈姝站住，问道："怎么？"

芈月道："阿姊何必亲自去找太子，只消与王后说一声就行，王后一向善解人意，她一定能够帮你办妥这件事。"

芈姝眼睛一亮道："果然我知道找你出主意最好不过了，我现在就去找王后——"

芈姝说着便要冲出去，芈月忙劝住她道："阿姊，如今天已经黑了，不如明日再寻王后去。"

劝好了芈姝，两人方告辞而出，换了丝履，一路皆是默默无语，直走到回廊分手处，芈茵方复杂地看了一眼芈月道："九妹妹果真是聪明能干，这不消半天，便已经替姝妹妹想出了主意！"

芈月微笑道："怎么比得上茵姊您深谋远虑，想得长远呢！"

芈茵扯了扯嘴角，扭头而去。

见芈茵走远了，芈月的脸方沉了下来。芈茵今日挑唆芈姝去追求黄歇，必有图谋。芈月虑的却是，芈茵自己图谋失败，倒也罢了，但很显然如今她三人一同居住，若是当真发生了什么事，就怕会连累到自己身上。

她长叹一声，抬头看着廊外月色，如今正是最关键的时候。她在这禁中熬了三年，忍了三年，就是希望能够逃脱这个禁宫。

如今，芈戎未封，她未嫁，这两件事，万不能行差踏错，否则就将影响他们姐弟这一生。

次日一早，芈姝便急急起身，要往南后所居的渐台行去，甚至连芈茵和芈月也不曾叫上。

南后本宠冠后宫，无奈年岁渐长，一次难产后身体又开始日渐衰弱，夫人郑袖便成了楚王槐的新宠。而南后这些年来，甚至不得已要将部分宫务交于夫人郑袖代劳。

郑袖夫人亦生一子公子兰，这几年也渐渐长大，甚得楚王槐钟爱。郑袖于是在楚王槐面前不断进谗，使得太子横渐被疏远。

郑袖的野心，真是楚宫皆知。但南后虽然一直在生病，却一直拖着，且经常会弄出一些事情，教楚王槐记起当日恩爱，这些年竟成了相持不下的状态。

这日见芈姝急急而来，说了这些话，南后便沉默了。

芈姝等了好一会儿，但见南后只是不住低咳，心中有些急躁："嫂嫂，您倒说说话啊，此事可行否？"

南后见芈姝着急，面露为难之色，好一会儿才笑道："妹妹要做什么事，哪有不行的。回头我就安排去，必让妹妹满意。"

若是个机灵的，只怕要问一问南后是否有隐情，芈姝却从来是个娇纵的，她才不管人家为不为难，只要结果便是，一听就大喜道："多谢嫂嫂，我就知道嫂嫂待我最好了。"

南后见了她如此活泼，也笑了笑道："妹妹近日可是在学琴，我听说女师夸奖妹妹极有天赋呢！"

芈姝听了顿时有些得意，又有些害羞地谦辞道："我才刚学呢，嫂嫂夸奖了。"

南后道："正好我这里有一具旧琴，妹妹若不嫌弃，就赠与妹妹练手。"这边便吩咐心腹侍女道，"采芹，你去把我的琴拿来。"

芈姝也不以为意，楚宫之中，什么好东西没有。直到采芹小心翼翼地捧了一具古琴上来，递与芈姝，芈姝见上面镏着两个小字，细辨了一下，这才惊道："'绕梁'，嫂嫂，这是绕梁琴？"

南后苍白的脸上微露笑意道："我就晓得妹妹是识琴之人，这琴与妹妹，也不枉了。"

所谓"绕梁"之琴，传说为韩娥所有，她途经齐国时断了钱粮，只得弹琴卖唱，结果余音袅袅，绕梁三日而不绝。自此绕梁琴便成为传说。芈姝倒不想竟能见到此琴，喜不自胜，道："嫂嫂这琴从何而来？"

南后道："韩娥死后，此琴落入宋国大夫华元的手中，为解大楚兵困宋国之危，华元就把此琴献与先庄王。传说先庄王得此琴后，爱不释手，因抚琴而七日不朝，夫人樊姬相劝，这才将此琴封于库中。当年我初嫁之时，因喜欢抚琴，大王陪我到平府去寻琴，方见此物。又得了父王的恩准，这才将此琴赐予我。"

芈姝轻试了几个音。这琴封存了多年，外表虽然有损，木质却是不变，一弹便能引发清越的空腔共鸣之声，却是极为难得。当年南后初用，换上丝弦一弹，便惊为仙音。这些年又是常常弹奏，将音色融炼得更加圆熟明亮，吟揉绰注间仿佛自带埙笛伴奏，因此芈姝稍一试便爱不释手，这边还要客气两句道："既是王兄送与嫂嫂的，我如何能要！"

南后笑道："我病了许久，这琴也空置了许久。父王既许此琴出库，也是不忍良琴蒙尘。如果我让此琴空置，也是罪过，能为此琴寻一个更合适的主人，才不枉我与它相伴一场。我们都是自家人，还请妹妹不要再推辞才是！"

芈姝高兴地坐正，轻抚了一曲古乐《承云》，相传这是周穆王所奏之曲，她因初学，便来试手。这一弹奏，越发觉得此琴实不枉楚庄王七日罢朝的传闻，素日她用的也是极有名的琴，同样的手势，弹出的音色回响之淳厚，余味之清远，竟远不如此琴。

一曲毕，芈姝恋恋不舍，叹道："抚了此琴，我素日那些琴，都好拿去当柴烧了。"

南后也闭目倾听，好半日，才叹道："多谢妹妹，我自卧病以来，久不闻雅乐矣！今日得妹妹一曲，清心涤尘，邪气尽去，实是胜过十剂汤药。"

芈姝红了脸，她自知琴艺还差了很远，听得南后这般赞美，纵是她自幼受人奉承已惯，也不禁有些汗颜，道："嫂嫂谬奖了，我琴艺实在与嫂嫂差得太远。"

南后正色道："琴乃心声，高明与否，不在艺而在心。妹妹心地纯净，灵气极高，手法不过是末技，多练练就行了，可似妹妹这样的天分，却是极少见的。"

南后能够独宠后宫这么多年，心术又岂是一般人能比，她这般正色而言，直教芈姝心中飘飘然上了半天高。她小心翼翼地将琴交于侍女珍珠收于琴奁之内，才道："多谢嫂嫂了。"

南后轻咳两声，道："妹妹方才拜托之事，我便交与太子横去办便是，总教妹妹如愿。"

芈姝笑开了花道："嫂嫂真是好人。"

南后却又道："我倒有件事想烦劳妹妹……"

芈姝忙道："嫂嫂有事，但请吩咐。"

南后又咳了两声，才道："你知道我这病时好时坏的，也没多少机会在母后面前尽孝心。我有心想让太子代我多在母后跟前服侍尽孝，只不知道母后允否？"

芈姝忙笑道："这是好事，母后岂有不允之理？"

南后道："我怕母后爱清静，不欲令人打扰……"

芈姝道："才不呢，母后最爱热闹，最喜儿孙绕膝，太子代母尽孝，母后岂有不喜之理。"

南后又道："太子年纪也渐大了，正应择淑女为配，可恨我这些年身子越发不成了，还烦请妹妹代我向母后进言，请母后为太子择淑女为配。"

芈姝眼睛一亮，她是楚威后幼女，岂有不知楚威后为人的，如今楚威后身为母后，许多事退居在后，不便插手，但若是能够将第三代太子妇的人选交与她来决定，她岂有不愿之理。当下便问道："嫂嫂可是当真？"

南后道："自然是当真的，就恐太累着母后了。"

芈姝忙道："不累不累，母后如今正嫌无事呢。"

南后感激地笑了笑道："多谢妹妹替太子尽心，妹妹以后若有什么事要让人在宫外办的，也尽可交与太子，就当他孝敬你这个姑母可好。"

芈姝正中下怀，也不推辞，笑道："嫂嫂真是知我心意。"

南后道："一家子共处了这么些年，原就应该互助互爱啊。"

芈姝道笑道："如此，我就一并谢过嫂嫂。"她见南后面露疲惫之色，也不便久留，当下心愿已足，便告辞出去了。

见芈姝去了，南后强撑着的精神顿时塌了下去，整个人连凭几也支撑不住，瘫倒在席上。

采芹连忙扶着南后躺下，心疼地道："王后太伤神了。"

南后轻咳着道："可值得，不是吗？咳咳……"

采芹忙抚着南后背部，又让她饮下苦涩的药汁。好半日，南后才渐提起一点神来，对采芹道："你去高唐台查查，是谁向妹妹提此议的，我当真要好好谢谢她才是。"

采芹也点头道："是啊，此事既向王后示了警，又让王后和太子有交好八公主的机会，实是难得。只是……王后，当真要将太子妃的人选，交与威后？"

南后面露哀伤之色，叹道："我这身子，只有你是最知道的，如今强撑了这些年，早已经耗空了。"

采芹劝道："奴早劝过王后，有些场合，便是告病又能如何？偏王后不听，事事强撑。若是多多休养，何至今日。"

南后看了采芹一眼，摇头道："你如何能够明白，有些事，我便知道是郑袖有意生事，让我伤身，我却不能不去应付，不去强撑。否则，便不是郑袖等着我病死，而是我要活生生地被郑袖赶出这渐台了。"

采芹受了惊吓，道："何至于此！"

南后摇头道："这些年，我处处压着郑袖一头，教她百般智计，亦无所用。她如今也只有趁乱生事，耗我心神这等能耐了。我不得不应付，可我的身子，只怕撑不过多久了。只恐我身死之后，郑袖要夺我儿的太子之位。"

采芹道："如今王后令太子亲近威后和八公主，只要太子得到威后的支持，大王又是个耳根子软的人，郑袖一人，可掀不起风浪来。"

南后想了想，轻咳道："得让母后知道，有人在算计妹妹，咳咳……"

采芹露出会意的微笑道："是。奴婢一定会让人把这件事传到威后耳中的……"

南后想了想，又摇头道："不急，等少司命大祭以后再说。"

采芹不解地道："这……"

南后冷笑道："这等事，关系妹妹的终身，威后自然是要未雨绸缪。可是……"她冷笑道，"若是风平浪静，又有什么意思呢？事情闹大了，她们的罪过才大！"

采芹深为佩服道："王后高明。"

南后微笑道："先落她一个前科，日后若出什么事，她都脱不了干系。我活着，她当不上王后，我死了，我儿的太子位，她也一样动摇不得。"

第十七章
摽有梅

芈姝自然是不知道，在她一点少女心想要做些浪漫事的背后，会有如此多的勾心斗角之事。她高高兴兴地回到高唐台，与芈月说了南后答应之事，又展示绕梁琴与芈月看。芈月与芈茵被迫欣赏了半日她初学的琴曲，心中却是转了半天的念头，暂且不提。

过得数日，她便借着去探望弟弟芈戎的名义去了泮宫，又与黄歇相约，将此事说了出来，问："你说七姊姊挑拨八姊姊去打你主意，会是什么暗藏的心思？"

黄歇便想起一事来，道："我想起来了，前几日秦国遣使到郢都面见大王，说秦王驷的王后新死了一年多了，要求娶楚公主为继后。"

芈月道："想必是秦国知道我们六国结盟共谋秦国，所以坐不住了，想借联姻之际，分化诸侯。且此番五国使臣齐会郢都，想是有几个国家也想与我们楚国联姻。"

黄歇点头道："正是。"

芈月问道："我们且分析看看，会有哪些国家的求亲，会是七姊姊的目标？"

黄歇数着诸侯道："若论其余六国，数燕国的太子哙、魏国的太子遬、赵国的赵侯雍皆在适婚年纪。"他再数道，"韩侯已婚，齐王年老而齐太子已婚，皆不适合。"

芈月心中暗叹，大公主姮便是嫁给了齐王辟疆。纵然这齐王辟疆于列国之中，有英明之称，建稷下学宫，招天下群贤，可终究是英雄已老，芈姮嫁过去亦只是为继后，且太子早立，不过是与齐国拉拢了关系，但于芈姝来说，却是半点前途也无。身为王家女儿，便纵使你在闺中千般娇宠，当真要出嫁的时候，亦是身不由己。

当下便也道："燕国太远且暗弱，魏国盛极而衰，而且求婚的是太子，皆不如直接嫁给诸侯王有利，那看起来最适合的人选应该是赵侯雍了。我听说赵侯雍十五岁继位，如今也才二十多岁，且赵国都城邯郸又是出名的繁华绮丽。听说燕国有人慕邯郸人的步态优美，结果邯郸人的风范没学到，倒把自己怎么走路给忘记了，只好爬着回家。这邯郸学步虽是一则笑话，但也可见赵人风姿之美。"

黄歇也道："不错，可赵侯雍条件太好，他虽是最适合的人选，但列国公主倾慕他的也不在少数。且听说他近年宠幸一个美女吴娃，打算立吴娃为正室。赵侯虽好，但若根本无意求婚楚国，也是枉然。"

芈月道："所以，秦国也想求娶公主？"

黄歇点头道："因此秦国想在五国使臣到来之前，抢先求婚，相比之下未必没有胜算。我听说近日秦国已经派人在后宫游说了，你可知道？"

芈月道："怪不得这几日七姊姊老是在我们面前说秦国如何可怕，还说如果嫁到秦国去，不如直接跳了汨罗江。"

黄歇领悟道："你的意思是……"

芈月道："我记得她以前就说过，我跟她都是庶出，但是同人不同命。我不想为媵，她更不想为媵。"

黄歇道："你是说，七公主故意煽动八公主喜欢我，是因为知道了秦王要来求亲的事？"

芈月道："不错，到时大王应下秦国亲事，八姊姊若心有所属，一定会不愿。听说秦王已经三十多岁了，嫁给一个年纪这么大的男人，还是嫁到那种虎狼之地，如果再有人煽风点火，八阿姊一定会不愿嫁。到时候大王为了不失信于秦国，就有可能将七姊姊作为嫡女嫁到秦国去……"

黄歇听了这番话，也有些心寒，道："她一个小姑娘，居然会这样工于心计？"

芈月提醒道："你莫要忘记郑袖夫人初入宫的时候，跟她现在的年纪也差不多。才用了几年时间，就踩下诸多美人，成为宫中第一宠妃。连王后这样厉害的人，也不得不避其锋芒，身体也弄得日渐衰弱。"

黄歇却问道："你在宫中，可知王后的病是真的还是假的？"

芈月问道："为何有此一问？"

黄歇道："我看太子为此一直忧心忡忡，才十几岁的人，连个笑容都不容易见到。"说罢，也叹息一声道，"人人都道王家好，可真正身为权势中心的人，有时候也未必见得便是真好。"

芈月也低低一叹道："是啊，可若是没有权势，便会更加惨淡。说起来，你是黄国的后裔，我生母是向国的后裔，说起来都是末世王族，可她命若蝼蚁，你也要随侍太子身边，你又何曾不是才十几岁的人，为自家操完了心，还要为他操心……"

黄歇也叹息了道："大争之世，只有弱与强，何来对与错？在这个世界上隔三差五的争战中，随时可能有千百条人命死去，甚至是整个国家的灭亡。黄国向国之灭，又何尝不是楚国之鉴呢。我与太子相伴多年，见着他的痛苦，也是怜他的不易。"

芈月轻叹道："是啊，大争之世，人人不易。便如王后这般权倾后宫者，亦是处处不易。女医挚说，她活不了三五年了。所以郑袖才会跟七姊姊合作，教她如此这般，登上秦王王后的宝座。若是她背后有强秦支持，若要夺嫡，也未必不可能。"

黄歇长叹道："秦人若得了这种机会，岂有不插手的，他们可不管谁得宠，谁上位，只要能够乱我楚国，想必秦人是高兴得很。"

芈月冷笑道："可王后之前也专宠多年，能够让自己成为王后，让儿子成为太子，她也绝对不简单。"

黄歇点头道："所以八公主问你意见的时候，你叫她找王后？"

芈月点头道："她让八姊姊来问我讨主意，为的就是以防将来八姊姊闹事的时候，威后问责，就让我背这个黑锅。哼，她与郑袖勾结，我就让八姊姊把这件事捅到王后那里去，到时候王后与郑袖斗法，七姊姊想坐享其成就难了。"

黄歇也笑了道："那我也可以避过一劫了？"

芈月扑哧一笑，戏谑道："我八姊姊可是嫡公主，有倾国之色，有倾城之陪嫁，你当真舍得错过这次机会吗？"

黄歇专注地看着芈月道："我心匪石，不可转也。我心匪席，不可卷也。"

芈月不答，却走了几步路，指着前面的树说道："前面有棵梅树，你去给我折一枝带梅子的树枝好不好？"

黄歇有些不解，看了看芈月，终于还是听从了，他施展身法，飞跃到梅子树上折下一枝带着几棵青梅的树枝，递给芈月。

芈月拿着梅枝玩弄了好一会儿，笑道："前日你给我念了一首《召南》，我这里也学了一首，就是不记得下句了，不晓得你记得否。"

黄歇对于《诗》倒是极熟的，闻言道："你且念来。"

芈月狡黠地笑了笑，却将梅枝塞回黄歇的怀中，这边吟道："摽有梅，其实七兮……"说到这里，她便停住了。

黄歇便不假思索地接口道："'求我庶士，迨其吉兮'。"他吟到这里，忽然醒悟，惊喜地道，"你……"

他方一转头，却发现芈月早笑着远远跑开了。

黄歇欲追，却又停住，看着手中的梅枝，想着她方才的诗句，一时竟有些神魂颠倒。

芈月方才所吟，却也是《诗》中《召南》篇的一首，其诗曰道："摽有梅，其实七兮，求我庶士，迨其吉兮！摽有梅，其实三兮！求我庶士，迨其今兮！摽有梅，顷筐墍之！求我庶士，迨其谓之！"

当时的诗，常用三叠重复而唱，此诗翻作俗词便是梅子成熟落下，如今果实还有七成/三成/快要落光，若要有向我求婚之士子，便莫要误了吉期/莫要再等/莫要错过。

前日黄歇以《关雎》示爱，今日芈月便以《摽有梅》而答之，显然心意已明。

黄歇与芈月总角相交，自幼便将她视为自己将来的新妇，此种情愫，虽未明言，却是久藏心中，连夫子屈原都已经看了出来，芈月又是极聪明的人，又岂能不知。

只是前头芈茵芈姝未嫁，她的婚姻实是由不得自己做主，因此亦是不敢表露。此番芈姝示爱，芈茵算计，竟将芈月的心意也逼了出来，黄歇心中倒是暗暗有几分感激这二人了。

想了想，便去了屈原府中，与屈原商议此事。

屈原亦是乐见其成的，只是芈月毕竟是公主，若依惯例，公主若与诸侯结亲，便有一嫁数媵，首先便是同胞姐妹，其次便是堂姐妹，甚至是姑母侄女，一并陪嫁也有。再次便是同族，及至同姓异氏。

看楚威后的安排，便是要拿芈茵芈月，当成芈姝的陪媵之人，如何能够让芈月脱出身来，倒是一个问题。

屈原忽道："你可还记得六公主？"

六公主蕙，与三公主菱、四公主荞，原均为大公主姮陪嫁之媵，偏生大公主临嫁之前，六公主因往猎场行猎，不小心得了风寒，一病不起，恐途中病情加重，便不能陪同大公主出嫁，另于屈、昭、景三家之中选了媵女补上。

六公主芈蕙病愈之后，楚威后厌她生病误期，也不理她，便由南后做主，早早嫁了一个下大夫为妻，若论起荣华富贵来，自然不如嫁齐国为妃了。偏六公主是个热衷名利之人，自然心有不甘，常自抱怨，那下大夫不耐烦听，便带了她回了自己封地，穷乡僻壤，自然再无声息。宫中说起来，亦有叹六公主时运不济，命蹇运乖的。

可是黄歇一听到屈原说起六公主来，便眼前一亮，道："此计甚好。"

六公主所恶，却偏偏未必不是芈月的机会。若是芈月也学六公主一般，只消在芈姝临嫁之前病上一病，便可如六公主一般，在芈姝出嫁之后，说通南后，将她"随意"嫁一个普通士子。而这边亦可通过太子横，将这个士子的人选，定为黄歇。

黄歇得了这个主意，忙道："我便将此计告诉师妹。"

屈原好笑地看着黄歇摇头道："你以为我如何无端会去打听宫中之事，自然是有人告诉我了！"

这"有人"，自然便是有心人了，黄歇顿悟，讪讪地笑了。

屈原看着这个弟子，只是摇头，他这弟子若在别人跟前，也算机敏，只是每每到了与九公主相关的事，便处处不及她了。这也算是情之所钟，因而失常吧。

楚国宫中尚且为列国来向公主求亲之事勾心斗角，列国之人则更是相争得厉害了。

此时郢都国宾馆中，便是这等场景。

此番来郢都，由列国所派之人，便可见诸侯之态度。齐国来了太子地，韩国来了公子仓，魏国来了公子无忌，燕国来了太子哙，不是太子，便是最得宠的公子，但众人最看好的赵国，却只来了一个宗室公子文，显见并不热衷。

而秦国，却派来了秦王驷的亲弟弟公子疾为使，入郢都。

公子疾封于樗里，因此人皆称之为樗里子或者樗里疾，此人滑稽多智，是秦王驷诸弟中最得信任之人。

因屈原为左徒，此番接待列国使臣之责，便落在了屈原身上，屈原请大夫陈轸和工尹昭睢相助，又将自己数名弟子也派了出去。

这秦国的使臣樗里疾，便是由黄歇负责接待。黄歇暗中留意，见樗里疾为人矮胖，笑吟吟的甚是可亲，断没有素日里常听闻的"虎狼之秦"的虎狼之态。唯他身后却有数十名侍卫，身形高大，面孔肃杀，尤其是那个侍卫头领龙行虎步，鹰顾狼视，倒当真是有些虎狼之态。

他却不知，入了驿馆，诸人安置，待驿馆中人退下去之后，樗里疾微一扫视，诸人皆退了下去，只余了那侍卫首领和四名侍卫，樗里疾便忙将那侍卫首领让到了上首，自己在下首行礼道："臣参见大王。"

那侍卫首领赫然便是秦王驷了，他高踞在上首，对樗里疾随意摆了摆手道："疾弟何须多礼，如今在外，你也休要漏了口风，莫叫我大王，便是私下也只称我为阿兄便是。"

樗里疾忙恭敬应道："是，阿兄，如今已入郢都，阿兄有何计划。"

秦王驷道："我方才仿佛听了一耳朵，说楚国公主要参加什么少司命大祭？"

樗里疾忙道："正是，此乃楚人信奉之神灵，大司命掌生死，少司命掌子嗣，因此春季楚人祭祀，当以贵人领祭，祈祷丰年，人丁旺盛。愚弟听闻楚国唯一未嫁的嫡公主，要在此番祭礼上主祭……"

秦王驷倒来了好奇心，此番他借着要续娶王后的事，来向楚人求婚，内心却倒并不一定非要凑这个热闹，只不过六国合纵，他甚是不爽，来挑个火架个柴之类的事，很是乐意做上一做的，当下便抚着下巴道："嗯，此事也甚有趣，你我到时候也去看一番吧。"

樗里疾跟着他久了，看到秦王驷嘴角的微笑，便知其意，道："阿兄是想……咱们做点什么呢？"

秦王驷嘿嘿一笑，道："倘若那日你我只能在人群中看公主跳舞，未免无趣。"

两兄弟眼神交汇，不由又会意一笑，秦王驷如今继位自久，君威日甚，但樗里疾乃是跟着他自幼一起长大的兄弟，这威严的秦王当年稚童之时，也是领着弟弟要把秦宫掀翻一个角的人。如今微服到楚，脱去素日拘束，便有了放纵之心，打算着要在这郢都闹腾一番，将这六国合纵之势给破坏了才好。

秦王驷忽然道："既是祭祀，岂止一人，还有谁与公主共舞？"

樗里疾道："既是公主扮少司命，我听闻扮大司命与其共祭者，乃是左徒屈原的弟子黄歇。"

秦王驷想起方才入驿馆，那翩翩少年温文尔雅，接应各国使臣辞藻娴雅的表现，他亦是个仔细之人，黄歇暗中观察着他，他又如何能够不知。当下便觉得这个少年甚有观人之术，心中已经赞许，他对落到他眼中让他满意的人，头一句话便都是同样的道："能为寡人所用吗？"

樗里疾一怔，忙夸道："大王真是爱才如命。"

秦王驷解下一剑，往几上一放，悠然道："人无癖不可交也。楚王爱的是绝色美女珠宝玉器，寡人爱的却是人才。楚国立国悠久，人才辈出，寡人这一次来，自然要大肆搜刮……可不是区区一个嫡公主就能满足寡人的。"

樗里疾思索着道："若是如此，就不能让他搭上楚国公主，否则的话他在楚国仕途顺畅，又何必去我秦国呢。"

秦王驷拍案赞道："善，大善！"

少司命之祭，便在明日。芈月坐在窗边，看着天上一弯明月，心中辗转难安。她自是没有想到，她已经让芈姝将芈茵的图谋明明白白地告诉了南后，其至她相信以南后的聪明，也很快能够推断出，芈茵幕后若隐若现的，是郑袖的影子，可是她却没有想到，南后不但没有阻止这件事，甚至还真的依芈姝所请，确认了让黄歇与芈姝同为祭舞。

所谓关心则乱，她心中虽然明明知道，不管南后还是楚威后，都是不可能会让芈姝和黄歇有结果的。可是没有结果，便是有过程，也足够叫人恶心的了。

她相信黄歇的为人，可是若是芈姝纠缠黄歇过甚，那么她将来若要行六公主芈蒠装病逃脱陪媵，然后再嫁黄歇的计划，便很可能因此而被破坏。不管南后还是楚威后，都不会愿意看到一个没落之族的子弟，与两位楚国公主有纠缠的。

如何才能够想办法，把黄歇和芈姝完全脱开呢？

这一夜，她未能成眠。

同样未能成眠的，还有芈姝，一想到明日要与黄歇共作祭舞，她自是兴奋得根本无心去睡觉，当下令侍女取来明日为祭舞准备的羽衣华裳，这套衣服纹绣华美，上百缝人绣了半年多，原是为她的生辰而准备的，她等不得，便将这身衣服作了祭服，又添了百鸟之羽，缀了无数珠玉，如今由侍女托着，在灯下更是一片璀璨夺目。

芈姝爱不释手，当下便穿起这套祭服，在室内起舞。傅姆只得苦口婆心地劝她道："公主，这室内俱是灯烛，若是不小心燎了一星半点到衣服上，可不是误了明日大祭。"

芈姝这才听了，脱下祭服，令人收好。

芈茵坐在一边，看着她展示祭服，看着她穿上祭服，看着她翩翩起舞，眼睛都要落进去拔不出来了。直至鸡鸣之时，在傅姆的再三催促下，这才叫了芈姝去睡觉，芈茵也快快地去了。

这一夜，同样睡不着的，还有南后，还有郑袖，还有许多许多的人。

日出时分，才觉刚刚睡着的芈姝便在傅姆三催四请下起身，沐浴更衣梳洗用膳以后，才在侍女簇拥下出门登车，前往汨罗江边的少司命祠去。

在马车上三姐妹同车，俱发现对方都是呵欠连天，芈姝奇道："昨日我叫你陪我看祭服，你早早说要去睡觉了，如何今日也这般呵欠连天？"

芈月苦笑道："我恐误了今日阿姊的祭舞，因此早早去睡了，谁晓得居然是睡不着，早知如此，还不如陪着阿姊说话呢。"

芈姝掩嘴而笑道："可见是你年纪幼小，心中不能存事。"她虽只比芈月大上一岁，但因作了数年幼妹心中不甘，自芈月来了以后，便处处以大姊心态自居，动辄便说芈月"你年幼不懂事"，事事都要去教导于她。只是芈月历经大变，如何会与她这般小儿心思计较，从来一笑置之。

可芈姝面对同样比她大了一岁的芈茵时，那是断断不肯承认自己年纪小，要受阿姊教导的，凡是芈茵无意间露出"我是阿姊"的态度，她却是必要翻脸的。

芈茵见她如此说，撇了撇嘴，心中暗道你也不过是丈八的烛台，照得见别人照不见自己罢了，这边说别人，这边自己还不是呵欠连天。当下就道："九妹妹昨日想来还未见过那祭服，八妹妹，何不让她也先欣赏些。"

芈姝看出芈茵的心思，纵有给芈月炫耀的心思也转了过来，反而正色道："傅姆都说了，这祭服繁杂，要防着弄坏了祭礼上不好看。"

芈茵撞了个软钉子，没趣地不语了。

可是芈姝虽然将芈茵顶撞了回来，自己却又忍不住炫耀之心，过了好一会儿又道："既然你们一定要看，我便也从了你们之请吧。"当下便命珍珠将祭服展开。

此时一缕阳光自窗缝中射入，那祭服更是一片金光耀眼，芈茵昨夜于灯下看过，如今又于阳光下看到，更是啧啧惊叹。

芈茵掩饰不住羡慕，伸手抚摸着衣服道："这是用金线和翠羽编织而成，还镶了这么多珍珠，为了少司命大祭之舞，实在是太奢华了。"

芈姝矜持地道："七阿姊，不能这么说，少司命是庇佑我楚国女子的神祇，大祭上不管用什么珍贵的东西，都是对神灵的敬意啊。"芈茵讪讪地低头不再说话，却忍不住抚摸着衣料。芈姝得意地瞟向了芈月，不料只坐在马车上这会儿工夫，芈月便不知自哪里摸了一册竹简出来，如今见她眼睛只看着手中的竹简，竟不对衣服多看一眼，心中只觉得这个妹妹好生呆气，便拉着芈月的手让她注目自己的衣服道："九妹妹，你来看这件衣服，觉得如何？"

芈月兴趣索然地看了看道："妹姊穿什么都漂亮。"

芈茵看了看芈月，不怀好意地道："九妹妹是否不高兴啊？"

芈月微微一笑道："不好意思，我刚才走神了，正想着夫子前日布置的课业呢！"

芈茵撇撇嘴，暗骂一声假正经，嘴上却笑着道："九妹妹看来是要做女学究了，这般认真！"

芈月笑道："我认为做女学究也没什么不好。"

芈姝见了她这副样子，只觉得她实在是灵窍未开，不由得端起姐姐的架子来正色道："九妹妹，此事我须得教你一二。虽然我们是公主之尊，但仍然是妇人之仁，女子一生是好是坏，为尊为卑，关键不但在于你嫁了什么样的夫君，还在于你是不是得到他的喜欢。所以身为女子最重要的，就是要怎么样在有限的青春年华里，展示自己的美好，得到夫婿的尊重宠爱……"

芈月漫不经心地道："得到得不到，又能怎么样？"

芈茵抢话道："得到夫婿的宠爱，就可以有更多的机会，生下更多的儿子，如此便能够保障自己的地位和权势。"

芈姝不满而警惕地看了一眼打扮得花枝招展的芈茵，又看看穿着只是承意的芈月，亲热地拉住了芈月的手，话中有话道："话不能这么说，宠爱也得分哪一种，是对嫡妻的尊重还是对妾侍的亵玩。九妹妹，须知青春有限，不可浪费，大好年华你这样钻在书本子里，岂不是把你自己的美好给浪费了。"

芈月打个呵欠，道："如若是没有男人宠爱呢？或者是失去了男人的宠爱呢？"

芈姝怔住了："什么？"

芈月看了看芈姝，转向芈茵说："若是没有男人的宠爱，女人是不是就不用活了？"

芈茵气得脸都扭曲了："九妹妹，你说的什么话，存心咒我吗？"

芈姝心中本也有不悦，见芈茵如此，反维护芈月道："好了，你也别多心，九妹妹并不是这个意思！是不是啊九妹妹？"

芈月拿起竹简重新看起来："茵姊嫁人以后，夫君自然不会每晚都来陪你，儿女也未必就养在身边。到那时候长日无聊，茵姊何以打发？"

芈茵冷笑道："九妹妹自然是做好夜夜都没有夫婿来陪伴的准备，所以现在就学着惯用书简作陪伴了是吧。"

芈姝不想两人竟吵了起来，头疼道："好了，你们两个怎么今天这么奇怪，斗嘴斗个不停，吃了什么了？"

芈月瞄了一眼祭服，冷笑道："我看茵姊，想吃了姊姊你这件衣服……"

话才说到一半，忽然间马车整个往上一跳，车内三姐妹顿时东倒西歪。但听得咔咔作响，然后是一声巨响，正在行驰的马车忽然车轴断裂，整个马车倾覆在道路边。

车内众女还来不及质问，就不由得发出了尖叫之声。

这种护卫公主出游的事，本是平常，因此卫尉景伐虽率众宫卫相护，心态实是平常的。不想方走到一处山坡，公主的马车忽然倾覆，护送公主的众宫卫亦已经发现事态变化，景伐当即下令道："有敌，备战。"

他的话音方落，忽然草丛山林间无数乱箭发出，幸而众宫卫反应甚快，及时举盾相挡，饶是如此，缝隙之中亦有不少宫卫中箭，如公主马车边的宫女内侍们，更是因为簇作一团，死了数人。

但听得那些宫女内侍们的尖叫之声，令景伐的头耳边嗡嗡作响，这杀伤力实比敌人还厉害。

就在这些尖叫之声中，一群黑衣人自两边的草丛树林中出来，冲向马车。

此时马车倾覆，车里的三姐妹都狼狈不堪地摔了出来，众宫女慌忙围在她们身边，又是相扶又是尖叫又是劝慰，实是乱成一团。

但见刺客却是毫不犹豫，直冲着三位公主杀将过去。偏这山路较窄，宫卫在前后两头，中间护卫的不过是左右各一行人，防线薄弱，抵挡不住。待景伐率人回救，但见众宫女乱跑乱叫，倒与刺客混作一团，又不好射箭，只得举剑拼杀。

说时迟那时快，便有数名刺客冲过防线，杀到马车边，砍杀了数名宫女，便已经有人接近了三位公主。

一名刺客冲近，一剑刺去，芈茵坐在左侧外面，正是首当其冲。幸而芈茵素日最喜舞蹈，反应还快，连忙仆身闪开，不想反让她背后的芈姝处于危险之中。

芈姝见那刺客的剑迎面刺来，吓得脑海中一片空白，连叫也叫不出来了。芈月急忙一拉芈姝，两人扑倒一个翻滚，那刺客收势不住，一剑刺中了马车。

刺客拔出剑来正要再刺，忽然右手一痛，不知何处飞来一支小箭，刚好刺中了他的右臂。

那刺客回头一看，却见芈月与芈姝跌在一边，芈月的手却抬在半空，袖中仿佛还有寒光一闪。那刺客怒骂一声，也听不清他骂的什么，也不顾疼痛便将剑换到左手，再劈向芈月和芈姝，芈姝失声惊叫。芈月推开芈姝，芈姝飞跌出去，自己也向反方向扑去。

芈姝眼见刺客挥剑刺向芈月，不禁尖叫道："九妹妹——"

芈月抬手，袖中小弩冲着他的胸口又发了一箭，只是此箭却被那刺客劈开，更向芈月一剑劈去。

芈姝失声尖叫，忽然一支长剑飞来，将那刺客钉在地上。

芈姝飞跌出去，差点摔倒，忽然被人接住。芈姝一回头，却是一个陌生男子，脸上一把大胡子瞧不清年纪多少来，身上却有一股浓烈的男性气息，教她有些心悸，她本是尖叫着的，此时却是忽然不再叫了。

芈月见刺客被杀，方松一口气，一转头却见芈姝被一个陌生男子抱在怀中，转过弩朝着那人尖叫一声道："放开八姊姊。"

那人微微一笑，扶着芈姝坐在旁边的石头上，自己却迈步向芈月走来，口中笑道："小丫头，你手中这把弩，可当真是伤不了人的。"

芈月心一慌，手中一紧，弩箭便歪歪斜斜地朝着那人射去，那人手中不知何处又来一剑，随后一挥便将那小箭拍走，这边已经走到芈月身边，手一拍，芈月袖中的弩便已经飞起落入他的手中。

芈姝这才来得及说话道："九妹妹，是他救了我，休要无礼。"

芈月瞪着那人道："把弩还我。"

那人并不理会芈月，却向芈姝行了一礼道："事急从权，在下失礼了，请贵人勿怪。"芈姝惊魂未定，紧紧拉住了芈月的手，见他行礼，才慌忙还礼。

芈月仔细打量这人，却见道旁有数匹空马，又有服色与这人相似的数人在与刺客搏杀之中，心下稍安，问道："不知君子如何称呼，如何会到此？"

那人微微一笑，方要说话，却忽然看向芈姝道："贵人如何了？"

芈月忙回头，却见芈姝眉头一皱，向着芈月的身上一靠低声道："我好像脚扭伤了。"

那人伸手扶住芈姝坐到旁边的石头上道："请贵人先暂坐一下，我去杀退刺客再说。"说罢，便冲回人群厮杀。

芈姝看着那人的背影，竟似有些神情恍惚。

芈月见她忽然脸色通红，问道："阿姊，你没事吧？"

芈姝一惊，回神摇头道："没事。"

此时宫卫们俱已经回转，情势倒转，刺客明显已经见弱势。芈茵也在众宫女搀扶下爬出马车，此时连忙跑过来拉住芈姝的手道："姝，你没事吧，刚才真吓死我了。"

芈姝皱了皱眉头道："茵，你且坐吧，休要吵闹。"这边却双目直盯着众人。

但见众宫卫和刺客搏斗好一会儿，侍卫的人数本来就比刺客多，一会儿刺客就落了下风，被逼到了一块儿去。

景伐喝道："尔等是什么人，竟敢行刺公主。"

那刺客首领嘶哑着声音道："只可恨我等竟行事不成，有负先王。先王，臣来了。"说罢，便横刀自刎，其余刺客也跟着纷纷自刎。

景伐这才收手，上前察看刺客的尸体，他一刀划开衣服，却见那刺客身上俱有文身，连看数人，俱是如此。

方才那救了芈姝之人也上前察看，道："这是何人？"

景伐冷哼道："断发文身，这是越人的特色，果然还是越国的余孽。"

那人诧异道："越国不是灭了吗？"

景伐道："越人性情最是强悍，先王虽伐越杀了越王无疆，但其遗民四散，越人向来最是记仇，这些年来时时在我楚国滋事，实是令人头痛。"他说到这里才想起眼前之人方才救了公主，连忙拱手道谢道，"此番多谢君子及时出手相救。下臣景伐，乃楚国军尉，护送三位公主出行。敢问君子来自何方，高姓大名？"

那人忙还礼道："不敢，在下秦国使臣，秦王之弟，名疾。"

景伐亦曾闻过此名，忙拱手道："原来是公子疾，下臣有礼。"

那人还礼道："景子有礼。"

此人身形高大，面容冷峻，自然不是昨日入驿馆的矮胖爱笑之正牌樗里疾，乃是樗里疾之兄秦王驷是也。

他身边站着的正牌樗里疾和一众手下听了他如此报名，无不低头，掩了脸上的异色。

他二人交谈，自然也有些传进旁边芈姝等人耳中，芈茵听见秦国二字，眼睛一亮，喜道："八妹妹，原来他是秦国公子，刚才我们还未曾问过名字，实在失礼。"

芈月哼了一声道："他才失礼呢，随便抢我的弩。"说到这里恍悟道，"咦，他弩还没有还给我。"说着，便要上前去。

芈茵忙拉住她，急切地道："你小儿家不懂事，还是我去同他说吧。"

芈姝冷哼一声，道："不必了，要道谢也应该是我去。"

芈月连忙提醒道："姝姊，你脚扭到了。"

芈茵忙道："对啊，还是我去吧。"

芈姝看了看芈茵，冷笑道："不用了，茵，你陪我，月，你代我去请秦国使臣，顺便把你的弩拿回来！"

芈月点头道："好。"说着走向秦王驷，行了一礼道："这位长者，多谢你出手相助，我阿姊请你过去当面道谢。"

秦王驷眼一瞪道："你叫我什么？"

芈月恼他夺了自己的弩未还，有意刺他道："年长有须，我唤你长者有何不对。你既是长者，那我的弩，你拿着也是无用，也请还我吧。"

秦王驷一摸自己的络腮胡子，竟是语塞，樗里疾在一边掩嘴偷笑，心中暗叫痛快，他这个王兄素有威严，倒从来不曾吃过这种瘪。

秦王驷气得瞪眼道："你……你这稚子，我便有须，难道就这么般显老，竟成了长者？难道你们楚国的男人皆不曾有须吗？"

芈月见他说自己是稚子，更生气了，索性装出稚子模样，扳着手指数着道："景缺哥哥无须，昭雎哥哥无须，大王有须、令尹有须、屈子有须，可他们都是三绺长须飘然似仙，哪像你这么满嘴都是，我猜出你年纪一定比他们还大。"

秦王驷嗔道："胡说八道，你这稚子，什么都不懂。"

樗里疾忍不住笑出声来，见秦王驷转头瞪他，连忙装成咳嗽道："咳咳咳，这小姑娘甚有意思。"

芈月伸手道："弩还我！"

秦王驷微微一哂，扔了把弩给芈月道："你这弩做得甚是精巧，只可惜弩片力度不够，箭头也太轻不受力，只能将人射伤，不能一箭杀人。只能当小儿玩具，你若是想护身，还是不必带这种华而不实的东西了，也亏得你刚才运气好，否则的话你一箭伤人而不死，激起别人的杀心，顺手一刀你就完蛋了。"

芈月看着手中的弩，冲着秦王驷的背影喊道："既是如此，你刚才干吗拿走我的弩？"

秦王驷头也不回道："不管是真器还是玩器，我都不喜欢有人用箭头指着我。"

芈月愤怒道："你真不是个君子。"

秦王驷转头，络腮胡子下龇开两排大牙作恐吓状道："难道你便是个淑女不成？"

芈月却不怕他，反愤怒地也朝着秦王驷龇开牙齿，如同一只在猛虎面前龇牙的乳虎一般，分外可爱。

秦王驷忍住笑意，越发把双目瞪得铜铃般大去恐吓她。

芈月瞪了他一下，却不再理他，快步越过秦王驷跑向芈姝。

芈姝远远望见两人争执，急道："九妹妹，你跟人家道一声谢也就罢了，怎么差点吵起来呢？"

芈茵阴阳怪气地道："是啊，幸亏我刚才还同八妹妹说，你过去肯定得罪人，得把你叫回来，果然不出我所料……"

芈月冷笑一声，白了芈茵一眼，并不理她。

秦王驷走上前，行了一礼道："外臣樗里疾，见过两位公主。"

芈姝欲站起，却脚上一阵疼痛，只得坐着敛袖微屈身行礼道："方才多谢公子及时相救，恕我有伤在身，不便还礼。"

秦王驷道："不敢，公主无事就好。"

芈茵急切地插话道："听说公子疾乃秦王得力助手，果然英武不凡。"

秦王驷抬头，看了芈茵一眼，嘴角带着一丝讽刺的笑容道："这位公主过奖了。大王与疾虽是同胞兄弟，但相貌却是有些差距。"

芈茵有些扭捏地说道："想是大王更加英武不凡……嗯，我是、我是七公主，名茵，我早闻秦国大王他……"

芈姝心中大怒，直接打断芈茵的话问秦王驷道："公子为何会正好到此？"

秦王驷看了芈茵一眼，方道："听说楚国的少司命大祭就在今日，在下这是第一次到楚国，所以特来见识一下。没想到路遇这件事，实是意外。"

芈姝被他一提醒，方才想起，惊道："啊，不好！"

芈茵也想起来了，顿时觉得心花怒放，脸上还假惺惺地道："哎呀，正是，少司命大祭。八妹妹，你可是要跳祭舞的。"

秦王驷看了芈姝一眼，见她实是站不起来，叹道："公主脚伤了，恐怕去了也没有什么用。"

芈姝急道："可是每年的少司命大祭很重要，少司命庇佑妇孺，让我大楚人丁兴旺，历来都是由身份贵重的女子主祭。若是大祭出了岔子，就怕影响今年国家的人口繁衍……"

秦王驷看了站在芈姝身边的芈月和芈茵一眼，道："公主受了伤还想着国家子民，果然是当得起大祭之责。在下多事相问一句，公主可否派别人代您主持大祭？"

芈姝犹豫地看向芈茵和芈月道："派别人代我……"

芈茵紧张而急切地看着芈姝，芈月却在低头整理弩。

芈姝无奈一叹道:"也只得如此了。"

芈茵忙着道:"八妹妹你放心,我一定会……"

不想芈姝却转向芈月,问道:"九妹妹,女师叫你每日增加练习,你可有练?"

芈月诧异地抬头,看向芈姝道:"有。"

芈茵一惊,声音也变得尖厉起来道:"不行,女师都说九妹妹跳得生疏,若是坏了大祭可就糟糕了!"

芈姝却根本不理会她,只向芈月道:"九妹妹,如今马车坏了,只能委屈你立刻带上我的衣服骑马而行,我会让景伐派人护送你去少司命神庙,由你代我主持今日大祭。"

芈月反而吃了一惊,指着自己道:"我?"

芈姝点头道:"对,就是你,快拿上衣服去吧,否则就会延误时间了。"

芈月先是怔住,旋即回过神来,心头狂跳。难道这当真是天意不成,她没有想到,芈茵费尽心机、芈姝奢华准备的这一场与黄歇的祭舞,最后竟是落在了自己的头上。

莫不是,当真有少司命在主导着这一切吗?

她看着一脸扭曲的芈茵,再看看芈姝的表情,忽然一笑,俯身在芈姝的耳边低声道:"阿姊,对面那个野人对你不怀好意,你要小心哦。"

秦王驷站在身边,清楚地听到了芈月这句话,深沉地看了她一眼。芈月冲着秦王驷做个鬼脸,跑到翻倒的马车前,早有宫女拿着从马车中翻出来的包袱递给她,芈月背上包袱翻身上马,冲着芈姝一拱手道:"阿姊,我先走了。"

芈姝微笑点头,当下便令景伐派了十余名宫卫,护送着芈月骑马而去。

芈姝这才转头,对着脸已经扭曲的芈茵笑道:"茵姊别介意,我们才走了一点路就出这些事情,我怕路上再出事。你素日身体纤弱,不擅骑马,若是派你去,只怕到了现场也根本累得跳不了祭舞。九妹妹骑术、弓箭都好,就算路上出点什么事也不会影响她的行程,不至于误了祭典。"

芈茵心中怒火翻腾，却不敢翻脸，勉强挤出一丝笑来，道："妹妹你做主就成。"

芈姝转向秦王驷施了一礼道："怠慢公子了，请勿见怪。马车坏了，我们得在这儿等宫卫们回宫去再叫一辆马车来，公子若是有事，不敢耽误公子的时间。"

秦王驷看了看周围，他闹出这一场来，本就是想借此了解芈姝及楚宫之人，但芈姝伤脚，不能去跳祭舞，是他不曾想到的。如今见去跳祭舞的不过是个庶出公主，当下道："此间不甚安全，我们还是在这儿等到宫中侍卫们来接走公主，才能放心。"

芈姝忽然觉得一颗心落了地，笑道："难得公子古道热肠，如此就多谢了。小女子以前读秦风：'终南何有，有条有梅。君子至止，锦衣狐裘。'今日得见公子，方知诗里头说得果然不错。"

这首秦风之诗，原是赞美秦国国君诸般容貌服饰之美，赞其人之德，芈姝毕竟是楚王女，见了何人，当说何话，这等的教育早已经成为自然反应了。

秦王驷心中不禁有些赞许，面上却恰到好处地露出了一些"惊喜"之色，道："公主会秦语？"

芈姝念秦风之诗，自然是用秦语念的，闻言便腼腆地道："不敢说是会秦语，不过略能读几首秦风而已。"

秦王驷又问道："那姑娘最喜欢哪一首呢？"

芈姝看了秦王驷一眼，忽然脸红了，低声念道："蒹葭苍苍，白露为霜……"

秦王驷微笑地看着芈姝，紧接着念下去道："所谓伊人，在水一方。溯洄从之，道阻且长。溯游从之，宛在水中央……"

两人对答间，芈茵站在一边，脸色忽阴忽阳，实是难看。

第十八章
司命祭

芈月急急向少司命祠赶去，眼见快到的时候，忽然道边飞来一箭，芈月低头躲过，这箭正射中她身后跟着的宫卫。

芈月抬头看去，却见又有数名黑衣人跃出，人数虽少，服色却与方才攻击她们的黑衣人相似，想来越人甚有心计，恐方才伏击不中，又在此埋伏。

芈月却是已经经历过一次，便有些经验，见状忙滚鞍下马，躲在马后，她身后的十余名宫卫便冲向那拨黑衣人迎战上去。

宫卫正与黑衣人混战成一团，芈月仔细看着，却见宫卫们似有不敌，正在危急之时，忽然自前路又有马蹄之声，芈月一看，喜极而泣："子歇……"话犹未完，已经哽咽。

却是黄歇带着一行人恰赶到，有这些人加入，那拨黑衣人便已经不敌，渐处下风。

黄歇急急赶到芈月身边，问道："师妹，你可有事？"

芈月惊魂甫定，退开一步，竟觉得双腿发软，黄歇连忙扶住，芈月长出一口气，倚在黄歇身上低声道："师兄，你怎么来了？"

黄歇低声道："我听闻今日乃是公主姝为祭，因此骗了宋玉代我去充大司命行祭，本想着你也是陪八公主来的，想去看看你。谁知道见你们还没来，大祝着急，派人去迎，我不放心便随着他们来了。还好少司命庇佑，能够及时赶到。"

芈月也道："刚才我们的车驾也是遇到这批人的袭击，姝姊脚受了伤，让我代她赶来跳祭舞。"

黄歇眼睛一亮道："真的？"顿时着了急道："不成，那我得让宋玉下来，换我来。"

　　芈月被逗笑了，紧张的心情也松懈了下来道："宋玉师兄当真可怜，被你如此消遣。"

　　两人一边说着，却见此时黑衣人见人势更多，渐觉不敌，齐齐自刎。

　　宫卫察看他们头发与身上，来报道："这些人皆断发文身，果然是越人余孽。"

　　黄歇便吩咐道："留下两人处理，祭礼时间将到，我们先护送公主去少司命祠。"说着，转而对芈月行了一礼道，"公主，请。"

　　芈月看着黄歇，嫣然一笑，重新上马，扭头见黄歇也上了马，随在她身后前进。这时的路，便比刚才自己上路遇险的那种恐惧，当真是不可同日而语。只觉得又是安心，又是温暖，嘴角一丝笑容，便始终挂在脸上。

　　当下诸人一起，护送芈月前行，果然之后再无意外，顺利到了少司命祠。

　　少司命祠在汨罗江边，如今祠前临江处已经搭起一座用鲜花香草装饰的高台。高台隔江对面是座祭坛，祭坛之上，三祝立于中央奉玉圭、念祝词，其下郁人奉祼器，宰人奉三牲，司尊彝奉六尊六彝，司几奉五几、五席，典瑞奉玉瑞、玉器等，皆如其仪。

　　士庶男女将祭坛四周围得密密麻麻，纷纷恭敬奉上祭品，无非贵者用金玉三牲，贱者奉野菜米饭，也算是祭神还愿。

　　两边各停着一座楼船，左边为男祝，右边为女祝。每年秋祭，都由贵族男女扮演大司命、少司命，在祠前举舞为祭，祈祷神灵降福大地，愿五谷丰登，兰蕙满园，驱邪避恶，子嗣繁衍。

　　芈月与黄歇急急而来，见时间已经不早，也不及细观，当下两人各自分手，上了左右两边的楼船。

　　芈月疾步登上楼船站住，未曾入舱，先是不禁向左边看去，却见黄歇也正是已经登上楼船，正站在舱前，也是举目向她望来，两人四目相交，不禁相互一笑。

　　此时宋玉听说黄歇回来，也忙迎了出来，却见对面芈月笑容灿烂，扭头再见黄歇灿烂笑容，不禁掩目道："真真眼睛都要被你们亮瞎了。"

原来因黄歇不愿意与芈姝共舞，临时哄了令宋玉代祭，如今情势已转，不用黄歇多说，宋玉是知道芈月的性子，自也不敢代替黄歇与她共舞，当下两人忙换回了衣服去。

此时右边的楼船上，屈、昭、景三家贵女及伴舞的女巫们早早更衣化妆，候了半日，见芈月入舟，楼船便立刻驰向对岸高台。

众女一拥而上，慌手慌脚帮芈月换上祭服，着荷衣、系蕙带、戴兰冠、佩陆离，又在她脸上画上五色异彩的巫祭图案。这才击磬为号。

三祝听得磬声，又看日影，见吉时已到，便下令，但闻鼓乐声起，芈月走出船舱，见船已经靠近高台，当下率众女一步步于台边拾级而上，登上高台，果然见对面黄歇也着相应祭服，腰佩长剑，率众公子及男巫登上高台。

两人沿台阶而上，在两边一角各自站定，各施一礼，四目相对，芈月忽然只觉得心头狂跳，她和黄歇虽然情愫暗生，多年来青梅竹马，却从未似这般站在人前，那一刻，似畏惧似狂喜，复杂万分。黄歇似看出她的心事，却对她微微一笑，笑容灿烂，芈月在这笑容中，心忽然就平静了下来，也朝着他含情一笑。两人身后，各贵族男女所扮的巫祝皆拾级而上，分别越过两人走到更中间的位置上，最边上是手执各式祭典用乐器的乐祝，中间是执兰花蕙草以助舞蹈的公族男女，左右相对各施一礼，开始奏乐吟唱起舞。

此时两边男女巫祝齐声歌舞：

> "秋兰兮蘼芜，罗生兮堂下。绿叶兮素华，芳菲菲兮袭予。夫人自有兮美子，荪何以兮愁苦？"

此时高台两边，原已经种满了兰蕙蘼芜等花草作装饰，绿叶素花的香气静静弥漫，果然是罗生堂下，芳菲袭人。再加上少年男女华衣丽服载歌载舞，又有花童挥撒缤纷落英，实是如仙如幻，当真是说不出的美丽。

这第一段原是以诸巫以兰蕙诸物迎神之意，之后方是大司命与少司命降落人间，曼步歌之舞之：

　　　　"秋兰兮青青，绿叶兮紫茎。满堂兮美人，忽独与余兮目成。"

　　芈月与黄歇原本两人遥遥相对，却在周围所有的人载歌载舞中簇拥之下，缓缓走近，歌自此段时，众巫忽然散向四周，掩在了花蕙之后。台上便只余芈月与黄歇站于高台正中，两人长袖相和，四目相交，含情一笑，芈月心中一动，此情此景，当真是"忽独与余兮目成"。一时之间，如梦如幻如仙，似已非尘世，而在天宫。自己与他，原是天上的一对神祇，相遇、相知，相合，世间所有的纷纷扰扰，于天上望去，不过是过眼云烟罢了。

　　若世上当真有大司命和少司命，那便像自己与黄歇一样，如此美好，如此的天合之作。这一刻站在台上，她是真的相信有神祇在看着她与黄歇，冥冥之中，有一双手，在推动着她和他也是这般相遇、相知、相合，相依。不管世间有千难万险，最终都是为了成就他和她，携手同行。

　　芈月看着黄歇，心中欢喜不尽，笑容灿烂如云霞。黄歇看着芈月，自他认识她以来，从未见过她脸上，有如此灿烂的笑容，如此发自内心的长久欢悦表情。

　　两人目不转睛，相和而歌，携手而舞，舞至一处，转身又各自相离，群巫唱曰：

　　　　"入不言兮出不辞，乘回风兮载云旗。悲莫悲兮生别离，乐莫乐兮新相知。"

　　此时两人若即若离，喜乐相交，数番重叠交舞，群巫若助合，若推离，长袖挥卷中，两人又渐到了高台两边。

　　此时场中群巫又舞蹈唱曰：

　　　　"荷衣兮蕙带，倏而来兮忽而逝。夕宿兮帝郊，君谁须兮云之际？"

此时便是群巫问少司命，你忽来忽去，谁与为伴。芈月与黄歇便依词交错唱曰：

"与女沐兮游九河，冲风至兮水扬波。与女沐兮咸池，晞女发兮阳之阿。望美人兮未来，临风恍兮浩歌。"

这段开始，群巫便拥着两人，挥长袖以作九河咸池状，将两人拥入中央，且歌且舞，互诉衷情。那一刻，是祭舞演唱，还是情侣自抒，人神交替，情景交融，两人素日间那些悄生暗长的情丝、心照不宣的秘密、未及言说的衷情、无限向往的未来，皆在这祭舞祝词中，若进若退，若即若离，一一合拍。

这一刻，仿似天地间，都在见证着他们，祝福着他们的爱情。你便是大司命，我便是少司命，我们在这一刻相逢、相知、相爱，共沐九河、共沐咸池，一起挽发、晾发，一起临风浩歌。

此时，是缠绵之至，亦是奔放之至。

在他们身边伴歌伴舞伴奏的，是公族男女，历年来司命之祭，都是由这些具有王族血统的贵人们向上天祷告祭祀，求少司命、大司命保佑，家国平安、不受灾殃。此时，长河翻卷，神人凌波，众人的舞蹈也越发激烈，甚至到了狂舞的时候。

渐到尾声时，芈月和黄歇的舞姿慢了下来，然而一举一动，却更合韵律。这种缓慢，更显出祭祀之郑重，和神灵之高贵。但见群巫转而唱曰：

"孔盖兮翠旍，登九天兮抚彗星。竦长剑兮拥幼艾，荪独宜兮为民正。"

此时群巫便孔盖翠旍，簇拥神灵，芈月与黄歇拔长剑各作舞蹈"登九天抚彗星"，两剑相交，直指天空，剑锋划出火花。此时夕阳西斜，长风吹来，一缕金光映上芈月和黄歇华服珠光，更显两人飘飘如仙，湛然若神。

此情此景，就跟真的神明一样啊！

对岸的人们看到此情景，激动地跪下高呼道："少司命，少司命——"

此时祭坛上三祝口念着经文，走着禹步，将香案上的玉圭和三牲依礼投入河中，以祭河神。两边士庶人等，也依次把祭品纷纷投入河中，叩拜不止。

汨罗江对岸高台上，芈月和黄歇与男女巫祝们依礼如仪，直到人们将祭品都投入河中，才收剑相视一笑，千万情意在眼中流转。

谁也不晓得，在人群中，有一个人远远地在看着这一切。这个人，便是秦王驷。他已经达到目的，结识秦国公主，当下便于之后策马来到汨罗江边，隔江而对，看着今年的少司命祭。

他之前也听说过楚人巫舞，但却从来不曾见过。北方诸国祭祀，依周礼而行，他参加过数次，庄严肃穆，与楚国之祭祀，却是大不一样。他来得虽然晚了些，却正赶在"满堂兮美人，忽独与余兮目成"这一节上。可是他没有想到，那个少女在这高台上，跳着祭舞的时候，感觉竟是判若两人。那一刻，她不是刚才那个还带着稚气的少女，而是真正的少司命之神，她似有神灵附体，举手投足处，竟有着令人疯狂的魔力。她高歌时，人群齐和；她低吟时，人群敛息；她狂舞时，人群激动；她收敛时，人群拜伏。

那一刻，似乎当真天地万物都在她的舞姿中失了颜色，她便是天地间独一无二的女神，便是那少司命的化身。

秦王驷只觉得一种前所未有的感觉在全身流淌，甚至有那么一会儿，他也在不受控制地随着她的歌舞而或喜或悲。他心底竟涌上一个念头："倘若这次楚国联姻的公主是她便好了。"

但他毕竟是极度理智之人，待得众人将祭品投入河中之时，他已经冷静下来，见人群拥挤，不便久留，便微微一笑，率侍从转身离开。

等到诸人星散，汨罗江边，只剩下三三两两的人时，却有一个人峨冠博带，若疯若狂颠，在江边喃喃自语，徘徊不去。

此时若是那个大祝未曾离去，一定会认出此人来，并大为诧异。因为此人便是昔年楚国最厉害的星象之师，唐昧。

唐昧自当年去了西北之后，这十几年来，还是第一次回郢都。不想刚到郢都，未入城中，便先在汨罗江边，遇上了这场少司命大祭。若是有人站在他身后，当可听到他在喃喃地念叨着道："天现霸星，生于楚国，横扫六国，称霸天下。阴阳相淆，杀气冲天……"

唐昧抬起头，看看天，又看看江南，屈指算了算，长叹一声，想起当日此女初生之时，落水不死，于少司命阶下获救，今日却又以少司命化身行礼祭，算来算去，她的命数竟是愈发混乱起来，令他备感困扰："她当真是有少司命庇佑，这于我楚国，到底是福，还是祸？"

这边唐昧自言自语不提，芈月与黄歇祭礼罢，下了楼船更了衣，在汨罗江边携手并肩而行，竟有一种不能置信的感觉。

春风吹来，拂动衣带，也吹动了发丝轻扬，芈月轻轻地伸出手指，挽起一缕飘散的发丝，回眸看着黄歇一笑，道："我到这一刻还觉得像做梦一般呢。子歇，你说我们方才当真是在世人面前，一起共舞了吗？"

黄歇自两人一起走的时候，便一直目不转睛地看着她，此时对她微笑，笑容和煦如春风，抚慰了她不安的心道："正是，师妹，我们确是在世人前面，一起共舞了。"

芈月声音中还带着一丝恍惚："我一直梦想着有一天能够跟你站在一起，在大家面前。可我不曾想到，居然是别人努力的结果，阴差阳错方让我们有了这一次的机会。"

黄歇点头道："正中，所以你我之间的缘分，必是能得少司命庇佑，不管有多少外来的变故，最终我们都会在一起的。"

芈月抬手合十祈道："少司命啊……"

她闭上眼睛，长睫上一滴清泪落下，但这却是喜悦的泪水。

黄歇肯定地道："是啊，你可知道，少司命无处不在，她一定会庇佑着我们的。"

芈月低头想了想，道："女葵曾经跟我说过，我刚出生的时候就被人偷出来扔到水上去，本以为我一定会淹死，哪晓得我因水草缠绕而不沉，在水上漂流到少司命神座下，才被我阿娘找回来。女葵说，那是少司命在庇佑我。我一直以为，不过是女葵牵强附会奉承于我，可是今天此事兜兜转转，茵姊空落了算计，妹妹枉费了努力，谁晓得居然是这样一个结果。现在我真是觉得，我是少司命特别眷顾的孩子。"

黄歊点头道："是啊，所以连神灵都在帮我们，我们一定会有美好的姻缘。"

芈月低头忽然一笑道："方才我被那些刺客包围的时候，不知道怎么地，我脑子里就想着如果你在多好，结果你就真的从天而降。"

黄歊道："放心，以后所有的危难，我都会在的。"

芈月嫣然一笑道："我相信。"

两人漫步走着，此时正是初秋，江边芦花飞舞，两人正值情浓之时，不觉走进芦花深处，黄歊握住了芈月的手。

情与景，俱是水到渠成之时，黄歊想起前日芈月临走时留下的话，心神激荡，握着芈月的手，含情脉脉地道："'摽有梅，其实七分，求我庶士，迨其吉兮。'敢问吾子，吉兮可至？"

芈月红了脸，羞答答地低下头来，低声道："'取妻如之何，匪媒不得。'"这句乃是出自《诗经·齐风·南风》篇，也算是变相答复，允他遣媒提亲。

黄歊脸也红了，支支吾吾道："屈子说了，他会，他会……"

芈月声音更是低如蚊蚋道："夫子怎么说……"

黄歊鼓足勇气，方道："夫子说，等八公主出嫁之后，会代我为媒，向大王求聘于你……"

芈月低头，不再说话。

黄歊执住了她的手，道："师妹，你……"

芈月红了脸，低着头，道："师兄……"

黄歊却道："叫我子歊！"

芈月低头，连耳朵也都红了起来，终于微不可闻地叫了一声："子歊……"

黄歊按着怦怦乱跳的心，鼓起起勇气叫了一声："皎皎……"

芈月诧异地抬头："你叫我什么？"

黄歇脸红了，这个他自己在私底下呢喃了无数次的名字，却是从来不曾在她的面前叫出过，不想今日情迷意乱，竟是叫出了口。他连忙转头支吾道："没什么……"

　　芈月却拉住了他，笑道："你叫我什么？快说！"

　　黄歇被她逼问不过，只得红着脸，声音极低地道："女子许嫁要取字，你名为月，我想着'月出皎兮'……"

　　芈月掩面，低低地笑了。

　　"月出皎兮，佼人僚兮。舒窈纠兮，劳心悄兮。月出皓兮，佼人懰兮。舒忧受兮，劳心慅兮。月出照兮，佼人燎兮。舒夭绍兮，劳心惨兮。"这首诗出自《陈风》，讲的是一个男子在月下思念佳人，辗转反侧之意。

　　黄歇脱口叫出"皎皎"二字，想是素日对芈月的感情，也早如这诗中的男子一般，反复辗转，情根深种了，只是这字乃许嫁时才取，黄歇此时便想着给芈月取字，那必是早早就怀着欲娶她为妇的心思了。

　　黄歇自知理亏，看芈月掩面便有些慌了，忙道："我并非有意轻薄于你，我只是，我只是……"他只是了半天也说不出话来，芈月扑哧一笑，放下袖子，笑容灿若春花，道："我知道了，我又不曾怪你。"

　　黄歇松了一口气，这才觉得已经是后背皆被汗湿透了。

　　芈月低声道："子歇，你再叫我一声！"

　　黄歇张口"师妹"二字已经到了唇边，看到芈月的笑容顿时醒悟，只觉得心中一荡，低声叫道："皎皎……"

　　芈月低低地嗯了一声。

　　黄歇只觉得千百次反复在梦中的情景，如今竟在眼前，心中一喜，又叫了声："皎皎……"

　　芈月又应了一声。

　　黄歇心中狂喜，"皎皎，皎皎……"竟是叫了不知道多少次，芈月声音虽轻，却是每一声都应了他。

　　此情此景，如仙如幻。

　　阳光映着芦苇，泛起金光一片，也映得芈月的半边脸庞晶莹剔透，真如皎皎月轮一般，仿佛她已非凡胎肉身，更似仙子。黄歇心中蓦然升起一个念头来，眼前之人，似乎就和那传说中"绿叶兮素华，芳菲菲兮袭予"的少司命一般，作此歌之人，必是也见过那天人般美好的女子，才能够写得出这般美好的歌词来吧。

黄歇心神激荡，竟情不自禁地缓缓俯身，向着那脸庞吻去。

芈月的脸红得更厉害了，身子不由得向后一缩，若是换了平时，黄歇必当守礼而止，此时心潮沸腾却不知哪来的胆子，不但不退，反而抓住了芈月的肩膀不让她后缩，这边已经缓缓吻下。

芈月退了一退，便不再动，只是不只是脸越发红了，连耳朵都开始涨红起来。

两人双唇方才堪堪接触到，忽然听得旁边芦苇丛中似有异响，黄歇还未觉，芈月却已经被惊醒，忽然将头一侧，黄歇这一吻便吻在了她的颊边。

两人肌肤一触，忽而分开，只觉得心脏怦怦乱跳，俱是转头不敢看对方。此时黄歇亦觉察到芦苇丛中的异声，当下转头看去，却见不远处的一簇芦苇晃动得格外厉害，凝视细听，风中似有低低的喘息声和禁不住的一二呻吟之声。

黄歇顿时明白了原因，羞窘不已。楚人向来甚为开放，男女一见钟情就地野合，亦不在少数。尤其以祭祀之时男女混杂，偶遇相识，邂逅生情，更是容易成为狂欢之节。想来那芦苇丛中之人，亦是这般。

黄歇细一想，背后却是出了一身薄汗。方才他情动之时，亦是情不自禁，脑海之中亦是不可抑止地想象到了更多的后续之事，若不是被芦苇丛中之人打断，只怕、只怕也可能会……虽然说男欢女爱，系出天然，这等事亦不奇怪，但未经媒聘，终究、终究不是君子所为！

他再看芈月，却见芈月亦是表情诡异，想来亦是知晓一二，两人面红耳赤，不敢再停留，忙拉起手，蹑手蹑脚悄然逃走。

两人直逃了极远，这才松了口气，忽然发现二人的手仍拉着，便似触电般忙不迭地甩手分开，及至分开之后，又似觉得不妥，悄悄对望一眼，脸又红了。

此时正是尴尬之时，但若要继续方才的缠绵，实在已时过境迁，心头这点羞窘尚未过去；但若是就此分手，未免又是恋恋不舍。牵牵绊绊间，黄歇抬头看了看天，干笑一声道："今日天色甚好。"

芈月低头，嗯了一声。

黄歇搜肠刮肚，又不晓得说什么了，可怜他自负才学，若与人辩论，滔滔十余日也不会辞穷，此时在心爱的女子面前，却是一时竟找不出什么话来，只觉得不管说什么，自己在脑海中先给否定掉了。可是这样干晾着更是不妥，只得又干巴巴地道："你、你想去何处？"

说完了又自后悔，明知道对方此刻，除了回宫，还能去何处，这一说，倒显得自己像是急着要送她回去一般，顿时又结巴道："我、我是说，先别回宫……"

说完，又恨不得打自己一巴掌，这样说，岂不又显得自己居心不良，不是君子，只急得涨红了脸，又解释道："我、我是想……不是、我是想说，我不是这个意思……"

芈月再羞窘，也被他此时词不达意的样子给惹笑了，不禁扑哧一声，见黄歇脸色更红了，她眼珠一转，想起一事，笑道："我正有个地方要去，不知子歇可否相伴？"

黄歇大喜，忙道："去哪儿？"

芈月道："我、我要去看看我的弟弟？"

黄歇一怔道："子戎？他在泮宫，还在离宫？"

芈月摇了摇头道："不是的，是我另一个弟弟。"

黄歇诧异道："另一个弟弟？"

因向氏一死，芈月与茵姬生分，茵姬便将怒气集中魏甲身上，派茵弓暗中杀了他，又暗中把魏冉交于向寿抚养。这些年以来，芈月亦是经常悄悄出宫探望，只是此事牵涉极大，茵姬便警告她不得对任何人说起。便是对于黄歇屈原，亦是讳莫如深。

只是此时两人情愫初定，在芈月的心中，自当黄歇是与自己相守一生之事，魏冉之事，亦不必再瞒他。只是向氏之死牵涉到楚王槐，芈月亦是不敢说出，当下半含半露地道："你可知茵夫人并非我生母……"

黄歇点头道："是，对了，当日你似曾与我说过，要我帮你寻找生母，可后来你大病了一场，之后便不再提了，我亦不敢追问！"

芈月轻叹一声，道："我生母姓向，原是莒夫人的媵人，父王殡天之后，威后遣嫁宫人于兵卒，我生母亦在其列……"

黄歇只听得这一句，心头已经倒吸一口凉气，芈月虽然说得简单，但以他的聪明，何曾想象不到其中的诸般争斗杀机来，看着眼前心爱的女子，心中怜惜之情横溢，只不知如何劝慰方好。

芈月又继续道："她嫁了一名魏姓兵卒，又生一子，名冉。我后来打听到，她夫妻二人俱已经病故，我舅父向寿收养了这个孩儿。后来我便常常出宫，探望于他。"这话说得半真半假，黄歇是她至亲之人，她不欲再瞒着对方，但毕竟向氏之死太过惨重也太过牵涉重大，当下也只是含糊隐去不说。

黄歇心头已经惊涛骇浪，面上却不敢现了异端，以免触痛于她，他深吸了一口气，道："你如何不早与我言讲，你在宫内不便，我在宫外也好照顾于他。"

芈月低头，半晌才道："是母亲不让我说的，她说此事涉及子戎名声，所以越少人知道越好。母亲在宫外的族人，亦是经常照顾于他的，所以……"

黄歇暗叹一声，上前一步，拉起芈月的手，不欲再继续追问这个话题，以免芈月为难，只道："那我们便去看望你弟弟，如何？只不知他多大了，喜爱什么？"

芈月松了一口气，笑道："他如今六岁了，贪吃得紧，只爱甜糕点心之类的东西。"

黄歇忙笑道："正好。我知晓西郭之中有一饼肆，有庖人擅做甜糕，咱们这便去购之。"

当下两人去了饼肆，购了一些荷叶糕，一起到了向寿居处。

此处原是莒姬安排，与莒族相去不远，但因向寿抚育魏冉，芈月常来常往，又怕族中人多嘴杂，乃安排另居一僻静小院。

芈月走进小院，便见一个小童跑出来，娇娇诺诺地叫道："阿姊、阿姊，你好久不曾来了，小冉想阿姊呢。"

芈月抱起了他，掂了掂重量，笑道："小冉又长高了，又重了。想是最近吃得甚好，你是想阿姊呢，还是想阿姊带来的甜糕呢？"

那小童在芈月怀中扭了扭身子，鼻子扇动两下，便喜道："阿姊，你又带了甜糕来吗？"

芈月点了点他的鼻子，把他放下来，笑道："果然是只馋嘴的小猢狲，阿姊就晓得你只会惦记甜糕来着。阿姊这次带了荷叶糕来给小冉吃呢。"

这小童果然喜得往芈月身上找道："阿姊，荷叶糕在何处？"

芈月因黄歇在身后，不禁脸一红，拍掉了魏冉的小手，道："你乱找什么呢，你看我空着双手，如何有东西？"直起身来回头一指黄歇道，"这是子歇哥哥，快唤哥哥。"

那小童魏冉亦甚是嘴甜，一听说有甜糕便冲着黄歇甜甜地一笑，叫道："子歇哥哥，我叫魏冉，你叫我小冉便是。"下一句话立刻暴露真相，直直伸手道，"子歇哥哥，甜糕给我！"

黄歇笑着将手中提着荷叶所包裹的糕点递与魏冉，道："小冉甚为可喜呢，这是你阿姊与你买的甜糕……"

话未说完，魏冉便已经飞快地接过糕点，也不剥去包着的荷叶，直接一口咬了下去，黄歇还未来得及阻止，便见他已经舌头极为灵活地一卷，将包装的荷叶吐了出来，这边已经将甜糕嚼了进去，还一边赞道："阿姊，这荷叶糕果然甚甜。"

芈月啐道："知道你爱吃甜，加了一倍的蜜糖。"

魏冉这才慢慢地剥开荷叶，慢慢吃起来，又甜甜地道："多谢阿姊，我便知道阿姊最疼小冉了。"

芈月待要骂他急吼吼地竟连荷叶都不剥直接吃，转眼却见他已经动手慢慢地剥了荷叶，只得忍了下来，啐道："真巧言令色，哼，小人。"

魏冉笑嘻嘻地道："我本来就是小人嘛，等我长大了才是大人呢！"这边却已经转过头去，眼巴巴地看着黄歇道，"子歇哥哥，我阿姊送了我甜糕，你送我什么？"

这孩子甚会看人眼色，知道阿姊宠着自己，这人是阿姊带来的，便是自己多撒娇些，也是无妨的。

黄歇却是来之前便早有准备，当下自腰间取下一柄小小的红漆木剑，笑道："哥哥送你一把剑，好不好？"

魏冉大喜，连甜糕都先塞回芈月手中，自己接过木剑，挥动几下，叫道："嗨、嘿！我是大将军，来将通名，本将手下不斩无名之辈！"

黄歇哈哈一笑，摸了摸魏冉的头道："甚好，甚好，望你将来当真能做个大将军才好！"

魏冉看着芈月，眼巴巴地等着她吩咐一声，芈月没好气地将吃了一半的甜糕还给魏冉，道："不可糟蹋东西，你先吃完这甜糕，方可出去玩。"

魏冉忙接过甜糕，三两口吃完，便欢呼一声，挥舞着木剑冲出院子外，想是找附近的小伙伴们玩去了。

黄歇方才由芈月引着，与向寿见礼。

向寿也只比两人大得几岁，见了芈月介绍，忙拱手为礼道："见过公子歇。"

黄歇忙道："不敢当，舅父有礼。"

芈月亦道："舅父何必如此客气，直呼他的名字就可。"

向寿摇头道："向氏虽然沦落，毕竟也曾为一国封爵，不敢失礼。"

芈月默然。

当下三人坐下，细谈往事。

向寿亦是读过一些书，习得一些武事，黄歇一谈之下，也道："向氏有舅父这样的人在，兴盛当不遥远。"

向寿却摆手笑道："我有自知之明，子歇，你黄氏还是一个大族，可向氏只剩下我一人了。你自幼有名师授业，而我从小失教，到如今顶多只能在沙场挣一个功名爵位罢了。可如今在楚国，芈姓王族以及分支屈、昭、景三氏就占了一半的朝堂，再加上一些卿大夫世封世禄又占去一半，剩下来的给其他人的机会，只怕连二成都不到。"

芈月笑道："不妨，再过几年，子戎冠礼以后就可得以分封。到时候自然还要倚仗舅父帮忙执掌封地，向氏起复，也未必就艰难。"

向寿叹道："但愿如此……"说到这里忽然想起一人来，笑道，"若是到时候子戎真要去封地，我倒有个人可以推荐。"

芈月便问道："舅父识得何等才子？"

向寿指了指左边的屋子，道："便是租我们这个大院右边的一个游士。"

芈月诧异道："租？舅父，莫不是生计不足，竟要出租屋子？"说着便掏自己的荷包，倒出一些金子来。

向寿忙摆手道："非也非也。我倒并非为着生计，而是小冉渐大，我才学不足，不敢误他。数月前，见一游士寻觅住所，攀谈之下，见他口才了得，学识渊博，因此特意将空屋租于他，让他也好教教小冉。"

黄歇问道："但不知这游士是何许人也？"

向寿道："他名唤张仪，原是魏人，三年前游历到此，投于令尹昭阳的门下。因为甚受令尹看重，又因恃才傲物，与人不合，原来还住在令尹的馆舍里，后来受同侪排挤，将他挤出馆舍，又租住了逆旅，只是时久了，行囊渐空，不免连逆旅也住不起，便要寻更便宜的下处。"所谓逆旅，便是后世所称的客栈，此人被排挤出昭阳的馆舍，租住逆旅，自然是消耗不起。

芈月笑道："这人既称才子，怎么既不懂得上进，又不懂得与人相处，竟是越混越不如人了？"

黄歇正色道："人之际遇，时有高低，这位张仪先生，未必就会一直沉沦呢。"

芈月吐了吐舌，便不再言。

向寿也道："据那张仪说，他乃是鬼谷子的徒弟，此人才华是尽有的，就是心气太高，未必不能与人相容，只不肯与俗子交罢了……"

黄歇击案赞道："如此之人，倒可一交。"

正说着，忽然间魏冉匆匆跑进，尖叫道："舅父不好了，张子、张子——"

向寿吃了一惊，站起来道："张子怎么了？"

魏冉便指着门外哭叫道："张子被人打死啦！"

向寿大惊，当下连忙奔了出去。

黄歇与芈月面面相觑，芈月便要跟着出去，黄歇连忙按住她道："你且看着小冉，我随舅父去看个究竟。"

芈月见魏冉吓得厉害，连忙抱住他安抚道："小冉不怕，不怕。有舅父在，有阿姊在，小冉不怕。"

魏冉吓得缩到芈月怀中道："好多血，好多血呢……"

芈月正安抚魏冉时，却见向寿与黄歇扶着一个浑身是血的人进来，魏冉发出一声尖叫，躲到芈月的身后不敢看。

芈月也吓了一跳，道："这、这人……"

黄歇忙道："他不曾死，只是被人打伤了！"

正说着，那人便发出一声呻吟。向寿忙问道："张子，你无事吧，是谁把你打成这样的？"

芈月之前还吓了一跳，如今见他出声，倒放下心来，她是见过这种伤势的，当日女葵初入宫，便被楚威后罚以杖刑，虽然此人的伤势，看似比女葵更重，但见他还能出声，甚至在向寿扶着他的时候还略能借力一二，便知他虽然看着一身是血，伤势倒不至于到送命的程度。当下便一边跟着向寿与黄歇送他进屋，一边诧异地问向寿道："舅父，这个就是你说的能言善辩之张仪吗？"

向寿点头道："是啊。"

芈月叹道："能言善辩，怎么会被人打成这个样子，他被人打的时候，没用上舌头吗？"

谁知那人虽然看似半死不活，听了她这句话，忽然抬起脸来，满脸血污，眼睛却是直直地瞪着芈月。

芈月吓了一跳，退后半步，道："你、你怎么了？"

那人张开嘴，满嘴是血，含糊地道："舌头……帮吾一观，吾舌尚在否？"

芈月不禁翻了个白眼道："先生，你舌头若不在了，还能说话么？"

那人却是长长地吁了一口气，含糊道："多谢……"

向寿叹道："先生，休要再言了，且先进去给您上了药，有话再慢慢说吧。"

向寿和黄歇联手，把那人扶进右边的房间，黄歇抬头望去，但见四壁空空荡荡，只有一张草席一卷被子，再加上一个小几和一堆竹简，地下一只陶罐数个陶碗，果然极是简陋。

向寿便道："我去找医者给他看看伤，这边且请你看着。"

黄歇便道："舅父但放心前去，此处有我。"

过不多时，向寿便请了莒族的医者前来，给那人诊了脉，道只是皮肉筋骨之伤，不及内腑，只是要养上数月才好。

医者留下了外敷之药，向寿与黄歇合力，将那名唤张仪的伤者清洗了伤口，敷上了药，更了衣服。

芈月这才端着水进来，递给黄歇，黄歇便扶起那张仪，半倚着墙壁坐着，将水递与他喝下。那张仪一口饮入，漱了漱口，便吐出数口血水来。

芈月惊道："先生吐血了，是不是有内伤？"

那张仪此时已经敷药更衣，虽然表情仍然时不时因疼痛而抽搐，但整个人的精神似恢复了些，他漱了数口水，将口中血污吐尽，又饮了数口，润了喉咽，便似就忍不住要说话，道："非也非也，乃是我受打之时，不慎咬到舌头了，后来舌头都麻了，所以后来自己也不晓得舌头还在不在。"

芈月好奇地道："你都伤成这样了，不记挂自己的命还保不保得住，腿保不保得住，倒记挂舌头？"

那张仪便冷笑道："我若没有舌头，这条命也没有存在价值了。"他看了看仍是血淋淋的腿，抽动了一下，便觉得疼痛，心知只要还痛着能动，当保无碍，口中却甚是硬气道，"至于腿嘛，孙膑断了腿一样成就功业。"

芈月见了他这副死鸭子仍嘴硬的样子，忍不住要斗嘴道："阁下居然自比孙膑，口气够大。"

张仪嗤之以鼻道："孙膑算得什么，将来世人知道我张仪的人会比知道孙膑的人更多。"

芈月望天，叹了一口气，道："口气够大，只可惜先生如今的样子太没说服力。"

张仪嘿嘿笑道："孙膑还装疯三年呢，还住猪圈呢，可后来怎么样，不一样把庞涓给干掉了。"

芈月蹲下身子，问他道："那先生呢，也遇上庞涓了？"

张仪哼道："比遇上庞涓还惨，至少孙膑那是遭人嫉妒。我却是遇上个蠢牛，听不懂人话的蠢牛。"

芈月奇道："怎么说？"

张仪恨声道："昭阳那头蠢牛，说是丢了个叫和氏璧的玉，硬说是我偷的，就把我打成这样了。唉，真没想到我张仪自负绝世之才，居然为了一块破石头被人折辱至此。"当朝令尹，他便也是张口就骂，实是狂放已极。

芈月一听此言，顿时站了起来，急道："什么破石头，破石头比你值钱多了。你居然把和氏璧给弄丢了，便是我也得打你一顿。"

黄歇也吃了一惊，忙问道："什么，是和氏璧不见了？和氏璧不是你小时候先王给你的，后来被威后抢走了，如何会到昭阳的手中？"

芈月叹了一口气，道："还不是郑袖闹腾的……"当下便把此中缘由解释了一下。

原来照例，楚国双宝和氏璧是由大王收存，灵蛇珠由王后收存。不过因为威后喜欢灵蛇珠，便一直霸占着没有给南后。这倒也罢了，不料郑袖另有野心，见南后无和氏璧，这边就想哄着楚王槐把和氏璧赐给她，好压南后一头。

虽然此事被南后暗中报与楚威后，楚威后召郑袖来斥责一顿。但便是母后的威仪，亦比不过枕头风夜夜吹拂，郑袖每夜里装痴弄娇，言自己头疼心悸，必要得了和氏璧才能安枕。

南后见楚王槐渐似有被郑袖说动之势，索性一拍两散。她病入沉疴，不管是和氏璧还是灵蛇珠，既不能令人延寿，便也不放在心上，只是却不想令郑袖得意，便寻思将和氏璧转给何人，会使郑袖无处下手。她探知令尹昭阳向来最好美玉，且位高辈尊，对楚王槐亦有扶立之功，正是可接手之人。

南后便一边放风，对令尹道楚王槐欲以和氏璧酬其功，一边又对楚王槐道，令尹向来最好美玉，先王亦曾欲赐其和氏璧，不如以和氏璧赐令尹。君臣会见，两下皆有误会，竟是一说便和，南后又不断怂恿，楚王槐竟是酒酣耳热之际，亲手解下和氏璧赐予昭阳。

当下郑袖气了个半死，却无可奈何。南后此举给了郑袖一个教训，且让郑袖和昭阳结怨，且又能换来令尹对太子的支持。只是不曾想到，和氏璧才赐给昭阳没多久，昭阳居然把和氏璧给弄丢了。

张仪听得芈月的话语之意，竟是只为那和氏璧的丢失而心痛，便气愤地叫道："喂，我快被人打死了你不气愤，居然气愤那块烂石头，你们楚人真是莫明其妙，重物多过重人。"

芈月抓住黄歇的手，急道："子歇，和氏璧刚刚被盗，有没有可能找回来？"

黄歇亦知此璧对芈月的重要性，忙安抚道："好，我一定会帮你想办法。"

芈月双目炯炯，咬牙道："和氏璧是我的，我的。既然他们留不住，那就是他们没有德行，不配持有。"

黄歇把激动的芈月拥入怀中，安慰着道："我知道，我知道，你放心，不管和氏璧到了哪里，不管过了多久，我都会帮你找回来的。"

张仪拍着席子叫道："喂喂喂，你们二人卿卿我我够了吧，没看这儿还躺着一个重伤垂死的病人呢！"

黄歇笑道："放心，你虽伤重，却不至于垂死。医者说过了，你虽然看起来血淋淋，应该很痛，但顶多是皮肉伤，连筋骨都没伤到。"

芈月转头亦嗔道："哼，你与其为自己抱屈，还不如怪自己投错了人。为什么要投到令尹门下，令尹可是个老虎性子，触怒不得！"说到这里，忽然想起屈原正拟推行改制，当是需要人才之时，便道，"夫子屈原身为左徒，要不要你伤好以后我帮你推荐到他门下？"

张仪却不领情，摇头叹道："算了。屈子是君子，君子如玉，只能用来牺牲或者供奉。而我张仪要的是扬名天下，争胜列国。大争之世人心如战场，要如铁的刀剑才合适我。我和他，不是一路人。"

芈月不想他竟如此无理，怒道："哼，君子如玉，跟你不是一路人？我看你这样的人啊，令尹的板子都便宜了你，你就应该去投虎狼之秦那种让人尸骨无存的地方，才最适合你吧！"

张仪听了她这话，忽然直着脖子愣住了，好半天还直直地看着前方。

芈月吓了一跳，道："他可莫叫我一句话，刺激得疯魔了！"

黄歇也忙上前，叫道："张子……"

那张仪却忽然狂笑起来，拍着席子道："哈哈哈，说得好，说得好……"

芈月奇道："喂，你是不是急得疯了？"

张仪却止了笑，艰难地举一揖，道："多谢妹子，你当真是一语惊醒梦中人。不错，我来楚国是个错误啊，楚国根本不适合我，所以我才有志不得伸展，有言不得辩。我就应该去投秦国啊……"芈月方诧异他忽然变得胡说八道起来，却见张仪忽然转身问她道，"喂，你有钱吗？"

芈月怔了一下，才道："干吗？"

张仪振振有词道："去秦国要盘缠啊，我如今一穷二白，千里迢迢怎么去啊？"见芈月怔在那里，还当是她不肯相信，忙施了素日的口舌本事，哄道，"放心，妹子，我自不白取你的，将来我必当十倍……不，百倍还你。"

芈月哼道："谁稀罕你个穷士子有没有钱还我啊！"顿了顿，见了这张仪半死不活的样子，动了怜悯之心，转道，"我看你可怜，不去秦国会发疯的，借你就借你。"

张仪大喜道："多谢多谢，妹子善心，将来必配得良缘，富贵一生！"

他察言观色，早看出芈月与黄歇两人必是一对情侣，便信口开河，胡赞乱颂起来。

芈月涨红了脸，啐道："你再聒噪我便不借给你了。"

张仪连忙住嘴，要多老实便多老实。

芈月便拿出贴身的荷包，倒出里面所有的贝币，看了看为难了道："这点钱，似乎不够去秦国！"抬头便问黄歇，"子歇，你带钱了吗？"

黄歇也拿出自己的钱袋，倒出了贝币来，芈月把钱凑到一齐，摇头道："还是不够啊！"

张仪眼贼，早看见她身上首饰皆是贵重之物，道："喂，你头上的饰物皆是珠宝金玉啊，借我一用吧。"

芈月立刻警惕地护住头上，道："不成，我们的首饰都是有记录的，什么场合戴什么首饰有定制，回头七姊八姊头上的首饰还在，我的首饰不见了，岂不落人口实，招来是非……对了，金子，我还有这次祭典特别铸的爰金。"说到这里，她连忙自怀中取出一个锦袋来，倒出来四五个四方形的金饼，上面刻着"郢爰"字样。

黄歇看了看，心算一下，道："这么多钱省着用，到秦国应该是够了。"

张仪叹息一声，拱手肃然道："大恩不言谢，我张仪记住了。"

第十九章
不相识

此时，高唐台芈姝居室内，芈姝脚上已经包了药，坐在榻上神情恍惚，一会儿痴迷，一会儿羞恼。侍女们欲在她跟前服侍，却都被她赶走，只敢远远站着察她颜色。

但听得木屐声响，已见楚威后带着人匆忙赶来道："孺子，你如何出去一趟，竟受伤了？"

芈姝见了楚威后来，方道："母后，我无事。"

楚威后坐到芈姝身边，掀开她的裙子，看到她的脚腕包扎着，肿起一大块来，顿时心疼不已，怒道："那些越人真该死，该要让大王把所有的越人统统杀死才好。"

之前楚威后这般待她，芈姝亦不觉得如何，此时忽然觉得让母亲待她如待小儿般的态度，让她别扭起来。抽回了脚，芈姝道："母后，女医说只是小小扭伤，几天就能好了。而且也是我自己不小心扭到的……"

楚威后怒道："景伐当真失职。"转头对芈姝严厉地道，"千金之子，坐不垂堂。少司命祠那边鱼龙混杂，我原就不答应让你去跳什么祭舞，如今可知厉害了？"

芈姝低头不答。原来楚威后便不肯答应她去跳少司命之祭，是她撒娇弄痴，闹得楚威后无法，这才允了她，如今见她受伤，不免旧话重提。

楚威后又道："若言贵女要行祭，除非是宗庙之祭，再不许你自己出宫了。"

芈姝一惊，心想这可不成，当下忙苦着脸撒娇道："母后，这次只是意外而已，下次我一定多带人手，事先探行，可别不让我出宫，要不然我得闷死了……"

她这般撒娇起来，楚威后素来疼她，便有些抵御不住，既不敢应了她又不好拒了她，只得含糊道："好了好了，等你脚好了再说。"忽然又想到一事道："是了，这少司命之祭祀，须得有人行祭。你既脚已受伤，却是让何人代去？"

芈姝便道："我让九妹妹代我去了。"

楚威后一惊，立刻站了起来道："什么，你让她代你跳少司命祭舞？糊涂！"

芈姝诧异道："怎么了？"

楚威后却反问道："你为什么不让茵去？"

说起这个，芈姝顿时气愤起来道："哼，我才不要让她去呢？遇到危险的时候她就只晓得抛开我逃命，一没事就挑三拨四心术不正。原来我只以为，她奉承我讨好我，只不过想得到更大的好处，可没有想到，她居然还敢觊觎属于我的东西！"

楚威后一惊，问道："哦，她做了什么？"

芈姝冷冷地道："她想要我辛苦备的华衣美服，想要代我跳少司命祭舞，她想要得掩都掩盖不了啦。怪不得女师说她醉心于郑声卫乐，钻研太过，是气度问题。她哪像个公主，简直天生的妾妇妖姬。哼，少司命是庇佑我楚国妇孺之神，怎么能让心术不正的人来跳祭舞，简直是亵渎神灵！"

楚威后听了这话，又惊又喜，呆了好半天才回神，心中欣慰，轻抚着芈姝的头发道："姝，你当真长大了，懂得辨人、懂得决断，母后心中甚是欣慰。"说到这里，却转而道："只是你有所不知……"芈姝诧异看着楚威后，听楚威后道："你真正要防的人，不是茵，而是你那个妖孽的九妹妹，哼！"

芈姝奇道："母后何出此言？"

楚威后冷冷道："茵的性子，是我刻意养成的。我是准备让她将来给你当陪嫁的媵妾，她的确是见识短、性妖媚、掐尖要强，满肚子不上台盘的小算计，可这种人你好拿捏好利用好使唤。姝，你将来出嫁必是诸侯嫡妻，后宫必然有争宠，身为嫡妻正室，难道还能跟那些姬妾们纠缠不成，有这样一个人给你使唤，自然是得心应手，永远也越不过你的前头去……"

芈姝还尚是天真无邪之时，听她母后说到此处，便觉得厌烦，打断了楚威后的话道："母后你别说了，这种事听着恶心。"她顿了顿，又道，"是，我讨厌茵姊算计太过，可我要这么做，我岂不是比她还卑污。"

楚威后不妨女儿竟说出这种话来，气道："你、放肆！你在骂谁卑污？"

芈姝一惊知道自己无意中说错了话，竟将母亲也捎了进去，见楚威后生气，连忙抱住楚威后撒娇道："母后，我错了，我不是这个意思，我只是觉得我再讨厌她，可她也是我的姊妹，若是拿她当成这种工具，实在是自己心里过不去！"

楚威后看着天真无邪的女儿，长叹一声，坐下来搂着芈姝叹道："我知道，母后当年的性子比你还直，还揉不得沙子。这宫廷、这岁月，会把人一点一滴地改变……母后只是不希望你跟母后一样，也要跌过撞过，伤过痛过，才知道这些活下来的手段……"说到这里，饶是她铁石心肠，也不禁有些泪光。

芈姝大悔，抱住楚威后撒娇道："母后……"

母女相偎许久，楚威后却忽然想起一事来，推开芈姝，按住她的肩头，直视她的双眼道："姝，有件事你须要老实地告诉母后，到底是谁鼓动你跳少司命祭舞，还要让那个黄歇和你一起跳祭舞，是不是……九丫头？"

芈姝摇头奇道："母后如何会以为是九妹妹呢？她还是个不知事的小儿，脑子里还不晓得何为男女之事呢。出主意的是茵，是她听说去年是黄歇在大司命大祭上跳过祭舞，所以才给我出主意说今年我去少司命的祭典上，刚好就可以跟他配祭舞。"

楚威后一怔，这答案却是她未曾想过的。她思忖了好一会儿，又问道："哦，那又是谁让你去找王后的呢？"

芈姝却痛快答道:"是月。"

楚威后喃喃地道:"竟然刚好是相反的,难道我猜错了?"

芈姝见楚威后嘴角嚅动,却听不清她在说什么,便问道:"母后你说什么?"

楚威后摇头道:"没什么。"她不欲再说下去,又看了看芈姝伤势,叫来她的傅姆问过,再吩咐侍女们好好服侍,这才起身离去。

见她终于离去,不只是侍女傅姆们,便是芈姝也大大地松了口气。远远听得她的木屐之声远去,芈姝便招手令侍女珍珠过来道:"你且去九妹妹院中候着,若是见着九妹妹来了,便叫她更衣之后,到我这边来,我要问问她今日行祭之事。"

珍珠忙答应着去了,芈姝这才又坐回去想着心事,阳灵台下黄歇那俊美的面庞,和今日土坡边,那自称"公子疾"之人的温暖怀抱,在她心中交错来去,竟是委决不下。但见她脸上一会儿喜,一会儿羞,变幻不定。

楚威后离了高唐台,便与心腹玳瑁商议着道:"我本以为,九丫头素来与那黄歇走得很近,应该是她拨挑着姝去迷恋黄歇,好方便她自家行事,谁知道竟然是七丫头作怪?倒反而是九丫头说动姝去找王后,让王后知道此事,及时将事情告诉我。这样看来,七丫头藏有祸心,九丫头倒为我立了一功!"

玳瑁便建议道:"要不要奴婢查查七公主这些时日与什么人有往来?"

楚威后摇头叹道:"不必了!"这些庶出的公主,于她来说,亦只不过是工具而已,当下心中已经有了决断,只叹道,"只可惜七丫头了,我有心栽培她,她却心太大,自毁前程。"说到这里,又诧异道,"倒也奇怪了,她身边的傅姆侍女皆是你安排的,当不会有变故,我倒要看看,她到底是被谁挑唆得生出这样的野心来?"

玳瑁心中一寒,楚威后倚重于她,诸事皆交于她,芈姝芈月芈茵杨氏等身边的侍奉之人,皆是由她一手安排,芈茵生了异心,她竟不知,到此时已经被楚威后舍弃,她亦未知其中缘故,心下大惭,道:"想来七公主本性不坏,只是那个挑唆的人可恶。奴婢这便去查查看,到底是谁在作怪。"

南后原安排芈姝跳祭舞，却有意按下事情起因，只想着要让事情再闹得不可收拾一些，更可引出楚威后对幕后之人的反感来。但见芈姝受伤回来，心知计划已经不成，怕楚威后质问她处事不谨，便一股脑儿将芈姝爱慕黄歇，强令她安排此事，又不许她告诉楚威后之事，一股脑儿皆说了出来。果然楚威后被她引得只去迁怒此事幕后之人，也间接达到了她的目的。

玳瑁还欲为芈茵求情，楚威后却淡淡地抬手制止她道："不必了，心中只要有了背叛的念头，哪怕一丝一毫，都会在将来变得不可收拾，留不得。"

玳瑁心下暗为芈茵叹息，转而又问道："那威后当如何处置九公主呢？"

楚威后素日事多，又不将这两个小公主放在眼中，一时倒要好好计较一下。当下在心中细细将芈月和芈茵两人思量一番，却赫然发觉，芈茵不知死活，固然可恶；可芈月却更让她有些拿不住分寸来。想来似这等小女儿正在成长期，不管芈姝还是芈茵皆是犯错无数，可芈月这些年除了孤僻些，脾气硬直些，似那等小女儿常有的嫉妒生事、掐尖要强、背后诋毁、偷懒弄鬼之事，竟是几乎没有。

细想之下，这实是可怕之事，心中竟涌起一股杀机来，想了想却又叹了一声道："那九丫头，我若是想杀她，便似摁死蝼蚁一般，只是如今却有些投鼠忌器，若为了这么一个妖孽，伤了我与大王和姝的和气，就犯不着了。"

玳瑁是她多年心腹，已经听出她话中的杀机。楚威后为人若是起了杀机，便不会轻易放下。毕竟杨氏与芈茵素日也肯奉承于她，有心求情，便笑道："奴婢倒有一计，也算得一箭双雕，不知威后意下如何？"

楚威后唔了一声道："有何计？"

玳瑁便附耳轻说一番，楚威后听了，闭目半晌，道："不过是逗逗鸡犬，略博我解颐罢了。"

玳瑁赔笑道："能博威后一笑，亦当是奴婢没白孝敬您了。"

楚威后哼了一声，不再说话，玳瑁又道："那奴婢便叫人去候着等九公主回来，您当面与她说话？"

楚威后点了点头，略要休息，却忽然想起，道："今日大王要来与我一起用膳，诸般膳食，你可安排好了？"

玳瑁忙笑道："奴婢省得，早已经便安排庖人准备着了。"

原来芈姝受伤之事，楚威后闻听是越人所为，又惊又怒。她虽位高，但毕竟宫外之事，还是不能尽知，便要请楚王槐过来问话。楚王槐亦已知此事，也忙要赶过来以安母亲之心。

当下母子对案而食，楚威后一脸慈祥地看着楚王槐，布让道："大王，这炖鳖乃是难得的异味，母后知道你喜欢吃这个，所以昨日便叫庖人精心烹煮一天，你尝尝可烂熟了。"

楚王槐喝了一口汤，笑道："多谢母后，寡人最近胃口不好，很多东西都食之无味，倒是这个可以多吃几口。"

正用膳间，楚威后见一侍女悄悄在玳瑁耳边说了些话，玳瑁神情便有异色，便问道："是何事？"

玳瑁忙回道："是九公主回宫来了，威后不是说，见着九公主回宫，便要让她来见您吗？"

楚王槐闻听，道："是哪一个？"

楚威后见状，心中一动，道："是你九妹妹，大王不曾见过吧，也唤她上来，见一见大王。"

当下芈月正是刚辞了魏冉，由黄歇送到宫门，方才进宫，便听说楚威后唤她，心中已是一凛。她忙回自己院中更衣，其间又见芈姝着人来唤，却也只得回了芈姝，自己匆匆赶到豫章台威后居处，方在外候见，却又听说楚王槐也在，怔了一怔。

细想起来，她与楚王槐上次见面，却正是向氏之死，想到此情，心中恨意杀机交涌，险些不能掩盖，正道："既是大王在内，我便在此相候，等母后传唤……"

却见玳瑁走出来道："威后仁善，因知公主与大王许久未见，特让公主今日与大王一见，共述兄妹之情。"

芈月心中五味翻腾，惊疑不定，却是深知威后不会如此好心，但她为何要让自己见楚王槐呢？莫不是……她也知道了向氏之死？因此来试探自己，是否知道内情？当下惊恐压过了恨意。她战战兢兢地随着玟瑁走入殿中，行礼道："参见母后，参见大王。"

楚威后却是正与楚王槐说起饮食来，虽然芈月进来行礼，她却似恍若未见，只对楚王槐笑着絮絮叮嘱道："大王喜欢就好。听说大王最近饮酒太过，所以伤了胃口，以后要注意保重身体。王后以前倒还贤惠记得劝你，只是她病了以后，都是郑袖在主持后宫，她就不晓得劝你保重身体吗？"

楚王槐却已经见殿中进来一人，见了她的服饰，便有些迟疑地问道："你是……哪位妹妹？"

芈月深吸一口气，强抑着内心的憎恨和恐惧，平平地道："回大王，臣妹是九公主，名月。"

楚王槐素来除了自家同胞的一姐一妹之外，根本对其他的公主完全没有概念，一时更是想不起来这九公主是谁，他也知道这般实在是失礼，便有些尴尬地没话找话继续猜测道："九公主？嗯，寡人知道，知道，哦，你的生母是哪个啊……"

楚威后听到这里，忽然想起向氏当日出宫的原因正是因为楚王槐，生怕芈月说出她的生母来教楚王槐又想起旧事，急忙打断了楚王槐的话道："大王——"见楚王槐与众人皆惊诧地看着她，顿悟自己表现过于急切了，忙咳嗽一声道，"你妹妹还行礼着呢。"

楚王槐虽然迟钝，亦是感觉到楚威后方才欲言又止时的情绪极坏，便也不敢再问，忙依着她的话道："九妹妹不必多礼，自家兄妹，上前些说话吧。"

见芈月上前几步，瞧见她容貌娇美，依稀有点眼熟，却又想不起来何处见过，想起当年数名公主出嫁前，亦曾分别辞拜于他，他不过也是这般和稀泥似的囫囵话过去，当下笑道："哦哦，寡人想起来了，你就是九妹妹嘛！嗯，几年不见，你都这么大了啊，记得上回见你，还是在父王那儿，你就这么丁点大……"

楚威后无奈地转过脸去，叫道："大王……"神情微露不满。

楚王槐见了楚威后的眼神，忙转了话头讨好道："说正事说正事，对不，母后？"

楚威后叹了口气，只得点了点头。

楚王槐便问芈月道："听说妹妹今天遇见一拨刺客？"

芈月道："不是一拨，是两拨。"

楚威后一惊道："两拨？"

芈月道："正是，伏击我们马车的是一拨，幸好秦国使臣刚好路过相助。后来姊姊扭伤了脚，让我先骑马赶去，结果我在路上又遇上数名余党，幸而祭礼那边的人看到我们迟迟未到，派人接应，这才幸免于难。"

楚威后惊魂甫定，长长吁了口气，不免庆幸芈姝因为脚腕受伤不曾继续前行，否则还得再遇一次刺客，更觉心惊，当下佯笑道："好孩子，你受惊了，来人，赐九公主金帛压惊。"

芈月忙谢道："多谢母后。"

楚王槐沉思着："你们还遇上了秦国使臣，奇怪，真有这么巧的事吗？"

芈月心中也早有猜疑，此时却道："臣妹愚钝，不知军国之事。"

楚王槐点头道："你是不知道……算了，不提这些了，跟你们说你们也不懂，明日寡人和朝臣们再议。"他说到这里，便已经觉得无须再问了，眼前这个少女，又能知道多少军事之事。这边心头有事，他便想令其退下，却又思及毕竟是庶妹，今日相见不好空手，看了看她身上头上颇为素净，便没话找话道，"嗯，你小小年纪，怎么穿戴这么素净？"

芈月一惊，暗忖楚王槐说者无意，但听上去倒像是她这个公主受了委屈似的，生怕楚威后多心，忙解释道："大王，臣妹刚才一路骑马回宫，听说母后召见，未及妆容就匆匆赶过来，所以佩饰简洁……"

楚王槐却根本不在意这事，他不过是没话找话，寻个由头赏赐一番便是，只摆摆手道："奉方，取几盒首饰赏给九公主。"见芈月神情有些惶恐，心中暗一思量，便已经明白，自家母亲是什么性子，他岂有不知之理，虽然也有些怀疑楚威后是否有些薄待公主们，但他在后宫女子这些心态上却是颇为了解，当下又安抚道，"寡人自是知道你的首饰自有定例……”

芈月忙应道：“正是，母后每逢节庆俱有赏赐……”

楚王槐却已经摆摆手道：“你们这些妇人，永远不嫌首饰多，只有嫌少的。虽说宫中自有定例，但寡人亦知，王后夫人们每年额外打造的，不知道是定例的多少倍。便是诸公主生母，各人俱有私人另给的，你若只有定例，必是不够的。”

芈月语塞，退后一步，看了楚威后一眼，楚威后此时的神情却甚是和蔼可亲，笑道：“大王既是赏赐于你，你只管收下罢。”

芈月只得谢道：“多谢大王。”

楚王槐摆手道：“既属兄妹，何必生分，便如姝一般称我王兄亦可。”

芈月又看了看楚威后，楚威后却是含笑看着楚王槐，恍若未觉，芈月便只得应道：“是，臣妹多谢王兄。”

楚王槐转向楚威后道：“对了母后，寡人来是想同母后商议一件事。秦国使臣前来向寡人求婚，说是秦王的王后去世了，想求娶楚国公主为继后，母后意下如何？”

楚威后沉吟，芈月见状，知应该告退，她看了玳瑁一眼，见玳瑁点头，便朝着楚威后与楚王槐悄施一礼，退了出去。

玳瑁跟出来，含笑自奉方手中接过数个叠在一起的红漆匣子递与候在殿外的侍女薛荔，道：“今日有劳公主，天色已晚，公主早去歇息吧。这是大王赐予公主之物，请公主勿负威后、大王之赐。”

芈月笑道：“多谢傅姆，傅姆辛苦，母后与大王正商议要事，我不敢打扰，请玳瑁姑姑代我向母后行礼问安。”

两人俱是笑吟吟地客气来去，依依惜别。

芈月走出豫章台，脸色已经沉了下去，脚步亦是越走越快，只苦了跟在她身后的薛荔，芈月匆匆被召，也就带了她一个侍女相随，岂料楚王赐物，玳瑁既没有吩咐叫人帮她捧着，她又不敢使唤豫章台的侍人帮助，只得一个人小心翼翼地捧着这一大堆匣子，生怕有个闪失。可她一转眼，便不见了芈月。

她自幼受过的宫人训练，自是要时刻跟随着主子，此时见自家主子走得没影，自己追之不及，差点要哭出来了。

好不容易一步步挪回高唐台，便见芈茵的侍女小雀见着她捧着这一大堆东西，诧异地问道："薜荔妹妹，你这是从何处来，又是捧着什么东西？"

薜荔素知她主子与自己主子不合，岂敢让她接手，虽然双臂已经累得抬不起来了，还是忙将手一缩，赔笑道："不敢劳烦阿姊，我这就到了。您有闲暇，到我们院里坐坐吧？"

小雀撇了撇嘴，道："七公主唤我还有事呢，既不用我帮忙，薜荔妹妹你自便吧。"说着便转头走了。

薜荔挨到自家小院门口，便见女萝迎了出来，埋怨道："你去了何处，公主早就回来了，偏你迟迟不回……你这手上捧的是什么？"

薜荔苦着脸道："这些俱是大王赏赐于我们公主的首饰，我捧着这些东西，自然走得慢了，公主又不肯等我……"

女萝忙接了她手中的匣子，教训道："又要胡说，从来只我们奴婢等公主的，如何能让公主等我们。你纵然有事，也须叫人来通报一声，如何自家一个人就敢捧着这些贵重之物在宫中行走，倘若被人相撞，撞坏了东西，杀了你这个婢子也不够赔的……"

薜荔见女萝接了匣子，顿时觉得双手得了解放，酸涩不已地捏着手臂吐舌。但听得女萝唠叨，也不敢顶嘴，只得苦着脸听着。

不想那小雀佯装离开，却未走远，随即返回，便听得大半去，连忙跑去同芈茵拌嘴了。

芈茵自是嫉恨交加。芈月此时也是刚刚回来沐浴完毕，一见女萝和薜荔捧着匣子进来，脸顿时沉了下去。

两个侍女自是不知道她此刻心情，还忙不迭地把这数个红漆匣子打开，但见珠光宝气，耀眼无比。

楚国东临大海，头一匣便是全套珍珠饰物，从珠簪到明珠珰再到珠串，又有数粒龙眼大的散珠，想是用来缀在衣服上或者鞋履之上，以衬全套首饰的。

次一匣便是全套玉饰，楚国的荆山玉举世闻名，君子以玉比德，玉笄玉环玉璧玉佩组整套，质地晶莹剔透，已经将芈月素日份例所得的玉饰皆比了下去。

再次一匣，便是全套赤金首饰，又次一匣，则是各式宝石、珊瑚、赤玉、琉璃、蜻蜓眼等制成的别致饰物，用来日常更换所用。

女萝和薛荔虽然也是在宫中日久，眼界亦算不得浅，但这些饰物还是令她们不由得惊叹出声。

薛荔惊道："公主，大王真疼爱您，赐给您这么多首饰，唉，奴婢这双手累得也实是值得……"

女萝亦道："大王实是有心，奴婢日常心中亦觉得，莫说与八公主不能相比，便是七公主，常例外的饰物亦是不少，如今便是屈、昭、景三家贵女，亦常有别致之饰，九公主您只有常例之饰，未免……"

芈月皱眉道："好了，把首饰都收起来，造册备档，以后就由你保管。"

女萝连忙应了，又问道："那公主明日是否要戴出来……"

芈月截断，冷冷地道："此是大王所赐之物，逢节庆时才依例拿出来戴一下，平时就要好好收着，免得丢失或损坏，有负大王之恩。"

薛荔依依不舍地收起首饰匣子，道："这么多首饰，若平时都不戴，岂不是都用不上了，那多可惜啊。"

女萝却比她警醒些，见芈月已经有些不悦，忙推了她一下，笑道："是，奴婢遵公主之谕。"

芈月面露疲倦之色，道："我累了，你们且下去吧。"

两侍女收拾好首饰盒出去了。

芈月独自坐在屋中，天色已经暗了下来，她一动不动地坐着，忽然间拨下头上的簪子，拖来一只草垫，泄愤似的一簪簪刺下，直到将那草垫刺个稀烂，全身的力气亦似已经泄尽，这才扑倒在席上，双手掩面，发出一声似哭似笑的声音。

何等可笑，这当真是何等可笑，这些年来她心怀杀母之仇，满腔恨意，只恐被对方知道，一力避开。可是谁又能晓得，今日仇人当面，他完全不知道自己是谁，反而做出一副好兄长的样子来，又说好话，又赠首饰。

当时她死死地握住拳头，只恐自己一时冲动就要冲上去；低着头不敢抬起来，唯恐自己脸上的表情泄露了一切。

可讽刺的是，她日日夜夜想着对他的仇恨，这个仇人当面相见的时候，她只想逃开，只是害怕。甚至她连逃开也不敢，还要装出一副恭顺的样子，向他行礼，谢他赏赐。可是，他又为什么忽然现出这般殷勤好意来，他是知道了什么，猜到了什么，还是在试探什么呢？

芈月喃喃地道："阿娘，我一直避着他，就怕他想起我是谁来。可是，他完全不记得了，不记得他害了我的亲娘。他居然还送我首饰，还把我当妹妹，呵呵呵，真是太可笑了……我不敢，我不敢惹怒他，我甚至还要倚仗他的不知情来挡住那个女人对我的恶意。我每天小心翼翼地活着，面对着茵那种可笑的嫉妒，姝那种喜怒无常的脾气。阿娘，我什么时候才能够离开这个肮脏的宫廷，带着戎弟和小冉远走高飞，过我们想过的生活。"

这一夜，高唐台里，几人不眠。

芈月为的是楚王槐，芈茵为的是那几匣首饰，而芈姝，亦是辗转来去，心中一会儿想的是黄歇，一会儿想的却是那"公子疾"。

好不容易熬到天明，便翻身起来，不待众侍女为她梳洗，便立逼着珍珠去找芈月，打听昨日之事。

珍珠忙走进芈月居住的庭院，便见薛荔端着铜盆掀帘子出来，看到珍珠忙道："阿姊早。"

珍珠也笑道："妹妹早，我奉八公主之命来请九公主一道去用早膳，但不知九公主起来了吗？"

薛荔放下铜盆笑道："九公主每日都起得很早，如今已经练过剑，正在梳妆更衣呢。"

珍珠有些意外地道："哦？九公主每日都早起练剑。"

薛荔方欲答，便听得帘子内芈月道："外面是何人？"

薛荔忙道："是八公主派了珍珠来。"

芈月便道："唤她进来吧。"

珍珠忙掀了帘子走进室内，但见窗台边，芈月穿着亮丽的橘黄色曲裾，跪坐在妆台前，女萝正在为她梳妆，初升的阳光射到她身上，那曲裾更是格外明艳。

此时窗外一枝杏花，人面相映，更增娇美。

珍珠也不禁赞道："九公主今日当真好看。"

芈月微微一笑，袅袅地站起身来。珍珠忙上前扶住，赞道："这件衣服衬得公主脸色越发娇艳，想来公主今日心情甚好。"

芈月似笑非笑看她一眼，道："不愧是妹姝身边最得用之人，你说得不错，我今日的心情的确很好。我们走吧。"

芈月携珍珠走出，女萝方要跟上，芈月却道："你二人昨日也累了，今日且歇息，叫其他几个随我去吧。"

当下女萝忙命了文狸杜衡跟随芈月前去，见她去了，这才望着她的背影，叹了一口气。

薜荔奇道："阿姊为何叹气？"

女萝却反问薜荔道："妹妹与我服侍公主这些年，可知公主是什么时候，会主动叫我们挑那几件艳色的衣服来穿？"

薜荔自也是做了芈月好几年的侍女，自然是知道，当下道："天气不好的时候，还有……心情不好的时候。"

若是天气好，心情好，芈月是不会在乎穿什么颜色的，可是若遇天气阴沉，或者某天心情特别不好的时候，芈月反喜欢挑件艳色服饰，化个艳妆，就是不想自己心情不好的时候，还要人人都来问她一句道："你今日脸色不好，可是有什么心事不成？"若是她衣着艳丽，妆容明快，便是脸上无笑容，也不会给人一种"需要关怀慰问"的感觉来。

芈茵却与她相反，经常要装一装"我心情不好快来安慰"的模样来，便于索取一些素日难以得到的东西，或讨些好处，占些便宜。

女萝心中不安，便问道："薜荔，公主昨天遇上了什么事，为什么心情不好？"

薜荔道："昨天也就是她代八公主跳了祭舞，还得到大王所赐首饰，并没有什么不高兴的啊。"

女萝看着芈月远去的方向，叹道："但愿……当真无大事发生。"

芈月走进芈姝居室，见芈姝仍然坐在席上，走近了她，问道："阿姊，你的脚伤没事吧？"

芈姝嘟着嘴道:"还能怎么样,反正这几日是不能走动了。"她抬头看着芈月一身艳妆,眼中顿时也有些妒意一闪而过,笑道,"九妹妹今天穿得好漂亮,想必昨天在少司命祭礼之上,很是风光了。"

芈月叹气道:"阿姊别提了,幸而阿姊没有继续前行,我们在路上又遇上了伏击。"

芈姝便被转移了注意力道:"真的,你们没事吧?"

芈月道:"幸好大祝看到我们没有及时到,派人前来接应,所以才救了我。"

芈姝顿时松了口气道:"幸好幸好。"便招手道,"来来来,你坐到我身边来,与我共用朝食。"

芈月便坐到芈姝的身边,两姐妹头挨着头倚在一起,用过朝食,令诸人退下,芈姝方含羞问道:"昨日妹妹代我去为少司命行祭,可见着子歇了……"

芈月却不欲与她提起黄歇,她与黄歇既定情缘,心中便将他视为己有,见芈姝一脸娇羞,更是不悦,便点头草草地道:"是,见着了,只不过我们各乘一舟,登台而舞,也皆是身边有其他人一起合跳祭舞。祭舞过后,我们便各自登舟回了。"

芈姝听了她这话,略有些失望,道:"是吗……"原以为芈茵的计划甚好,可以与心仪的美少年有共舞的机会,没想到芈月这样草草一说,竟是毫无事情发生,心中虽然暗叹这妹子实是呆头呆脑,情窦未开,白白可惜了这般与美男子共舞的机会。但这样想来,自己便是去不成,也不算什么了。

芈月不欲她再继续说下去,有意岔开话题,笑道:"阿姊,我昨晚去拜见母后的时候,见到了大王,大王居然还问起我昨日遇伏之事……"

芈姝却忽然掩口笑道:"王兄赏了你什么?"

芈月诧异道:"阿姊怎么知道大王赏我东西?"

芈姝笑了好一会儿,才道:"王兄除了我和嫁掉的大姐以外,根本搞不清楚其他的姐妹,所以每次遇到,就会赏你们东西以掩饰尴尬。"

芈月这才明白楚王槐忽然厚赐之意,心中暗暗冷笑。

芈姝刚才因提起黄歇,被芈月转了话头,一时间又不好意思再提,忽然又凑近芈月神秘地低声道："对了，你觉得昨日那个秦国使臣怎么样？"

芈月惊愕地道："秦国使臣？"她看向芈姝，却见芈姝脸色羞红，竟似与上次提到黄歇时有些相似，道，"阿姝你……你莫不是又看上这秦国使臣了？"

芈姝脸红啐道："哼，什么看上不看上的，你一个小姑娘，怎么可以如此随便说这样的话？"她想了想，还是又问芈月道，"你说，这秦国使臣与子歇，谁好？"

谁好？于芈月心中，那是根本不须要问的，自然是除了黄歇之外，天下男子还有谁能入她眼中，她不欲自己心上的男子拿来让其他女子评头论足，当下看了看芈姝的表情，便正色道："休管其他人了，阿姝，有些事，你须要提早思量。"

芈姝诧异道："何事？"

芈月想了想，犹豫道："此事，不知应该告诉阿姝否？"

芈姝急了，便问道："到底是何事？"

芈月这才道："我昨晚见到大王的时候，他正和母后提起秦王想向我们求婚，说是……"

芈姝一急道："说是什么？"

芈月道："说是秦王欲娶阿姝为继后。"芈姝惊得直起身来，抽动到了脚，"唉呀"一声，芈月忙道，"阿姝你的脚无事吧？"

芈姝气得道："无事，你说，大王到底答应了没有？"

芈月摇头道："我只听得这一句，玳瑁傅姆便令我出去了。"

芈姝咬牙道："我这便叫玳瑁过来，亲自问她去。"

芈月笑道："你若是此刻问她，岂不是同她说，是我告诉你这话的？"

芈姝忙不过来道："好妹妹，我必不会说出你来！"

芈月却安慰道："阿姝且放心，母后如此宠爱于你，怎么会不问问你的意思，就决定你的终身大事呢？"

芈姝低头思忖，脸色忽红忽白，过了好一会儿，忽然握住芈月的手道："好妹妹，我如今脚伤了不便行动，你代我去做一件事可好？"

芈月一惊，心道若是她对黄歇还不死心，可如何是好，却不得不问道："阿姊什么事？"

芈姝想了想，拿出一个荷包递给芈月道："你、你且把这个荷包，送给子歇……"

芈月心中有些硌硬，面上却不好显露，只得道："是。"她接过那荷包，手感里头似乎是一面小小玉佩，还有一条绢帕，当下将此物塞入袖中，道，"阿姊还有何事？"

芈姝神情恍惚，欲言又止，好一会儿才挥挥手道："不必了，你先把这东西送了再说。"

芈月转头，见芈姝的神情，似乎并非私赐情物的完全羞涩，倒似放下了一件心事一般，她心中暗自诧异，只得拿了芈姝所给的令符，出宫去寻黄歇。

到了屈原府中，黄歇自然是在的，屈原却不知何处忙去了。两人见面，芈月笑吟吟地将荷包递与黄歇，道："有淑女倾慕于吾子，不知吾子可有好逑之意。"

黄歇拿了荷包，初时以为是芈月相赠，心中方一喜，随之回过神来，必是其他麻烦。只得带了苦笑打开荷包，却见里头是一枚小小的玉环，但质地雪白剔透，实非凡物。荷包中亦还有一块细窄丝帛，抽出来一看，上面却是只写了一句诗道："投我以木瓜　报之以琼琚　匪报也　永以为好也！"

这原是《卫风》之《木瓜》篇，全诗乃有三句，重叠述意，曰：

> "投我以木瓜，报之以琼琚。匪报也，永以为好也！
> 投我以木桃，报之以琼瑶。匪报也，永以为好也！
> 投我以木李，报之以琼玖。匪报也，永以为好也！"

虽此丝帛上只有一句，但其中含意，却是不言自明。

芈月虽代为转递，但自守礼法，自然不会中途打开偷看，此时见黄歇已经打开看了，更递到她面前来，这才看了一眼，便有些恼怒，又不好给眼前的人儿看笑话，只低声嘀咕道："怪不得女师说郑乐卫风不要多看，果然会移人性情。"

黄歇扑哧一声笑了出来，芈月瞪了他一眼，恼道："你笑什么，哼，有淑女向你倾诉情意，你自然是要得意一番的。"

黄歇忍笑道："是，我自然是得意的。我此时便写一封回书，烦劳师妹代我再为转递，如何？"

芈月哼了一声道："你当我是青鸟，才不呢！"

青鸟衔书，虽是美谈，若是有人为她与黄歇衔书，才是美谈，她若作了别人的青鸟，可不是滋味。

黄歇却不理她，只回身也裁了条细窄的丝帛，也在上面写了一句诗，递与芈月道："给。"

芈月愤愤地瞄了一眼那丝帛，却笑了出来，脸上阴郁一扫而净，笑道："你当真想好了，我便当真拿这回与她了？"

黄歇笑道："此事又何须去想，自然早了早好。"

芈月看了又看，又抬头看着黄歇的俊美脸庞，心中感动莫名，只是却不便于口上说出来，当下神情踌躇。

黄歇何等聪明，如何看不出来，当下亦是含笑看着她。两人四目相交，便有些勾连不去。只痴痴看了半晌，女婆进来催道："九公主，先生如今一时不得回来，你休要误了宫门关闭的时辰。"

女婆只道她呆坐在此，是为了等屈原，故而有此说，芈月啊地叫了一声，惊得跳起来，慌乱道："我、我先走了。"匆匆便要往外跑去，却被女婆叫住，道："你忘记把荷包带走了。"

芈月这才回过神来，黄歇亦回过神来，脸也红了。当下芈月慌乱将置于案上晾干墨迹的丝帛再塞回原来的荷包之中，连着原来的丝帛玉环，一并塞了回去，回宫之后，还与芈姝，不待芈姝打开看，自己便托一词，匆匆走了。

芈姝只道她知情识趣，见她走了，屏退诸人，这才打开了丝帛，只看一眼，便怔住了。

却是丝帛上亦是一句诗道："汉之广矣　不可泳思　江之永矣　不可方思。"

这是《周南》中的一首诗，名曰《汉广》，全诗曰：

"南有乔木，不可休思；汉有游女，不可求思。

汉之广矣，不可泳思；江之永矣，不可方思。

翘翘错薪，言刈其楚；之子于归，言秣其马。

汉之广矣，不可泳思；江之永矣，不可方思。

翘翘错薪，言刈其蒌；之子于归，言秣其驹。

汉之广矣，不可泳思；江之永矣，不可方思。"

　　此句说的是樵夫思慕汉江游女，却自知汉江之广不可渡，纵可伐薪喂马，只是过不得水，有心无力，只得表示惋惜之意。表面上看，倒是对方一片倾慕之意，实则深思之，却是极为婉转客气地表示"无法高攀"之意。但这话又说得极是漂亮，便是芈姝一见之下，亦是只觉得心头一痛，只恨对方过于保守畏怯，竟是只敢相思，不敢追求。

　　她这般年纪正是青春之期，这一点相思之意，不过是见着黄歇俊美温文，"慕色而知少艾"罢了，又受了芈茵怂恿，这才兴致勃勃。但对方既回馈行动以拒绝，且她又有了新的仰慕之思，虽然略有些失望，竟也罢了。

　　思来想去，一夜不眠，次日又叫人去唤芈茵，共商一桩新的心事，不料侍女却来报说，芈茵被楚威后召去了。

　　芈姝怏怏。于她心中，若有了少女心事，第一个要诉的自然是芈茵。芈茵比她大上一岁，诸事已懂，有些事也能出些主意。芈月虽然聪明，但诸事不太肯理会，爱推三阻四，且又觉得对方比自己小，这些情爱之事，她又未必能懂。只是她素来是个说一不二的人，有了心事，且等不得，还是叫了芈月来。

　　芈月正为昨日将黄歇之信传递于她，恐她恼羞成怒，不料今日一来，却听得她说的另一桩事，惊得张开嘴都忘记合拢了。

　　芈姝急了，推了推她道："九妹妹，你说如何？"

　　芈月这才回过神来，道："阿姊，我不曾听错吧，你说，你要我代你去馆舍见秦国使臣，向那公子疾送谢礼？"

　　芈姝点头道："正是。"

　　芈月看着芈姝，忍不住要探探她的额头道："阿姊不曾有病吧？你昨日，方叫我送信给公子歇，如何今日，就转而要向公子疾送礼。你、你到底心悦几人啊？"

芈姝红了脸，啐道："小儿家，尽是胡吣。'子不我思，岂无他人。'公子歇自家怯了，难道我还要上赶着喜欢他不成。秦国既来求娶我，公子疾又曾救我，若秦王他……当真也如公子疾一般，亦未不可……"说到最后，声音不禁低了下去，不胜娇羞。

芈月扑哧一笑道："阿姝近来郑卫之风看得不少，若教女师晓得，必又道是'郑风卫乐，移人性情'。"

说到最后两句，芈月便学着女师的模样摇头晃脑，芈姝羞红了脸，来撕她的嘴，两人闹成一团。

所谓"子不我思，岂无他人"便是来自《郑风》之《褰裳》篇，全诗曰：

> "子惠思我，褰裳涉溱。子不我思，岂无他人。狂童之狂也且。
>
> 子惠思我，褰裳涉洧。子不我思，岂无他士。狂童之狂也且。"

意思便是你若是喜欢我，我便为了你牵裳涉河来相见，你若是不喜欢我，岂会没有他人喜欢我，你这狂妄的小子自己滚吧。

《诗三百》中郑卫之风，素来奔放直接，《周南》《召南》则拘泥规则许多。芈姝投之以卫风，黄歇答之以《周南》，以诗见人，这种太过规矩拘泥的样子，让芈姝不免有些怏怏，兴趣大减。

芈月知其意，心中暗为黄歇称赞，这边却恍若无其事地问道："阿姝，事关你自己的终身大事，你到底是什么意思啊，难道你当真要嫁给秦王？"

芈姝却静了下来，好一会儿，才道："我，我不知道，我只是喜欢那个人，他虽然长得……粗鲁了些，可是那时候我吓得半死，他这样一把抱住我，我忽然觉得心就安了下来。就像，小时候父王抱着我的感觉似的……你、你替我去探探他吧，若是当真好，嫁秦王之弟，想

361

来亦是能够达成秦楚两国的目的，你说呢？"

她说得虽然混乱，芈月却有些听得懂了，提起楚威王，她的心中也不禁一酸，叹道："好吧，阿姊，你想做什么，我总会为你做的。只是，此事若被母后所知，恐母后未必愿意……"

芈姝也有些矛盾地一笑道："是啊，母后必会不悦，若是那秦王也与他一般就好了。九妹妹，你休怪我荒唐，我亦知道，诸国公主皆是要远嫁的。我只是害怕，嫁给一个陌生人，所以忍不住，对身边每一个好男儿投以幻想，去试着把身边每一个好男子，当成未来的夫婿一般去猜想……"

她捂住脸，说不下去了。芈月轻抚着她的背部，长叹一声。芈姝静默了好一会儿，抬头不好意思地一笑道："你看我，说些什么也不晓得，尽是胡言乱语。妹妹休怪。"

芈月却道："阿姊，我帮你去。"

芈姝一怔，看着芈月似惊似喜，这样隐秘的女儿心事，她期望有人能够帮她，但却也晓得，让芈月代为向黄歇递情书倒也罢了，放着秦王求婚不理，却去爱恋秦国求婚的使臣，实是荒唐无比，若是被楚威后或者楚王愧知道，岂不是要连累芈月。她亦知母亲不喜芈月，没想到芈月竟愿意为她冒此风险，一时之间，感动莫名，握住了芈月的手道："你说的可是真的？"

芈月看着芈姝，轻叹一声道："我明白阿姊的心，我、亦是如此……"

芈姝一怔，试探着："你可是有了心上人？"

芈月却反问她："若是我当真有了心上人，阿姊会如何做？"

芈姝笑道："你既帮我，我又如何会不帮你。"

芈月意味深长地："但愿阿姊记得你的话。"

阿姊，我帮你，不止是为了你，更是为了我与黄歇的将来。我希望你得遂心愿，也希望有朝一日，你助我得遂心愿。

子歇，不管千难万难，只要你我两心如一，谁也不能阻止我们在一起。

（第一卷完）

《网络文学名家名作导读丛书》已出版书目

第一辑：

辰东与《遮天》/ 肖惊鸿 著

骷髅精灵与《星战风暴》/ 乌兰其木格 著

猫腻与《将夜》/ 庄庸 著

我吃西红柿与《吞噬星空》/ 夏烈 著

血红与《巫神纪》/ 西篱 著

第二辑：

子与2与《唐砖》/ 马文运 著

林海听涛与《冠军教父》/ 桫椤 著

忘语与《凡人修仙传》/ 庄庸 安迪斯晨风 著

希行与《诛砂》/ 肖惊鸿 薛静 著

zhttty与《无限恐怖》/ 周志雄 王婉波 著

第三辑：

天蚕土豆与《斗破苍穹》/ 夏烈 著

萧鼎与《诛仙》/ 欧阳友权 著

耳根与《一念永恒》/ 陈定家 著

蝴蝶蓝与《全职高手》/ 张慧伦 张丽军 著

蒋胜男与《芈月传》/ 肖惊鸿 主编

图书在版编目（CIP）数据

蒋胜男与《芈月传》/肖惊鸿主编. -- 北京：作家出版社，2022.5

（网络文学名家名作导读丛书）

ISBN 978-7-5212-1746-9

Ⅰ.①蒋… Ⅱ.①肖… Ⅲ.①网络文学 – 长篇小说 – 小说研究 – 中国 – 当代 Ⅳ.①I207.425

中国版本图书馆 CIP 数据核字（2022）第 006340 号

蒋胜男与《芈月传》

主　　编：肖惊鸿
责任编辑：袁艺方　王　烨
装帧设计：天行云翼·宋晓亮
出版发行：作家出版社有限公司
社　　址：北京农展馆南里 10 号　　邮　　编：100125
电话传真：86 – 10 – 65067186（发行中心及邮购部）
　　　　　86 – 10 – 65004079（总编室）
E – mail: zuojia@zuojia. net. cn
http: //www. zuojiachubanshe. com
印　　刷：唐山嘉德印刷有限公司
成品尺寸：152×230
字　　数：338 千
印　　张：23.5
版　　次：2022 年 5 月第 1 版
印　　次：2022 年 5 月第 1 次印刷
ISBN 978 – 7 – 5212 – 1746 – 9
定　　价：48.00 元